Qiu Huadong

Collection

邱华栋文集

评论集

碰撞与回响

邱华栋 著

江苏凤凰文艺出版社
JIANGSU PHOENIX LITERATURE AND ART PUBLISHING, LTD

图书在版编目（CIP）数据

碰撞与回响 / 邱华栋著 . -- 南京 : 江苏凤凰文艺出版社 , 2018.6

（邱华栋文集）

ISBN 978-7-5594-0521-0

Ⅰ . ①碰… Ⅱ . ①邱… Ⅲ . ①散文集 – 中国 – 当代 Ⅳ . ① I267

中国版本图书馆 CIP 数据核字 (2017) 第 126364 号

书　　名	碰撞与回响
著　　者	邱华栋
责任编辑	黄孝阳　王　青
出版发行	江苏凤凰文艺出版社
出版社地址	南京市中央路 165 号，邮编：210009
出版社网址	http://www.jswenyi.com
印　　刷	三河市人民印务有限公司
开　　本	690 × 960 毫米　1/16
印　　张	27
字　　数	330 千字
版　　次	2018 年 6 月第 1 版　2021 年 6 月第 3 次印刷
标准书号	ISBN　978-7-5594-0521-0
定　　价	59.80 元

目 录

第二编　拉丁美洲小说对中国20世纪晚期小说的影响

结语　一个斑驳的世界——全球化时代的文学景观：混搭、融会与合流

内容提要

本书描述出“一战”结束以来人类小说的发展在各个大陆之间的接力般的碰撞和变化，创新、继承和互相的影响的关系。借助地理学的一个假说：大陆漂移假说，我将“一战”之后的现代主义小说创新的浪潮描述了一番：从欧洲席卷到北美洲，再扩展到南美洲，最后延伸到亚洲和全世界范围内，期间经历了地理学意义上的空间的变化，我称之为“小说的大陆漂移”。

因此，本书将时间坐标设立在考察 20 世纪以来的小说走向，描绘了一幅在空间和时间上连续的图像：20 世纪的小说家不断创新，形成了一股互相有联系的创新浪潮，在时间上从“一战”结束一直到 21 世纪的第一个 10 年，跨度近百年。空间上则形成了从欧洲到北美洲，又从北美洲扩展到拉丁美洲，再然后又从拉丁美洲到非洲和亚洲的“大陆漂移”，比如，从威廉•福克纳到加西亚•马尔克斯，又到中国的莫言，他们之间就有着跨越时间和大陆空间的联系。

本书就这样借助地理学上的“大陆漂移”理论，建立了一种新的世界文学的全景观。并在各个章节详细探讨各个大陆的作家之间的继承和影响的关系。由于 20 世纪以来的小说，是非常丰富和复杂的，令人眼花缭乱，五彩纷呈，因此，本论文重点考察的，是小说的创新浪潮从欧洲到北美，再转移到了拉丁美洲并形成了“拉美文学爆炸”的景象之后，又是如何于20世纪80年代开始，极大地影响了中国当代文学的勃兴的。研究探讨其间的空间和时间的关系，正是本书的着力点所在。在第一编中，重点探讨了“拉美文学爆炸”前后的8个小说大家的作品，以及他们与欧洲文学的关系。在第二编中，本论文以20个中国作家为例，详细探讨了他们所受到的拉丁美洲文学的影响，以及是如何将一种新的中国文学创造出来，并使之成了世界文学的其中一环。

绪论：小说的大陆漂移：一种新的世界文学景观

一　20世纪20年代以来的欧洲现代主义小说家

1

地理学上有一个很有名的假说：大陆漂移假说，这个假说是由德国科学家魏格纳提出来的。魏格纳是一位德国气象学家，1911年秋天的某一天，他在查看世界地图的时候，忽然发现地图上各大洲的海岸线似乎有某种吻合的现象。魏格纳被自己的发现深深吸引了。于是，他产生了大陆不是固定的，而是漂移的猜测。他开始认真搜寻证据，进行深入研究。他发现，最初地球表面的大陆集中在一个不大的区域，就是当时地球上最寒冷的极地。后来，完整的大陆逐渐地分离开。此外，魏格纳还在地质学资料中找到了大量支持大陆漂移假说的重要证据。他根据地球表面的大陆板块的活跃和互相的碰撞，研究得出了地球表面的大陆在互相撞击，并且在大洋之上漂移的假说理论。

在我看来，魏格纳的这个大陆漂移说，带有浓厚的文学的想象之美和诗意，是那么的激动人心。你想想看，地球表面的大陆板块，在持续互相碰撞和挤压，由此诞生了高耸的喜马拉雅山脉，这就是南亚大陆板块和欧亚大陆板块互相撞击导致的结果：地球上最高的、有着连绵崛起的山峰所形成的屏障，成为人类不断去攀登和征服的高度。于是，在地球表面，那些因为大洋的淹没而显得互相隔离的大陆，欧亚大陆、非洲大陆、美洲大陆和孤独的澳大利亚,还有南极和北极,原来彼此之间有着那么紧密的联系。现在，有的大陆板块在加速碰撞，比如喜马拉雅山脉因为两大大陆板块的撞击而继续升高，有的则在加速分离，比如美洲大陆在继续远离其他大陆。

大陆漂移假说以大时空的尺度和纬度，在我的脑海里形成了一幅地球表面巨大变化的图景。如今，全球化的时代里，经济贸易的加速联合和互相渗透，互联网的出现和各类新技术的革新，使人类社会进入一个全新的阶段，也就是全球化的时代。在这个时代里，文学的发生和发展、传播和消费，都发生了深刻的变化。但是，文学也有着恒定的特性，是不会随着传播媒介的变化而发生剧变的，人类的语言文字和文学的历史，已经造就了各个民族和国家的文学大师所组成的山峰，这些山峰，就是人类文学的高标，就如同大陆板块漂移过程中因碰撞而形成的喜马拉雅山脉一样。

最近 200 年，也就是在 19 世纪和 20 世纪，人类文学的山峰高高耸立，形成了蔚为壮观的画面。这是小说的黄金时代。而这个大师云集、小说繁盛的景象，不知道今后还会不会有。而小说大家之间的互相的影响，他们造就的文学大潮，就像那不断波动的大海那样，在一直运动着，从一个大陆到另外一个大陆，借助各类媒介迅速发展变化，从而形成了“小说的大陆漂移”的人类文学新景观。本书所描绘的，基本就基于这样一种情况。

根据我的观察，“一战”结束以来，小说的发展也有一个地理学上的变化。小说创新的浪潮，从欧洲席卷到北美洲，再扩展到南美洲，最后延伸到亚洲和全世界范围内，期间经历了地理学意义上的空间的变化，我称之为“小说的大陆漂移”。因此，将时间坐标设立在考察20世纪以来的小说走向，在我的脑海里就形成了这样一幅在空间和时间上连续的图像：20世纪的小说家不断创新，形成了一股互相有联系的创新浪潮，在时间上从“一战”结束一直到21世纪的第一个10年，跨度近百年。空间上则形成了从欧洲到北美洲，又从北美洲扩展到拉丁美洲，再然后又从拉丁美洲到非洲和亚洲的“大陆漂移”，比如，从威廉·福克纳到加西亚·马尔克斯，又到中国的莫言，他们之间就有着跨越时间和大陆空间的联系。

我就这样借助地理学上的“大陆漂移”理论，建立了我的世界文学的全景观。各个大陆的作家之间有着继承和彼此影响的关系，他们互相学习和借鉴，创造性地形成了新的人类文学史。因为，在某种程度上，所有的优秀作家都在写着一本巨大的人类文学之书，而每一个作家，则是在完成着这个巨著的一个章节。20世纪以来的小说，是非常丰富和复杂的，令人眼花缭乱，五彩纷呈，构成了20世纪人类小说发展和创新的连续性的、波澜壮阔的画面。

2

在这一节中，我先谈谈欧洲现代主义小说大师的情况。对欧洲小说，捷克裔法国作家米兰·昆德拉在他的著作《小说的艺术》有一段是这么形容的：

欧洲小说的肇始，从意大利的薄伽丘的《十日谈》开始，到法国小说家拉伯雷的《巨人传》，然后是西班牙流浪汉小说，比如《小癞子》和塞万提斯的《堂吉诃德》，然后是18世纪的英国批判现实主义小说家，比如狄更斯的作品，接着，小说的创新的接力棒，交到了18世纪，末期的德国，以歌德为代表的德国小说那里。而进入19世纪之后，欧洲小说的接力棒，则首先到了法国作家手中，雨果、巴尔扎克、左拉、福楼拜等等，然后是1870年以来的俄国小说，以列夫·托尔斯泰、契诃夫、屠格涅夫、陀思妥耶夫斯基等形成了人类文学新的高峰甚至是高原。进入20世纪，首先是斯堪的纳维亚半岛上诞生的作家群，挪威、瑞典和芬兰以及丹麦的作家们，继续引领人类文学新发展，然后，欧洲小说的主流，转移到了欧洲中部，也就是中欧小说家的手里，诞生了弗兰茨卡夫卡、罗伯特穆齐尔和布洛赫的手里，同时，在欧洲大陆，像詹姆斯乔伊斯、弗吉尼亚·伍尔芙等人，加上上述的卡夫卡，则掀起了现代主义小说的巨浪，继续引领人类文学的前进。（见米兰·昆德拉著，《小说的艺术》，上海译文出版社）

米兰·昆德拉的这段对“欧洲小说”源流的分析，是相当清晰的，当然，他在这段描述中也表达了个人情绪：一是对过去称作“东欧文学”的厌恶和反驳，他特地以“中欧文学”取代了“东欧文学”，借以修改冷战时期的东欧文学受到的苏联文学的影响，然后，向欧洲的核心也就是西欧文学靠近，使他的写作摆脱东欧文学的“阴影”，从而成为无论是文化精神还是小说形式创新上的欧洲作家。他自认为自己是上述他所描述的一个伟大的欧洲小说的主线中最后的、最新的、也是很重要的一个环节。

翻译家、学者高兴曾经说过：

说到了东欧文学，一般人都会觉得，东欧文学就是指东欧国家的文学。但严格说来，“东欧”是个政治概念，也是个历史概念。在相当长的一段时间里，它特指波兰、捷克斯洛伐克、匈牙利、罗马尼亚、保加利亚、南斯拉夫、阿尔巴尼亚七个国家，因此，“东欧文学”也就是上述七个国家的文学。（见高兴著，《蓝色东欧文学丛书》的总序《另一种色彩的东欧文学》，花城出版社，2012 年 1 月版）

因此，不管是西欧文学、北欧文学、中欧文学、东欧文学以及俄罗斯文学，都是欧洲文学的组成部分，他们彼此之间的互相影响和联系，都是非常的巨大深远，由此，在 1920 年到 1945 年，合力形成了一股在欧洲诞生、发展，并且开始向全球扩散的现代主义浪潮。

米兰 • 昆德拉描述的，是现代主义小说在欧洲的兴起。那么，什么是现代主义小说？现代主义小说的起源从什么时候开始？关于这两个问题，文学史家一向是众说纷纭、莫衷一是。有的学者认为，现代主义小说肇始于 19 世纪欧洲一些作家，有德国浪漫派的作家诗人，比如霍夫曼、施笃姆、波德莱尔，以及俄罗斯作家陀思妥耶夫斯基，等等。他们较早地进入对人类的精神分析型书写，去把握人的意识的流动。而真正地集现代主义小说之大成，或者说，现代主义小说的牌子可以堂皇地挂出来，一般认为是由四个作家完成的。他们分别是：马塞尔 • 普鲁斯特、弗兰茨 • 卡夫卡、詹姆斯 • 乔伊斯、弗吉尼亚 • 伍尔夫。这四个人开启了 20 世纪到 21 世纪以来的文学流变的浪潮。

我们知道，文学是人的精神状况的全面反映，20 世纪初的亚洲，比如中国，1911 年在孙中山领导下推翻了帝制。而南亚的印度此时还处于英国殖民地的状态，很难成为文学发展的活跃之处。人民还没有吃饱饭，国家还没有独立自主，这就必然导致文学状况的贫乏。而非洲国家大部分都是欧洲的殖民地，其文学难以出现具有创新精神的、引领性的文学。20 世纪初期人类文学最活跃的部分是在欧洲大陆上。“一战”之后，在欧洲就出现了上述几个小说大师。

法国作家普鲁斯特可以说是现代小说的集大成者。不少法国人认为，普鲁斯特是最能代表20世纪法国文学的作家。他先天得了哮喘，病歪歪的，成天在家写作，从1913年左右开始把人生所剩下的时间，用来写一本大书——《追忆失去的年光》，这部书翻译成中文有250万字。它也是小说史上最重要的一本小说，是现代主义小说的一个巅峰之作，所谓意识流的集大成者。法国作家莫里亚克曾经描述道：

> 马塞尔·普鲁斯特的童年期比一般的孩子要长得多。这是一个感情极为脆弱的小男孩，如果临睡前没有妈妈的吻，他连觉都睡不着。临睡前妈妈的吻，以及它给小普鲁斯特带来的苦恼与欣喜，都成为普鲁斯特后来著作中的主题。例如，他早期的一部未完成的小说《让·桑德伊》和后来的鸿篇巨制《追寻逝去的时光》都是紧紧围绕着这类难忘的回忆展开的。尽管多少做了些渲染与夸张，但无论在普鲁斯特早期的幼稚习作，还是成年之后的鸿篇巨制中，这些回忆都是可信的。在马塞尔·普鲁斯特的著作中，凡是有关普鲁斯特本人，或者以普鲁斯特为原型的小说主人公的情节，都是有根有据的，绝无虚构成分。（见莫利亚克著，《马塞尔·普鲁斯特》，商务印书馆年版）

莫里亚克的这段话是引领我们进入马塞尔·普鲁斯特的文学世界里最好的路标。可能对很多读者来说，马塞尔·普鲁斯特都是一个阅读的难题。因为他写了一部长度令人畏惧，很难耐心读下去的小说。当然，大家都知道他，也大都阅读过这部小说的至少一部分内容。可见，《追寻逝去的时光》的长度就像是难以逾越的鸿沟，阻挡了心态浮躁的人去跨越，同时，也使这部小说继续保持着一种神话般的神秘力量。

马塞尔·普鲁斯特是20世纪法国贡献给人类的伟大小说家。他的《追寻逝去的时光》改变了小说的历史。如果说小说的发展是不断地由一些拐点改变的话，那么，马塞尔·普鲁斯特就是一个站在小说史拐点上的作家。那么，《追寻逝去的时光》是一部什么小说？是一部长河式的意识流小说？是一部心理现实主义小说？是一部自传体小说？是一部教育和成长小说？是通过内心体验所描绘的社会小说？最后，是一部带有象征色彩的现代主义小说？我觉得，在这部小说中，上述的判断都可以用来形容它的某种特征。马塞尔·普鲁斯特把这些标签化的特征都统合在一起，创造出一部无论深度和广度都令人惊异的巨作，一部和他所在的时代紧密地相联系的伟大作品。

《追寻逝去的时光》改变了小说历史，马塞尔·普鲁斯特就成了20世纪现代主义小说的先驱之一。它如同一条巨大的河流，将一个时代的全部印象，都化作了个人的、绵密的、厚实的、雕琢的、绵延的、细腻的、忧伤而平静的回忆。这部小说还像一幅无比巨大的花毯，编织了马塞尔·普鲁斯特关于他所存在着的某个特殊的历史时期的全部信息图像。记忆混合着嗅觉、味觉、触觉、听觉、视觉，将那些微不足道和微妙复杂的心理与外部的景象，融汇在一炉里，造就出一本书，一本连绵下去的书，在书里，时间和回忆似乎永远像河水那样流动着，永不停息，记忆因此得以永恒。

一个有雄心的作家，总是想写出一部伟大之书，一部杰作，它在那里等待作家去完成。这样的作品获得了上天的青睐，在机缘巧合、天赋和勤奋的共同作用下，一旦它完成，它就离开了作者，它巨大而耀眼，成了永恒的造物，成了大家共同欣赏的名著。法国作家安德烈·莫洛亚写道：

> 对于1900年到1950年这一历史时期而言，没有比《追寻逝去的

时光》更值得纪念的长篇小说杰作了……马塞尔·普鲁斯特像同时代的几位哲学家一样，实现了一场“逆向式的哥白尼革命”，人的精神又重新被安置在天地的中心，小说的目标便成为描写精神所反映和歪曲的世界。

安德烈·莫洛亚的评价是相当准确的，说明了这部小说在文学史上的地位和这部小说的贡献：对精神所反映和歪曲的世界的全面呈现。有很多研究者认为，马塞尔·普鲁斯特在写这部小说的时候，受到了当时的心理学哲学的影响，我还觉得，马塞尔·普鲁斯特个人的某种特质，比如他高度敏感的神经和哮喘病，比如他病态的神经质，喜欢沉溺于想象和回想的生活状态，是他得以写出这部小说的真正原因。

第二个大作家是爱尔兰小说家詹姆斯·乔伊斯。他的代表作品《尤利西斯》是现代主义成熟的、集大成的作品。此前，《恶之花》的作者波德莱尔，还有法国作家洛特里亚蒙的诗，也是现代主义的先驱性作品，但是他们的作品里有一点现代主义的萌芽，这种萌芽不是很成熟，到了詹姆斯·乔伊斯这里就变成了成熟的东西。《尤利西斯》非常标新立异，结构复杂。刚开始它被认为是淫秽的，大逆不道的，最后一章是小说女主人公莫莉的内心独白，其中有一段是色情片断。20 世纪 20 年代，由法国一家出版社“莎士比亚书店”出版，而当时美国还禁止它的登岸，英国、爱尔兰都不接受这本书的出版，只有法国是个例外。

《尤利西斯》如何解读，请读者参阅北京外国语大学的陈恕教授写的一本《（尤利西斯）导读》（译林出版社 1994 年 10 月版）。要了解现代主义，了解小说到了“一战”以后的巨大变化，就必须要看这部小说。当然，它有一些章节很苦涩难懂，因为这部小说非常复杂，总体是和神话有关，但每一章节都有设计，比如有的章节是模仿英语的发展史，有的是模仿教会的问答手册，有的章节，是对对话和场景的戏仿性写作，等等。《尤利西斯》也是意识流的代表作。挑战小说的写作难度，似乎是20世纪小说家首要的工作，这一点，在19世纪小说家那里不是最主要的。我们从19世纪的法国、英国、德国的现实主义小说家那里，从俄罗斯几大文学巨匠托尔斯泰、陀思妥耶夫斯基和屠格涅夫等人那里，都看不到挑战小说写作技术难度的努力。在19世纪，讲什么，永远比怎么讲要重要，小说家无非在小说的长度上有所比拼，而这一点也不是他们的有意而为，是有话要说。但是，到了20世纪，怎么写，也就是以什么样的小说形式去装小说的故事这瓶老酒，已经成为小说家迫不及待需要解决的问题了。在对小说形式和难度的追求上，詹姆斯•乔伊斯到现在为止仍旧是一个高峰，同时他也制造了一个个阅读的难题。但是，这并不阻碍《尤利西斯》出版之后的畅销和流布——如今，任何一个学习文学专业的大学生恐怕都听说过这部小说，尽管很多人没有看。那些学习英语文学专业的研究生们，都必须要面对乔伊斯的两部“天书”作品：《尤利西斯》和《芬尼根守灵》。实际上，我觉得有些研究詹姆斯•乔伊斯的学者把他作品的晦涩程度夸大了。经过了80多年的传播，他的作品比较容易理解了，他也成了一个经典作家。

第三个重要的现代主义小说先驱，是奥地利作家卡夫卡。“一战”以后，作为一家保险公司职员的卡夫卡，突然觉得，人在一个工业化的社会生活有了异化的感觉。这是从他那儿开始有的。在此之前，小说涉及当下生活，几乎全是写实的，像镜子一样反映那个时代，妓女就是妓女，城市就是城市，街道就是街道。而卡夫卡很厉害，他的《变形记》开头：“有一天，我醒来了，发现我已经变成了一只甲虫”。这样的异化感觉，是很有意思的。卡夫卡的小说一下改变了人类对小说的固有理解，他用表现主义手法把人类的生活抽象出来，进行了一种变形，让你突然发现，我们的生活被异化了。比如，小说《城堡》中的主人公是一个土地测量员，但是他永远都进入不了一个城堡。那么，这个城堡到底象征什么？谁也说不清楚。卡夫卡的小说就像梦魇一样离奇，荒诞。《变形记》和《城堡》应该是最能够体现卡夫卡特点和文学魅力的小说。一个土地测量员，永远进不去他要进去的城堡，永远在城堡周围打转，他跟城堡门口酒吧的女服务员套关系，跟里面的什么人套关系，但怎么也进入不了那座城堡。后来的评论家对此作了大量的解释，说城堡是一个巨大的象征，象征人类的司法体系和各类制度，等等。但卡夫卡他为什么写这个东西，只有依靠每个生命个体自己去寻找答案。他的小说是过去没有的，卡夫卡似乎永远在特别焦虑的、逻辑紊乱的环境里打转。现在，我们每个人难道不都是他笔下的人物吗？他的小说都是一种界乎似梦非梦的中间地带的东西，未来的小说还会发展，卡夫卡这个作家是绕不过去的。

第四位小说大师，是英国女作家弗吉尼娅·伍尔芙，她是有史以来最伟大的几个女作家之一。当然，其他伟大的女作家还有日本的作家紫氏部，写了《源氏物语》。弗吉尼娅·伍尔芙的作品很多，长篇小说有 10 多部，还有大量的随笔、书简和日记。代表作是长篇小说《达洛维夫人》，这个小说是一部意识流的佳作，讲述一个叫达洛维的夫人在一个下午的意识流。她要去买花，买的过程使读者忘记了她去买花了，因为一路上她的意识流动已经把整个家族的历史和时代的风貌，全部想了一遍。阅读这部小说，你会发现那个时代英国人的精神状态到底是什么样子。此外，弗吉尼娅·伍尔芙还是早期的一个女权主义作家，写过一本叫《一间自己的屋子》的很有名的随笔集，成了女权运动和女性主义思潮的先驱。后来她出过多卷本随笔集。她患有精神分裂症，几次自杀未遂，后来还是投河自杀了。

这四个作家开启了欧洲现代主义小说的大门，然后很多作家都跟着出现了。

3

以下介绍一些欧洲其他重要小说家的一些基本情况。他们都是在上述四位小说大家身后逐渐涌现的，从各个方向，丰富了欧洲现代主义小说的内涵，创造出一系列重要的作品。

法国作家加缪的最好的作品是《鼠疫》。加缪在写这个小说的时候收集了人类历史上的鼠疫灾难的很多材料。“二战”刚刚结束，引发了欧洲人的深入思考：为什么欧洲人会如此荒诞地热衷于互相毁灭？为什么欧洲会有希特勒，会有纳粹？为什么欧洲文明几乎被摧毁了，人类应该怎么办？鼠疫是一个象征，象征笼罩在我们头顶上的一个可怕的东西。因为人类总有一个个考验要来检验人类自身，在巨大的考验面前，人要有自己独立的判断和选择。加缪的作品有着思想和形象结合的完美感，他将哲学思想形象化为个人的体验，这给未来有思想的小说，指明了一条清晰的道路。

有的欧洲作家特别依赖历史题材的写作，如法国作家尤瑟纳尔，她是一个历史感很强的作家，几乎所有的小说都是写历史的。她知识非常渊博，在美国生活了很多年，后来死在瑞士的一个小岛上。她家道殷实，所以靠父亲的遗产生活就够了，从小就学过各国的语言。《哈德良回忆录》写的是古罗马皇帝的事，通过历史材料来写作的。她从来不触及个人的生活，比如她的同性恋取向。她刚好和法国女作家玛格丽特•杜拉斯相反，后者的每一部小说都跟自己的生活有关，所写的东西永远都是她的自我折射，都是她自己的变形的自传。在玛格丽特•尤瑟纳尔的长篇小说《哈德良回忆录》中，古罗马皇帝哈德良自己出场了。她就用皇帝的第一人称回忆他自己，复活了那个古罗马时期的历史。玛格丽特•尤瑟纳尔后来当选为法国学士院的院士，她是 20 世纪一个非常重要的作家，她给我们的启示，是告诉我们什么是真正的历史小说，描绘历史，要把历史小说写成当代小说，去塑造历史人物的声音肖像。这也将是未来小说的一个方向。

德语小说家中，德布林的《亚历山大广场》是德语现代长篇小说的奠基之作，罗伯特•穆齐尔的《没有个性的人》则是一种精神性小说的集大成，非常独特。托马斯•曼的《魔山》也是一本极其重要的书，描绘了那个时代欧洲整体的精神，都是不能忽视的。稍后出现的德国作家君特•格拉斯，是“二战”后十分重要的小说家。他把小说家看成是社会学家加历史学家加公共知识分子和说书人的这么一个综合的角色。作家君特•格拉斯的最好的小说是《铁皮鼓》。小说塑造了一个叫奥斯卡的侏儒，三岁的时候他决定自己不要长大了，因为他厌恶成人的世界。三岁的他就不长了，开始天天敲着爸爸给他买的铁皮鼓，经历成年人荒诞丑陋的世界。“纳粹”的兴起和覆灭、“二战”结束、德国被占领等重大历史，都通过这个叫奥斯卡的侏儒来审视。这部小说杰作后来被德国导演施隆多夫拍成了电影，获得了奥斯卡最佳外语片奖。《铁皮鼓》非常好看，贴近了德国人的心灵世界和历史，这部小说跟德国的政治和历史密切相关，复活了流浪汉小说的欧洲传统，还有德国式的说书人的腔调。

法国新小说派是“二战”之后最重要的文学流派，这个流派有很多作家，阿兰•罗伯•格里耶、克罗德•西蒙、比托尔等等，他们的作品都是在法国的子夜出版社出版的。克洛德•西蒙在 1985 年获得了诺贝尔文学奖。这个作家一直在法国南部生活，他一边种葡萄一边写作，出版了 20 多部长篇小说，代表作是《佛兰德公路》《农事诗》《植物园》等。《佛兰德公路》中的那条公路在法国南部，“二战”的时候，克罗德•西蒙所属的一支法国的部队在这条公路上被击溃。克罗德•西蒙的写作技法受绘画的影响特别大，他写作的时候，一般用三四种颜色的铅笔写作，每种颜色都不一样，他在写这个人物的时候，用一种颜色，写另外一个人物，用另外一种颜色，然后，全部交织在一起。比如说一匹马飞过一个战壕，一个伤兵正在回忆自己老婆在巴黎跟他家邻居在私通，一个炸弹在眼前爆炸，这一瞬间，他在小说中，几万字写过去了，还是这个事。所以，看他的小说，我们会发现他就像在用文字画画，这是一个非常独特的、很重要的法国小说家。和绘画艺术的联姻，也是小说未来发展的一个途径。

米兰•昆德拉最好的作品是长篇小说《生命中不能承受之轻》。社会主义在 20 世纪是一个人类理想，很多国家，包括苏联、中国都在探索实践这个理想，有的有所成功，有的在变化和改革，有的遭受了严重的失败。米兰•昆德拉的这部作品是对特定制度和时代中的人的状态的一种描绘。他后来客居巴黎，写下的法语小说并不成功。他的作品最大的特点在于小说和音乐的关系,从小说的内部结构到小说叙述的语调,无一不和音乐有关,这样也给小说指明了一条道路。

意大利作家伊塔洛•卡尔维诺则把写作变成一种知识、想象力的趣味游戏。他的代表作——小说《寒冬夜行人》，结构上一共有两条线：两个旅行者是一对夫妻，出去旅行，两个人不断读一本书，一边是两个人旅行，一边是两个人读一本书的内容。他还有一部小说《命运交叉的城堡》是根据扑克牌塔罗牌的打法写的,某个人跟某个人在森林里见面,可以随意组合。在充满游戏精神的写作过程中，卡尔维诺获得了想象的甜蜜。

意大利作家翁贝托•埃科号称“当代达•芬奇”，他最有名的是《玫瑰的名字》。翁贝托•埃科是在世的最渊博的作家之一，他家里藏了 6 万册书，他还是意大利最古老的一所大学——博洛尼亚大学的教授。他 50 岁之前没有写过小说，50 岁的时候突然写了《玫瑰的名字》，结果这本书在全球卖了 1200 万册，还拍成了电影。《玫瑰的名字》把中世纪的文化状况和宗教派别的斗争通过一个凶杀案件写了出来。一开始，是圣方济各教派的牧师带着自己的徒弟到一个发生了谋杀案的修道院，去调查一个修士的死亡。结果，他到达以后，有更多的人死于非命。这两个人到处找线索，后来发现这个修道院藏了一本淫书，是引发教士死亡的原因。翁贝托·埃科以侦探小说的外壳，包上了欧洲中世纪宗教斗争的历史来写此书。翁贝托·埃科后来的《鲍德里诺》，也是关于中世纪的故事。他的长篇小说《傅科摆》也是对人类知识和虚妄的想象的嘲讽。小说如何将专业知识和通俗小说结合，是翁贝托·埃科的重要取向。

帕斯捷尔纳克是苏俄在“二战”后的重要作家。俄罗斯土地广袤，历史命运深沉复杂，似乎每一寸土地都浸透了阴郁沉重的东西。他的长篇小说《日瓦格医生》继承了列夫·托尔斯泰的传统，带有俄罗斯特有的宗教关怀和雄浑大气。这部小说是对一个具体生命——日瓦戈医生的生命历程的记录。日瓦戈医生从 20 世纪初到 50 年代的生活，包括了苏联的“十月革命”“卫国战争”，等等，那个年代的艰难困苦，小说以沉郁和舒缓的方式呈现出来，承载了历史和时代强加给个人的命运，就如同一首没有尽头的长诗。

此外，苏联小说家巴别尔是一个不能忽视的短篇小说家，他的《骑兵军》是 20 世纪最好的短篇小说集。文体异常独特，对历史加诸个体生命的粗暴践踏和毁灭命运，有着无比生动的描绘。而布尔加科夫的《大师和玛格丽特》、安德烈·别雷的《彼得堡》，也是这一时期俄语文学中的精品。

以上这些“二战”前后出现的欧洲现代主义作家，涉及了现代主义的很多文学流派：荒诞派、象征主义、新小说派、存在主义、意识流，等等。如前所述，米兰·昆德拉提出过“欧洲小说”的概念，这些作家的创作就体现了这个概念的内涵。假如真的有一种“欧洲小说”，那么，就是这些作家完成的。

二 “二战”之后北美文学的繁盛和20世纪60年代的“拉美文学爆炸”

1

我们再来看看“二战”之后的北美文学。20世纪初期的美国，还处在迅速发展的阶段，但在文学上，还是粗笨的，不怎么讲究技巧的，还在欧洲文学的浓重的阴影之下。这从美国小说家亨利·詹姆斯十分心仪欧洲大陆，重新回到了英国，甘愿书写旧大陆的题材故事，就知道美国文学的处境了。整个北美洲文学还处在一种半途的状态，虽然不同意我的观点的人认为，19世纪的美国诗人、作家们，像惠特曼、马克·吐温、梅尔维尔、霍桑，以及20世纪初期的德莱塞，都是文学大师。他们是很不错，但是与欧洲作家相比，还是欠火候。

1930年，美国作家辛克莱·刘易斯获得了诺贝尔文学奖，标志着美国文学真正获得了关注。他的《大街》《屠场》和《巴比特》这些作品证明了北美洲文学在“一战”结束后所达到的高峰。而此时，欧洲现代主义小说从“一战”结束后爆发，到“二战”结束后衰微，在“二战”之后，文学创新的重点开始转移到美洲大陆。辛克莱·刘易斯获得诺贝尔文学奖就是一个先声。他说，“为什么我获得了诺贝尔文学奖？因为1930年的美国，已经是世界上最强大的国家了。”他说得很对。2012年的中国，也是世界上第二大经济体了，莫言就获奖了。

美洲大陆分成两部分，南美和北美。从语言上划分，又分成说英语的北美和说西班牙语、葡萄牙语的拉丁美洲。拉丁美洲是一个语言文化概念，包括了墨西哥、加勒比海国家等北美地域。我们先来看看美国在“二战”以后，出现了什么样的文学创作力量。就是在那一时期，美国出现了海明威、威廉·福克纳、索尔·贝娄、托马斯·沃尔夫、菲茨杰拉德、纳博科夫等一流小说家。这些作家强有力地将文学的创新点和重心，以及关注文学的视线转移到了美国，因为“二战”把欧洲文化摧毁得差不多了，所以文学的重心就转移到了勃勃生机的北美大陆。一时间，美国文学流派纷呈，稍后出现了犹太人文学、黑人文学、后现代主义小说、女性主义小说、黑色幽默小说，等等，异彩纷呈。

我可以罗列出一个长长的名单：威廉·福克纳、海明威、托马斯·沃尔夫、菲茨杰拉德、纳博科夫、约翰·巴斯、威廉·加迪斯、唐·德里罗、托马斯·品钦、约瑟夫·海勒、唐纳德·巴塞尔姆、威廉巴勒斯、冯内古特、索尔·贝娄、杰克·凯鲁亚克、爱丽斯·沃克、雷蒙德·卡佛、杜鲁门·卡波蒂约翰契弗、约翰·厄普代克、托尼·莫里森、保罗·奥斯特、加拿大女作家艾丽斯·门罗、玛格丽特·阿特伍德，等等，都是最为重要的北美作家。

威廉福克纳是这一时期最重要的美国作家。他的长篇小说有19部，其中有15部是关于他虚构的一个叫作约克纳帕塔法县的美国南方地区的，所以，可以把他这15部长篇小说看成是一部更大的、有着15个章节的巨型小说。他是美国最伟大的小说家，《喧哗与骚动》《我弥留之际》是其代表作。《我弥留之际》不长，大约10多万字，小说用第一人称叙述，但叙述人有很多个。小说讲述美国南部一个农夫的妻子死掉了，他们一家人要把她的尸体拉到家乡埋葬，这整个过程就是一个巨大的灾难：他们途中遇到了洪水等各类问题，是关于美国南方甚至人类生活的一个寓言。他的小说总是和《圣经》故事、神话、寓言等人类文化原型有关。

海明威的短篇小说是清澈和简约的，是一流的，可以反复阅读，通过学习海明威，可以掌握短篇小说的省略技巧和控制力。但他的大部分长篇小说却写得松松垮垮。《太阳照常升起》是他关于自己青年时代在巴黎生活的一部长篇小说，写了很多艺术家在巴黎的状况，造就了“迷惘的一代”这个说法。后来，中篇小说《老人与海》是他最好的作品。

犹太作家索尔·贝娄的代表作有长篇小说《奥吉·玛奇历险记》，这部长篇有两卷，小说有趣极了，是一种新流浪汉小说。奥吉·玛奇是一个犹太小孩，他居住在芝加哥，从十几岁开始一直经历各种事情，爱情、死亡、流浪，等等，主人公在现代美国社会中到处乱跑，见识各种各样的人。索尔·贝娄的知识极其渊博，他把犹太文化、芝加哥的当地文化都写出来了，也呈现了美国的复杂特性。他的其他小说还有《赫索格》《哀伤更致命》《院长的十二月》《拉维尔斯坦》等，都是关于美国当代犹太人知识分子处境的，部部都好。探索知识分子这个人类最为骚动和敏感不安的群体，是小说未来的一个方向。

纳博科夫是俄罗斯裔，后来流亡到了美国，最后死在了瑞士。他是美国“二战”之后最为重要的作家之一。他一共写了20多部长篇小说和几十篇短篇小说，早期用俄文写作，后来用英语写作。他生活中最大的爱好，就是跟妻子一块捕捉蝴蝶。他的代表作《洛丽塔》讲述了美国中年男人勾引一个未成年的少女的故事。但是这不是他最好的小说，他的杰作是《微暗的火》，是由一个长诗加复杂的注释构成的。小说非常复杂，既是一本关于小说的元小说，又是一个虚构的注释读物，因为这个作品，他也算是后现代主义小说流派的一个代表人物。

约瑟夫•海勒的代表作《第二十二条军规》，影响巨大，被称为是“黑色幽默小说”的代表作。这部小说描绘“二战”的荒谬和黑暗，里面有一个定律：你要证明你有病、你疯了，你就可以不用继续打仗，可以退役。但是你能证明你疯了，那就说明你就没有疯，你很正常，所以你必须继续服役继续战斗——这是一个悖反的逻辑。这是“二战”以后美国出现的一部小说杰作。他还写有《上帝知道》《最后一幕》等长篇小说。另外，被称之为“黑色幽默小说家”的还有冯尼古特，他善于用黑色的轻松幽默，来处理科幻故事和当下生活。

托马斯•品钦是美国后现代主义小说的代表人物，他的代表作是长篇小说《万有引力之虹》。他一共写了五个长篇，早期的还有长篇小说《葡萄园》。1998 年，他的长篇《梅森和迪克森》再度引起轰动。小说讲述了两个美国早期的测量员，如何测量美国南北分界的一条线——“梅森和迪克森”线的故事。这个作家的主要观点是“熵的世界观”，就是按照热力学第二定律来看，人类因为欲望和消费的无止境，正在缓慢走向寂灭。我们身边无穷无尽的电子商品和大量垃圾，无穷无尽的信息，都在覆盖人类。“熵的世界观”是值得注意的一种世界观。

一般而言，后现代主义就是用拼贴、用游戏化、解构和取消深度，并且重新结构已经有的东西为主要特点。在某种意义上，后现代主义小说既是反现代主义的，也是超越现代主义的，或者说，是现代主义的一个延续，后现代主义小说家除了这个托马斯·品钦，还有唐·德里罗《白噪音》、巴塞尔姆的《白雪公主》、威廉·加迪斯的《识别》和《小大亨》，约翰·巴斯的《烟草经纪人》，等等，都是值得认真拜读和研究的后现代主义小说。

已经去世的约翰·厄普代克是"二战"以后美国最主流的、代表了美国中产阶层和知识分子趣味的小说家。他的代表作是《兔子》五部曲。从1960年开始，他10年写一本，2000年，他写了这个以美国人"兔子"为主角的系列最后一部小说，是个中篇小说，叫作《兔子死后被他们怀念》，讲的是"兔子"死了以后大家怀念"兔子"的故事。约翰·厄普代克已经出了27部长篇小说，200多人篇短篇小说，大都是对他的家乡美国宾夕法尼亚州中产阶级家庭生活的描绘。此外，他还写了大量的书评和诗歌，是美国最有影响的主流知识分子。不过，他没有激烈的政治态度，有一次，美国作家协会开会，其他作家都在猛烈抨击美国政府，轮到约翰·厄普代克发言，他想了想，说，"我觉得美国的联邦快递挺棒的，我想买什么书，他们很快就给我送来了，他们的效率很高。"他就说了这么一句。约翰·厄普代克早年学习过绘画，因此他的文字非常讲究，细致精微。但是，他的不少长篇写得太松弛了，结构有些臃肿，叙述有些过于芜杂。不过，用现实主义的精巧笔法描绘生活的具体而微，还是小说家的看家本领。

加拿大作家艾丽斯·门罗和玛格丽特·阿特伍德，是加拿大目前最具影响的两位女作家，前者获得了2013年诺贝尔文学奖，出版有14部小说集，收录有143篇短篇小说，这些短篇小说叙事精湛，她因此被称为"当代契诃夫"。玛格丽特·阿特伍德比艾丽斯·门罗小几岁，她的著作多样，长篇、短篇、诗歌、文论样样皆能，代表作是长篇小说《盲刺客》，描绘了加拿大的一个家族史，有很多结构上的变化，有很多拼贴式的写法。她的写作带有后现代主义小说的色彩，她的视野相当开阔，她的小说《羚羊和山鸡》，是一部关于未来人类生存环境遭到了破坏之后的想象。未来小说，必将承载知识分子发出的各种警告这个使命。

2

20 世纪 60 年代，拉丁美洲涌现了一批大作家和著名的小说作品，他们形成了一股浪潮，这个浪潮被称为是“拉丁美洲文学爆炸”。到底是谁想到了用“爆炸”这个词汇来称呼当时的拉美小说家的创作的，现在已经无从考证，很可能是某个记者。但 20 世纪 60 年代，世界的文学热点，就是拉美文学爆炸。关于这个部分的描述，我在第一编的文章中，将详细描述这一“爆炸”的作家及其作品成果，这里不再赘述。

一般公认的最杰出的有代表性的拉美小说家，有阿根廷作家博尔赫斯、科塔萨尔，危地马拉的阿斯图里亚斯，古巴的卡彭铁尔，秘鲁的巴尔加斯·略萨，哥伦比亚作家马尔克斯，墨西哥的胡安·鲁尔弗和卡洛斯·富恩特斯，等等。

博尔赫斯是最杰出的短篇小说作家之一，他属于那种“作家中的作家”，他的代表作是一个小说集，叫《小径分岔的花园》，或者叫《交叉小径的花园》。博尔赫斯和卡夫卡一样奇特，他的小说是关于时间的，时间是他小说真正的主人公，而各种人类的知识谱系和智慧的边角料，都是他写作的源泉。他是一个幻想和对时间的文学测量员，玄学和知识的古怪联姻者。

加西亚·马尔克斯在《百年孤独》里描绘了 200 年拉丁美洲历史的孤独。评论家认为它是魔幻现实主义代表作。但是，加西亚·马尔克斯自己不承认，他说，我写的东西完全是拉丁美洲本来就有的，所有的东西现实里都有，根本没有什么“魔幻现实主义”，有的只是独特的拉丁美洲的现实。他的另外的小说杰作还有《霍乱时期的爱情》《族长的没落》，以及刚刚出版的小说《回忆我那悲惨的妓女》，描绘了一个老年诗人对自己一生风流韵事的回忆，和一个少女的奇特恋情。这部小说是他受川端康成的《睡美人》的启发写下的。他患了癌症，一直在美国治疗，同时在写一个三卷本的回忆录，已经出版了第一卷。

巴尔加斯•略萨，拉美结构现实主义代表作家，他的长篇小说有近20部，其中最好的是《酒吧长谈》《城市与狗》《绿房子》等。这个作家关于长篇小说结构的技巧探索让人眼花缭乱。不过，其作品过于清晰和结构的机械性，缺乏了深度，但是，他对现实的无情批判又弥补了他的缺陷。

墨西哥作家卡洛斯•富恩特斯的长篇小说有20多部，是一个多产作家。他的大部分小说都可以归入《时间的年龄》这样一个总体的题目，是一个雄心勃勃的大师。代表作是长篇小说《阿卡特米奥•克鲁斯之死》。阿卡特米奥•克鲁斯是墨西哥革命之后一个大商人，这部小说用他去世之前的一段段回忆一气呵成，从死之前一直回溯到了产生他生命的精子如何进入他母亲的子宫，是倒叙意识流，又是批判现实主义的变种，一部不折不扣的杰作。他的另外一部代表作《我们的土地》呈现了墨西哥辉煌的历史和复杂的现实。

当时间的钟摆和文学的潮流，从美洲大陆开始向亚洲和非洲大陆摆动并席卷的时候，新的文学现象必然产生。于是，在进入20世纪80年代之后，经济全球化带来的世界移民浪潮，国际互联网带来的信息流动，以及中国的改革开放和融入世界经济体系，使两种新的文学景观诞生了：“无国界作家”和20世纪80年代以来的中国当代文学的兴盛。

三　20世纪80年代以来全球化背景下“无国界作家”和中国20世纪晚期文学的兴盛

1

20世纪80年代以来，人类文学出现的两大新现象和新的写作群体，一个是由来自非洲、亚洲等第三世界国家的作家来到发达国家用西方语言写作的“无国界作家”群，也叫作“离散作家群”现象。之所以我没有采用“流亡作家群”，是因为“无国界作家”和“离散作家”，都带有自动选择和自我放逐的意味，而“流亡作家”则是在母国受到了政治排挤和迫害，被迫离开的。前者是20世纪80年代以来全球化加速的产物。第二个文学新现象，就是20世纪80年代以来的中国当代文学的勃兴。根据我的观察，我觉得，20世纪80年代以来的中国当代文学呈现了“爆炸性”的发展，其作家群的涌现，规模上略小于“拉美文学爆炸”，但其成就则几乎与之相当，出现了很多好作品，好作家，且还在继续发酵和发展，涌现了高行健和莫言两位诺贝尔文学奖的得主，这是风水轮流转，文学的大潮转到了亚洲大陆的具体体现。而分析其成因，则是我这本书的重要意义。

先谈“无国界作家”现象。“无国界作家”的出现，是因为他们一般写的是“世界小说”。而所谓的“世界小说”，是指“无国界作家”写的作品往往是带有全球景象的。就是作者出生在印度、斯里兰卡、尼日利亚、阿尔及利亚、中国、加勒比海岛国，但受教育在美国、英国、法国、德国、意大利、西班牙，后来也生活在那里，写的故事可能是所在国的，但用的语言都是英语、法语、德语、西班牙语等语言，便于出版和获得影响。他们的书也在西方国家出版，通过全球营销系统销售，这就叫作“世界小说”。现在，这样的作家很多，包括多位诺贝尔文学奖的获得者。这是 1980 年以后世界文坛上最为喧嚣的景观。而且，似乎这个群体在进一步地扩大，有更多的优秀作家在加入这个行列。

出现“世界小说”或“无国界作家”的原因，是全球化加速，使人们可以在很多国家和地区迁徙了。在这种情况下，一些作家的写作变得越来越全球化，而文化差异和文化比较、文化排斥和文化歧视，是这个作家群最为明显的感受。通过这些作家的作品，我们获得了一种崭新的世界观：一种从第三世界打量第一世界，又从第一世界反观第三世界的奇特经验。世界小说，就是由这样一批作家写出来的，是最近 30 年很独特的现象。

无国界作家群从非洲、亚洲和拉美等落后国家来到发达国家，代表作家有尼日利亚的阿契贝、索因卡与本•奥克利，肯尼亚的拉赫利，南非的（后来去澳大利亚和美国了）库切，英国的奈保尔、石黑一雄，加拿大的迈克尔•翁达杰，英国的拉什迪、维克拉姆•赛斯和加拿大的罗辛顿•米斯特里，日本的村上春树、村上龙，土耳其的帕穆克，阿尔巴尼亚——法国的卡达莱，还有华裔美国作家谭恩美、法国作家高行健，华裔美国作家哈金，等等。

在这群作家中最有名的，首推英国印度裔作家萨尔曼•拉什迪，我们都知道他写过《午夜的孩子》和《撒旦诗篇》，《撒旦诗篇》据说亵渎了伊斯兰教，结果伊朗前宗教领袖霍梅尼发出了对他的追杀令。这本书酿成了英国和某些伊斯兰国家的外交事件。萨尔曼•拉什迪出生在印度，他家是印度一个大家族，他后来在英国受教育，在美国写作、念书。他的作品是那种印度湿婆文化和英语文化杂交的魔幻现实的小说。如今他已经出版了长篇小说《她脚下的土地》《午夜的孩子》《羞耻》《狂怒》《摩尔人的最后叹息》《小丑撒拉利》等10多部小说杰作。长篇小说《午夜的孩子》是他代表性的小说，它讲述印度在1947年8月15日，印度和巴基斯坦分别独立那一天，印度一共出生了一千个孩子，这些孩子的成长历史。通过这些孩子的成长，他描绘了印度在1947年以后几十年的历史，夹杂了大量印度的神话、传奇，还有英国文化的背景，所以，是一个文化混杂的作品。这个作家是最值得关注的大作家，据说，因为他没有获得诺贝尔文学奖，有诺奖评委为此辞职不干了。他的小说是把本土记忆和西方文化嫁接出来的一种狂欢化的叙事。

出生于特立尼达和多巴哥的作家奈保尔，他的祖籍在印度，但在加勒比海的岛国长大，后来他在英国留学，然后全世界到处周游，他的作品主人公也是遍布世界各地。2001年他获得了诺贝尔文学奖。他的长篇小说《大河湾》讲述的是类似于苏丹这样的非洲国家，战乱频仍，一个外人跑到那里，在战乱中怎么样求生存，他写了这么一个故事。他的作品写的都是在全世界到处流动的移民的处境。他还有一个贡献，就是把游记变成一个特别重要的文体，他跑到印度，就写了四本批判印度的书:《印度: 受伤的文明》《幽暗的国度》等，在游记中，他把政论、历史评论、大文化散文等都融合进去，使我们看到了全球化时代文学写作的一个方向：在文化漂泊和差异中寻找一种虚构与记录。

除了奈保尔，还有英国日裔作家石黑一雄，这也是一个“无国界作家”，他出生在日本，六岁的时候就到了英国，目前是7部小说的作者，有《苍白的山色》《上海孤儿》在英国非常受欢迎，他可以写非常古典的英国小说，代表作是《盛世遗踪》。

印度英语文学非常强势，还有一个印度裔英国作家维克拉姆•赛斯很重要，他的长篇小说《如意郎君》翻译成中文有100万字，他继承了狄更斯的叙述传统，波澜壮阔地描绘了印度1947年到1951年的历史，上百个人物在婚姻和社会关系里彼此联系，非常厚重。

阿尔巴尼亚裔法国作家卡达莱，则是一个把巴尔干半岛上的血泪历史用法语写作的一个重要作家；而土耳其的奥尔罕•帕慕克则是最近10年里欧亚大陆交界处的土耳其贡献的最为耀眼的作家，他的长篇小说《白色城堡》《黑色的书》《我的名字是红色》《雪》，都非常有力地描绘了当代土耳其社会的无所适从和徘徊彷徨。当然，也有国内批评猛烈指责他是在为西方读者写作。2006年，他获得了诺贝尔文学奖。

加拿大的作家麦克尔•翁达杰，也是“无国界作家”的代表人物。他的代表作是小说《英国病人》。他出生在斯里兰卡，在英国受教育，后来长期居住在加拿大。因此，他的视野也是一种跨国界的视野，题材有加拿大、斯里兰卡和欧洲历史，十分宽泛，在一种文化差异中饱含着永久的乡愁。他的其他长篇小说还有《菩提凝视的岛屿》《身着狮皮》《世代相传》等，都很受欢迎。另外，他是一个典型的后现代派作家，喜欢用片段、拼贴的手法来写作和解构。因为人类的生活越来越快捷、碎片和零散，这样的现实，也使作家写出来了一种拼贴化的小说。

尼日利亚出了好几个世界级的大作家，像诺贝尔文学奖获得者索因卡，阿切比，年轻的英国作家本•奥克利。索因卡于1986年获得了诺贝尔文学奖。他的主要成就在剧本、诗歌，小说不算好，有一本《痴心与浊水》，最近湖南文学出过他的代表作《死亡国王和他的侍从》。从他的小说中，你可以看出“第三世界的作家”，如何用第一世界的眼光来打量自己民族的文化和处理自己国家的现实题材的。本•奥克利是20多部书的作者，前途远大，他生于1959年，他的代表作是《饥饿的道路》。他在尼日利亚出生，在英国接受高等教育，在英国用英语写作出版，但他写的大都是尼日利亚的事。《饥饿的道路》写的是尼日利亚最近几十年的变化，用尼日利亚古老的神话来解构它。这个版本有中文译本，可以看看一个尼日利亚作家如何处理本民族神话、现实和西方的视线相协调的。

日本作家安部公房，是日本“二战”之后最好的现代主义作家，也是法国存在主义小说思潮在日本的变种。他的代表作叫《砂之女》，讲的是有一天一个人在沙漠上走，突然掉到一个洞里，原来，一个女人叫砂之女，弄了一个陷阱，把他放进去，他就被控制住了。他实际上是写在日本高速发展的资本主义人的异化。描绘人的异化和异变，是小说的重要的声音。这是日本20世纪最为重要的现代主义作家。

日本还有一个大作家大江健三郎，1995年获得了诺贝尔文学奖，他的作品很多，有长篇小说30多部，代表作有《燃烧的绿树》《性的人》《个人的体验》《空翻》等大量作品都有中文译本。阅读他的作品，可以看出来，日本作家是如何上接欧洲现代主义思潮源流，下继日本社会的独特现实，分析日本社会中的精神现象的。大江是一个有强烈社会责任感的作家，日本奥姆真理教事件出现以后，他苦苦思索，用长篇小说《空翻》来进行了探索和解释。但是，可能是由于文化差异的原因，他的小说读起来十分枯涩，阅读快感远远比不上日本作家村上春树。大江还有一个有趣的理论，就是呼唤一种“亚洲小说”的诞生，某种程度上，他的这个观点和米兰•昆德拉的“欧洲小说”的观念有相通的地方，就是呼唤一种表达亚洲人存在方式和世界观的、具有亚洲文学内在形式和外在表现的新小说的诞生，这是他非常有远见的一个呼唤。

美国华裔作家哈金，是这些年在美国文坛上异军突起的小说家，他著有长篇小说《等待》《疯狂》《池塘里》《劫灰》《自由的生活》《南京安魂曲》6 部，还有几部短篇小说集、诗集出版。他与 20 世纪 50 年代出生于中国东北，当过兵，目前也是无国界作家的代表人物。哈金的小说题材都和中国有关，长篇和短篇都很出色。长篇小说《等待》讲述的是一个军医用了 18 年终于和乡下妻子离婚，后来却觉得自己和一个护士的婚姻更加不如意的故事。这个小说有某种人类的普遍性：你一直向往一个东西，费了很长时间才得到，却发现自己原来得到的并不像当初想的那么好。他的小说《疯狂》也很有趣，是以 20 世纪 80 年代末期中国大学中一个教授中风之后的胡言乱语，来象征那个时代知识分子的精神处境。而新作《劫灰》则是关于朝鲜战场中中国军人的命运的。他的短篇小说有着非凡的控制力。哈金也是跨文化实现文学沟通与和解的范例。

2

在 20 世纪 80 年代以来的中国当代新时期文学的勃兴浪潮中，一大批作家值得研究、分析。这是我这本书第二编的主要内容。我挑选了 20 位中国作家，比如莫言、贾平凹、王安忆、韩少功、余华、残雪、刘震云、格非、阿来、陈忠实，等等，进行了分析。读者会发现，把他们放到当代世界文学的背景中来观察，是不逊色的。在他们的创作中，体现了小说的大陆漂移的特点——继拉丁美洲文学在 20 世纪 60 年代“大爆炸”之后，20 世纪 80 年代以来，他们也创造了一个汉语中文写作的“大爆炸”，中国出现了各种各样的流派，寻根派、先锋派、新写实、女性主义等流派。他们相当突出地继承了近 100 年来世界文学潮流的走向，受到了现代主义的多重影响。他们真正地把汉语文学同世界文学潮流联系起来了。现在，他们的创作实绩，与已经产生的影响，是 20 世纪 80 年代以来中国当代文学的主要收获。

莫言是其中的佼佼者，他的小说很多，有长篇小说 11 部，是当代作家中最为耀眼和重要的一个。他的代表作是长篇小说《檀香刑》《丰乳肥臀》，前者是以义和团为背景的长篇小说，结构上以中国传统叙事模式为框架，讲述了那个时代的中国人的热血和狂乱，悲哀和激越。《丰乳肥臀》是一部关于大地母亲的赞歌，一部关于母亲的史诗，也是一部隐喻 20 世纪中国历史之作。莫言的小说讲述了人和大地的关系，人和历史的关系，他的作品，使小说继续保有了传奇的风格，和第三世界国家民族神话与史诗的力量。而刚刚出版的小说《生死疲劳》，则以一个灵魂转世的方式，把中国农村 50 年的历史变化写了出来，非常有想象力和解构能力。他是最近 30 多年来出现的最强有力的汉语小说家。

刘震云的小说也值得重视。他的创作分成前后几个阶段。早期的小说《一地鸡毛》《官场》《官人》，以及长篇小说《故乡天下黄花》，都是对民族文化深层解构的某种新写实主义的观察、讽刺和批判。而他的长达二百万字的小说《故乡的面和花朵》，是汉语小说很少有过的东西。这部小说是汉语小说的一个探索和重要收获，是一个想象世界的语言的狂欢，是一部关于故乡和乡愁、关于中国和世界的关系的绝妙讽喻。刘震云的小说展示了汉语小说的一个边界，就是单靠语言和想象，就可以成就一个虚拟的叠加与并置的世界。而他的新作《手机》《我叫刘跃进》《我不是潘金莲》，是在大众娱乐和批判现实之间，在小说的新形式探索与大众传播上，找到了一条前行的道路。他是少数能够不断超越自我的中国作家。

残雪的短篇小说成就很高，她发表有 140 多篇短篇小说。她的代表作——长篇小说《突围表演》（后改名为《五香街》）是一部相当不错的作品，这部小说写的是中国女性的真实的处境与心理体验，讲的是一个寡妇，如何在各种各样的流言蜚语中试图突围出来，突破女人几乎无法生存的想象的环境和现实的环境，用一种对话、意识流，构成了这部长篇小说。残雪是和卡夫卡有着继承关系的中国当代作家，她的意义在于，小说家可以非常个人化、内倾化地讲述和时代的关系，“作茧自缚”也是小说家存在的权利，她写的是一种纯精神性小说、纯个人小说。

在正文的两编中，我将详细分析拉美文学“爆炸”前后出现的 8 个重要作家，以及 20 位当代中国作家的作品，就是为了描述出一个大致的轮廓——人类文学的热潮是从欧洲现代主义到美国后现代主义，再到拉美文学“爆炸”，最后到全球化时代的“无国界作家”、世界小说和中国当代文学的勃兴，在时间和空间上形成了一个有联系的线条。而在小说的内部，有解构、形式、语言、文学观念的很大的变化发展，从外部也就是地理学的角度观察，依托这个潮流变化的是从欧洲到美洲，最后到亚洲和非洲的小说地理学的发展景象。

这样一个世界文学的全景观，是我们今天的写作者、研究者和读者都应该保有的，也是我们起码的一个文学常识，作为作家、评论家、研究者和大学生，我们应该了解这些基本情况。在一个传统中接续和发展，才是一条作家该走的正路，其他的都是“歪门邪道”。因为说到底，作家是要从一代代的大作家那里获得一种传承的，文学只有一个标准，只有一个伟大的传统，你必须成为这个传统中开新风的人，才能创建新的历史。

第一编　“拉丁美洲小说爆炸”的八个样本

在本编中，我将详细分析八个拉丁美洲小说家的作品，然后逐渐地将他们的探索和影响是如何扩展到包括亚洲在内的全世界的状况，作一个描述。

第一章 “拉丁美洲小说爆炸”的四个先驱

第一节 豪尔赫·路易斯·博尔赫斯：沙上写字

豪尔赫·路易斯·博尔赫斯（以下简称豪·博尔赫斯）是20世纪最重要的小说家之一，也是拉丁美洲“文学爆炸”的奠基人。当我们回望整个20世纪的小说，可以看到豪·博尔赫斯那无法回避的身影，笼罩在很多人之上。但是，对于他的整个人和整个写作，各种评价仍旧像云雾一样缠绕着他。比如，墨西哥作家卡洛斯·富恩特斯就批评豪·博尔赫斯：

文学上的天才，政治上的白痴。

而纳博科夫则说：

远看是一个很壮观的城堡，当你走近，再走近，会发现里面是一个空的舞台，没有任何东西。

那么，豪·博尔赫斯果真像上述两个作家所说的那样，是一个政治白痴，一个内部空空如也（暗示他的空洞和虚无）的小说家吗？让我们再来听听他自己的辩白。他说：

> 我认为我不是一个现代作家，我是一个19世纪的作家。我并不觉得自己与超现实主义或达达主义，或者意象主义，或文学上什么别的受人尊敬的蠢论浅说处于同一个时代，不是吗？我按照19世纪和20世纪初的原则来看待文学。

从这段自白上，我们会认为觉得他是一个保守的、笃信19世纪文学创作理念的作家。可是，他又是20世纪最具创新精神的大作家。他不仅是19世纪的作家，也是20世纪的作家，更是21世纪以后的作家。

让我们继续听听别的作家对他的评价吧。秘鲁——西班牙作家巴尔加斯·略萨说：

> 博尔赫斯不仅是当今世界最伟大的文学巨匠，而且还是一位无与伦比的创造大师。正是因为博尔赫斯，我们拉丁美洲文学才赢来了国际声誉。他打破了传统的束缚，把小说和散文推向了一个极为崇高的境界。（见《博尔赫斯全集》小说卷，第7页，浙江文艺出版社，2006年8月版）

美国作家保罗·奥斯特说：

> 博尔赫斯非常具有知识分子气质，他写的作品都很短小，也很精彩，涉及历史、哲学、人文等许多方面，我当然受过他的影响。不过，我不觉得我的作品和他相似。

另一个美国作家苏珊•桑塔格（1933—2004年）说：

如果有哪一位同时代人在文学上称得起不朽，那个人必定是博尔赫斯。他是他那个时代和文化的产物，但是他却以一种神奇的方式知道如何超越他的时代和文化。他是最透明的也是最有艺术性的作家。对于其他作家来说，他一直是一种很好的资源。

的确，苏珊•桑塔格说得很对，在整个20世纪中，博尔赫斯都是“作家中的作家”，是可以带给很多作家创作灵感、并能使他们发现自己的作家。因此，博尔赫斯是20世纪少数最伟大、最独特的作家之一。那么，他的写作到底贡献在哪里？在这一点上，他自己也说得很明白：

时间是一个根本之谜，空间并不重要，你可以想象一个没有空间的宇宙，比如，一个音乐的宇宙。时间问题是一个真正的问题，时间问题把自我问题包含在其中，因为说到底，何谓自我？自我即过去，现在，还有对于即将来临的时间、关于未来的预期。

在这段话中，他明确地说明了他的指向：他的小说全部都是关于时间的，甚至人物都是拿来作为时间主题的陪衬的，他的小说是关于时间的小说，不是关于空间的，他的小说的主人公甚至就是时间，而不是那些符号化的人。

1899年8月24日，博尔赫斯出生于阿根廷首都布宜诺斯艾利斯的一个中产阶级家庭，他的父亲是律师，同时还是一个语言学家和翻译家，并且通晓心理学，善于演说，信奉无神论，有一个规模不小的家庭图书馆，收藏了大量的英文、法文、德文等各种欧洲语言的人文著作。母亲有英国血统，家教很好，因此，博尔赫斯从小在家庭教师丁克小姐和外祖母以及自己父母的培养和熏陶下成长，他在家里接受的，是地道的英国式教育。

他的英语甚至比西班牙语都要好，很小就开始囫囵吞枣地阅读大量英语作家的作品。6 岁的时候，他就先用英文写了一篇关于古希腊神话的文章，又用西班牙语写了一篇叫作《不幸的面甲》的作文，获得了家庭教师和父母的热情鼓励。9 岁的时候，他进入正式的学堂，直接读 4 年级，开始系统地学习西班牙和阿根廷的古典文学。“一战”爆发后，父母亲带着他来到了中立国瑞士，在那里，博尔赫斯以旁观者身份，体验到了“一战”的悲剧氛围，同时，他努力地学习法语和德语，一直到战争结束。

高中毕业后，博尔赫斯在英国剑桥大学继续学习英国文学。后来，在西班牙等欧洲国家游历一番之后，1921 年，他回到了阿根廷，与一些阿根廷先锋派作家、诗人团体接触紧密，创办了文学杂志《多棱镜》和《船头》，发表了大量介绍欧洲现代主义流派的情况，推动阿根廷现代主义文学的发展。这个时期，他的写作热情很高，创作体裁主要是诗歌和随笔，出版有诗集《布宜诺斯艾利斯的热情》（1923）、《面前的月亮》（1925）和《圣马丁的手册》，随笔集《探讨集》（1925）、《希望的领域》（1926）、《埃列瓦斯托·卡列戈》（1930）、《探讨别集》（1932）、《论永恒》（1936）等。他的诗歌在题材上受到描绘郊区风情的本土诗歌风格的影响，在表现技法上则深受象征主义、超现实主义的影响，表现了他对生活的看法和隐秘的情感。他的随笔则着重讨论一些抽象的事物，关于时间、存在、永恒，等等。我觉得他的诗歌写作是他随笔的反面印证，而他的随笔写作则是通向他的小说写作的桥梁。在他的随笔中，已经开始出现了他后来的小说中出现的元素，比如具象的描绘和悬念，表达的却是抽象的概念，尤其是随笔集《论永恒》，出现了他后来小说中的全部主题。

1935 年，博尔赫斯出版了他的第一部小说集《恶棍列传》，收录了 9 篇短篇小说，大都曾发表在报纸副刊上，是一些关于强盗和恶棍的传奇性很强的小说，他以简洁的叙述手法，将那些鲜为人知的匪徒的生活以片段叙述的方式展现出来。有趣的是，其中一篇还取材于中国，叫作《女海盗金寡妇》，说的是一个女海盗头子金寡妇在中国东南沿海做海盗，和政府军对抗，最终因前来剿灭她的政府军放出了风筝，忽然感到了天网恢恢和巨大困惑，最终投降的故事。这个小说集中，还有一篇是他的小说代表作，叫作《玫瑰街角的汉子》，讲述的是一桩发生在阿根廷的扑朔迷离的凶杀斗狠案件。小说中的人物在房间外面的打斗最终造成了挑衅者的死亡，可是到底是谁杀死了那个人，却并没有交代。但小说的最后暗示故事的讲述人有着重大的嫌疑。不过，博尔赫斯本人并不很看重这篇叙述精妙、情节扑朔迷离的短篇小说，他在 1970 年出版的《随笔》中说：

> 我如今觉得它不真实、矫揉造作、人物虚假。我从来不把它看成是一个起点。

《恶棍列传》这本小说集，显示出博尔赫斯驾驭短篇小说的高超能力，他可以自由地将一个时间和空间跨度都很大的故事，浓缩成篇幅很小的短篇小说。不过，这本小说集里的小说故事性大都很强，还不带有他后期小说的幻想性和时间性的特征。1938 年，在图书馆担任助理馆员的博尔赫斯，因为一次偶然的受伤事件，他住进了医院，在高烧中，似乎得到了什么灵感，病痛退却之后，他写出了带有幻想色彩的第一篇小说《特隆乌克巴尔，奥尔比斯•特蒂乌斯》。在这篇小说中，出现了时间主题、镜子、百科全书等符号，是他对于时间、图书馆和人类知识、永恒等问题的探讨。我想，后来，他一定是把这篇小说当作他的一个真正的起点的。从此，他似乎找到了小说写作的窍门，并打开门，义无反顾地走了进去。

1941 年，他出版了后来被广受关注和赞扬的小说集《小径分岔的花园》。

这个集子收录了《特隆乌克巴尔，奥尔比斯·特蒂乌斯》《吉诃德的作者彼埃尔·梅纳德》《圆形废墟》《巴比伦彩票》《赫尔伯特·奎因作品分析》《巴别图书馆》《小径分岔的花园》7 篇短篇小说。这些小说都带有浓厚的玄学色彩，探讨了时间和现实、知识和心灵、镜子能否显示真相等问题，使他的小说迥异于其他小说，似乎表面上戴有伪饰的哲学探讨的面具，实际上，却是由虚构的情节、虚构的书籍、虚构的人物组成了一个看似真实、但根本不存在的世界。比如，《圆形废墟》中讲述一个魔法师来到了一个圆形的废墟，在废墟上，他发现，这里原来是火神的神庙，他来这里要完成一个任务：梦见或者用梦来创造一个世界上原先不曾有过的人。于是，他一点点地终于梦见了这个人的最终成形，并成了新的魔法师，这个老魔法师才发现，自己原来竟然是别人梦中的一个影子和产物。

《小径分岔的花园》是一篇带有中国元素的短篇小说，也是他的短篇小说代表作。小说讲述的是在“一战”期间的间谍战，以一个叫俞聪的青岛高等学校的英语教授——他实际上是一个间谍——的口述记录构成。在一座俞聪的祖先建造的中国迷宫式样的花园建筑中，间谍们展开了追逐和反追逐。最后，俞教授不得不以杀掉一个无辜的、名字叫艾伯特的人，来通知柏林的情报部门，他们应该轰炸一个叫作艾伯特的英国城市，摧毁那里的英国炮兵阵地，从而完成了他的艰巨任务，而俞教授却有着无限的悔恨和对这个间谍游戏的厌倦。小说探讨了历史的另一面，将对中国迷宫花园的探讨、第一次世界大战、死亡、时间的探讨，组合成一个奇妙的故事，小说中，俞教授和追捕他的马登上尉关于中国迷宫式花园的对话是其中最精彩的部分，也是理解小说的钥匙所在。

博尔赫斯的《杜撰集》出版于 1944 年，这个集子将《小径分岔的花园》里的篇目也收进来，还收录了 9 个新的短篇小说，加起来一共 16 篇。

新的小说包括了《博闻强记的富内斯》《刀疤》《叛徒和英雄的主题》《关于死亡和指南针》《秘密的奇迹》《关于犹大的三种说法》《结局》《凤凰教派》《南方》等。于是，这部短篇小说集就成了博尔赫斯最有代表性的集子。新收入的 9 篇小说题材上大相径庭，但是主题都是和时间、记忆、命运、永恒有关，带有浓厚的幻想色彩。《博闻强记的富内斯》讲述了一个有着奇异的记忆能力的人的故事，他不仅能记忆任何一条书籍上的知识，还记得关于这种知识的感觉、思维的纹理等痕迹，令人叹为观止。《刀疤》讲述了一个叛徒出卖自己同伴的故事，而讲述者采取的，是以讲述别人的经历来陈述自己的卑鄙行为的巧妙手法。《关于死亡和指南针》中，一个侦探故作聪明，结果，使自己陷身于匪徒给他设下的圈套，被打死了。《秘密的奇迹》讲述了一个被判处死刑的人运用记忆和想象，延长了一年自己的生命，但实际上，他依旧是在规定的时间里被枪决了，探讨了时间的绵延。《南方》讲述了一个阿根廷青年受到了奇特的启示，只身前往南方，去迎接一场命中注定的你死我活的决斗。小说集中的短篇小说题材的跨度之大、幻想性和对某种不可捉摸的命运的摹写令人咋舌。

博尔赫斯一生都钟情于短篇小说写作，在他有着旺盛精力的中年阶段，他对短篇小说越来越驾轻就熟。他说："所有的长篇小说都有铺张之嫌，而一个短篇小说却可以通篇精练。"的确，博尔赫斯是 20 世纪最重要的短篇小说家之一，他用这种短小精悍的体裁，创作出像匕首般锋利、又像巨石般有力、同时像云雾般轻巧的小说。

他的第四部小说集《阿莱夫》出版于 1949 年，其中收录了 17 篇短篇小说，包括了《永生》《釜底游鱼》《神学家》《武士和女俘的故事》《另一次死亡》《埃玛·宗兹》《德意志安魂曲》《扎伊尔》《神的文字》《两个国王和两个迷宫》《等待》《门槛边的人》《阿威罗伊的探索》《阿莱夫》

等。其中有些非常短小精悍，翻译成中文只有三四千字，充满了对幻想和未知世界的虚构与想象。《阿莱夫》是最有代表性的一篇，讲述了一个奇迹：在阿根廷他一个朋友的地下室里，有一个阿莱夫，就是能够看见所有的时间和空间、能够看见万事万物在同一个时间和地点涌现的东西。这本集子的幻想性和知识背景更加生动复杂，似乎全人类的知识谱系都被博尔赫斯拿来作为写作的素材和灵感的源泉了。

博尔赫斯一生都和图书馆有着密切的联系，图书馆是他工作和学习的地方，也是他所有小说萌发的源泉。1946—1955 年，阿根廷由庇隆总统执政，因为博尔赫斯在反对庇隆的一份知识分子的宣言上签了名，结果，被庇隆政权的爪牙免去了市立图书馆馆长的职务，为了进一步地羞辱他，他们还勒令他去当市场的家禽检查员，检查鸡鸭等的交易情况。博尔赫斯愤怒地拒绝担任这可笑的“家禽检查员”，并发表了一封公开信表示抗议，得到阿根廷一些知识分子的声援和支持。1950 年，在阿根廷作家们的支持下，博尔赫斯当之无愧地当选为阿根廷作家协会主席，这等于是给庇隆政府的一次有力回击。后来，专权的庇隆下台之后，1955 年 10 月，新政府重新任命博尔赫斯担任了阿根廷国立图书馆的馆长。

他的第五部小说集《布隆迪的报告》出版于 1970 年，收录了《第三者》《宵小》《马可福音》《遭遇》《老夫人》《决斗》《布隆迪的报告》《瓜拉基尔》等 10 篇小说，故事精巧、叙述从容，距离上一部小说集的玄学和神秘气息比较远，呈现出一种澄明和清晰的气质。他的第六本小说集《沙之书》出版于 1975 年，收录了《另一个人》《代表大会》《三十教派》《奇迹之夜》《镜子与面具》《贿赂》《圆盘》《沙之书》等 13 篇小说。其中，《沙之书》讲述了一本像沙子一样可以流动和变化的书籍的故事，显示了人类知识的变化无穷和复杂性。他的最后一部小说集《莎士比亚的记忆》出版于1983年，收录有《蓝色老虎》《莎士比亚的记忆》《1983年8月5日》等4个短篇小说。《蓝色老虎》讲述的是在印度某地出现了蓝色的老虎，而故事的讲述者还发现当地有一种石子，会在手上不断繁殖，每次打开手掌，那些石子的数目都会变化，继续探索时间和永恒的主题。

博尔赫斯创作的短篇小说加起来有80篇左右，其中一些介于随笔和小说之间，难以分清文体。就是靠着这些短篇小说，博尔赫斯确立了他在小说史中不可动摇的地位。其中，《埃玛·宗兹》《玫瑰街角的汉子》《叛徒与英雄的主题》《第三者》等短篇小说还被改编成了电影。不过，电影往往将小说中的故事抽取出来进行演绎，丧失了小说的深刻主题。

博尔赫斯还说：

> 一切伟大的文学最终都将变成儿童文学。比如爱伦·坡的作品，比如《一千零一夜》，孩子们单纯地沉迷于手中的书。

晚年的博尔赫斯功成名就，喜欢到处漫游，尽管他的视力越来越糟糕了。他到处讲学，在美国、欧洲一些国家，他是非常受欢迎的智慧老人。他旅途的终点是日内瓦，因为在这里，他度过了难以忘怀的少年时光。1986年6月14日，他以落叶归根的方式死在了日内瓦。博尔赫斯一生成就辉煌，但是爱情生活却很不顺利，晚年双目失明，仍以口授的方式继续创作。他很长的时间里都处于单身状态，由他年迈但精力充沛的母亲照料他的生活。在他去世前不到两个月，他和自己的日裔女秘书玛丽亚·儿玉结了婚，并宣布她为他财产的唯一合法继承人，全权保护、整理和出版他的作品。博尔赫斯一生获得了很多荣誉，包括担任阿根廷国立图书馆馆长、布宜诺斯艾利斯大学教授等，他还获得了阿根廷国家文学奖、福门托奖（与贝克特分享）、意大利佛罗伦萨第九届诗歌奖、巴西美洲文学奖、以色列耶路撒冷文学奖、墨西哥阿方索•雷耶斯奖、西班牙塞万提斯文学奖（与赫拉尔多•迭戈分享）、墨西哥奥林•约利兹利奖、法兰西学院金质奖章、德意志联邦共和国荣誉勋章、秘鲁太阳勋章、法国文学艺术骑士勋章、英国爵士爵位、西班牙智利阿方索十世大十字勋章、意大利大十字骑士勋章等，但是，最终他未能获得诺贝尔文学奖。如果他获得了诺贝尔文学奖，我想，那是他给诺贝尔文学奖增添了光辉和荣誉，而不是相反。

半个多世纪以来，贴在博尔赫斯身上的标签也非常多：极端派、先锋派、超现实主义、幻想文学、神秘主义、玄学派、魔幻现实主义、后现代主义，这些标签似乎都呈现了他的一个侧面，一个部分，或一个阶段。我觉得，博尔赫斯就像他笔下的《沙之书》中的沙子那样，是变幻莫测的。他的创作从题材上来分的话，包括了诗歌、随笔和短篇小说三大块。到 1985 年出版诗集《密谋》，他生前一共出版了诗集 14 部、短篇小说集 6 部、随笔集 10 多部，此外，还有很多翻译、对话、访谈、演讲、序言、读书笔记，等等，还有他和作家比奥伊•卡萨雷斯合写的一些侦探小说和幻想小说，这些构成了他全部的文学写作（中文版五卷本全集实际上并不全面）。其中，短篇小说的成就最高，而随笔则是他的小说和诗歌的有力支撑。这三种文体被他驾轻就熟，三种文体也相互辉映。而跨越和连通三者的界限的，则是他的哲学思想和玄学观点。他早年深受柏拉图和叔本华等人的唯心哲学，还有尼采的唯意志论的影响，并且从休谟和康德那里接受了不可知论和宿命论，以及古希腊哲学家芝诺、苏格拉底等人的哲学影响。他对笛卡尔的思想也了然于心，在上述哲学家的观点的基础上，他采用时间和空间的轮回与停顿、梦境和现实的转换、幻想和真实之间的界限连通、死亡和生命的共时存在、象征和符号的神秘暗示等手法，把历史、现实、文学和哲学之间的界限打通，模糊了它们的疆界，带给我们一个神秘的、梦幻般的、繁殖和虚构的世界，在真实和虚幻之间，找到了一条穿梭往来的通道，并带领我们不断地往返，并获得神奇的阅读感受。

博尔赫斯很难被模仿的原因，在于他的小说的主人公是时间，而不是人。博尔赫斯的小说总是趋向于玄学和虚无，从零最后仍归结为零。在他的写作背后，有着渊博的知识作为支撑，他把人类的各种知识谱系和典籍都变成了写作资源，并融进他独特的幻想。因为，他是以阿根廷国立图书馆里的 80 万册图书作为支撑的。他的作品是一个自足的世界，表面上与现实没有关系，但如同“强劲的想象产生事实”，他又再造了一个文学的宇宙。我想，也许，只用一些简单的词，就可以呈现博尔赫斯作品的特征：镜子、迷宫、蓝色老虎、不断增殖的石片等。这些东西都是恍惚的、虚拟的、捉摸不定的，如同时间在遇到质量大客体要弯曲一样，宇宙本身都是在不断弯曲和膨胀的。世上的大多数作家都很入世，关心的都是现实和历史问题，最多是一些小说技巧问题，在文学的观念上，很难像博尔赫斯那样趋向于虚无，也没有博尔赫斯那渊博和无比庞杂的知识背景。因此，博尔赫斯永远只有一个。

博尔赫斯的作品的中国素材，一直是我很留心的，除了短篇小说《小径分岔的花园》和《女海盗金寡妇》中的中国素材，他还写了关于《红楼梦》和《水浒传》的短评，对像《中国神话故事与民间故事》《满洲官员》《一个野蛮人在亚洲》等有关中国的书也很有兴趣。对《红楼梦》，他是这么评价的：

> 这部小说一定会使我们感兴趣的，这是优于我们近 3000 年的文学中最有名的一部小说……全书充满了绝望的肉欲，主题是一个人的堕落和最后以皈依神秘和佛教来赎罪。（见《博尔赫斯全集》散文卷下册卷，第 375 到 376 页，浙江文艺出版社，2006 年 8 月版）

在评价《水浒传》的时候，他说：

> 这部13世纪的“流浪汉体小说”并不比17世纪西班牙同类的小说逊色，而在有些方面还超过了它们。比如它完全没有说教，有时候，情节的展开像史诗一般广阔，以及对超自然的和魔幻方面的描写令人信服。（见《博尔赫斯全集》散文卷，第459页，浙江文艺出版社，2006年8月版）

从这些评价中，可以看出他对中国文学那敏锐的判断力和杰出的鉴赏能力。

第二节　米格尔·安赫尔·阿斯图里亚斯：“伟大喉舌”

米格尔·安赫尔·阿斯图里亚斯属于“拉丁美洲文学爆炸”潮流的开创者和奠基人那一代，和博尔赫斯、卡彭铁尔、胡安·鲁尔福等人共同掀起了现代主义文学在拉丁美洲的勃兴。正是有了这四位作家，作为一块具有创造活力的、反过来可以影响欧洲、亚洲和北美作家的文学大陆，拉丁美洲才在20世纪小说大陆板块的漂移和碰撞中浮现了出来。

米格尔·安赫尔·阿斯图里亚斯1899年出生在危地马拉城，父亲是当地一位有声望的法律工作者，由于有着法律至上的信念，曾经遭受危地马拉独裁者的迫害。他母亲是一位老师，因此，小米格尔·安赫尔·阿斯图里亚斯的家庭成长环境充满了人文气息。为了躲避当权者的排挤和迫害，他父亲离开首都，带领全家来到了危地马拉的内陆地区工作，而那里的农村和山地都是穷乡僻壤，交通不便，居住着大量的土著印第安人。于是，米格尔·安赫尔·阿斯图里亚斯从小和那些印第安人来往，对他们的口头传说、宗教信仰、感情世界和日常生活十分熟悉。1907 年，父亲带着一家人重新回到了危地马拉城，感到政治气氛更加压抑，心灰意冷，于是，就把所有的希望都寄托在米格尔·安赫尔·阿斯图里亚斯的身上。米格尔·安赫尔·阿斯图里亚斯中学毕业后，按照父亲的愿望，进入危地马拉大学法律系攻读法律，一边刻苦学习，一边还利用假期的时间，多次到人口占整个危地马拉总人口一半的农村印第安人居住区进行实地调查，最终写出了一篇优秀的学士学位论文《印第安人的社会问题》，论文的大量调查数据说明了危地马拉矛盾的根源在于社会不平等。这也说明，米格尔·安赫尔·阿斯图里亚斯从一开始就是一个关心社会、直面现实的作家。

1923 年，24 岁的米格尔·安赫尔·阿斯图里亚斯凭借那篇优秀论文所获得的奖学金，离开了危地马拉，前往英国留学，在伦敦待了一段时间，觉得自己丧失了对法律的兴趣，他又来到了法国，在一位考古学家的指导下，开始找到了新方向——研究古印第安文化，并且根据法文译本，用西班牙文重新翻译了拉丁美洲的古代神话著作《波波尔·乌》，并且从中寻找到了一条文学的写作方向。《波波尔·乌》这本书，是拉丁美洲印第安基切族人流传下来的古老的神话传说经典，它讲述的是拉丁美洲人的起源和发展。翻译这部拉丁美洲土著神话传说的经典，使米格尔·安赫尔·阿斯图里亚斯获得了从外部重新审视拉丁美洲本土文化的视角和眼光。同时，他根据掌握的民间文学材料，开始了自己的文学写作。

1930 年，居住在法国的米格尔·安赫尔·阿斯图里亚斯用西班牙文创作了他的第一部文学作品《危地马拉的传说》，在马德里出版。这是一部带有人类学和民间传说特征的故事集，收录了危地马拉人关于火山、财宝、创世的神话故事，展现出一个充满了神奇、魔幻、原始和怪异色彩的拉丁美洲。这本书使一些欧洲作家对他刮目相看，他们敏锐地觉得，一个大作家诞生了。米格尔·安赫尔·阿斯图里亚斯还和同一时期流亡在巴黎的古巴作家卡彭铁尔一起创办了文学杂志《磁石》，主要发表一些带有超现实主义特征的实验作品，团结了一批拉美青年作家。

1933年，米格尔·安赫尔·阿斯图里亚斯回到了祖国危地马拉，这期间，他一边从事新闻工作，一边写作诗歌和长篇小说。1937年，他出版了诗集《十四行诗集》，收录了他早期创作的一批韵脚独到的诗作。后来，随着危地马拉的政权更迭，政局朝着有利于知识分子的局面发展，也给了他施展才华的机会。他开始从事外交工作，出任了危地马拉驻阿根廷和墨西哥使馆的外交官。1946年，在墨西哥，他出版了长篇小说《总统先生》，一鸣惊人。

《总统先生》是拉丁美洲20世纪上半叶出现的很重要的一部作品，是拉丁美洲"反独裁者小说"品种中最好的一部。米格尔·安赫尔·阿斯图里亚斯写这部小说用了很多年，一开始定的名字是《政治乞丐》，因为，他看到了西班牙作家巴列因克兰的一部描绘独裁者的小说《暴君班德拉斯》，受到了很大启发，也想写一部关于拉丁美洲独裁者的政治小说。于是，米格尔·安赫尔·阿斯图里亚斯以危地马拉的独裁者卡布雷拉为原型，创作了这部名声很大的小说。独裁者卡布雷拉统治危地马拉长达22年，在1920年倒台。而米格尔·安赫尔·阿斯图里亚斯记忆里的少年和青年时光和这个独裁者有关，他后来不得不以流亡者的身份在欧洲居留也和他有关，那些年危地马拉的社会沉闷、恐惧、压抑和黑暗的气氛，也是独裁者卡布雷拉造成的。除了以卡布雷拉为原型，米格尔·安赫尔·阿斯图里亚斯还综合了拉丁美洲、特别是危地马拉历史上其他的独裁者形象，融会贯通之后，创作出这部小说。

《总统先生》的风格带有明显的漫画色彩，人物多少也有些扁平，小说的情节是虚构的，小说中的国家也是模糊的，看上去，大致像是某个中美洲国家，人们隐约觉得他写的像是危地马拉，里面的独裁者是卡布雷拉，但是又不能真正对号入座。整部小说共分为三部分，以时间作为每个部分的题目，比如，第一部分的题目是“四月二十一日，二十二日和二十三日”，第二部分是“四月二十四日，二十五日，二十六日，二十七日”，而第三部分的题目则是“几星期，几个月，几年”，叙述时间由前两个部分的一天 24 小时，变成了突然拉长的按照星期、月和年为单位的时间叙述了。这样的结构，使小说在叙述时空上显得绵长有力。小说讲述了该国总统的一个亲信、陆军上校，竟然被一个乞丐杀死所引发的连环政治动荡。这个案件十分蹊跷，为了调查案件，总统捏造了一些证据，说是自己的政敌干的，并且悄悄设置了一个消灭政敌的陷阱，最后，果然使政敌陷入圈套，被杀死了，而政敌的手下人也一哄而散，溃不成军。“总统先生”在小说里的形象是残忍的、狡诈的、诡计多端的，带有黑色漫画的色彩。他就像一个巨大的黑影，笼罩在国家和人民的头顶，利用暴力和国家机器，在人民的心里制造出恐怖的阴影。这么一个暴君和两面派，是拉丁美洲文学中很少出现的形象，其现实意义和文学意义都十分巨大。小说中的独裁者生活在一个荒诞的世界里，他和自己的手下一边营造着恐怖事件，一边又生活在荒诞的幻觉里，害怕被推翻，于是就寻欢作乐。

从这部小说可以看出，米格尔·安赫尔·阿斯图里亚斯敢于直面拉丁美洲特殊的社会现实，他认为，文学必须要有批判和介入社会现实的能力。因此，《总统先生》的出版，一时震惊了拉丁美洲文学界和大众读者，获得了很高的评价，即使到今天，把很多拉美作家写的关于独裁者的小说放到一起来看，这部小说也是十分独特的，这不光是因为它出版得早，还因为它写出了独裁者诞生的历史、文化和社会的土壤，写出了独裁者的复杂性和内心世界。另外，从文学技巧上来看，《总统先生》很擅长运用口语和对话，十分生动自然。米格尔·安赫尔·阿斯图里亚斯采取的，还不完全是现实中的对话，他运用了大量的内心独白和对话和意识流，将一个人的语言和言语、内心的声音和外部的说话，都呈现出来，将主观的感觉和客观存在，将梦幻手法和对社会现实的摹写结合起来，创造出一种不同于过去的现实主义小说的新小说。当时，评论家还没有想好如何给他的这种写法命名，到了他的长篇小说《玉米人》出版之后，他就被戴上了一顶“魔幻现实主义”的帽子，开始声名远播、响彻拉美了。

长篇小说《玉米人》出版于 1949 年，是米格尔·安赫尔·阿斯图里亚斯的重要代表作。在这部小说中，他利用自己对古代美洲印第安人文化和信仰体系的研究、对他们日常生活和现实生存的了解，花了 3 年的时间写出来的。从结构上看，这部小说更像是一部拼贴起来的故事集，以不同的侧面来映射出整个结构，讲述了 6 个人的故事，每个故事本身是独立的，但是主题则是统一的。小说有两个层面的叙述，一个层面是去描绘印第安人的世界观、生死观和信仰体系，另外一个层面，就是描绘这些印第安人的糟糕的现实生存的境遇。当代拉丁美洲印第安人，在殖民主义和本土独裁者接连压迫统治之下，过着贫困、压抑、朝不保夕的生活。

《玉米人》深受拉丁美洲神话经典《波波尔·乌》的影响，将印第安人的创世传说纳入其中，因为，在古代玛雅人看来，人是不分生死的，万物是有灵魂的，人和动物、植物是可以不断地以转世的方式存在下去的，印第安人还认为，人是玉米做的，人死了，就会变成玉米，玉米被人消耗之后重新变成人。小说的 6 个片段拼合在一起，形成了一幅拉丁美洲历史和传说的壁画长卷，使我们看到了危地马拉广阔的社会现实和神奇魔幻的印第安人的心灵世界。而在印第安土著们的信仰体系背后，则是米格尔·

安赫尔·阿斯图里亚斯对他们生存境遇的强烈关注——在20世纪40年代，危地马拉军政府对这些印第安土著采取了掠夺和不信任的政策，使得这些土著的生存环境恶劣，连基本的人权都无法保障。但是，他们仍旧能从自己的神话传说中找到一个安放灵魂的天堂。

在《玉米人》中，最令人惊奇的，我想就是米格尔·安赫尔·阿斯图里亚斯对印第安人文化习俗、宗教信仰和现实生存几个方面的书写。他以结构现实主义加魔幻现实主义的手法，巧妙地解构了整部小说，使作品看上去就像一块七巧板，互相连接、互相映衬、彼此参照，然后形成了一个整体，将拉丁美洲的社会现实和历史文化展现了出来。小说中，出现了危地马拉的很多社会场景，地点在转换，出场的几十个人物也不断地活动其间，他们在自己特殊的信仰体系下生存，梦幻和现实互相连通，物质世界和精神世界混淆。

这部小说提出了一个很重要的问题，那就是拉丁美洲的印第安人问题。自从西班牙和其他欧洲殖民主义者“发现”美洲之后，拉丁美洲的土著印第安人就遭到了灭顶之灾，文化被毁灭、生命被消灭、生存被压制。他们过去是这块土地的主人，后来竟成了欧洲入侵者的奴隶，成为下层贫民。小说的表现手法非常有感染力，米格尔·安赫尔·阿斯图里亚斯以他生花的妙笔，描绘出我们过去根本就不熟悉，甚至是无视它存在的印第安人的精神世界，他们的信仰令人新奇，然后，你获得的就是新奇之后对印第安土著的同情。

米格尔·安赫尔·阿斯图里亚斯用《总统先生》和《玉米人》这两部长篇小说，奠定了他在整个拉丁美洲20世纪小说史中的地位，这两部小说也充分体现出他以文学介入现实、以文化映照现实的创作态度，同时，他写的又是一种文化小说，是从更深的层次来把握和理解拉丁美洲现实的现代新小说。

自从《总统先生》和《玉米人》获得了很大成功之后，在接下来的岁月里，阿斯图里亚斯又完成了长篇小说“香蕉三部曲”：《强风》（1950）《绿色教皇》（1954）和《被埋葬者的眼睛》（1960）。这三部小说在主题上十分统一，都是反对美国资本主义对拉丁美洲的掠夺性开发的，写作手法则基本上是现实主义风格，米格尔·安赫尔·阿斯图里亚斯在这个“三部曲”中，并没有使用他已经得心应手的魔幻现实主义的手法，因此，从小说的艺术性上来看，这三部作品比不上《总统先生》和《玉米人》，但是也不能忽视。因为此时的米格尔·安赫尔·阿斯图里亚斯扮演的，是时代的喉舌这个角色。

在小说《强风》中，他写的是美国的果品公司对拉丁美洲一些海岸国家的经济入侵，和一些小的香蕉种植园与美国跨国大公司之间的矛盾和对抗。小说的主角是一个怀有平等和博爱心的美国人莱斯特，他一个人来到危地马拉，组织起当地的农民种植香蕉，成立了一家小公司，准备和有国际财团支持的美国大公司相对抗，企图将经济利益的天平向当地的香蕉农民倾斜。于是，他单枪匹马地组织当地农民和“绿色教皇”——一家控制世界香蕉贸易的美国跨国公司作斗争，但最终是螳臂当车，胳膊扭不过大腿，在竞争中失败了，这个叫莱斯特的美国人也在一场突如其来的飓风中和妻子一起丧生了。一个心肠好、能吃苦的美国人，在帮助危地马拉香蕉农民的斗争中，就这么失败了。小说描述了一个美国人在拉丁美洲的悲剧结局，以此来映照拉丁美洲香蕉贸易的受控现实。

小说《绿色教皇》则将叙述的视角转向了另一个角度，讲述了另一个美国人汤姆森的故事。和莱斯特的理想主义相反，汤姆森是一个唯利是图的现实主义者。他在危地马拉利用各种手段，不断地扩大地盘，侵占香蕉农民的土地，最后，因为拥有了大片的香蕉园而被称为是“绿色教皇”。但是，他的巧取豪夺最终导致了当地农民的反抗和暴力起义，而他爱着的一个混血姑娘，也在准备和他结婚的前夕投河自尽了，这导致了他在个人生活上和香蕉生意上的全面失败，代表美国跨国资本主义势力的“绿色教皇”，不得不收敛了自己的行为，后来被起义的农民杀死。

小说《被埋葬者的眼睛》以一则印第安传说作为故事情节的出发点：如果一个印第安人在下葬的时候眼睛是睁着的，那么，他只有等到复仇之后、正义得到伸张，才可以最终合眼。这一次，米格尔·安赫尔·阿斯图里亚斯将小说的视点转向了面对美国香蕉果品公司的大举入侵而全面觉醒的农民，着力塑造了一位乡村女教师的形象，她和另外一位平民一起，组织农民反抗，最后，他们杀死了“绿色教皇”，在罢工浪潮中成为一股巨大的力量，将美国果品香蕉公司赶走了，而和美国公司勾结的拉丁美洲的独裁政权，也垮掉了。

“香蕉三部曲”分别从旁观者、征服者、被征服者的角度，展开了围绕拉丁美洲最重要的经济作物香蕉的叙述，有着强烈的现实意义、政治意义和社会意义，如同匕首和投枪一样，直接扎向了拉美国家和美国之间的经济关系所导致的社会问题。但是，我感觉“香蕉三部曲”在质量上有些参差不齐。在那个特定的历史阶段里，香蕉问题成了困扰拉丁美洲社会的主要矛盾，米格尔·安赫尔·阿斯图里亚斯就以直接的方式，来表达他对美国跨国资本对拉美农民的掠夺的愤怒，但是，一旦小说家的政治情怀涨破了文学标准，那么，作品的价值将大打折扣。在今天，重新审视这个“香蕉三部曲”，我就觉得，小说的概念化很严重，比如其中一些关于美国资本家的描绘就显得扁平和漫画化，并不真实和立体，加上弥漫着的愤怒情绪，使小说显得简单和平面了。而且，一旦美国和拉美国家的香蕉贸易问题得到解决，这些小说的价值，就将降低。但是，在特定的历史阶段，文学的抗议功能也很强大，这又是矛盾的，因为作家根本就不能回避时代的重大矛盾。对此，米格尔•安赫尔•阿斯图里亚斯本人有着清醒的认识，他说：

拉丁美洲文学绝非廉价的文学，它是战斗的文学，并且一贯如此。（见赵德明著，《20 世纪拉丁美洲小说》，第 173 页，云南人民出版社，2003 年 3 月版）

这说明他把文学对现实政治的介入提高到了很高的认识水平上，他还说：

对于我来说，作家就是代沉默者疾呼的人。危地马拉的土著玛雅—基切人部落中间，有一种人被称为是‘伟大喉舌’的人，他的地位在部落里非常重要，因为他是负责表达本村或者本乡全体居民的愿望、不满和合法要求的人，‘喉舌’是部落的代言人，从某种程度上讲，我也是这样的人：是我部落的代言人。（见赵德明著，《20 世纪拉丁美洲小说》，第 174 页，云南人民出版社，2003 年 3 月版）

因此，我以为真正的美洲小说就是为他们争取权利发出的呐喊，就是散布在成千上万张纸页上的发自世纪深处的呼声。地地道道的美洲小说屹立在纸页上，忠实地表达这种精神，忠实地描写工人的拳头、农民的汗水，忠实地反映人们为营养不良的儿童表露出来的沉痛心情。（见米格尔 · 安赫尔 · 阿斯图里亚斯著，《玉米人》，第 423 页，上海译文出版社，2013 年 12 月版）

所以，我们仍旧不能低估“香蕉三部曲”的价值。因为，作家作为“喉舌”，在一个特定的历史时期，必须要为人民呐喊，为人民而发出声音。

1956 年，米格尔•安赫尔•阿斯图里亚斯出版了中篇小说《危地马拉的周末》。1954 年，在美国的干涉下，危地马拉的民主政府被推翻了，这使米格尔•安赫尔•阿斯图里亚斯义愤填膺地写了这部小说。小说采取了从较小的角度入手去写具体的人的手法，来呈现历史大事件，将一个改变了国家命运的周末刻画得十分生动。拉美国家和美国的关系一直是拉丁美洲国家思考的一个问题，在这部小说中也是如此。

1961 年，他又出版了带有解构主义色彩的中篇小说《小马拉哈多》。小说分成三个部分，以三个侧面构成一个故事，描绘了孤儿马拉哈多把一个打鱼人讲述的故事，当成了现实生活真实发生过的，然后，他进入一个奇特的想象世界里。这是一部带有童话色彩的儿童小说。此外，阿斯图里亚斯还写有长篇小说《这样的混血女人》（1963），讲述了一个人为了发财，把灵魂出卖给魔鬼的故事：男人尤米把他的老伴出卖给魔鬼，而魔鬼正是美国玉米叶魔鬼。混血姑娘在小说里是个恶人，她把尤米的灵魂引向了魔鬼。小说情节充满了魔幻色彩，同时，还探讨了美国对拉丁美洲无处不在的影响。

米格尔•安赫尔•阿斯图里亚斯后期的作品还有短篇小说集《里达•莎尔的镜子》（1967），收录了米格尔•安赫尔•阿斯图里亚斯描绘那有几百年历史的危地马拉城市的作品。小说集中随处可见他对危地马拉的风景、山川和人物的、充满了感情的描绘。他后期的作品，还有历史小说《马拉德龙》（1969）和长篇小说《多洛雷斯的星期五》（1972），米格尔•安赫尔•阿斯图里亚斯还是一位诗人和剧作家。除了最早出版的诗集《十四行诗集》，他还出版有诗集《云雀的鬓角》（1949）、《贺拉斯主题的习作》（1951）、《玻利瓦尔》（1955）等。他的诗歌风格将超现实主义元素和拉丁美洲的印第安文化结合起来，描绘了拉丁美洲的美丽风光、温情美好的家庭生活、古代神话的再生等等，带有浓厚的抒情诗特征，平实感人，充满了赞美大地的激情。他的剧本有取材于印第安神话传说的《索鲁娜》（1955），还有现实题材的《讹诈》《干堤》《国境线法庭》等，这些剧作都收录在他1964年出版的《剧作全集》里，显示了米格尔·安赫尔·阿斯图里亚斯比较广阔的视野。

1967年，米格尔·安赫尔·阿斯图里亚斯因为“作品深深植根于拉丁美洲的气质和印第安人的传统之中”而获得了诺贝尔文学奖。1974年，他病逝于西班牙首都马德里。

作为20世纪拉丁美洲最早尝试使用现代主义手法并结合本土文化资源的作家，米格尔·安赫尔·阿斯图里亚斯如同一个人在荒野上走路，他最终顽强地走出来了一条新路。他说：

> 拉丁美洲的小说是我们自己的小说，想要名副其实，就不能背离我们全部伟大文学的过去和现在一直保持的伟大精神。假如你写小说仅仅是为了消遣，那就请你把它们付之一炬吧！退一步说，即使你自己不烧掉，随着时间的流逝，这种小说也会和你一起，从人民大众的记忆里抹掉。（见赵德明著，《20世纪拉丁美洲小说》，第187页，云南人民出版社，2003年3月版）

米格尔·安赫尔·阿斯图里亚斯再次强调了小说家的“喉舌”功能。米格尔·安赫尔·阿斯图里亚斯在小说上的最大的贡献，就是把现代主义小说的火种带到了拉丁美洲，根据本土印第安人的精神世界和意识，在小说中加入了大量魔幻、神奇、荒诞的情节，以及一些匪夷所思的、超越现代物理学知识的东西，来曲折地、艺术地反映拉丁美洲的社会现实，成为时代的伟大“喉舌”。

第三节　阿莱霍·卡彭铁尔：神奇的文学王国

和博尔赫斯、胡安·鲁尔福、阿斯图里亚斯一样，阿莱霍·卡彭铁尔也是“拉丁美洲文学爆炸”潮流最重要的奠基人和开拓者之一。

阿莱霍·卡彭铁尔 1904 年出生于古巴的哈瓦那，父亲是法国建筑师，母亲曾经在瑞士攻读医学学位，有俄罗斯族血统。因此，阿莱霍·卡彭铁尔是一个标准的混血儿，而他又出生在欧洲文化、西班牙文化和古印第安文化混血的拉丁美洲，历史的机缘和巧合，使他在文学史上成为一个写出了文化混杂风格的“神奇现实小说”的开创者。

阿莱霍·卡彭铁尔在父母亲的熏陶下，对文学、建筑和音乐从小就有兴趣。8 岁的时候，他就被父母带着在欧洲一些国家旅行，还长期居住在巴黎。中学毕业之后，才回到了古巴的哈瓦那。受父亲的影响，他 17 岁就进入哈瓦那大学建筑系学习建筑，而古巴当时在马查多独裁政权的统治之下，社会表面上平稳，但隐藏了很多矛盾，因此，阿莱霍·卡彭铁尔对现实政治也萌发了批判意识。1924 年，他大学毕业之后，没有从事建筑业，而是投身到新闻业，当了一名报社记者，借机广泛地了解古巴社会的各个层面。1928 年，因为起草了反对马查多的宣言，他被逮捕入狱。就是在监狱的牢房里，他开始写作第一部长篇小说《埃古—扬巴—奥》。出狱之后，感到在古巴没有办法待了，阿莱霍·卡彭铁尔就流亡到了法国。

1933 年，《埃古—扬巴—奥》这部小说在西班牙的马德里出版，立即获得了很高的评价。这部小说的题目是古巴黑人的土语，意思是“耶稣，救救我们！”通过这部小说，阿莱霍·卡彭铁尔一开始就把眼光投放到神奇的拉丁美洲大陆，他认为，整个拉丁美洲从地域文化的特性上，大致可以分成三大块，大陆最南端的阿根廷、乌拉圭等深受欧洲文化影响，阿根廷的首都布宜诺斯艾利斯就像是一座欧洲城市的翻版；而拉丁美洲的中南部整个地区、包括墨西哥，是古代印第安文化区；加勒比海地区和巴西（讲葡萄牙语）则是黑人文化地区。这三个地区的划分，从历史沿袭、文化传承、地域特征和文化特质上，基本上概括了拉丁美洲各个国家和地区的文化特性。正是清醒地看到了这一点，阿莱霍·卡彭铁尔才能够在文学创作中自觉地表现自身的文化优势，并且将欧洲现代主义小说的新形式和拉丁美洲独特的现实和历史文化相结合，写出了“神奇的现实主义”小说。

长篇小说《埃古—扬巴—奥》有着独特的文化气质。小说讲述了一个带有白人血统的黑人姆拉托梅内希尔多·埃古的生活和遭遇，小说不仅将加勒比海地区的黑人群落的生活和现实状态做了深刻描述，而且，还大量使用了当地黑人的民间传说和神秘的宗教信仰体系，创造出独特而神奇的小说氛围。不过，后来他对这部小说评价一般，觉得自己当时的眼光还是狭隘了。小说出版的时候，他正在欧洲各国周游，结识了当时欧洲、特别是法国很多作家和诗人。在巴黎，他还和同时流亡在巴黎的危地马拉作家阿斯图里亚斯一同创办了一份文学杂志《磁石》，专门刊登带有创新色彩的文学作品和新锐的评论。

对于自己最终放弃建筑和音乐，投身到文学事业中，阿莱霍·卡彭铁尔解释说：

> 虽然我的音乐的底子比文学好，但是我还是选择了文学，因为对于我而言后者更需要、更迫切。当我学习对位法并脱离客观形式的时候，文学正以其特殊的理由使我着迷。我从小就有一种感觉：拉丁美洲向我们展示了全新的内容、全新的现实（矛盾、问题、价值观念），

正期待小说家的到来。今天我可以说我没有错。我继续坚信，在拉丁美洲，小说是一种需要：展现一个世界。（见阿莱霍·卡彭铁尔著，《小说是一种需要》，第 49 页，云南人民出版社，1995 年 7 月版）

1939 年，第二次世界大战爆发，阿莱霍·卡彭铁尔在马德里停留了一段时间后，就回到了哈瓦那，在哈瓦那大学担任音乐系教授，教授音乐史课程。此时，他对海地 18 世纪爆发的一场革命特别感兴趣，1943 年专门到海地去进行实地考察，并且收集了大量的资料，花了几年的时间，写出了一部长篇小说《人间王国》，于 1949 年出版。这部小说第一次呈现出阿莱霍·卡彭铁尔的多角度、多层次叙述的能力。小说描绘了 18 世纪的海地革命，但是，在结构上运用的完全是现代小说的手法，由四个部分组成，每个部分都是由主人公的内心独白和意识流的方式，来呈现人物的内心世界和他所看到的外部世界。海地在拉丁美洲是一个历史沿革与归属比较复杂的国家，她深受欧洲殖民主义国家的损害，1697 年，西班牙和法国签署了协议，将海地瓜分，很多黑人因此被卖做奴隶。黑人们不堪忍受，于 1757 年对欧洲殖民主义者发起了第一次起义，最后以失败告终。到 1790 年，黑人们又发动了第二次武装起义，被法国殖民主义统治者残酷镇压；1971 年，黑人们接连发动了第三次和第四次武装起义，使整个拉丁美洲反对欧洲殖民主义者的斗争达到了高潮，引发了很多拉美国家的起义和暴动。到 1801 年，被起义军打败的法国、英国、西班牙军队不得不退却了，起义军召开了制宪会议，正式宣布海地独立，于是，海地成了拉丁美洲第一个独立的国家。1803 年，法国政府不得不宣布放弃对海地的统治权。但是，海地独立之后，接连出现了独裁者，社会继续动荡，独裁者不断地被反对派刺杀，海地人民继续生活在水深火热之中……

根据这些历史史实，阿莱霍·卡彭铁尔在《人间王国》里描绘了带领黑人起义的领袖马康达尔的生活和他最终的死亡，以及他在白人眼中的印象和在黑人后来创造的神奇传说中的形象——在黑人的传说中，他是一个永生不死的人，可以挣脱枷锁，在火焰中逃脱并且升腾成为巨大的飞鸟。实际上，他已经被殖民主义者的军队处以火刑，烧死了，创立一个平等自由的人间王国的努力失败了。小说由真实的历史事实和拉美黑人文化特殊的信仰世界构成，将一种神奇的历史现实带给了我们，在真实的事实和扭曲变形的传说混杂的叙述中，将一个特定年代的、特定国家的特定历史描绘了出来，写出了拉丁美洲的命运。

1953 年，阿莱霍·卡彭铁尔出版了长篇小说《消逝的足迹》，这部小说是他在 1941 年去委内瑞拉采访和收集资料之后，用了好几年的时间写成的。这部小说因其独特的风格和品质，成了他的小说代表作。

《消逝的足迹》描绘了一个音乐系教授，因为厌倦城市文明，带着自己的情妇，深入委内瑞拉的原始森林里去寻找一套原始民间乐器的旅程。在他前往原始森林的过程中，小说波澜壮阔地描绘出委内瑞拉那宽阔的、波浪翻滚的大河、逶迤连绵的群山、苍莽神秘的森林，以及森林中的至今存在着的原始文明和土著人的生活。在寻找那件原始乐器的过程中，这个音乐系教授还爱上了当地的一个印第安姑娘，她的没有受到城市文明污染的淳朴和美丽，使音乐教授很快坠入了情网。于是，教授带着的那个轻浮肤浅的城市情妇，和这个野性而淳朴的印第安姑娘之间产生了有趣的对比，使他们之间的关系发生了变化。音乐系教授在不断地深入原始森林和波涛汹涌的大河深处、在感受原始粗犷的风景、被不断打动的同时，他也在重新审视西方工业文明带来的对大自然的破坏，对人性的异化和扭曲。最后，音乐系教授到达了大河和森林的源头，在那里，竟然是一片洪荒的世界，是“创世纪”开始之后不久的世界，那里有着印第安人所建立的一个伊甸园。

印第安人相信万物有灵，相信鬼魂的世界，他们崇拜祖先，满足于最简单质朴的生活，有着独特的信仰体系，这使得教授非常震动。不过，小说在这两种文明的对比中，也表现出这个音乐教授的矛盾心态，写出了他内心的复杂性，这无疑是非常真实的。毕竟，我们再痛恨城市，我们也不得不生活在城市文明当中，谁也不可能继续生活在深山老林里了。但是这部小说所提出的问题，描绘出的景象，依旧发人深省。

《消逝的足迹》中，主人公沿着河流不断上溯的情节，使我想起来波兰裔英国作家康拉德的小说《黑暗的心脏》，这两部小说可以对照着看。《黑暗的心脏》风格阴郁，描述欧洲殖民主义者沿着刚果河上溯的过程，展现了现代人和原始社会的冲突，也展现了不同文明之间对话的困难和隔阂。美国电影导演科波拉在 1978 年执导的电影《现代启示录》，虽然描绘的是那场越南战争，但是，主人公沿着越南的大河上溯的旅程，是和《消逝的足迹》与《黑暗的心脏》相映成趣的，主干情节肯定是来源于这两部小说。《消逝的足迹》的叙述具有很强的形式感，采用第一人称叙述，同时夹杂着日记体，在叙述上显得很紧密，在一些地方能展开更为驳杂的场景，还能够制造叙述停顿。阿莱霍·卡彭铁尔写这部小说，目的在于呈现拉丁美洲那美好、丰富的景色和原始文化，目的是为了发现拉丁美洲独特的地理特征和文化特征。他勇敢地将法国超现实主义的技法和传统现实主义手法相结合，给我们描绘出一个充满了神奇的景色、动物和人群的世界。

阿莱霍·卡彭铁尔有着深厚的建筑学和音乐修养，在他的一生中，这两大艺术领域和门类对他的小说写作有着巨大的影响。1946 年，他出版了《古巴音乐史》一书。在结构上，他的小说带有巴洛克风格的繁复性，螺旋状的叙述和层次多样的结构，使小说的内部结构有着建筑上的美观。而音乐对他的影响，则体现在他的小说的语言、叙述语调和文字描绘的感觉、听觉和肌理上的细微上。比如，他的中篇小说《追击》（1956）从结构上采取的就是贝多芬的《英雄交响曲》的结构，小说的语速和语调则和整个贝多芬的交响乐作品在节奏上完全暗合。小说的故事情节很简单，描述的是一个古巴哈瓦那的大学生，在叛变了他曾经笃信的革命之后，在一家剧院里被追杀者杀死的故事。小说的内部空间是封闭的，就是在一座剧院里，但是，小说营造出一种十分紧张的气氛，狠抓读者的心。那种与贝多芬的《英雄交响曲》相对位的叙述节奏，使小说不断地营造出高潮迭起的旋律。小说分为三个部分 18 个小节，与贝多芬的著名的交响乐《英雄交响乐》在结构上完全对应，音乐的演奏引发了主人公的联想，剧场的演出、主人公和追击者之间的抓捕与逃跑，46 分钟的音乐演奏时间，也是主人公最终被杀死的时间，同时，也是主人公的心理流动和内心独白的时间，也大致是你阅读完这部中篇小说所需要的时间。

这种在时间上的运用技法，使我想起来美国的一部西部片《正午》，讲述的就是美国西部某个小镇上的一个警长，因为要面对扬言要杀死他的一帮出狱匪徒，在众叛亲离的情况下，不得不单枪匹马地迎战，最后，在正午 12 点那个确定的时间里，智勇双全的他将所有的匪徒全部击毙。而《正午》的播映时间，和电影中主人公与匪徒作战的时间也是一致的，都是一个半小时，从而成了电影史上很受重视的一部电影。所以，《追击》尽管是一部中篇小说，但它在阿莱霍·卡彭铁尔的整个小说创作中占据着非常重要的地位，显示了他作为一个懂得建筑和音乐的小说家，从这两个艺术门类所吸取的丰富营养。他说：

> 《追击》的形式建立在音乐结构之上：具有奏鸣曲的特点，分为三个主题，17 个变奏和两个和声，一个男声，另一个女声。为此，这篇小说的结构形式试图严格建立在音乐的结构之上。（见阿莱霍·卡

彭铁尔著，《小说是一种需要》，第78页，云南人民出版社，1995年7月版）

《追击》是最能够代表阿莱霍·卡彭铁尔对小说的探索和追求的作品，也是拉丁美洲“心理现实主义”小说流派的代表作品。

1958年，阿莱霍·卡彭铁尔的短篇小说集《时间之战》出版了，这个小说集收录了他多年来创作的7个短篇小说，包括《圣雅各之路》《回归种子》《仿佛是黑夜》《逃亡者》《先知》《可怕的祭奠》《避难权》等，题材非常广泛,阿莱霍·卡彭铁尔是从各种文化典籍和历史传说中撷取素材，创作出这部杰作的。在对时间的运用上，也是别出心裁，独树一帜。其中，写得最好的，我看当属《回归种子》和《仿佛是在黑夜》。《回归种子》这篇小说，以时间倒流的形式，回溯了大庄园主马尔西亚尔的一生，从他的死到最后的出生，倒叙得十分细致生动，篇幅短小，但是容量巨大。我猜测，卡洛斯·富恩特斯出版于1962的长篇小说《阿尔特米奥·克鲁斯之死》,有可能就受到了这个短篇小说的影响,我觉得,《阿尔特米奥·克鲁斯》有些像是《回归种子》的“长篇小说放大版”，由此可见拉丁美洲作家互相之间的学习、影响和借鉴。但是，也并没有证据表明这两篇小说有着借鉴和被借鉴的关系。

在短篇小说《仿佛是在黑夜》中，阿莱霍·卡彭铁尔描述了古代希腊的一个士兵参加特洛伊战争时的情况，但是，这个士兵和美国独立战争时期的一个士兵的出征，竟然是平行的，阿莱霍·卡彭铁尔巧妙地将历史重复的画面叠加在一起，创造出时间重叠的效果。其他的一些篇章，诸如《先知》《圣雅各之路》《避难权》《逃亡者》《时间之战》等，有的是从《圣经》传说中取材并改写了原来的故事，有的则取材于古巴黑人文化传说和现实生活，都各有千秋。我觉得，这部阿莱霍·卡彭铁尔一生中唯一的短篇小说集很值得重视，因为，从这些小说里，我们可以看到孕育他的其他长篇小说巨著的种子和苗头，渊源和影响。

1959年，卡斯特罗领导的古巴革命胜利了，推翻了原来的大资产阶级政权，建立了社会主义新政权。阿莱霍·卡彭铁尔满怀期待，带着刚刚完成的长篇小说《启蒙世纪》（一译《光明世纪》）回到了古巴，并先后出任了古巴全国文化委员会副主席、古巴作家艺术家协会副主席、国家出版局局长、驻法大使等职，这个阶段，就成为他的后期创作阶段。

长篇小说《启蒙世纪》出版于1962年，小说波澜壮阔，气势宏大，叙述语言十分密集，讲述了1789年法国大革命之后，一个叫维克多·雨格的人来到了西印度群岛，在那里进行的一些政治活动，将法国大革命对拉丁美洲的影响做了非常详尽的描述。由于阿莱霍·卡彭铁尔的父亲是法国人，他自己的少年时期和青年时代又都在法国度过，因此，对法国大革命的题材他一直很留心。在小说《启蒙世纪》中，主人公维克多·雨格本来是一个投机的商人，但是，他善于伪装，投身革命，像变色龙一样迎合各个时期的政治派别，只要这个政治派别是当权者。最后，维克多·雨格跑到了法属西印度群岛的一个岛国，爬上了总督的宝座。小说还塑造了和维克多·雨格迥然不同的一对恋人，埃斯特万和索菲亚，他们的人生选择。后来，他们一起死于一次街头的武装冲突。在小说中，可以看到，阿莱霍·卡彭铁尔的叙述风格非常紧密扎实，对话特别少，都是大段大段的描述，具有严密的气质，又有着暴风骤雨的气势，这是他独特的风格。对此，拉丁美洲文学评论家路易斯·哈斯说过：

> 阿莱霍·卡彭铁尔是一个描写静物的大师，通过外部事物的描写，使人联想起某个时代来。然而，有时他却不过是个被自己栽种的繁花

所包围和窒息的考究的花匠，在他的后期几部作品中逐渐地愈发突出。由于过于雕琢和修饰，那些作品的生命力越来越经常地被压制，句子变得僵化。几乎没有什么对话，即使有的话，也是刻板的，甚至是呆滞的。（见陈光孚选编，《拉丁美洲当代文学论评》，第 260 页之《阿莱霍·卡彭铁尔——永恒的回归》一文，漓江出版社，1988 年 7 月版）

对于这个评价，我不以为然，我觉得，这恰恰是阿莱霍·卡彭铁尔小说语言和叙述的长处，他不擅长写对话，但是他却特别擅长去描述事物。在这里，我引用一段小说《光明世纪》的开头，大家就可以看出阿莱霍·卡彭铁尔小说的叙述风格了：

今晚我看到断头机重新架起来了。那是在船头上，断头机像向寥廓天空敞开的大门。在如此平静而有节奏地晃动着的洋面上，风给我们送来了泥土的气息；船载着我们，朝着它的方向缓缓前进，宛如陷入了昏睡，不知有昨日和明日。时间停滞在北极星、大熊星座和南十字星座之间，我不知道是否有这些星座，因为这不是我的本行。……（见《卡彭铁尔作品集》，第 5~6 页，云南人民出版社，1993 年 11 月版）

小说开宗明义地描述出主人公所处的环境、位置和方向，将一部小说即将迈向远方的叙述经纬呈现给我们。我觉得，一部长篇小说的长度、难度和密度，是衡量一个作家重量级别的重要指标，而长篇小说中大量的对话则会减弱小说的难度和密度。在这个方面，阿莱霍·卡彭铁尔做的恰恰是成功的。《光明世纪》气势恢宏，场面开阔，在很多情节和细节描写上，显示了他的巴洛克艺术手法的运用，就是那种螺旋上升的繁复和复杂，斑驳陆离、信息量巨大，以细碎的万物，来衬托时代的宏大与复杂。

自从古巴革命胜利之后，阿莱霍·卡彭铁尔担任了新政府多项文化界的领导职务，但并没有减弱自己的创作速度，依旧激情饱满。1974 年，他出版了长篇小说《方法的根源》，这是一部反对拉丁美洲独裁者的长篇小说。

拉丁美洲的独裁者现象，是一个非常特殊的政治和文化现象，19 世纪之后，尤其是第一次世界大战和第二次世界大战之后，伴随着欧洲老牌殖民主义者在拉丁美洲、亚洲和非洲的撤退，亚非拉很多民族国家纷纷独立。但是，社会现实并没有像人们期待的那样，出现在人们眼前的，不是期待中民主、自由、和平和政治局面的安稳，而是独裁者把持政权，贪污腐化，导致社会动荡，民不聊生，国家继续陷入更加深重的灾难当中。在拉丁美洲，在所有的民主国家，独立之后都出现了独裁者，因此，很多拉丁美洲杰出的作家都写过独裁者题材的小说，多达几十部，最著名的有阿斯图里亚斯的《总统先生》、加西亚·马尔克斯的《族长的没落》、罗亚·巴斯托斯《我，至高无上者》、巴尔加斯·略萨的《小山羊的节日》等。阿莱霍·卡彭铁尔的《方法的根源》也是其中一部杰作。这部小说的主人公没有姓名，只有“第一官员”或者“老大”的称呼，这又让我想起来乔治·奥威尔的小说《1984》里面的老大哥形象来。“第一官员”住在巴黎奢华的住宅里，讲法语，享受奢华生活，通过遥控，指挥拉丁美洲自己的国家，任用走狗和亲信控制整个国家。当自己国家的人民组织了起义军，开始反抗之后，“第一官员”赶忙回到了祖国，进行残酷镇压，但是，最终因为他的愚蠢和残暴而被人民推翻了。“第一官员”不得不逃到了巴黎，最终死在了住所的一张吊床上。《方法的根源》以多少带些漫画色彩的笔法，塑造了拉丁美洲某一类的独裁者，他们表面上喜欢西方文明，教养良好，知识渊博，可实际上却是残忍的、愚蠢的、贪恋金钱和权力的、蔑视人类普遍价值的。《方法的根源》作为一部拉丁美洲反独裁者小说，是很有特色的。

70 岁之后，阿莱霍·卡彭铁尔还出版有长篇小说《巴洛克音乐会》

（1974），这是一部关于把音乐家和拉丁美洲被征服的历史拉上关系的小说，十分奇特。意大利作曲家安东尼奥·维瓦尔第曾经写过一部关于西班牙远征军征服美洲的歌剧，于是，这部小说就从 1733 年那出歌剧在威尼斯首演说起，一直写到了 20 世纪的拉丁美洲，描绘的主要是墨西哥的现实生活。其中，一些古代和现代音乐家出场，进行了跨越时空的对话，呈现出阿莱霍·卡彭铁尔丰富的音乐知识，以及欧洲音乐、欧洲文化和拉丁美洲文明之间的复杂关系。

他的长篇小说《春天的献祭》出版于1978年，这是一部现代题材的小说，小说的题目取材于作曲家斯特拉文斯基的曲子《春之祭》，讲述了由亚伯拉罕·林肯率领的拉丁美洲志愿军支队，参加了 1937 年西班牙内战的故事。这支部队主要由古巴人组成，其他还有墨西哥人、委内瑞拉人，等等，近千人的队伍在西班牙参加反法西斯战斗，最终失败了。不过，小说叙述则延伸到了 1959 年的古巴革命的胜利，将西班牙内战、西班牙著名诗人洛尔加之死，以及 1959 年卡斯特罗领导的古巴革命联系在一起，将古巴的神奇现实和西班牙文化的特点融会起来，创造出神奇的地域文化和历史叙事。

在 75 岁那一年，阿莱霍·卡彭铁尔还出版了长篇小说《竖琴与影子》（1979），这是一部描绘美洲的“发现者”哥伦布的生活和历史的小说，以哥伦布的一些书信作为原始材料，充满了想象力的激情，描绘出这个“发现”美洲新大陆的人物的扑朔迷离的一生，小说的叙述风格继续带有语言密实、叙述紧密的气质，在结构上，则非常严谨地采用了时间顺序叙述的传统手法。阿莱霍·卡彭铁尔后来一直想写一部暂时命名为《1959 年》的小说，这部小说是按照史诗的结构来构想的，他的想法是，要描绘 1959 年古巴革命前后的整体社会和历史状况，带有一定的总结性的作品，但最终，他没有完成它。

除了《古巴音乐史》，阿莱霍·卡彭铁尔还写有建筑学著作《柱子之城》、文学评论集《探索与差别》（1964）、《作家的理由》（1976）、《新世纪前的拉丁美洲小说》（1981）等，在这些著作中，阿莱霍·卡彭铁尔提出了自己的文学观。他最有名的观点，就是要写拉丁美洲的“神奇现实主义”，而这个“神奇现实主义”最终演变成了拉丁美洲最著名的文学流派“魔幻现实主义”。他说：

> 一种活生生地存在着的神奇现实是整个美洲的财富，这是因为美洲神话的源头远未枯竭，而这是由美洲的原始风光、它的构成和本源，恰似浮士德世界中的印第安人和黑人在这块大陆上的存在，新大陆给人的启示以及各个人种在这块土地上的大量混杂所决定的。（见赵德明著，《20世纪拉丁美洲小说》，第239~240页，云南人民出版社，2003年3月版）

因此，为了捕捉这种美洲新大陆的特性，为了探索拉丁美洲人的独特文化和情感的世界，他就不断地寻找自己的写作方法，寻找到一种和神奇的美洲现实相符合的小说技法，把音乐和建筑的结构作为他的小说结构，把黑人和印第安人的神话和传说作为他的小说的文化背景，把现实批判和关怀作为他的小说的着眼点，造就了阿莱霍·卡彭铁尔的独特的文学贡献，创造出一个神奇的文学王国。他还说：

> 当小说不再像小说的时候，它就可能成为伟大的作品了——如同普鲁斯特、乔伊斯、卡夫卡的作品，我们时代任何一部伟大的小说都是以让读者惊诧：“这不是小说！”作为开始的。（见赵德明著，《20世纪拉丁美洲小说》，第240页，云南人民出版社，2003年3月版）

阿莱霍·卡彭铁尔于1975年获得了墨西哥阿方斯·雷耶斯国际文学奖，1977年获得了西班牙塞万提斯文学奖，1979年获得了法国梅迪西文学奖等。1980年4月24日，阿莱霍·卡彭铁尔病逝于巴黎。阿莱霍·卡彭铁尔是20世纪拉丁美洲现代主义文学的先驱和开拓者之一，在他写小说的年代里，整个拉丁美洲的小说还没有受到现代主义小说的真正洗礼。正是像阿莱霍·卡彭铁尔这样的拉丁美洲新一代作家，由于自身的混血文化，同时受到了欧洲超现实主义和意识流文学流派的影响，才有可能站在更高的角度，去审视和利用拉丁美洲的现实和历史文化材料，写出一种新小说，完全不同于过去作家的作品，结合本民族文化和历史传说，引领了拉丁美洲文学的新方向，并促成了20世纪60年代“拉丁美洲文学爆炸”现象的最终诞生。

第四节 胡安·鲁尔福：平原烈火与人鬼之间

在20世纪的小说史上，凭借很少的作品获得不可撼动的文学地位的，只有屈指可数的几个人，伊萨克·巴别尔是一个，胡安·鲁尔福是另一个。在中文版《胡安·鲁尔福全集》里收录了包括了17个短篇的系列小说《烈火平原》、8万多字的中篇《佩德罗·巴拉莫》，还有一部电影剧本《金鸡》，这些就是他留下来的全部作品了。算下来，凭借20多万字的作品就可以彪炳20世纪小说史，只有胡安·鲁尔福做到了这一点。这可能是绝无仅有的，因为，连伊萨克·巴别尔的英文版全集也厚达一千多页。那么，胡安·鲁尔福到底对小说做出了什么样的贡献，以至于凭借区区一部短篇小说集、一部中篇小说，就可以在整个拉丁美洲傲视群雄，还反过来影响了欧洲、非洲和亚洲的很多作家，并成为拉丁美洲“魔幻现实主义”小说流派的开山者？

胡安•鲁尔福，1918 年出生在墨西哥圣卡布列尔市的一个没落的种植园主家庭，6 岁的时候，他父亲去世了，紧接着就是母亲的去世，于是，胡安•鲁尔福基本上是在孤儿院长大的，并由叔叔出钱抚养成人。15 岁的时候，他到墨西哥城攻读大学法律系和人文学科，毕业之后，考取了墨西哥内政部移民局的公务员，在繁忙的工作之余勤奋创作。他的第一个短篇小说《生活本身并不严肃》讲述一个怀孕的母亲和腹内孩子的交流，她在衣柜中取衣服的时候，不慎摔倒了。小说没有告诉我们，她肚子里的孩子是不是流产了，但是其简约的叙述非常有控制力。此后，他陆续地发表了一系列反映他的家乡农村社会状况的短篇小说，这些小说加起来有 17 篇，1953 年以《平原烈火》为名正式出版了。这部短篇小说集以它独特的艺术品质引起了墨西哥文坛的关注。

我觉得，《平原烈火》中的 17 篇短篇小说，虽然都可以单独成篇，但它们却是一个整体和系列。因为它们都有一个共同的主题，那就是，描绘墨西哥 20 世纪的革命和社会现实。17 篇小说宛如 17 个侧面，将墨西哥的历史与现实的复杂面貌一一呈现。像这类以系列短篇小说构成一本书的写法，在 20 世纪有不少精彩的作品：詹姆斯•乔伊斯的《都柏林人》、舍伍德•安德森的《小城畸人》、伊萨克•巴别尔的《骑兵军》、奈保尔的《米格尔大街》都是这种体裁的佳作和典范。我把这类小说叫作“橘子瓣小说”，因为它们每一篇都像一枚橘子瓣一样地紧紧簇拥在一起，形成了一个向心的结构。我在一些大学讲授文学课的时候，经常向学生推荐这几本小说集，我觉得，要想学习写作短篇小说，这几本书是最应该认真阅读的。

《平原烈火》中的作品，在叙述技巧上呈现出万花筒一样绚丽和复杂的面貌。仔细阅读这 17 篇小说，你会发现，胡安•鲁尔福在小说的结构和叙事上非常讲究，几乎每一篇的叙事角度、结构、事件和细节全都是别具匠心设置的，都大为不同，每一篇都非常精彩，可见胡安·鲁尔福在写作它们时的那种刻苦用心。根据我自己的写作经验，我猜测胡安·鲁尔福在写这本书的时候，一定磨砺了很久。下面，我将逐一简单分析这17篇小说。在这部集子中，一部分小说是描绘墨西哥革命的。墨西哥是一个历史悠久的文明古国，是拉丁美洲古代印第安文化的中心之一，古玛雅文化、阿兹特克文化和托尔特克文化曾经无比璀璨地闪耀在人类文明的时间深处。1521年，墨西哥沦为了西班牙殖民地，经过了漫长的殖民统治，1810年，墨西哥人民开始了反抗殖民统治的斗争，并于1821年获得了独立，此后，1917年正式成了墨西哥合众国。墨西哥的20世纪现代史充满了战争和暴力冲突，她走向现代化之路也非常艰难，总是伴随着流血冲突和战争。在小说集中，像《剩下他孤独一人的夜晚》《我们分到了土地》《烈火平原》等，就以点带面地描绘了1910年至1920年墨西哥农民起义从开始到失败所造成的影响。

《我们分到了土地》的叙述非常简洁精当，留了很多的空白，但是却疏而不漏，讲述了一群农民在一个清晨去查看政府分给他们的土地。他们走了一天，才在荒无人烟的地方找到了属于他们自己的土地，可这些土地都是寸草不生的荒地。大部分人都灰心丧气地回去了，剩下的四个人还不甘心，还在继续前行。小说的结尾是这样的：

> 我们继续前进，向村子走去。然而他们分给我们的土地却是在悬崖的上面。（见倪华迪译，《胡安·鲁尔福中短篇小说集》，第9页，外国文学出版社，1980年12月版）

《烈火平原》的笔法也是简洁有力的，描述了一支人员越来越少的起义军的战斗旅程，最后，他们不断地被追击、被围剿，最终失败了。小说一开始的叙述者是“我们”，第一人称复数，显示人多势众，到了小说的结尾，则由幸存者比乔恩以“我”来叙述了，“我”出狱之后，见到为他生了一个孩子的女人，那个孩子已经成长为少年，名字也叫比乔恩。

《剩下他孤独一人的夜晚》十分简短，描绘了三个掉队的士兵在追赶自己的部队的过程，其中，两人被抓获了，并被吊起来残酷折磨，第三个人在听到了埋伏的敌人的对话之后，侥幸逃脱了。小说描绘了战争的残酷无情和人生的无常与无奈。

《你没有听到狗叫吗？》大部分以对话构成，十分精彩，讲述一个年老的父亲背着自己生命垂危的儿子，一路上返回村庄的故事。一路上，在父子的对话中，他们回顾了过往生活的艰辛和欢悦，可是儿子的生命力却越来越弱，最终，他死在了父亲的背上，没有听到家乡村子里传来的狗叫声。

《那个人》的叙述相当精彩，叙述者不断地转换。小说讲述的是一场追击，追踪者根据前面的逃亡者留下来的踪迹，紧紧进行跟踪。一开始，小说的叙述者是跟踪者和逃亡者交替叙述，追捕和反追捕不断反切，故事扣人心弦。最终，这个逃亡者死亡了，到结尾部分，叙述者忽然变成了第一人称“我”，“我”是一个目击逃亡者尸体的牧羊人，“我”向律师讲述自己的见闻，因为他作为窝藏者被抓了，而那个背负命案的逃亡者被谁所杀，一直是一个谜。

《马卡里奥》则以一个白痴男孩的自述构成，全文只有3000多字，讲述了这个白痴马卡里奥眼中混乱的世界。女人、性欲、食欲是他内心里真正有所感觉的东西。这个角色使我想起来威廉·福克纳的《喧哗与骚动》中的傻子班吉，一种内心的洪荒感弥漫其间。

《教母坡》的叙述者是第一人称“我”，他和一对亲兄弟是一伙的，但因为农村的贫瘠导致的人性恶的爆发，他杀害了他们。在野蛮的时代和野蛮的环境中，生命如此脆弱，而死亡则是家常便饭。

《你对他们说，不要杀我》以对话和描述交替的方式，讲述了一场延续了30年的仇杀。一个贫穷的牧民曾经失手打死了牧场主，因为那个牧场主当年不让他的牲口吃牧场的青草。30年后，牧场主的儿子当上了上校，他派人来抓捕那个牧民，并且处死了他，尽管眼下这个失手杀人的牧民早就垂垂老矣，已经成了行尸走肉，也没有放过他。

《你该记得吧》的篇幅十分短小精悍，只有不到中文2000字的篇幅。小说的叙述语调很独特，每段都以“你该记得吧”来开头，讲述了叙述者看到的墨西哥封闭的农村里，另一个家庭发生的暴力凶杀事件。最后，杀人者甚至“还选了一棵他喜欢的树让人将他吊死。”那种麻木、愚昧、封闭和野蛮所构成的墨西哥农村生活景象令人触目惊心。

《玛蒂尔德·阿尔康赫尔的遗产》中，一对父子由于分别参加了不同的武装组织，结果，他们竟然成了不共戴天的仇敌。最后，父亲被儿子杀死了——

> 他骑在马屁股上，左手紧紧地拿着他的笛子，右手按着横卧在马鞍上的他那已经死去了的父亲的遗体。（见《胡安·鲁尔福全集》，第140页，云南人民出版社，1993年9月版）

战争使人六亲不认，使人变得野蛮而无情，小说以极其冷静的笔法营造出令人心碎的悲剧效果。

《清晨》中，讲述了一个死亡事件：一个和自己的外甥女乱伦的庄园主，在清晨的时候发现他的一个长工知道了这桩丑闻，就使劲殴打那个长工。后来，庄园主莫名其妙地死了，长工被警察抓获，成了庄园主之死替罪羊。可到底是不是长工杀的，小说最终也没有说明。小说依旧在描绘和批判墨西哥农村的封闭、愚昧和邪恶环境中所产生的恶行和暴行。

《都是因为我们穷》以一个少年的视线，讲述他整个家庭的贫穷、遭受自然灾害，如洪水时的无助、家庭的分崩离析，等等，描述了贫穷带给人的毁灭力量，叙述了人性在善恶之间的徘徊。

《地震的一天》由两个人的对话构成，讲述了发生在某年9月的大地震之后，当地政府的州长在被地震破坏的地区视察和慰问的时候，耍的都是花架子，开的都是空头支票的情景。鞭挞了政客的腐败和无能。

《塔尔巴》讲述了一个身患严重皮肤病的人，听说一个叫塔尔巴的地方有一座圣母塑像，能够包治百病，于是，他千辛万苦、千里迢迢地抵达了那里，结果，他所期待的神迹并没有显现，最终他客死他乡，尸骨无还。

《北方行》在叙事上很讲究，以一个已经死去的人给父亲讲述去北方谋生的路途中的见闻来解构全篇。结果，在美国和墨西哥边境他被打死了。这种叙述手法在他后来的《佩得罗·巴拉莫》中就运用得更加老到和熟练了。

在《安纳克莱托·蒙罗纳斯》中，小说基本上由对话构成，呈现出滑稽和残忍交织的画面，并批判了一些宗教徒的愚昧：安纳克莱托·蒙罗纳斯被一群中老年修女所疯狂拥戴，并且请求册封他为圣徒，可实际上，这个安纳克莱托·蒙罗纳斯是一个匪徒、无赖和奸淫妇女的坏蛋，最后，那些修女为他的恶行所震撼，一个个地离开了他。

《卢维那》已经有了后来的《佩得罗·巴拉莫》的雏形，讲述了在不毛之地卢维那活人越来越少，只有年迈的老人不愿意离开那里，因为他所有死去的亲人都埋葬在那儿。讲述人平静而舒缓地描述了卢维那糟糕的一切，使我们看到了一片洪荒世界的氤氲苍茫。

以上《平原烈火》中收录的17篇小说，从篇幅上看，大都短小精悍，短的只有一两千字，长的也就一万多字，但是其冲击力却很巨大。胡安·鲁尔福非常善于运用减法，他的小说仔细看来，真是字字珠玑，很难从小说中删去一些东西。并且，他的叙述语调大都是低沉舒缓的，可是，由于每一篇小说中都有耸人听闻的死亡和暴力事件，因此使小说获得了巨大的震撼效果。17篇小说所构成的《平原烈火》这个整体，其所呈现的墨西哥历史和现实的容量也很巨大，其复杂的叙事技巧也让人眼花缭乱、五味杂陈。我十分惊叹胡安·鲁尔福写作短篇小说的精湛手艺，他甚至可以在一篇小说中就不断转换视角，并且在行文中留下了大量的空白，有的地方就如同白描，有的地方则完全依靠简约的对话去呈现出隐藏在场景和对话后面更加复杂的东西。从总体上说，《平原烈火》给我们描述了一个被贫穷、残暴和原始欲望所俘获的墨西哥的历史和社会现实，带有一种洪荒世界的景象。这还是一个混沌未开的世界，是和现代文明相隔绝的世界，她走向现代化之路自然无比艰难和漫长。胡安·鲁尔福既给我们展示了这样一个可怕的世界，他也展示了某种希望，那就是对人性中的美好和善良的确信，对社会公义的呼唤。

1955年，胡安·鲁尔福的中篇小说《佩德罗·巴拉莫》出版了。这部翻译成中文在8万多字的大中篇，迄今为止，仍旧被很多作家、评论家们认为是20世纪拉丁美洲小说的巅峰之作，只有《百年孤独》等少数小说才可与之争锋。

为什么《佩德罗·巴拉莫》的地位如此之高？它写的是什么？到底给

小说史贡献了什么，才显得这么的重要？我想你一定会问这个问题。从小说的故事情节来说，简单地讲，它写的是人与鬼之间的故事，描绘的是一个人鬼不分的世界。佩德罗·巴拉莫是小说中的一个中心人物，但一开始他并没有出场，出场的叙述人，是他的一个私生子，他前往科马拉地区去寻找他的父亲佩德罗·巴拉莫：

> 我到科马拉来，是因为有人告诉我，说我父亲住在这里。他是个名叫佩德罗·巴拉莫的人。这还是我母亲对我说的呢。我答应她，待她百年之后，我立即来看他……（见《胡安·鲁尔弗中短篇小说集》，第 159 页，外国文学出版社，1980 年 12 月版）

于是，伴随着叙事者进入科马拉，他面对的则是一个荒凉的世界。

小说的第一个部分，就是叙述者、佩德罗·巴拉莫的私生子胡安·普雷西亚多的讲述和他眼睛中看到的一起。而他眼前的科马拉的世界，和他母亲曾经给他描述的完全不一样，和他看到的情景形成了强烈的反差。叙事者开始碰到一个赶驴的人，他就向那个人打听佩德罗·巴拉莫，赶驴人给他指路，并且告诉他，佩德罗·巴拉莫早就死了。虽然自己要找的父亲已经死了，但是他还是继续前行，来到半月庄，在那里碰到了母亲过去的熟人，一个老太太，她开始给他讲述他母亲的故事，以及佩德罗·巴拉莫的故事。就这样，他不断地遇到不同的人，在众人的回忆和讲述中，佩德罗·巴拉莫的形象渐渐地浮现在我们的面前。这个时候，他父亲佩德罗·巴拉莫的内心独白也开始不断涌现在小说的片段里，参与到小说的叙述当中作为对其他人讲述的补充。此时，加上叙事者胡安·普雷西亚多还和自己的母亲多洛雷斯对话，和眼前的人对话，小说的时间和空间就完全混杂在一起，完全打乱了。这个时候，你要是不注意的话，你会混淆小说内部的时间。到了小说的中间部分，你会发现，小说开头部分的讲述者，佩德罗•巴拉莫的私生子胡安•普雷西亚多原来也已经死了，是他的鬼魂在坟墓里和一个老乞丐的鬼魂在说话。这是小说的第一部分。在这个部分里，胡安•普雷西亚多作为读者的一个向导，带领我们来到了科马拉，来到了半月庄，一起看到了一幅衰败的场景，因为，那里已经没有活人，那里到处都是坟墓和鬼魂在低语。

在小说第二个部分中，主要描绘的是佩德罗•巴拉莫在贫瘠的山村里如何利用自己的凶狠和残暴，巧取豪夺、奋力崛起的故事。其中，穿插了他和苏珊娜的爱情故事，这场爱情导致了一场悲剧，最终，佩德罗•巴拉莫被另外一个私生子，也就是小说开始时胡安•普雷西亚多碰见的那个赶驴人阿文迪奥用刀给砍死了。这个部分的描述非常清晰，讲述的是佩德罗•巴拉莫崛起于草莽之间，但是却落得了一个悲剧下场的过程，以大量的片段独白、回忆、对话和倒叙所构成。第二部分的叙述改变了原来由第一人称“我”的讲述的视角，也就是说，改变了佩德罗•巴拉莫的私生子胡安•普雷西亚多的视角，改为了第三人称的叙述，场景不断地转换，一直到佩德罗•巴拉莫的死亡。

可以说，小说的真正主角就是佩德罗•巴拉莫，这个如同鬼魂一样存在在那个村庄里的大庄园主佩德罗•巴拉莫，一开始他很穷，做过学徒、小工，后来依靠自己的聪明、霸气和残酷，逐渐成为整个科马拉地区的霸主。他有着无数的田产、马匹和女人，生下了很多私生子，但是他残酷无情，对所有的女人和私生子都不好，他关心的只是自己财富的增加和性欲的满足。他的爱情只迸发了一次，那就是对青梅竹马一起长大的苏珊娜，但是苏珊娜后来嫁到了外地。丈夫死了之后，她才回到了半月庄，又嫁给了佩德罗•巴拉莫，之后，却变成了一个精神病人。因为他们的爱情完全不对称，苏珊娜爱的是自己的前夫，从来都没有爱过佩德罗·巴拉莫，她郁郁寡欢，很快就去世了，他们的关系以悲剧结束。这时，你会再度发现，书中所有的人物都已经死去了，他们的所有对话、动作和叹息，都是消失在一片荒芜和贫瘠的土地上的影子，根本就不存在，存在在你眼前的，只是杂草丛生的荒野，是消失了的半月庄，和在这片土地上生活过的、彼此之间有着爱恨情仇的男人和女人。

《佩德罗·巴拉莫》虽然篇幅不大，但却是一部奇书。首先，它完全打破了时间和空间的界限，在叙述上，将过去、现在和未来打通了，将发生在不同时间和空间的事情都放到一个平面上来讲述，现实与梦幻、死亡和生命、过去和现在，好像有一个不断地移动镜头的摄像机在将这些镜头以蒙太奇的手法拼贴与杂糅起来一样，进行了呈现。如果你集中精力，那么看上去时空倒错的故事，就可以被你理出一条时间的逻辑线索。因此，这本小说读者的参与是很重要的，你必须要抓住胡安·鲁尔福递给你的每一个线头，然后，去领略他制造的一个由鬼魂共同出演的一场人生的大戏，在这出戏里，一个人的崛起和他最终的死亡，一场爱情的迸发和等待，一个地区的逐渐衰亡到只剩下了杂草和鬼魂，成了留给我们的永恒印象，关于这个世界的印象。小说还隐隐地将墨西哥革命和基督派之间的战争造成的后果投射到小说中的环境和人物的命运中，有着复杂的历史信息和时代背景。

从这部小说的叙事技巧上讲，过去传统小说的全知全能的叙事者不见了，代之出现的是有限的视角，而且，很快，你会发现，有限的视角还在转换，由第一人称到第三人称，然后又回到了第一人称。当最开始的叙事者、私生子胡安·普雷西亚多也变成了鬼魂作为第一部分的结束，小说的情节忽然开始追寻佩德罗·巴拉莫的生平与崛起的足迹来叙述了。苏珊娜死去的时候，科马拉人不仅没有哀悼，而是在欢庆这个时刻，这导致了佩德罗·巴拉莫内心的怨恨，他发誓科马拉这个地方要完全衰败，直到荒草掩埋了所有人的尸骨和鬼魂。最后，他的愿望达到了，他自己也死亡了。从小说的结构上讲，整部小说浑然天成，不分章节，完全以片段的描写、对话、回忆和内心独白来构成，这些片段实际上是整部小说的零件，需要聪明的读者自己去组装。在一个人鬼不分、现实和虚幻的世界不分、过去、现在和未来不分、这里和那里不分的世界里，胡安·鲁尔福创造了一个非凡的小说世界。他带给我们的，是一种新小说才有的那种斑驳陆离的感受，犹如我们第一次看到毕加索立体主义绘画、第一次看到达利的超现实主义绘画作品那样，会感到欣悦和无比的震惊。小说中的人物、场景和时间、空间的比例全部变形了，但是，却抵达了叙事艺术的神奇境界。最终，当你读完这部小说之后，浮现在你眼前的，就是一个创世纪般的荒芜世界。

《佩德罗·巴拉莫》对时间的运用和对小说空间的拓展都是空前的，它对拉丁美洲小说的发展影响巨大。而很多作家都从这部小说中汲取了他们想要的东西。比如，墨西哥作家卡洛斯·富恩特斯就在从中看到了希腊神话的再现，他认为，小说中的人物关系、男女关系、父子关系是希腊神话中的、因为情欲和原罪导致的纷争在墨西哥现代社会中的化身和争斗的延续，我看这也是一种十分有趣的观点。不过，我觉得天才的胡安·鲁尔福不见得就那么熟悉希腊神话。

此外，《百年孤独》也很明显地受到了这部小说的启发和影响。加夫列尔·加西亚·马尔克斯写道：

> 发现胡安·鲁尔福，就像发现卡夫卡一样，无疑是我记忆中的重要一章……我当时32岁，是一个已经写了5本不甚出名的书的作家，

> 我觉得我还有许多书未写，但是我找不到既有说服力又有诗意的写作方式。就在这时，阿尔瓦罗·穆蒂斯带着一包书大步登上七楼到我家，从一堆书里抽出最小最薄的一本，大笑着对我说："读读这玩意儿，妈的，学学吧！"那就是《佩德罗·巴拉莫》。那天晚上，我把书读了两遍才睡下。自从十年前那个奇妙的夜晚我在学生公寓里第一次读到卡夫卡的《变形记》之后，我再没有这么激动过。第二天，我读了《烈火平原》，它同样令我震撼。那一年余下的时间，我再也没办法读其他作家的作品，因为，我觉得他们都不够分量。（见加西亚·马尔克斯著，《百年孤独》，第156~158页，云南人民出版社，1997年7月版）

后来，加西亚·马尔克斯还和富恩特斯一起将《佩德罗·巴拉莫》改编成了电影剧本。在很多人的顶礼膜拜下，《佩德罗·巴拉莫》逐渐成了"拉丁美洲魔幻现实主义"文学流派的最有力的代表性作品。

胡安·鲁尔福还出版了一个电影剧本《金鸡》，讲述一个残疾人的故事。他救活了一只雄鸡，他拿它去参加斗鸡比赛，赢了一大笔钱之后，迸发了生活下去的信心。但是，这个人却是一个赌徒，最终他把赢来的钱又都赌输了，命运大逆转，他再次进入悲惨境地，不得不自杀身亡。胡安·鲁尔福后来就基本停笔了。据说，是因为生计的原因，需要养家糊口，他不得不陷身于繁忙的公务生活，再没有时间写作了。但是，我倾向于他已将自己的写作资源用完了，没有动力再继续写了，或者，再写也很难超越自己，那就不写了吧。类似的情况还有美国作家塞林格，在出版了《麦田里的守望者》之后，他出版了几个中短篇集都很一般，让人疑心那甚至不是他的作品，这是因为，塞林格的写作资源就那么一点儿。读者在后来不断地期待胡安·鲁尔福写出新作，他也曾经公开说，他一直在写一部叫作《山脉》的长篇小说，但是，一直到他去世，《山脉》也没有拿出来。也许，这部小说永远胎死腹中了。

在我看来，胡安·鲁尔福的《烈火平原》和《佩德罗·巴拉莫》的背后有着古代印第安阿兹特克人的神话传说和信仰体系作为支撑，比如，对死亡和生命的看法，就和别的文明模式下的人大为不同。在墨西哥，每年都有一个“死人节”要过，传说这一天，在大地上游荡的死人都会回到家里来，重新和活着的人相聚，这一天就是一个人鬼不分的日子。因此，我们就很容易搞明白了，为什么《佩德罗·巴拉莫》能够出神入化地描绘一个人鬼不分的世界，因为在墨西哥，这种观念其来有自，绝不是无源之水，无本之木，它深深地根植在墨西哥奇特的古印第安文化、西班牙天主教文化所营造的混血文化的土壤里。因此，《佩德罗·巴拉莫》这本书无论是艺术水准、思想高度还是文化资源，都是技高一筹的。

就这样，胡安·鲁尔福是以少胜多、以少许卓越的小说精品而傲立群雄，成为开启了拉丁美洲文学爆炸的先行者。

第二章 “拉美文学爆炸”的四个主将

第一节 加·加西亚·马尔克斯：一个大陆的孤独和奋斗

“拉丁美洲文学爆炸”中最有代表性的文学主将，公认的有四位，他们全面崛起于20世纪60年代，他们是卡洛斯·富恩特斯、马里奥·巴尔加斯·略萨、胡里奥·科塔萨尔和加夫列尔·加西亚·马尔克斯，分别在那短短的十年里写出了他们的代表作。其中，卡洛斯·富恩特斯1962年出版了长篇小说《阿尔特米奥·克鲁斯之死》，马里奥·巴尔加斯·略萨1963年出版了小说《城市与狗》，1969年又出版了长篇小说代表作《酒吧长谈》；胡里奥·科塔萨尔1963出版了小说《跳房子》，而加夫列尔·加西亚·马尔克斯在1967年出版了《百年孤独》，将这个“拉丁美洲文学爆炸”的潮流推向了顶峰。在所有形容他的话里面，胡里奥·巴尔加斯·略萨的命名最为贴切：“拉丁美洲的弑神者”。这个称谓一般是给君王和大祭司的，但是，巴尔加斯·略萨曾经毫不犹豫地把它戴到了加西亚·马尔克斯的头上。

1927年，加夫列尔•加西亚•马尔克斯出生于哥伦比亚马格达莱纳省的一个小镇上。他的父亲曾经在大学的医学系学习过，没有正式毕业，后来做了报务员。他和加西亚•马尔克斯的母亲的爱情经历了很多曲折。后来，加西亚•马尔克斯以父母亲的爱情经历为素材，写出了长篇小说《霍乱时期的爱情》。而影响加西亚•马尔克斯最终走上文学道路的，主要是他的外祖母，这是一个相信万物有灵和鬼怪世界的女人，善于讲故事，加西亚•马尔克斯的童年都是在外祖父母家度过的，因此，从小他就在外祖母的膝盖旁听她讲故事，这给他的想象力增添了最早的动力。他也很早就开始了自己的阅读生涯，据说，七岁的时候，他就读过《一千零一夜》了。上中学的时候，他曾经给喜欢的女同学写过十四行诗。我在这里抄录一首《致一位女生的十四行晨诗》：

她向我致意后随风而去/声音里呼出清晨的哈气/一扇窗户的亮光走进屋里/失去光的不是玻璃而是气息/这早起的姑娘与时钟相似/又像个故事难以置信地消失/当她将这一时刻的线剪断/清晨溢出她那白色的血液/她若身着蓝衣上学去/分不清她是在走还是在飞/似一股微风般轻轻飘拂/在这蓝色清晨里难以知悉/过去的种种事物，哪个是微风/哪个是姑娘，哪个是晨曦。

这样的诗篇，实在是温婉动人。

加西亚•马尔克斯的外祖父曾经是一名自由党军队的上校，多年之后，加西亚•马尔克斯根据自己外祖父的形象和遭遇，写了一部很有名的中篇小说《没有人给他写信的上校》。而他最著名的长篇小说《百年孤独》中也有以两位老人为原型的小说形象。1947年，20岁的加西亚•马尔克斯进入首都波哥大大学法学系读书，但没过多久，1948年保守党和自由党的展开的全国内战导致的政局动荡，使加西亚·马尔克斯辍学了，他开始在波哥大的新闻界工作，很快，作为《观察家报》派驻欧洲的记者，他又来到了欧洲，在巴黎、巴塞罗那、罗马、纽约、哈瓦那四处漂泊，一方面作为记者观察、记录、报道和了解世界，另一方面，孜孜不倦地开始了自己的文学写作。

早在1948年，加夫列尔·加西亚·马尔克斯就想写一部家族史小说《家》，这是后来《百年孤独》的雏形，但是下笔之后他就感到有些困难：把握一个大家族的命运，在他当时还有些力所不逮。于是，他就写了一部中篇小说《枯枝败叶》，五易其稿之后，于1955年正式出版。同一年中，他还出版了短篇小说集《蓝宝石般的眼睛》，但是这两部书都没有获得读者和评论家的注意。在欧洲担任驻外记者期间，他开始写作中篇小说《没有人给他写信的上校》，1957年在9次修改之后最终完成，后来于1961年出版。此时，他身在欧洲，《观察家报》被哥伦比亚当局查封，他没有任何经济来源了，穷困潦倒，朝不保夕。这是他一生中最困难的时候。1959年，他开始为古巴的一家通讯社工作，发表了报告文学《铁幕内的90天》，1961年在墨西哥定居下来。在这一年，他的一部篇幅不大的长篇小说《恶时辰》获得了美国埃索石油公司设立的小说奖，这给了他很大的鼓励，他又鼓起了写作的信心，次年，他出版了短篇小说集《格兰特大妈的葬礼》。

这一个时期，应该算是加西亚·马尔克斯创作的早期阶段。这个阶段的成果我盘点了一下，包括了一部12万字的小长篇《恶时辰》、2部中篇小说《枯枝败叶》和《没有人给他写信的上校》，2部短篇小说集《蓝宝石般的眼睛》和《格兰特大妈的葬礼》，还有一部1955年在报纸上连载的长篇报告文学《水兵贝拉斯科历险记》，以及报告文学《铁幕中的90天》

等。但是，这些作品都没有给加西亚•马尔克斯带来他想要的文学名声，也没有给他带来金钱回报。不过，我觉得，恰恰是这些作品，给他未来的写作打下了一个坚实的基础，使他找到了自己的方向，写出了《百年孤独》等几部伟大的作品。

《枯枝败叶》很像是《百年孤独》的一个草稿，小说采取了多个人物内心独白的方式，描绘了一个叫马孔多的小镇上的生活。村民们被美国的跨国资本企业所控制，人们生活陷入了精神和物质的双重困境。小说的形式实验为他后来写《百年孤独》积累了有益的经验。中篇小说《没有人给他写信的上校》以加西亚•马尔克斯的祖父为原型，描绘了一个退役的上校，一直在等待养老金的到来，但却不断地落空、不得不去斗鸡，但斗鸡最终也失败了的故事。75 岁的上校以“吃屎！”来回答同样为吃饭发愁的妻子的提问，描绘了一个为国家建功立业的老军人晚年贫困潦倒、无人关心救助的悲剧形象。

长篇小说《恶时辰》是他早期作品中篇幅最长的，没有章节，一共分 30 多个片段，描绘了一座小城市令人窒息的生活。这些没有希望的人制造了一连串揭露别人隐私的匿名帖事件，小说塑造了神父、镇长等多个后来可以在《百年孤独》等作品中找到蛛丝马迹的人物形象。

他在这个时期出版的两个短篇小说集《蓝宝石般的眼睛》和《格兰特大妈的葬礼》中所收录的小说，还没有形成他个人鲜明的风格，故事带有变形、夸张和魔幻的色彩，可以看出卡夫卡、福克纳与海明威等作家的影响。这些篇章从小说的题目上就可以看出师承：《死亡三叹》《死亡联想曲》《在猫身上转世的爱娃》《三个梦游症患者的痛苦》《与镜子的对话》《有人弄乱了玫瑰花》《超越爱情的永恒之死》《伊莎贝拉在马孔多观雨时的独白》，等等，死亡、镜子、转世、梦游、爱情等充斥其间，可见他最开始写作的时候就受到了现代主义小说的影响。这其中，《格兰特大妈的葬礼》最有代表性。写于 1962 年的这篇小说实际上是一篇象征小说，小说中的格兰特大妈，是拉丁美洲的化身。加西亚·马尔克斯以细致的笔法描绘了这么一个“大妈”的葬礼，间接地表达了他对拉丁美洲的社会现实和经济、政治、文化在美国影响下的担忧。

在墨西哥城居住和工作期间，加西亚·马尔克斯读到了胡安·鲁尔福的小说《佩德罗·巴拉莫》，这对他的触动和影响特别大，他仿佛被开了天眼，立即看到了自己写作的一种可能性。胡安·鲁尔福的《佩德罗·巴拉莫》中对时间的掌握、叙述方式的新颖是前无古人的，小说中人鬼不分，没有界限，这给马尔克斯带来了巨大的启发。1963 年，他和卡洛斯·富恩特斯合作，一起将《佩德罗·巴拉莫》改编成了电影剧本，还为一家电影公司撰写其他题材的剧本。这个时候，他发现，“电影的艺术容量远远不如小说”，于是，从 1965 年开始，他茅塞顿开地找到了一种独特的叙述方式，找到了小说《百年孤独》开头的第一句话。14 个月之后，他完成了这部小说，1967 年 5 月，《百年孤独》第一次出版，很快就引起了轰动，到处都是市场售罄告急的消息，于是，《百年孤独》就不断地被加印。40 年来，这本小说的发行量有数千万册，光是 2007 年的“40 周年纪念版”就发行了 100 万册。

关于《百年孤独》的写作和出版，加西亚·马尔克斯经历了一个异常艰难的阶段，他自己对此有着深情的描绘：

> 从弱冠之年到 38 岁，我已经出版了 4 部作品，于是，我坐在打字机前，开始写道：“多年以后，奥雷良诺·布恩蒂亚上校面对行刑队，准会想起父亲带他去参观冰块的那个遥远的下午……”当时，我一文

不名，真不知道我妻子梅塞德斯是怎么让我们活下来的。她一天也没有让我们的肚子挨饿。我们坚持不贷高利贷，只得硬着头皮跑了几趟慈善机构。起初当然是变卖所有以应特急，但那些东西并不值钱；然后是首饰，那可是她多年来所得的全部馈赠。当铺老板用外科医生般神奇的目光逐件检查了那些钻石耳环、绿宝石项链、红宝石戒指，最后，牛仔赶车似的回过头来说："全都是些玻璃玩意儿。"

1966 年 8 月初的一天，梅塞德斯和我终于可以到墨西哥城的邮局寄书稿了。《百年孤独》用正常打印纸誊清，共 590 页，好大一包，而收件人是布宜诺斯艾利斯南美出版社文学部主任弗朗西斯科•波鲁阿。邮局的工作人员给包裹过秤后说："82 比索"。梅塞德斯数了数钱包里的钞票并拨弄完手中的硬币，回到现实中："我们只有53比索"。

于是，我们只好打开包裹，将稿子一分为二，并把其中一部分寄往布宜诺斯艾利斯。我们甚至不知道余下的部分该如何发落。我们很快发现，寄出的并非是小说的上半部而是结尾。没等我们想出法子，南美出版社的那个波鲁阿因为急于看到全书而预付了稿酬，因此也为我们解决了邮资问题。就这样，我们总算获得了新生，并到今天。（见加西亚•马尔克斯在 2007 年《百年孤独》出版 40 周年 100 万册纪念版发行仪式上的发言）

很久以来，伴随电影的诞生、电视的普及和电脑网络的发展，一些人以为，在 20 世纪这个多媒介发达的时代，很难再看到那种动人心魄的、描绘历史场面广阔、结构宏大的用文字叙事的作品了。但是，1967 年《百年孤独》的问世，改变了这些人的看法。《百年孤独》是 20 世纪最重要的长篇小说之一，它的出现，使"拉丁美洲文学爆炸"潮流成了世界瞩目的事件，反过来影响了欧洲和美国的一些作家，也极大地影响了最近 30 年的中国当代小说的发展。同时，凭借这部作品，加夫列尔·加西亚·马尔克斯将一个神奇、美丽、动荡不安和光怪陆离的拉丁美洲的形象带给了全世界，也将小说创新的潮流推波助澜地引领到拉丁美洲大陆上，成为我所描述的 20 世纪“小说的大陆漂移”的最重要的一个环节。

《百年孤独》这部小说的篇幅不算很长，翻译成中文才 30 万字，但是它的容量却很巨大。《百年孤独》一共分为 20 章，它的开头十分著名：

> 多年以后，奥雷良诺·布恩蒂亚上校面对行刑队，准会想起父亲带他去看冰块的那个遥远的下午。（见黄锦炎等译，《百年孤独》，第 1 页，上海译文出版社，1989 年 11 月版）

在这句话中，过去、现在和未来，三种时间全都包括在里面了，因此，《百年孤独》中对时间的运用和处理是它的核心技巧。小说描绘了拉丁美洲 100 年的历史，以布恩蒂亚家族六代人的经历和一代代人的独特命运作为叙述的主线，气魄宏大，人物众多，那些不断重复和互相很接近的名字使读者很难分辨清楚。这个家族的最后一代人是个怪胎，被蚂蚁吃掉了。同时，小说还描绘了象征整个拉丁美洲的马孔多小镇的兴衰史。马孔多，原来是一片无人的沼泽地，在迁居而来的人们的辛勤劳作下，这里渐渐变成了繁华的市镇，最后，它又在跨国资本的侵袭下遭到毁灭，飓风席卷了它，它在大地上消失了。在小说的最后，一场持续了 4 年 11 个月零 2 天的暴风雨将马孔多重新化为了洪荒和虚无，暗示人类将在不断的循环和轮回中永劫往返。因此，这部小说带有创世神话和寓言的性质，在形式上形成了完美的封闭式内部结构。

《百年孤独》还写出了拉丁美洲的山川、河流、动物、植物、人的命运和面孔，光是涉及的动物就有四百多种。加西亚·马尔克斯虚构了一个家族的命运，来代表拉丁美洲整个大陆的命运。小说中描绘了大量神奇和带有魔幻色彩的细节和故事情节：一个被杀的人的血会流好几公里；一个姑娘会坐毯子飞上天空；有人死后能够复活，有的人死了却阴魂不散地继续纠缠着活人。小说中，死亡和生命、时间和历史成了混沌一片。由此，一种被评论家称为“魔幻现实主义”的文学风格也诞生了。查阅《中国大百科全书·外国文学卷》中，对“魔幻现实主义”是这么解释的：

> 20世纪60年代拉丁美洲小说创作中出现的一个流派。其特点是在反映现实的叙事和描写中，使用或者插入神奇而怪诞的人物和情节，以及各种超自然的现象。

这个名词最早出现在20世纪30年代的德国，当时，一个德国艺术评论家用来评论后期表现主义绘画的时候，用了这个词汇。而早在1943年，古巴作家卡彭铁尔也提出了“神奇的现实”的文学观点，和“魔幻现实主义”有着异曲同工之妙。

但是，在加西亚·马尔克斯看来，也许根本就没有什么“魔幻现实主义”，他仅仅是把外祖母给他讲的故事和哥伦比亚的日常生活、民间故事和历史事件综合在一起，一股脑地写了出来，于是，就有了这么一个“魔幻现实主义”。所以，他从来都认为他写的是真正的现实主义小说，因为，拉丁美洲到处都是这样的神奇和充满了魔幻色彩的现实：

> 在拉丁美洲的河流上，可以看到像人一样吃奶的海牛，雨有时候一下就是一个月，在热带雨林中，几天之后，草木就将所有大地上的痕迹覆盖成原始洪荒的状态……

可以说，《百年孤独》这样一部关于拉丁美洲大陆命运的大书的出现，改变了世界文学的版图，把世界文学创新的增长点转移到了拉丁美洲这个经济并不发达、但是历史文化丰富和社会问题复杂的地区，加西亚•马尔克斯完成了一个巨大的历史使命，功不可没。这部小说也成了 20 世纪影响最大的小说之一，对中国当代小说的影响也很巨大。

1972 年，加西亚•马尔克斯出版了短篇小说集《难以置信的悲惨故事——纯真的埃伦蒂拉和残忍的祖母》，收录了一些情节魔幻和夸张的、主题美丑兼备的小说。这些小说都是他的早期作品，修改了多年才结集出版的。其中，《纯真的埃伦蒂拉和残忍的祖母》讲述了一个悲惨的故事：14 岁的小孙女埃伦蒂拉竟然被她的祖母卖到了妓院。而《巨翅老人》《世界上最漂亮的溺水者》则是两则带有童话色彩的幻想故事，营造出一个完美的想象世界。但是其中不少小说，都有一种青涩之感，可以看到加西亚•马尔克斯早年学步阶段的影子。

在《百年孤独》之后，长篇小说《族长的没落》是加西亚•马尔克斯最重要的作品之一，于1975年问世。这是一部反对拉丁美洲的独特产品——独裁者的小说。和《百年孤独》一样，《族长的没落》也是一部奇书，全书不分章节，仅仅分为 6 个没有标题的大段落。在这部小说中，加西亚•马尔克斯也没有使用写实的手法，而是研究了拉美历史上出现的很多独裁者的生平，把他们综合成一个带有象征意味的复杂形象。小说一开始，情节就十分离奇——大独裁者孤独地和成群的奶牛以及老鹰生活在自己的深宫大院里，因为，他对一切人都不信任，他深深地生活在一种孤独之中：

> 到周末时，一些兀鹰会抓破了金属窗栅，从窗户和阳台飞进了总统府，拍击着翅膀，使总统府的内室里“停滞时期”的室闷空气震荡起来了……（见伊信译，《族长的没落》，第 1 页，山东文艺出版社，

1985年7月版）

这个独裁总统的形象，带有鲜明的滑稽和黑色漫画的色彩。总统非常害怕被暗杀，因此，很多年来，他都在不断地消灭自己的政敌，以及政敌的朋友，他采取了一系列残酷的手段清除政敌。他前后砍掉了918个下属官员的脑袋，为的是清除所有反对他的可能性；他连全国黑色的狗都不放过，因为，他曾经做梦梦见黑色的狗是他的政敌变的；他有5000多个儿子，还有数不清的情妇，他仅仅是为了占有她们而从来都没有获得过爱情；他永远都一个人睡觉，甚至不断地变换睡觉的地点和时间；他母亲去世了，却要全国举哀100天；他的儿子刚刚出生，就被封为少将军衔；最终，他死了，尸体被兀鹫所啄食，他的儿子也被猎狗吃掉了，人们终于迎来了独裁者倒台的那一天。

在这部小说中，独裁者的孤独是加西亚•马尔克斯刻画的重点，独裁者的孤独带有浓厚的象征意味，就像是拉丁美洲本身的孤独一样。这样的深刻立意，已经超越了这本书所能达到的边界。小说的语言风格狂放不羁、气势如虹、波涛汹涌、泥沙俱下，在一种荒诞、离奇、魔幻和匪夷所思的想象的氛围里，给我们塑造了一个难忘的独裁者形象。加西亚•马尔克斯一直很关心拉丁美洲的独立和民族解放事业。1979年，他出版了报告文学《尼加拉瓜之战》，描述了他在尼加拉瓜的见闻。非虚构报告文学一直是加西亚•马尔克斯创作中的重要作品，这是因为，他有时候觉得非虚构作品在对现实问题的发言方面要更加有力。1986年，他出版了反映智利独裁者皮诺切特政权迫害持不同政见知识分子的报告文学《米格尔•利丁历险记》，成为他这类作品的代表作。

加西亚•马尔克斯的中篇小说《一件事先张扬的凶杀案》发表于1981年，讲述了一桩由拉丁美洲的陈规陋习和愚昧闭塞所导致的悲剧：圣地亚哥•

纳赛尔被事先到处张扬要杀他的兄弟俩给无辜地杀害了，而他们杀害他仅仅是因为没有人来阻挡他们的行为。小说的叙述节奏紧凑，在 1990 年还被中国女导演李少红移花接木地改编成了电影《血色清晨》。

> 1982 年，加西亚·马尔克斯以他的代表作《百年孤独》把我们带进了一个奇异的世界，将不可思议的神话和最纯粹的现实生活融于一体，反映了拉美大陆的生活和冲突（见宋兆霖主编，《诺贝尔文学奖全集》，第 972 页，漓江出版社，2012 年 11 月版）

而获得了诺贝尔文学奖，成为万众瞩目的事情。而且，他的获奖似乎是众望所归的事，这么多年来，从来没有遭到质疑。诺贝尔文学奖被称为是“死人之吻”，一般的作家在获得了这个奖之后，往往再也写不出好作品了。但是，加夫列尔·加西亚·马尔克斯是一个例外，1985 年，他出版了长篇小说《霍乱时期的爱情》，再度使我们看到了一个杰出作家的叙事才能。

在《霍乱时期的爱情》出版之前的几年里，加西亚·马尔克斯参与了电影《预兆》《蒙铁尔的寡妇》《我亲爱的玛丽亚》等的编剧工作，电影《预兆》还获得了西班牙圣塞巴斯蒂安电影节的大奖。但是，长篇小说《霍乱时期的爱情》的出版，再次带给人们以巨大的惊喜，首版就印了 120 万册，成为一大畅销书。我非常喜欢这部小说，因为，《霍乱时期的爱情》包罗万象地描绘了人间各种各样的爱情：忠贞不移的、举棋不定和首鼠两端的、同性的、转瞬即逝的和生死相依的，人类的各种爱情模式和花样，几乎都被这部小说一网打尽了，它人类情欲的展示和对无望爱情的守候的描述，无有出其右者。据说，小说的素材是取材于加西亚·马尔克斯父母亲的真实爱情经历，不过，在小说中，他做了最大限度的想象和美化，进行了夸张和抒情性的描写，使父母亲的爱情生活成为一部传奇故事。小说的主角有三个，他们互相之间的关系持续了一生。加西亚·马尔克斯把一个情欲故事描绘成了波澜壮阔的爱情史诗。在小说的最后，男主人公阿里萨终于和他爱了几十年的女人费尔米娜在一条大船上相聚了，后来，这艘挂着标志船上有霍乱的黄旗的船，回避开所有的骚扰，在有着人类般乳房的海牛的宽阔河流上，永无休止地来回航行，并不靠岸，只是为了守候主人公最后得到的爱情，这样的结尾令人荡气回肠，又潸然泪下。

《霍乱时期的爱情》是一部小说杰作，但加西亚·马尔克斯也有少许败笔，比如，我觉得，他出版于 1989 年的长篇小说《迷宫中的将军》就不算很成功。这是一部以“拉丁美洲的解放者”玻利瓦尔为主人公的历史小说，小说将叙述的时间起点定格在 1830 年 5 月 8 日这一天，当时，他泡在浴缸里一动不动，侍卫误认为他已经死了，但是，这是玻利瓦尔陷入思考的方式之一。小说叙述了玻利瓦尔从这一天开始，一直到 12 月 10 日为止的长达半年多的活动，描绘了玻利瓦尔梦想在南美洲建立一个“大哥伦比亚”共和国的计划的失败，以及他失却权力之后的孤独和被病痛逐渐吞噬的绝望感。按说这是一个大题材，本该写得很好，但可能是因为他删得太多——定稿只有原稿的一半，或者，是他内心对拉丁美洲的解放者玻利瓦尔心存太多的敬畏，没有放开来，使小说显得比较单薄和空疏，容量较小，总体上不算成功，艺术成就和获得的影响远不如《百年孤独》和《霍乱时期的爱情》。

不过，加西亚·马尔克斯是一个在写作上精益求精的人，他喜欢反复修改自己的作品，觉得不到应该拿出来的时候，坚决不拿出来。1992 年，加西亚·马尔克斯出版了短篇小说集《十二篇异国旅行的故事》，就是他从 1975—1992 年写的很多旧作中挑选出来，经过了不断的修改之后才出版的。这本书讲述了 12 个异国他乡的人的故事，是他在世界各国旅行中得到的灵感，12 个故事大都有些离奇和匪夷所思，依旧带有魔幻的特点。

1994 年，他还出版了一部篇幅不大的小长篇《爱情和其他魔鬼》，翻译成中文在 10 万字左右，叙述了一个带有传奇和魔幻色彩的爱情故事。《爱情和其他魔鬼》把时间背景放到了 17 世纪的哥伦比亚，讲述一个侯爵的女儿在 12 岁的时候被疯狗咬伤，被各种治疗方法弄得奄奄一息，又被送到了修道院里，在驱魔术的折磨下死亡。多年之后，考古人员发现，这个小姑娘的骸骨依然完好，而且头发长到了 22.11 米长。

加西亚·马尔克斯总是一方面对历史充满了想象的热情，另一方面又对眼前的社会现实充满了批判的精神。他对拉丁美洲存在的政治、经济、文化的弊病深恶痛绝，并直接以笔书写之。长篇小说《绑架新闻》就是这样的作品，它出版于 1996 年，是一部专门描绘哥伦比亚贩毒集团绑架记者的纪实小说。我们知道，哥伦比亚毒品贩卖集团是世界上最强的毒品犯罪集团，是哥伦比亚、甚至是美洲社会的毒瘤，连美国政府也很头痛。因此，怀有忧患意识的加西亚·马尔克斯不可能不对此有所观察。《绑架新闻》的写法比较传统，是加西亚·马尔克斯的非虚构文本系列里比较靠小说的一本书。它讲述了好几个记者接连被贩毒集团绑架的的故事，对贩毒集团的所作所为进行了正面抨击。不过，我觉得这部小说因为有着太高的新闻性和纪实性，多少降低了小说的想象力和审美特质，有着巨大的现实意义的同时降低了文学性。尽管如此，《绑架新闻》在加西亚·马尔克斯的作品序列里也不能忽视。

此外，加西亚·马尔克斯还出版了他和巴尔加斯·略萨的对话《拉丁美洲小说两人谈》(1966)，和作家门多萨的对话集《番石榴飘香》(1982)，随笔集《纪事与报道》(1976)，《海边文集》(1981)，《在朋友们中间》（1982），等等。1995年，在阿根廷的布宜诺斯艾里斯，上演了他写的唯一一部戏剧《爱情诅咒一个老成持重的男人》。2002年，他还出版了自传的第一卷《活着为了讲故事》，这部自传精彩纷呈，洋洋洒洒，讲述了他的童年、家世，一直到1967年他出版《百年孤独》之前的那段艰难的人生岁月。这部自传他打算写三卷，但是，在1999年他被查出来患了淋巴癌之后，三卷本自传的写作进程就慢了下来，目前，据说他已经完成了后两卷的初稿，正在不断地修改和完善当中。

进入新千年之后，加西亚·马尔克斯仍旧是老当益壮，但创作量开始下降，创作精力有所衰减，但是，他依旧存有老骥伏枥、志在千里之心，仍旧想向自己的写作极限进行挑战。2004年，76岁的加西亚·马尔克斯出版了一部小长篇《我那悲哀的妓女》，小说篇幅不长，只有109页。这是一部向日本作家川端康成致敬的作品。因为，多年之前，他阅读川端康成的小说《睡美人》，觉得那是他读到的最动人的情爱小说。《睡美人》描述了一个老人喜欢和被药所迷的少女进行一种性爱，表现了老年人那种依旧对青春和生命的依恋。加西亚·马尔克斯的这部小说也涉及老年人的性心理和性状态，但是，有他独特的创造和升华。小说描述了一个即将进入90岁门槛的老男人，在面对一个14岁雏妓沉睡的身体的时候所迸发出的激情、怜悯、悔恨和幸福交织的复杂感情。最终，享用少女贞操的性爱没有成功，但是，老人的内心迸发了对少女的爱情。这可以看成是加西亚·马尔克斯对生命的留恋和对性爱的欢愉的怀想，尤其是当他自己也老年已至的时刻。这部小说出版之后大受欢迎，大家都认为，加西亚·马尔克斯依旧活力非凡，宝刀未老。

在谈到这篇小说的缘起的时候，加西亚·马尔克斯说：

> 我重读的另外一本书是川端康成的《睡美人》，大约三年多来，这本书一直触动着我的心灵，它依然是一部美丽的作品，但是这一次我读了它却毫无作用，因为我要寻找的是关于老年人性行为的踪迹。但是我在书中找到的只是日本老人的性行为，那种性行为似乎和日本的一切东西一样古怪，当然和加勒比海地区老人的性行为毫不相干。当我把我的忧虑在饭桌上讲给家人听的时候，我的一个儿子说："你再等几年吧，那时你会根据自己的经验弄明白的。"（见朱景冬译，《加西亚·马尔克斯散文精选》，第 400 页，人民日报出版社，1999 年 10 月版）。

我想，当加西亚·马尔克斯像他儿子所说的那样变得更老一点之后，他果然找到了老年人性行为的感觉了，于是，就写出了这本小长篇。该小说获得了 2006 年美国洛杉矶时报设立的美国图书奖。2008 年，又传出他将出版一部修改了多年的爱情小说的消息，书名叫《我们相会在八月》，此书已经预告多年，据说它讲述了一个 52 岁的女人在 23 年婚姻中的生活，但是，后来又因故推迟了该书的出版。2009 年，传说他在写作一部关于古巴革命作品，时间的跨度超过了 50 年，但直到 2014 年也未见出版。

自《百年孤独》之后，加西亚·马尔克斯的小说一直畅销全球，雅俗共赏、引人注目，大家总是热切地期待着他的新作问世。他从来不媚俗，他既有充沛的想象力和小说艺术创新的能力，又有直面社会现实和世界热点问题的批判能力，就像挥舞着两把菜刀的将军那样，他从不畏惧，所向披靡。他鲜明的批判性来自他多年的新闻记者实践，他的独立知识分子的批判精神也是拉丁美洲作家中最有战斗力的。他不断地批判不义和不公的社会，对拉丁美洲、对他的祖国哥伦比亚的历史和现实，都做了毫不留情的批判，他还善于描绘像爱情这样的人类美好的基本情感，鞭挞政治独裁者，最终，他被塑造成“拉丁美洲魔幻现实主义小说”的大师。其实，在加西亚•马尔克斯看来，从来就没有什么“魔幻现实主义”，有的只是拉丁美洲独特的社会现实本身，那些魔幻的东西其实都是真实存在于拉丁美洲人的生活中的。

在“拉丁美洲文学爆炸”的整个大潮当中，阿斯图里亚斯、卡彭铁尔、胡安•鲁尔福、豪尔赫•博尔赫斯算是第一代开拓者和奠基者，在他们的作品的感召和影响下，更多的作家成了新一波文学的弄潮儿，从而形成了在 20 世纪 60 年代彻底爆发的“拉丁美洲文学爆炸”，改变了世界文学的版图，把世界文学创新的中心和焦点从北美洲带到了拉丁美洲。像卡洛斯•富恩特斯、加西亚•马尔克斯、胡里奥•科塔萨尔和巴尔加斯•略萨就是“拉丁美洲文学爆炸”的小说新主将，而围绕在他们周围的，尚还有数十位具有极大创新精神的作家，一起开创了一个文学的新大陆。因此，加西亚•马尔克斯因为描绘了一个大陆的孤独和奋斗，他的影响和贡献在整个 20 世纪后半叶至今都是非常巨大的。多年之后，瑞士的《周报》评选的“在世最伟大作家”中，加西亚•马尔克斯名列第一。

文学本来没有冠军，但是，加西亚•马尔克斯却一直坐在冠军的位子上。

第二节　卡洛斯•富恩特斯：文学大壁画——“时间的年龄”

在墨西哥 1910 年革命之后，墨西哥绘画领域出现了以奥罗兹科和里维拉为代表的“墨西哥壁画家”群体，他们雄心勃勃地将自己的艺术志向放到了受到欧洲人侵扰前的拉丁美洲古老艺术风格的当代复活上，在一些公共建筑上绘制了巨幅的、主题连续的壁画，创造出美术史上罕见的、强有力的绘画风格，几乎可以和欧洲文艺复兴时期以及任何人类艺术繁盛时期的艺术大师的作品相比拟。而在文学领域，自20世纪50年代开始，卡洛斯·富恩特斯就不自觉地在用西班牙语构筑自己的文学大壁画，以文学的表现形式，呼应了奥罗兹科和里维拉的“墨西哥壁画家”群体所追求的宏大目标。

卡洛斯·富恩特斯是我最喜欢的拉丁美洲作家之一，墨西哥20世纪最杰出的小说家，他以50多年的文学创作生涯和超过20部长篇小说及其他数十种文学评论和随笔集，给我们带来了一个斑驳陆离的、复杂而广阔的文学世界。这个文学世界中的长篇小说，被他称为是“时间的年龄”为总标题的小说世界。这个系列的作品，到21世纪，终于构成了还可以叫作“墨西哥的20世纪”的宏大壁画，在这幅壁画上，跃动着无数活灵活现、栩栩如生的墨西哥人，以及他们所创造的历史。

如果从这个角度来考察的话，那么卡洛斯·富恩特斯肯定是20世纪写出了超越了墨西哥乃至拉丁美洲地域和历史的非凡作品的大作家，他的作品往往气势宏大、结构复杂、形式新颖、语言神奇，为人类未来的小说的新发展提供了可能性。对于这一点，他自己说：

> 时间是把我的文学作品连接起来的关键因素。我想象了它，我用一个总题目《时间的年龄》把它们连接在一起，共包括了21个题目，其中14个我已写完。这是一部《人间喜剧》，这个计划在文学上已有先例（巴尔扎克），毫不新鲜：在我的《人间喜剧》里通行着自由的道路。我考虑的轴心就是时间。我认为，时间是小说主要关心的问题，通过这种关心可以传达它。我想传达我的时间观，这种时间观不是年代学上的概念，而是对时间的连续性结构的反叛。关于这种反叛，

有人谈到过，比如捷克斯洛伐克的作家米兰•昆德拉。（见《外国文学动态》，第35页，富恩特斯访谈录，1994年第4期）

这段话是卡洛斯•富恩特斯1994年接受记者的访问时谈到的。到2008年他80高龄的时候，他的《时间的年龄》这部内部有联系的长篇小说群组，已经基本完成了。

由于说到了米兰•昆德拉，我在这里提供一点备忘：他在第一次读到卡洛斯•富恩特斯的长篇小说《我们的土地》之前，还一直以为自己是孤身在对小说中时间运用的复杂性进行探索的人，而很长时间以来，困惑米兰•昆德拉的问题就是如何处理小说中的时间。他始终认为，他是把时间互渗的艺术手法运用到小说中的唯一一个人，他不相信生活在另外一片大陆上、与他的经历完全不同的作家，也有着相同的美学观点，1968年，当苏联的军队驾驶坦克进入捷克首都布拉格之后，三个正在欧洲浪游的拉丁美洲作家胡里奥•科塔萨尔、加西亚•马尔克斯和卡洛斯•富恩特斯，悄悄地来到布拉格，专程看望了包括米兰•昆德拉在内的一些捷克作家，彼此建立了深厚的友谊。卡洛斯•富恩特斯在他的小说中将许多历史时间互相渗透，形成了独特的小说的时间美学和历史学，从此，也带给了米兰•昆德拉"同道不孤"的感觉。

卡洛斯•富恩特斯1928年11月出生在巴拿马城，他的父亲是墨西哥一位出类拔萃的外交官，当时正在巴拿马担任墨西哥驻外的外交官。可以说，卡洛斯•富恩特斯后来之所以成为视野开阔、成就卓著的小说家，和他的家庭出身与成长的环境有着密切的关系。作为一个高级外交官的儿子，卡洛斯•富恩斯从小就受到了很好的家庭环境熏陶，他可以跟随父亲在世界各地周游：少年时代，他接连到过北美、欧洲、拉丁美洲和亚洲的很多国家，在这些国家或旅游或学习。光是在华盛顿，他就待了9年，能够熟练地掌握英语、法语等多种重要的欧洲语言。1944 年，16 岁的卡洛斯·富恩特斯回到了墨西哥，不久，他就进入墨西哥国立自治大学学习法律，获得了法律学士学位。但是，法律似乎不是他最终的兴趣所在，他的兴趣在文学。卡洛斯·富恩特斯属于天才的文学少年，早在十二三岁的时候，他就开始在报刊上发表文学作品，这极大地鼓舞了他的文学写作的热情。很快，大学毕业之后，他继承了父业，在墨西哥外交部开始了外交官生涯，同时，利用业余时间勤奋写作。

1954 年，还不到 26 岁的卡洛斯·富恩特斯出版了自己的第一部短篇小说集《戴假面具的日子》，获得了广泛的瞩目和好评，从此跃上了文坛。《戴假面具的日子》一共收录了 6 篇短篇小说，从风格上来说，我感觉卡洛斯·富恩特斯受到了福克纳、加缪、胡安·鲁尔福等现代主义作家的巨大影响，所收录的 6 篇小说从题材上看，都是墨西哥的本土题材，显示了他很善于把现代主义的外壳包裹本土的地域文化特征，并加以想象的能力。比如，其中一篇小说《恰克·莫尔》，讲述的是一个墨西哥浪荡子的故事。由于他不务正业，家道凋敝，到了一贫如洗的地步，走投无路，结果，墨西哥古代的阿兹特克文明造就的古印第安神话中的雨神恰克·莫尔显形了，这给这个浪荡子以巨大的鼓励和启示，他从此改名为恰克·莫尔，成为风雨之神的化身，开始在世间以另外一种面目生存。这个小说集中的其他几篇短篇小说，诸如《特拉克索尔卡索》等，都体现出他将墨西哥古老的神话传说和当代墨西哥生活相联系的努力，并且，他以神奇和幻想的方式，将历史和现实之间的时间打通，这成为他后来很多小说的写法。时间的运用在卡洛斯·富恩特斯的笔下是一个核心的词汇，他的所有小说都是关于时间的，他可以将时间并置、连通，时间不仅是连绵的，而且还是重叠的效果，创造出叠加的、斑驳的历史感，这为小说无限地扩大内部空间，提供了新的可能性。

1958年，年仅30岁的卡洛斯·富恩特斯出版了自己的第一部长篇小说《最明净的地区》，从此一炮走红，确立了自己作为墨西哥一流作家的地位。我常常感叹卡洛斯·富恩特斯的宏阔和丰富，俗话说，“从小一看，到老一半”，在这部处女作长篇小说中，卡洛斯·富恩特斯就展现了他巨大的文学雄心，那就是，他要去描写全部的墨西哥的文明、历史和现实。如此宏伟的抱负，总是在他后来的几乎每一部长篇小说中出现。

《最明净的地区》翻译成中文有34万字，它可以说是关于墨西哥和她的首都墨西哥城的传记，也是一部20世纪现代墨西哥的命运的总结。小说的情节主干设定在1951年，却又不断地回溯到1910年的墨西哥资产阶级革命。小说是全景观的，结构和层次十分复杂，气势恢宏。小说的主要人物叫作罗布莱斯，他原来是一个穷困的佃农，在1910年的墨西哥资产阶级革命中加入起义部队里，经历了可怕的战争和流血岁月，见识了革命的残酷和历史的无情。进入墨西哥城掌权以后，他迅速地将那些破落资产阶级家族的地皮转卖，发财之后，又开始投身于工业和金融业，最后成了一个掌握了经济命脉的大银行家。但在20世纪50年代的股市上最终破产，他绝望地将自己的住宅点燃，把与外人偷情的妻子也烧死了，然后一个人躲到了某个双目失明的女人家里隐藏了起来，依靠回忆生活，了此残生。

而穿插在小说中的另外一个叙述的声音，还有一个幽灵般的、不死的人西恩富戈斯，他是墨西哥20世纪上半叶的见证人，仿佛是古老的墨西哥神话传说中的人物，他半人半神，来往于墨西哥的传说时代和20世纪，不断地现身于墨西哥城的各个场景中，对各色人物发议论，由此展现出非常复杂的墨西哥历史和现实。小说还塑造了一个诗人萨马科纳来作为知识分子的代表，他的精神苦闷和理想追求受到挫折，内心矛盾而找不到出路。这三个人物构成了小说的人物主骨架，然后，是无数次要人物的陆续登场，你来我往，生死无常，演出了一场跨度半个世纪的、多声部的关于墨西哥命运的大戏。

我觉得，《最明净的地区》这部小说的写作技法还深受乔伊斯的《尤利西斯》和福克纳的小说《我弥留之际》，以及美国作家多斯·帕索斯的《美国三部曲》的影响，不仅结构严谨复杂，在小的细节上，运用了大量零碎的场景描写、内心独白、意识流手法。他还将报纸拼贴和引文囊括进来，运用了类似摄影机不断转移的手法，通过摄影镜头的放大、闪回、切换、全景、定格等手段，将一个声音和形象都无比多样的墨西哥全盘端给了我们。读完全书，我甚至觉得，小说的真正主人公已经不是小说中的那些人物了，而是整个墨西哥城，是墨西哥城在发怒，在哈哈大笑，在战栗，在沉睡中呼吸。墨西哥城在三面环山的环境里，一直被历史的烟云覆盖，并且永恒地存在在那里，在黑暗的夜晚中漂浮。卡洛斯·富恩特斯在 30 岁的年纪就写出如此有宏大追求和结构、层次、意蕴都非常丰富的小说，他从此成了 20 世纪拉丁美洲最受人瞩目的小说家，也是众望所归。

《最明净的地区》获得了成功之后，卡洛斯·富恩特斯激发出了巨大的创作热情，1959 年，他又出版了自己的第二部长篇小说《好良心》，这部小说的题材仍旧是关于墨西哥的，有趣的是它的结构，前半部完全是古典现实主义的手法，结构严谨，描绘精确细腻、叙述扎实生动，可以看到 19 世纪那些伟大的欧洲现实主义作家狄更斯、托尔斯泰、司汤达等人的影响，描写了一个墨西哥外省青年海姆·塞瓦约斯试图反抗自己的中产阶级家庭，最后却在现实中失败的故事。但是，到了小说的后半部分，手法突然变成了现代主义的，驳杂的、多样的层次感就出来了，使得小说的后半部分在形式上似乎是对前半部分的戏仿和嘲讽，断裂和对照鲜明的文体共同存在在一本小说里，这说明了卡洛斯·富恩特斯在创作这部小说的中途，发生了改变。我自己也有这种经验：当我一开始确定了某一部小说的叙述语调和结构，在写作的过程中，我可能突然会对已经既定下来的小说的叙述语调不感兴趣了，于是，我立即改变了小说的结构和叙述方式、叙述语调，使小说最终变得和我刚开始的设想完全不一样了。

卡洛斯•富恩特斯对自己的写作有着清醒的认识，他说：

> 过去的墨西哥小说——革命小说、土著主义小说和形形色色的写实小说，犹如中世纪的城垣一样包围着我，但是，我的故乡墨西哥城却像突然夷平了城垣和和带吊桥的中世纪古堡在向四周扩张……它建立在姗姗来迟的巴洛克艺术的基础上，本来就缺乏节制。

因此，要描绘复杂的、不断扩张和斑驳陆离的墨西哥城和墨西哥的整个社会，传统的小说形式已经完全不合适了，必须要用新的形式来呈现，这就是《最明净的地区》大量运用现代小说技巧、《好良心》在结构和技法上上下部分不一样的真实原因。卡洛斯•富恩特斯不断地改变小说的轨道，把它引向了现代主义的道路上。

《阿尔特米奥•克鲁斯之死》(1962)是我最喜欢的20世纪的小说之一，它标志着卡洛斯•富恩特斯的创作进入一个高峰。这部小说至今也是他最好的小说之一，他另外两部最好的小说，我认为是鸿篇巨制《我们的土地》(1975)和《与劳拉•迪亚斯共度的岁月》(1999)，这几部小说构成了他长达50多年的写作生涯中的几座高大的山峰。

《阿尔特米奥•克鲁斯之死》是一部雄心勃勃的小说，一部一气呵成的、将小说内部的时间运用得炉火纯青地步的小说。从主题上看，这部小说实际上延续了《最明净的地区》中对墨西哥特性的探讨，对墨西哥20世纪历史的批判和挖掘，但是从表现形式和写作技巧上，则显示了卡洛斯·富恩特斯出神入化的艺术手法。《阿尔特米奥·克鲁斯之死》是卡洛斯·富恩特斯 1960 年短期侨居古巴所写下的，这是一部意识流特征相当明显、却又充塞了大量的社会和历史信息的小说。这一次，和《最明净的地区》描绘外部世界的广阔相反，卡洛斯·富恩特斯把摄影机转向了人物的内心，进入人物复杂多变、微妙和如同洪水般流动的意识世界。小说的一开始，就是阿尔特米奥·克鲁斯的弥留之际，然后，阿尔特米奥·克鲁斯展开了自我回忆的大回溯：阿尔特米奥·克鲁斯本来是墨西哥一个大资本家，他控制着新闻传媒业，成了巨头。现在，在病床上弥留的他开始回忆自己的一生。他本来是没有父母的孤儿，参加了革命军队之后成了军官，革命胜利了，他也拥有了土地，开始投身于政界，逐渐成为影响很大的政客和社会活动家，他的人格也越来越复杂，由他的历史间接描绘了广阔的墨西哥 20 世纪的历史和变革的历程。仔细地阅读该小说，你会发现时间的运用是跳动的，一共分了 12 个大的段落，这 12 个段落的时间顺序完全打乱了，小说的开始是 1955 年，但是紧接着就是 1941 年阿尔特米奥·克鲁斯和美国人勾结、做生意的事情，然后是 1919 年主人公继承了一个富家女的财产的情况，接着，跳到了 1913 年他在部队里参加战斗的情况，以及与一个女人的性爱。然后，突然跳到了 1924 年，这一年阿尔特米奥·克鲁斯当上了议员。就这样，卡洛斯·富恩特斯自由地、技巧娴熟地将主人公的回忆打乱，来模拟病人的思维，最后回到了 1889 年阿尔特米奥·克鲁斯刚出生的时候，等于刚好是主人公从死亡到出生的一次回溯，但是中间却是跳跃叙述，以 12 个大的段落，来展现阿尔特米奥·克鲁斯一生中最重要的 12 个片段，场景和时间不断地变化，带给了读者缭乱的印象和丰富的感受。在表现手法上，卡洛斯·富恩特斯继续运用内心独白和电影蒙太奇等手法，不过显得集中而精确，语言如同奔流的河水，以病人的断续记忆带领我们跟随他的情绪的流动，去经历他的一生的岁月，也将墨西哥 20 世纪前 50 年的历史描绘了出来。

阿尔特米奥•克鲁斯这个人物的塑造非常生动形象，充满了立体感和复杂性，他残暴又温柔、冷酷又多情、忠诚又圆滑、令人尊敬又让人唾骂、既伟大又有些卑鄙。小说的叙述方式是交叉运用第一、第二、第三人称，顺时针和倒时叙不断交叉，三种时态，过去、现在、未来混杂在一起，而又不显得凌乱，让你在眼花缭乱的同时，感受到了一个人和一个时代的斑驳陆离的全景观。因此，在这部小说中，卡洛斯•富恩特斯创造性地使用了经过他发展和改造后的现代主义小说技巧，将墨西哥的独特历史囊括其中。

《阿尔特米奥•克鲁斯之死》的出版，使卡洛斯•富恩特斯获得了国际声誉，由此，拉丁美洲大陆作为新生的文学领域，被西方所强烈关注。一个墨西哥作家这么称赞这部作品：

> 它写出了墨西哥的伟大，墨西哥的戏剧，以及它的贪婪吝啬，它的纯洁和温柔。

20 世纪 60 年代是“拉丁美洲文学爆炸”的关键年代，正是在这 10 年里，以卡洛斯•富恩特斯的《阿尔特米奥•克鲁斯之死》、科塔萨尔的《跳房子》、加西亚•马尔克斯的《百年孤独》、巴尔加斯•略萨的《绿房子》和《酒吧长谈》为代表的杰作纷纷出笼的时代，世界文学的版图立即发生了变化：世界文学——假如真的有像歌德所希望的那种世界文学，那么，这种世界文学的中心开始转移到了整个美洲大陆，包罗了美国、加拿大和拉丁美洲地区的大陆上了。我认为，美国文学也是在 20 世纪 60 年代之后才进入更加丰富和多元、更加具有创造力，反过来影响欧洲小说发展的新阶段的。一片文学的新大陆诞生了，或者，像我说的那样，文学创新的新大陆“漂移”

到了美洲的土地上，而在这个时期，相比之下，欧洲作家就开始逐渐失色了。

卡洛斯·富恩特斯顽强突进，继续扩大战果。《奥拉》出版于1962年，是卡洛斯·富恩特斯的中篇小说代表作。《奥拉》的灵感来自于日本电影导演沟口健二的电影《雨月物语》，而沟口的电影又来源于中国明代的传奇《爱卿传》，讲述了一个时间与爱欲纠缠的耸人听闻的故事。它的主题是“过去在现实中继续，现实是过去的复现”：一个老女人利用古代秘方，继续保持青春少女的模样，一个男人向她靠近，进入她捕捉青春的圈套，但是，他感觉到自己拥抱的，竟然是一具散发死亡气息的衰朽老人的躯体。

《盲人之歌》（1964）是一部短篇小说集，收录了7篇小说，依旧带有卡洛斯·富恩特斯独特的将时间和传说、幻觉和神话、现实和梦境混合的风格，当代故事和历史再现的重叠，也是他一贯的拿手好戏。

对墨西哥的特性的挖掘是卡洛斯·富恩特斯一贯的主题。1967年，卡洛斯·富恩特斯出版了两部长篇小说《神圣的地区》和《换皮》，这两部小说在卡洛斯·富恩特斯的小说系列里不算是最好的，似乎是他继续走向高峰的间歇和休息之作，在题材上有了调整。《神圣的地区》将视点缩小，放到了家庭的环境里，描绘了一个墨西哥电影女演员和她的精神有问题的儿子的关系。小说不断地在母亲和儿子的视线之间转移，描绘了20世纪60年代墨西哥中产阶级家庭气氛和社会气氛。《换皮》在这一年的晚些时候出版，讲述了一个个人和世界冲突的故事：墨西哥大学一位教授和他的妻子、情妇一起，带着从德国到墨西哥的朋友，去游览墨西哥古老的乔卢拉神庙，结果，在这次游览中，他们之间的关系发生了变化，如同某些动物的换皮一样，四个男女轮流上床做爱。最后，男主人公被古老的金字塔倒塌给砸死了，以死亡结束了他们之间的关系。旅行在小说中是一种象征，象征他们想到达一个理想的地方，和理想与现实之间的冲突。小说也谴责了墨西哥知识分子的非道德化倾向，另一个潜在主题是墨西哥作为讲西班牙语的拉美国家和欧洲国家之间的文化关系，以及“二战”之后欧洲的政治局势对墨西哥的影响。

《换皮》中的叙述角度非常新颖，有一个潜在的叙述者在不断地说话，同时，三种人称的单数和复数的叙述不断转换，显得繁忙和缤纷，但是并不感觉混乱。这就是卡洛斯•富恩特斯的过人之处了。《神圣的地区》和《换皮》这两部小说写得都很紧凑，从人和人之间的紧密关系入手，描绘墨西哥某个独特历史阶段的社会气氛，以及隐约受到遥远古老的美洲古代文化影响的现实。他的另外一部长篇小说《生日》出版于 1969 年，题材仍旧是将墨西哥古代印第安人的神话传说和当代墨西哥人的生活融会起来，通过两条并行的线索，将古代文化和当代生活作了一个对比。

卡洛斯•富恩特斯中年时代的长篇小说巨著《我们的土地》（1975）是他的代表作。在此之前，他的小说都和 20 世纪的墨西哥有关，但是，这部篇幅较大的作品则深入到墨西哥遥远的历史中，还将视线扩大到整个拉丁美洲。这是卡洛斯•富恩特斯的小说中结构最宏伟、最复杂的一部，翻译成中文有 60 万字，可惜一直没有汉译本。小说由三个互相联系的部分组成：古代罗马和墨西哥的比较、基督的故事和墨西哥神话中的羽蛇传说、西班牙帝国和美洲大陆之间的关系，是通过三个私生子来描述的。小说的很多场景在西班牙，作者似乎想把西班牙的历史和社会生活也囊括到这部小说里，故事主要围绕着西班牙君主费利佩二世建造的巨大陵墓来展开，因为这幢建筑是十六七世纪西班牙的伟大符号，国王是秩序和威权的象征，他的统治残酷而严密，但是，有三个私生子以民主、自由和爱情的名义来领导了持续的反抗，最终，一个古老的世界逐渐崩溃，而一个新的世界秩序建立起来，这个世界，就是欧洲资本主义的世界。小说的内部空间巨大，时间混杂，生死相通，有的人被国王处死了，但几百年之后，这个人又重新复活了，在小说中，死亡和生存不是对立的，而是并存的，正如米兰·昆德拉所极力赞赏的那样，小说中的时间和生死之间是没有界限的。同时，对历史的重现和复原，也是卡洛斯·富恩特斯着力要做的。

卡洛斯·富恩特斯说：

> 每一部小说必须是历史的产物，都必须建立在历史的基础之上，同时又高于历史。

《我们的土地》是他将时间和历史扭结成一个链条和圆环的尝试，小说将欧洲的西班牙、美洲的墨西哥和作者想象的世界并行放在一起，给我们带来了宏阔的视野和结构。小说最鲜明地呈现了巴洛克时代艺术的特征。针对这一点，卡洛斯·富恩特斯说：

> 巴洛克就是一朵刚刚盛开的鲜花，其茂盛的程度使人感到：盛开之时就是成熟之日，美丽至极就是病变之开始。艺术与大自然相似，它们都憎恶空白，因此就填满一切空白。巴洛克拒绝延长空间。对于巴洛克艺术来说，生就是死，它的出现就是它的固定。因为它整个包括了选中的现实层面，完全填满这一层面，无法延伸或发展。

《我们的土地》以巴洛克艺术的驳杂和丰富，给我们展现了人类的广阔时间线索——古代希腊神话、《圣经》传说、墨西哥古代阿兹特克文化关于宇宙和人类的神话，成为他解释今天人类走向的基础和根源，可以说，这部小说是百科全书式的，以“旧世界”“新世界”“另外一个世界”来解构，把1492年哥伦布发现新大陆、1521年西班牙某地的公社社员起义、1589年西班牙国王腓力二世去世、1968年墨西哥镇压广场学生示威游行、

2000 年 7 月 14 日年新世纪之交的巴黎塞纳河畔怪象不断的一天，这些时间的点，都以时间的圆环方式连接了起来，带给我们关于历史和宗教、神话和传说、时间和人物命运的宏大想象。而在小说的结尾部分，2000 年的最后一天，在巴黎忽然出现了末世景象：浓烟滚滚，四处都有烤焦了的人肉的味道，小说开头出现的男女主人公又出现了，世界上就剩下了他们两个人，他们生下来一个雌雄同体的怪胎，象征着新世界的诞生。我以为，《我们的土地》实际上在讲述以西方文明为基础的人类故事，卡洛斯·富恩特斯把欧洲、拉丁美洲和未来的时空混杂在一起，把除了中国、印度以及巴比伦文明以外的西方文明以及古代美洲印第安人的神话传说交混起来，把现实和历史连通起来，自由地在人类文明中穿梭，告诉我们历史是循环的和永恒的，这就是小说中蕴涵的历史观。

继《我们的土地》之后，卡洛斯·富恩特斯继续在各个方向上拓展自己的文学疆界，以艺术创新的勇气和毅力，不断地将墨西哥的历史、现实和古代文化的影响结合起来：在长篇小说《海蛇头》（1978）和《遥远的家族》（1980）中，卡洛斯·富恩特斯继续对墨西哥特性进行探索，发掘墨西哥民族文化的渊源，所运用的小说技法也越来越成熟和复杂。我发现，卡洛斯·富恩特斯可以做到写每一部小说，都能够找到和题材相适应的新形式，以新颖的、大胆创新的形式来讲述他的故事，从而将小说的形式探索和内容完美地结合，也将“拉丁美洲文学爆炸”的成果继续扩大。

和美国的关系是墨西哥在政治、历史和文化上最重要的关系，1985 年，卡洛斯·富恩特斯出版了长篇小说《美国老人》，它讲述了一个美国作家去墨西哥旅游，刚好碰上了墨西哥的革命事件，在墨西哥他和一个女子相识并且恋爱，而这个女子又和比她年轻的一个墨西哥男青年有着爱情的关系，三个人演绎了一场与地缘政治、革命和性爱结合的关系。小说表面上是一女两男的爱情故事，实际上，卡洛斯·富恩特斯表达了墨西哥和美国复杂的文化和地理、反抗和依赖、抵触和互相需要的微妙关系。

长篇小说《克里斯托瓦·诺纳托》出版于 1987 年，这是一部带有幻想色彩的幻想小说，卡洛斯·富恩特斯虚构了 1992 年即将发生在墨西哥的经济危机和政治动乱，表达了卡洛斯·富恩特斯对祖国的拳拳之心和担忧之情，以及他一贯以文学来关心现实的追求。

历史小说《战役》（1990）讲述了 19 世纪一个拉丁美洲的学习法律的青年，因为受到了法国思想家卢梭的影响，而和其他青年一起参加秘鲁革命军的故事。但是，理想最终不能替代现实，这个青年战死了，他的热情化为了战争中死亡的幽灵的哀怨。

长篇小说《戴安娜：孤独的猎手》（1994）风格上有些变化，从题材上说，完全是一部爱情小说，篇幅也不大，比较轻巧，是卡洛斯·富恩特斯对他一次爱情经历的小说化表达。在 20 世纪 60 年代，他曾经爱上了美国著名女演员琼·塞贝格，和她有过激情四射的蜜月般的爱情，在小说的最后以她的神秘死亡而结束。小说还以 20 世纪 60 年代美国“越战”后爆发的示威游行和 1968 年的墨西哥镇压学生运动的历史事件作为背景。

除了上述长篇小说，卡洛斯·富恩特斯晚近的小说中，最重要的是长篇小说《与劳拉·迪亚斯共度的岁月》（1999），这是卡洛斯·富恩特斯在世纪之交写出的又一部内容复杂的力作。我觉得，这部书和君特·格拉斯的《我的世纪》以及我国作家莫言的《丰乳肥臀》有着异曲同工之妙，当新千年即将来临时，很多作家都想通过文学来总结 20 世纪，君特·格拉斯、莫言和卡洛斯·富恩特斯就分别用《我的世纪》《丰乳肥臀》和《与劳拉·迪亚斯共度的岁月》，来作为他们回望 20 世纪的深情一瞥。

《与劳拉•迪亚斯共度的岁月》翻译成中文有40万字，可以说是一部大部头。小说的主人公劳拉•迪亚斯是一位德裔妇女，她来到了墨西哥，在岁月流逝中与众多的亲人和朋友生离死别，构成了命运无常的宏大交响。小说叙述的起点是1905年，共分26章，以2000年新千年的到来作为结尾，以这个欧洲裔墨西哥妇女百年的经历，讲述了20世纪风云变幻的历史打在个体生命中的烙印。和小说中塑造的劳拉•迪亚斯这个坚韧的女性形象相对比的是，小说还描写了一个类似智利独裁将军皮诺切特那样的独裁统治者，也是这部小说中令人难忘的人物形象。不过，在阅读中我体会到，和以往卡洛斯•富恩特斯的那些技巧复杂得令人眼花缭乱的小说不同，这部小说在叙述上非常扎实，似乎有某种向传统小说回归的趋向：小说的叙述时间线索是顺时针的，是沿着时间流逝的方向来叙述的，26个章节覆盖了整个20世纪，小说的地理背景也不断地变化，从德国到墨西哥、美国和法国，总之，不断地在欧洲和美洲之间变换场景，而人物的命运和遭遇也随之变化，劳拉•迪亚斯的亲人和朋友不断地出现，又接连消失，在苍茫大地上，他们的生命和死亡成了世纪的见证和脚注。这是卡洛斯•富恩特斯创作生涯中的又一部史诗性的作品，小说的总体气质依旧是波澜壮阔的，他将个人的命运与政治、宗教、历史、艺术、哲学结合起来，以劳拉•迪亚斯这个特定的人物经历和存在状态，来见证墨西哥历史的风云变幻。

卡洛斯•富恩特斯是那种愈老弥坚的多产作家。进入新千年之后，越过了70岁门槛的卡洛斯•富恩特斯老当益壮，创造力丝毫没有衰退，佳作迭出，还不断地传说他要得诺贝尔文学奖了。他的长篇小说《伊内斯的本能》出版于2001年，这是一部带有幻想色彩的爱情小说，讲述的是一个女高音通过一张照片就爱上了一个男子的故事。但是，女主人公不知道他是谁、他在哪里，于是，她通过幻想和想象来寻找他。小说在时间的河流里自由地游动，从遥远的过去到未知的将来，将一个和爱本能有关的故事讲述得扑朔迷离，有一些早期的中篇小说《奥拉》的那种玄妙和幻想气质。

卡洛斯•富恩特斯想象力丰富异常，思考墨西哥的未来也是他的着力点。2003 年，卡洛斯•富恩特斯推出了一部新的长篇小说《鹰之椅》，这是一部带有幻想色彩的书信体小说，它讲述的是未来的墨西哥社会一些政坛人物的故事，他们互相通过写信来表达他们对当下的看法，由此构成了小说的文本。按照其中的一个政客的话说，他们都是“以政治为食，以政治为梦想，为政治快乐和痛苦”的人，议会内政党的轮替，总统竞选以及前总统的影响，等等，构成了小说的情节和基本框架。小说背景设定在 2020 年，那一年，同 2001 年新千年开始时一样，墨西哥社会动荡不安，腐败现象日趋严重，经济上受到了美国的严重控制。墨西哥总统在新年到来之际，果断地向美国发起挑战，他宣布，如果美国政府不付给合理的价钱，墨西哥参加的石油组织就不向美国出口石油；同时，他还抨击美国政府武力侵占哥伦比亚，和美国决裂了。美国政府恼羞成怒，立即采取报复手段，致使墨西哥的通讯卫星神秘地毁坏了，同外界的一切联系手段，包括电话、传真、因特网等全部中断，墨西哥陷入长达数月的与外界的隔绝中，人们只能采用书信、录音等办法和他人进行联系，于是，书信再次回到了人们的生活中。富恩特斯把小说的故事安排在这样一个不远的将来，充分发挥了他的想象力，创作出具有幻想色彩和荒诞情节的小说，来和今天的墨西哥的现实对照，表达了他对墨西哥未来面临的和美国的关系以及石油与能源危机的忧虑。

卡洛斯•富恩特斯的短篇小说在数量上和水准上似乎无法和他的长篇小说相比，但是，仍旧带有着他鲜明的艺术个性。在短篇小说集《戴假面具的日子》之后，他还出版了多部短篇小说集：《烧焦的水》（1981）；《康斯坦西亚和其他几篇处女小说》（1990）——这是包含了四篇短篇小说的集子，4篇小说都和女性有关，她们在男人所掌握的世界里无法主宰自己的命运；《甜橙树或时间怪圈》（1993）则包含了5篇短篇小说，以盛产甜橙树的地中海地区为背景，讲述了西班牙对美洲的征服者科尔特斯的故事，5篇小说像5瓣橘子瓣一样互相联系和映衬，将墨西哥的混血文化的特质描绘了出来。短篇小说集《水晶边境》（2000），由9篇小说构成，讲述了墨西哥和美国接壤的边境地带的偷渡造成的悲剧性故事。在2006年，他又出版了一部短篇小说集《一切幸福的家庭》，其中收录了17个短篇小说，将墨西哥的一些家庭的不幸和痛苦展示了出来，使我们看到，每个家庭其实都是有自己的秘密的。小说中的家庭里到处都是欺骗、痛苦、虐待、性暴力、冷漠和虚伪。可以说，卡洛斯·富恩特斯的短篇小说善于将细节和场景强调出来，带给人们深刻的印象。而且，他喜欢写一些主题类似的系列短篇小说，你既可以把它们当作一组短章构成的长篇小说来看，也可以把它们看成是系列短篇小说。

卡洛斯·富恩特斯是一个文学大师，一个全才，除了小说创作，他还写了好几个戏剧剧本：《独眼的是国王》（1970）、《所有的猫都是褐色的》（1970）、《想象的王国》（1971）、《月光下的兰花》（1982）、《黎明的庆典》（1991）等，这些戏剧带有现实主义和超现实主义的特征，有的戏剧非常有幽默感，从历史的题材里和现实的素材里打捞到一些戏剧冲突的材料。2006年，他还出版了回忆录《68年一代》，回忆了他所处的“拉丁美洲文学爆炸”时期和拉丁美洲各国的作家们互相之间建立深厚友谊的过程。

在卡洛斯·富恩特斯的创作中，文学评论和随笔著作有着十分重要的地位，可以看出他雄厚的理论功底和文学批评的素养。他主要的评论集有：《巴黎，五月革命》（1968）——这是写1968年法国红五月的社会运动的；《两扇门的房子》（1970）、《墨西哥时代》（1970）、《墨西哥的新契机》

（1995）、《被埋葬的镜子》（1992）《墨西哥的五个太阳》（2000）等著作，都是从墨西哥的文化特性和与欧洲的文化联系入手，来分析墨西哥的文化现实和前景；《西班牙美洲的新小说》（1969）是对20世纪60年代之前拉丁美洲新小说的介绍和判断；《堂吉诃德或阅读的批评》（1976）《勇敢的新大陆》（1990）对拉丁美洲的印第安古文化、非洲文化和西班牙文化的交融进行了梳理，并对拉美大作家卡彭铁尔、加西亚·马尔克斯、科塔萨尔等人的作品进行了深入分析，对“拉丁美洲文学爆炸”的前因后果作了分析；在《小说的地理》（1993）中，他评论了博尔赫斯、罗亚·巴斯托斯（写过杰作《人子》）和西班牙重要作家胡安·戈伊蒂索洛（写过《安全通行证》）等很多作家。

在卡洛斯·富恩特斯的著作中，《时间的肖像》（2000）是一本很特别的书。它是卡洛斯·富恩特斯为了纪念自己的儿子写的一本两人合著。到2009年，他已经81岁高龄的老人了，但他可是白发人送黑发人：他的一个儿子和女儿都先他而去了，这使他觉得生命的脆弱和无常，必须要以回忆来书写离愁。后来，他又出版了一部十分精彩的、融合了回忆录色彩的随笔集《我相信》（2002），全书是由26个字母，来排列出41个章节的随笔，是他对自己经历的20世纪中他所遇到的各种问题的思考，大部分都是关于信念和哲学的思考。在这个集子里，弥漫的是一个经历了人世沧桑的老人对岁月的依恋、对旧人的怀念、对糟糕时代的批判、对未来的希望等。最终，他还是相信，他获得了一些值得他信赖的东西。该书获得了皇家西班牙学院文学奖，奖金25000欧元。

卡洛斯·富恩特斯几乎是一个得奖专业户：他在1967年获得西班牙简明丛书文学奖，1977年获得了委内瑞拉“罗慕洛·加列戈斯”文学奖，这是拉丁美洲一个非常重要的文学奖；1979年获得了墨西哥“雷耶斯”文学奖，此外，还获得了西班牙塞万提斯文学奖、阿斯图里亚斯王子文学奖等重要奖项，2008 年，他还获得了西班牙首届堂吉诃德奖。对于这样一个无可争议的大师来说，我觉得，如果诺贝尔文学奖能颁发给他，只能说是他给诺贝尔文学奖增添光彩和加分了。2008 年 11 月 11 日，卡洛斯•富恩特斯迎来了他的 80 岁生日，墨西哥特地举办了一系列活动，来庆祝他的 80 华诞。同时，他的一出新歌剧也上演了，他的最新的大部头长篇小说《意志与财富》出版了。这仍旧是一部雄心勃勃的小说，描绘了跨国资本对信息技术的垄断和人性在全球化时代的扭曲的新现实，说明他仍旧在继续绘制他那个题目为《时间的年龄》的文学大壁画。卡洛斯•富恩特斯一直对小说的未来抱有信心，他说：

> 小说将人类重新带进历史。在一本伟大的小说中，主角的命运被重新展示，而他的命运是其经历的总和。小说也是各种文化的一种介绍信，它们没有被全球化的浪潮窒息，现在敢于以前所未有的活力自我肯定……小说给我们提出了一种文字记载的想象空间的可能性，而它与真实世界的关联一点也不比故事本身要少。小说总是在不断地预示着一个新的世界，一幅即将到来的景象。因为小说家们知道在 20 世纪可怕的教条主义暴力之后，故事已经变成了一种可能性，而永远不再是一种标准。我们认为已经了解了这个世界。而现在，我们应该去展开想象了。（见张伟译，《我相信》，第 147、150 页，译林出版社，2007 年 8 月版）

卡洛斯•富恩特斯以巨大的勇气和宏大的气魄，以巴尔扎克为师，以不断创新的艺术手段作为武器，以“时间的年龄”为总体构想，创作出 20 多部长篇小说、多部短篇小说集，还有十多部散文评论集和剧本，描绘出 20 世纪拉丁美洲人的生存和历史的境遇图景。

的确，卡洛斯·富恩特斯具有犀利的社会批判能力，他不断创造出幻想、历史、现实和神话结合起来的作品，以巴洛克艺术风格的多变和复杂，创造出一幅幅繁花似锦、光怪陆离的小说大壁画，在21世纪这个大众媒介时代，我很难相信，还有会有像卡洛斯·富恩特斯这样有宏大的抱负、企图囊括历史和整个时代的全部面貌，将时间与历史打通，在时间中自由穿梭的作家出现，谁还愿意花这么大的力气，去画这么宏伟的历史和时间的文学壁画？我真的有些悲观，因为，在眼下电子媒介逐渐占上风、到处都是信息垃圾和碎片的后现代与全球化的社会里，卡洛斯·富恩特斯属于那种正在消逝的文化背景和一个伟大的文学传统，这个传统也许不会再回来了，而他也于2012年去世了。

第三节　胡里奥·科塔萨尔：意义与游戏

尽管这几个作家都有在欧洲旅居的经验，但阿根廷作家胡里奥·科塔萨尔更加特殊一些，他很早就离开了阿根廷，长年在法国居住，最后还死在了巴黎。不过，他用来写作的语言却是西班牙语，他的小说的题材也大都是关于拉丁美洲、特别是他的祖国阿根廷的。

胡里奥·科塔萨尔注定和欧洲有着千丝万缕的联系，1914年，他出生在比利时的首都布鲁塞尔，父亲是阿根廷驻比利时的外交官，有阿根廷和比利时的双重国籍，这对于小胡里奥·科塔萨尔来说，构成了他终生的一个象征——在欧洲和南美之间寻找文化落脚点。1919年，在胡里奥·科塔萨尔4岁的时候，他跟随父母亲回到了阿根廷。由于家庭文化条件比较好，他的母亲精通法语，喜欢文学，教导他很早就开始阅读和写作，现在还可以找到他 12 岁的时候写给喜欢的一个女孩子的一组爱情诗。那是他最早的作品了。1932 年，胡里奥•科塔萨尔在一所师范学校担任教师，不久，他就进入布宜诺斯艾利斯大学学习哲学和文学。此时，他父亲已经离家出走，抛弃了他和他的妈妈。他的家境越来越困难，他就去中部地区的乡村当了整整 5 年的乡村中学老师。

1938 年，胡里奥•科塔萨尔将他早期的诗歌结集为《仪表》出版，其中大部分是十四行诗，明显地受到了欧洲象征主义和唯美主义诗歌流派的影响，诗风华丽、优美但是有些轻飘飘的。1944 年，30 岁的胡里奥•科塔萨尔应聘到门多萨省的一所大学任教，讲授法国文学。在大学期间，因为参与了反对当时的阿根廷总统庇隆总统的政治活动，被盯梢和压制并上了黑名单，他愤而辞职，跑到了首都布宜诺斯艾利斯，在图书总署找了一个工作，此后，他的生活状况很不好，一直想离开阿根廷，终于在 1951 年独自前往法国巴黎,从此就侨居在那里,担任过联合国教科文组织的翻译，同时进行文学写作，一直到 1984 年在巴黎去世。这就是他最简单的生平。

胡里奥•科塔萨尔一生的主要成就在长篇小说和短篇小说。虽然他最早开始写作的文体是诗歌，那些诗主要是在阿根廷生活的时候写下来的。1941 年，他还出版了一部短诗集，仍旧带有内容空泛的唯美主义遗风。1949 年，他出版了一部神话诗剧《国王们》，诗剧取材于希腊神话，但是将弥诺陶洛斯的死改成了他受到了保护，改变了原来神话故事的结尾，具有悲剧美和唯美主义风格。正是在这个时期,他精心研读了博尔赫斯的作品，受到了博尔赫斯的巨大启发，发现他自己也许应该走一条创造幻想的世界的文学道路。

1951 年，胡里奥•科塔萨尔出版了西班牙语创作的小说集《兽笼》，包括了 8 篇小说，其中最有名的短篇小说是《被侵占的住宅》，讲述了一对不愿意结婚的兄妹本来住在很好的宅子里，但是房屋不断地被别人蚕食，他们不得不离开了那所住宅的故事。似乎有着卡夫卡的某种影响。这个集子里收录的所有小说都带有幻想色彩，故事都是非逻辑的，显示了他非凡的想象力和对现实社会的恐惧和对抗心理。这部小说集因为风格的突出而获得了拉丁美洲文学界的好评。紧接着，他又出版了短篇小说集《游戏的尾声》（1956），这个小说集里收录了 9 篇小说，小说的风格仍旧带有着浓厚的幻想色彩，也可以看到美国作家爱伦·坡的影响。爱伦·坡是侦探小说的创始人，他的一些短篇小说带有惊悚和幻想风格，虽然比较朴素，但是却能够击中人心之中的恐惧和迷茫。不过，需要说明的是，胡里奥·科塔萨尔的这些幻想小说和一般人所说的“魔幻现实主义”风格的作品完全不一样。在一些文学评论家看来，以博尔赫斯为先锋，以比奥伊·卡萨雷斯和胡里奥·科塔萨尔为两翼的特殊一派的小说，从风格上来讲，可以单独地归为“幻想派”。被归入“魔幻现实主义”流派里的作家和作品大都有着强烈的社会、历史和政治批判意识，表面上情节、细节和人物命运带有强烈的魔幻色彩，可是实际上，其内里是现实政治和历史的折射，带有着作家鲜明的历史批判和政治批判观点。而“幻想派”则天马行空地沉浸入纯粹的幻想之中，小说的情节非逻辑，有的非常晦涩，带有暗示、荒诞和离奇的色彩，在政治态度上很暧昧、对待历史也是语焉不详，对社会现实的批判则比较薄弱，因此，是单独的一个文学流派。也正因为如此，博尔赫斯后来受到了关心拉丁美洲政治、有着强烈社会责任感的一些作家（如马尔克斯等人）的批评。不过，从文学美学上来说，“幻想派”的小说创作，实际上是一条非凡的道路，它打开了小说创作的另一面天窗，让我们看到了小说发展的更多可能性。

胡里奥·科塔萨尔的短篇小说最能够体现他的幻想性。他的第三部短篇小说集《秘密武器》出版于 1959 年，小说大都取材于日常生活经验，但是却如同变形的镜子一样，折射出人的精神世界的幽暗和迷离。其中还收录了一篇中篇小说《追逐者》，讲述的是一个萨克斯管乐手的故事，这个乐手对自己的生活失去了信心，沉溺在吸毒和渴望自杀的想象里。虽然很多小说呈现了他关心和批判拉丁美洲、特别是阿根廷社会现实的努力，但是作品的底色还是一种幻想色彩的，在一种非现实的逻辑中展开。

在胡里奥·科塔萨尔出版他的第一部长篇小说《中奖彩票》之前的这段时间，他都处于自己写作的第一个阶段，那就是练习和寻找自我的阶段。在这个阶段里，他做了很多的文学准备，出版了诗集两本、诗剧一册、短篇小说集三本，完成了最早的写作练习。胡里奥·科塔萨尔是一个对自己要求特别严的作家，作品不满意，或者没有达到他觉得成熟的地步是不拿出去发表的，他亲手烧掉了2部长篇小说、2部中篇、一些诗歌和不少短篇小说的手稿，其中一部长篇小说手稿竟达600页！后来，连他自己都有些后悔了，觉得对待自己过于苛刻了。而这种对待写作的严肃态度贯穿了他的一生。

长篇小说《中奖彩票》出版于1960年，这一年，胡里奥·科塔萨尔已经46岁了，并不年轻了。这部小说翻译成中文有35万字左右，叙述非常扎实紧密，表面上看，所有的情节和细节描写都是现实主义风格的，但是，最终，小说的大情节却带有浓厚的荒诞和滑稽色彩。小说讲述的是一群中奖的彩票购买者，大家坐上了一条名叫马尔科姆号的轮船，打算出海旅行的故事。这些彩票中奖者大都是阿根廷的中产阶层，有商人、教师、大学生、公司职员、老贵族等，但是，古怪的是，船长告诉大家，这艘船的航向不明，不知道要去哪里，而航行的时间竟然长达几个月。起锚之后，轮船航行了整整一个晚上，第二天，大家跑到甲板上，却发现轮船还停靠在布宜诺斯艾利斯附近的海岸边上，并没有怎么移动。而且，古怪的禁令出现了，“所有的人都不许到船尾”，大家才开始觉得自己上了一条可怕的船。于是，一些人把大家组织起来发动了反抗，还死了人，最终，幸存者到达了船尾，却发现那里什么也没有，他们付出的生命代价因此十分昂贵。此时，政府的文化部门派来了水上飞机，要求大家离开游船，因为船上发生了瘟疫——实际上是托词，大家最终陆续离开了那艘古怪的游船，中奖彩票被证明是一场捉弄人的游戏。

我在读这本书的时候就想，胡里奥·科塔萨尔为什么要写这样一本书？他想表达什么意思呢？从小说的情节看，他是在描绘一个封闭的空间——一条航向不明、最终几乎没有航行的游轮，似乎在用来象征和指代阿根廷社会。这可能是最好的解释了，接着，一切都好办了，小说中的各色人等，就可以看作是阿根廷社会的各个阶层的人物代表，是典型人物，他们在这么一个封闭的空间里演绎了一出人性大暴露的故事，人们暴露出自私、贪婪、丑恶、虚伪、媚俗的面目来。在船上的这些人是特选的子民，他们代表阿根廷的各个阶层，而看上去在航行的游船实际上根本就没有动，象征着 20 世纪 50 年代阿根廷社会的停滞不前和政客们的发展社会的诺言完全是谎言，小说塑造的几个知识分子也带有悲观色彩，不过，也暗示希望还存在。这些中了彩票的家伙本以为得了奖赏，可实际上是受到了政府的欺骗，除了离开这艘船，他们没有其他的选择。胡里奥·科塔萨尔就用非常隐晦的情节，曲折地表达了自己的政治态度，他最终也离开了阿根廷。

这使我想起来库切的小说《耻》结尾的一个细节，当白人主人公参与到消灭那些已经没有了主人的流浪狗的行动中时，暗示南非已经非白人的理想居所了，他要离开那里了。《中奖彩票》显然带有讽刺的意图和幻想的色彩。他描绘了一艘没有怎么前行的游船，和一群以为轮船在前进的人群，以及他们后来的觉醒和内斗，影射了阿根廷当时的社会气氛。整个游船仿佛是一座浮动的监狱，在这座监狱里监禁的是阿根廷的当代人和他们的生活，他们在中奖彩票的招引下，却从来都没有真正出海航行。有趣的是，后来，有读者问胡里奥•科塔萨尔，在他的心目中，船尾到底发生了什么事，他回答:

> 我同书中主要的人物处于同样的境地，直到如今，我仍然不知道船尾发生了什么事。

胡里奥•科塔萨尔表达了他对拉丁美洲、阿根廷或者说是对人生未来的迷茫和不确定感，这是确定无疑的。

胡里奥•科塔萨尔还使小说具有了游戏性质，使阅读变得像玩一个游戏一样轻松愉快，在整个小说史上都比较少见。这是因为语言作为带有声音的表意符号系统，它承载了太多的人类文化的信息，语言天生就是复杂的、沉重的，而运用语言、通过虚构营造一个内部自足的世界、有稳定结构的小说，自然从来都不能卸下沉重的文化包袱。但是，在20世纪，有些作家，比如胡里奥•科塔萨尔就勇敢地尝试了小说的游戏性质，使小说的意义和游戏之间有了一座坚固的桥梁。

1963年，胡里奥•科塔萨尔出版了长篇小说《跳房子》，就是一部以“跳房子”游戏作为小说内部结构的作品。相类似的小说作品，还有意大利作家伊塔洛•卡尔维诺在1969年出版的小说《命运交叉的城堡》可以类比，那是根据塔罗扑克牌上的人物画像来虚构故事的一部小说，扑克牌的符号表意功能和小说对故事情节的虚构完美结合在一起，使小说具有了随机性和游戏的性质。但是，我发现《命运交叉的城堡》的情节太过局限在扑克牌所固定指示的信息里，很难超越扑克牌的符号限制，卡尔维诺虽然做了很好的尝试，但是却没有真正收获实验的成功。因此，他后来没有再继续写《命运交叉的汽车旅馆》(《命运交叉的城堡》和《命运交叉的饭馆》

的第三部分），难以为继了。而胡里奥•科塔萨尔的《跳房子》，我觉得则实现了小说的将游戏性、内部结构和小说本身承载的社会批判内容完美地结合在一起的目标，从而成了20世纪的一部天书和奇书，20世纪最有特点的一部实验小说。

《跳房子》当然是一部奇书，仅仅从阅读上来说，它就有很多读法。而绝大多数小说只有一种读法。这部小说，你可以沿着固定的章节顺序阅读，也可以按照作者给定的一个阅读线索跳跃性地阅读，就是一种“跳房子”游戏式的读法。我们小的时候都玩过“跳房子”游戏，就是在地上画好方格子，然后根据不同的游戏规则，在这些方格子中间来回跳跃。同时，阅读《跳房子》还有其他的方法，比如，你还可以自行编排阅读的方法，于是，这部小说就带有了扑克牌的性质了：你随便地重新洗一次，你就获得了一种新的阅读感受。这样的一本书，在整个人类的小说史上都是罕见的。在我国的诗歌传统中，有回文诗，可以略做比较，但是回文诗的内容贫乏、僵硬和呆板，根本不能和这部包含很多种可能性的小说相比拟。虽然结构复杂，但《跳房子》这部小说的故事情节比较简单，书的前面有一张导读表，说明这本书包括了很多部书，但是主要包括了2部，一部是顺势阅读，从第1章到第56章，另外一部是从第73章开始，在各个章节中来回跳跃着阅读。小说的主干分为三大部分，第一部分是从第1章到第36章，这个部分有一个题目叫作“在那边”，讲述的是阿根廷人奥利维拉一个人孤独地离开了阿根廷，来到巴黎寻求自己精神家园的故事，这个人物显然有着胡里奥•科塔萨尔自己的影子，是他的一个分身。奥利维拉试图在巴黎寻找到自己的新生活，他也碰巧遇到了一个从拉丁美洲的乌拉圭来到巴黎的单亲妈妈玛雅，后来，两个孤男寡女相爱了，他们同居了，他们还和从其他国家来的一些人组织在一起，成立了一个文艺沙龙性质的组织“蛇社”，一群无家可归的人整天聚在一起，谈论文学、佛学、美术、音乐、哲学和巴黎的生活，以及他们自己的经历。但是，后来“蛇社”因为大家目标不一而解散了，奥利维拉和玛雅也因为志趣不同而分手。后来，她的孩子病死了，她也不知去向了。在小说的结尾，奥利维拉在巴黎塞纳河边勾搭了一个流浪的女人，正在被她口交的时候，被警察抓获，然后，他被推进了囚车。这个部分就结束了。

小说的第二部分是从第 37 章到第 56 章，题目叫作“在这边”。叙述主人公奥利维拉被警察释放之后，从巴黎回到了祖国阿根廷，在首都布宜诺斯艾利斯见到了过去的一些好朋友，并且和他们交往的情况。为了谋生，他成了一个布料推销员，后来，朋友介绍他来到了马戏团工作，还介绍他去精神病院。奥利维拉在阿根廷沉闷的社会气氛里感到窒息，他渐渐地从朋友的妻子身上看到了玛雅的影子，并且在一次精神状态不稳定的情况下，贸然亲吻了朋友的妻子，后来又觉得后悔，感到自己犯了错误，害怕被好朋友知道了报复他，结果，奥利维拉就坐在自己房间的窗台上，等待一旦朋友来兴师问罪，破门而入，他就跳下去。小说的这个部分到这里就戛然而止，并没有告诉我们奥利维拉到底跳下去了没有。

小说的第 57 到第 155 章是小说的第三部分，题目叫作“在其他地方”。这个部分的内容相当杂乱，可以看作是最前面的 56 章的材料补充，这些五花八门的材料，大都来自报刊文摘、文学作品摘引片段、哲学家思考断片、主人公奥利维拉的日记和对自我的分析，还有一个虚构的人物莫莱里的一些对文学创作和人类前景的思考笔记，这些文字全部混杂在一起，成为前两个部分的补充材料，也是实施第二种阅读方法，也就是“跳房子”式的阅读的材料。由此，《跳房子》完全颠覆了过去人们对小说的基本理解，使小说的阅读成了开放的阅读，也使小说的结构空间完全开放了，同时，读者的能动性在这里上升到前所未有的地步，读者的创造性也成为理解这部小说的关键，读者变成了作者的同谋，甚至大于作者，在整个阅读《跳房子》的过程中，是读者和作者一起经历文学作品创作的艰辛和复杂、有趣和生动。因此，《跳房子》也成了“接受美学”文学理论最喜欢分析的典型小说之一。同时，在小说的语言上，胡里奥·科塔萨尔挑战性地进行了多种多样的尝试，他让笔下的人物说出英语、法语、德语、西班牙语和阿根廷地方俚语，等等，一些引文还使用了瑞典语、日语、缅甸语、芬兰语，甚至是藏语。我看，胡里奥·科塔萨尔肯定是在炫耀学识和对语言掌握的才能，另外，他又以混杂的语言来完成了对文学语言本身的反讽和解构。

《跳房子》也带有明显的幻想文学的性质，他在描绘巴黎的生活和阿根廷的生活的章节里，都没有直接地对社会生活进行批判，只有书中的主人公的一些哲学思考，和借一个虚构人物对文学创作所发的议论。那么，《跳房子》除了结构奇特、读法另类、形式新颖之外，它到底要告诉我们什么呢？胡里奥·科塔萨尔说：

> 《跳房子》差不多是我在巴黎的那十年生活的总结和在那以前岁月的总结。在书中，我做了当时我所能做的最深入的尝试，就是用小说的形式，讲出哲学家用形而上学的方法提出的问题，也就是说，那些重大的质询，重大的疑问。就是人和现实的真实性的关系。

胡里奥·科塔萨尔认为，世界上存在两种真实，一种是日常的每天都发生在我们身边的真实，另外一种真实是被日常生活所遮蔽的真实。小说家的任务就在于去发现这种被遮蔽的第二真实。

《跳房子》这部百科全书式的作品的出版，立即引起了拉美文坛和欧洲一些国家的热烈好评和轰动效应，它也成了“拉丁美洲文学爆炸”潮流在欧洲的呼应和回响，和马尔克斯等其他几个作家的出版于 20 世纪 60 年代的代表作一样，成了拉美新小说的典范。《跳房子》还被誉为是拉丁美洲的《尤利西斯》。而胡里奥•科塔萨尔也凭借这部作品成为“拉丁美洲文学爆炸”潮流中的最主要的干将，《跳房子》不仅是他自己的创作高峰，也是拉丁美洲文学爆炸潮流的代表作品。

胡里奥•科塔萨尔后期的作品包括了两部长篇小说《装备用的 62 型》（1968）、《曼努埃尔之书》（1973），前者是从《跳房子》的第 62 章引申出来的一部小说，后者直接涉及一个阿根廷发生的社会政治事件，以作者的一些剪报式的政论文章、调查报告和文学性想象，构成了两个层面互文性的叙述，批判了阿根廷拉努塞独裁政府对人民的残酷迫害、镇压和暴力行为。该小说在 1974 年获得了法国梅迪西文学奖。但是，这两部小说在艺术性和思想性方面，都不如《中奖彩票》和《跳房子》成功。胡里奥•科塔萨尔还出版有散文随笔集《八十个世界一日游》（1967）、《最后一回合》（1969）等。

胡里奥•科塔萨尔的短篇小说的成就很高，他一生共创作了近百篇短篇小说，这些小说除了上述三个集子之外，还结集为《克罗诺皮奥人和法马人的故事》（1962）、《一切火都是火》（1966）、《仪式》（1969）、《故事集》（1970）、《八面体》（1974）、《有人在此》（1977）、《一个叫卢卡斯的人》（1978）、《我们如此热爱格拉纳达》（1981）、《不合时宜》（1983），等等。这些短篇小说集内容相当丰富，几乎全都带有幻想性质，题材围绕欧洲、特别是法国和西班牙的生活和历史，以及拉丁美洲特别是阿根廷的社会生活来展开，每篇小说都带有神奇的反逻辑的情节，来呈现 20 世纪混乱不堪的人类状况。

即使一直客居欧洲，他还始终关心祖国阿根廷和拉丁美洲其他国家的发展，1975 年，他发表了中篇小说《反对跨国吸血鬼芳托马斯》，就是以文学的方式去抨击和批判美国跨国资本对拉丁美洲的掠夺和攫取的。1981

年，在巴黎居住了30年后，胡里奥•科塔萨尔终于加入了法国国籍。1984年，他在完成了散文集《如此暴烈而可爱的尼加拉瓜》、诗集《也许是黄昏》之后，因白血病在巴黎病逝。

1985 年，他的遗作、广播剧本《别了，罗宾逊》由西班牙文版出版，这是他写下的最后一本书。2006 年，他的后人发现了一个他生前留下来的皮箱，里面装满了他的手稿，其中有短篇小说、历史故事、长篇小说片段、诗歌、艺术评论、游记、演说稿等，2009 年的 5 月，这些文稿以《预料不到的文集》为名，在阿根廷出版了。

第四节　马里奥•巴尔加斯•略萨：小说建筑师

马里奥•巴尔加斯•略萨获得了 2010 年诺贝尔文学奖，并不像有些媒体所说“爆冷门”，他一直在最可能获奖的核心名单里，只不过他被连续提名 20 年了，老是不得，别人就以为不给他了。当时我就预测西班牙语作家获奖，我心目中有两个作家，一个是墨西哥的富恩特斯，另外一个就是马里奥•巴尔加斯•略萨。看来我的感觉还比较准。因为前几届都是英语、法语、德语作家获奖，这次肯定要轮到西班牙语等其他语言的作家了。

马里奥•巴尔加斯•略萨认为，小说是谎言中的真实，真实中的谎言——它在谎言和真实之间，与二者只差那么一步：

> 缩短小说和现实之间的距离、在抹去二者界线的同时，努力让读者体验那些谎言，仿佛那些谎言就是永恒的真理，那些谎言就是对现实最严实、最可靠的描写。这就是伟大小说所犯下的最大的欺骗行为：

> 让我们相信世界就如同作品中讲述的那样，仿佛虚构并非虚构，仿佛虚构不是一个被沉重地破坏后又重建的世界，以便平息小说家的那种本能——无论他本人知道与否——的弑神欲望（对现实进行再创造）。

这段话是进入马里奥•巴尔加斯•略萨的小说世界的关键性的一把钥匙。

马里奥•巴尔加斯•略萨被认为是当今在世的最伟大的作家之一。1936年，他出生于秘鲁一个比较富裕的家庭，但他父亲在他还在母亲肚子里的时候，就因为家庭矛盾负气离家出走了，到他11岁的时候，父亲才回来担当起自己的责任。因此，马里奥•巴尔加斯•略萨从小是在自己的母系家族中长大的，受到的呵护和培养，都是来自母系家族的亲人们：他的外祖父母、几个舅舅和他的妈妈。父亲的归来使他再次感受到来自父权的压力——1950年，他父亲强迫14岁的他进入一所军事学校学习，认为只有这样才可以培养儿子的男子汉气，摆脱母系家族带给他的女人气。就是这所军纪严格到可怕的军校的生活，彻底改变了马里奥•巴尔加斯•略萨后来的人生道路。那是一所刻板僵化、没有民主和学习气氛的军校，而且还腐败和军纪涣散。1953年，18岁的马里奥•巴尔加斯•略萨进入了圣马科斯大学，去攻读文学和法律专业，并且开始了自己的文学写作。1957年，他上大三下学期的时候，写了一篇短篇小说《挑战》，投寄到法国一家杂志，获得了该杂志举办的征文奖，奖品是他可以免费去法国旅行一趟。他如愿以偿了，远赴欧洲的这次一个月的旅行，开阔了他的视野，使他看到法国文明的绚丽和自己祖国的贫穷与落后。这一年，他出版了一部不为人注意的短篇小说集《首领们》，小说集收录了他最早创作的几个短篇小说，包括了《黑白混血女郎》，《首领们》（这是一篇描绘一群街头混混们互相进行暴力斗殴、并争夺街区霸主的故事），以及后来发展成长篇小说的《绿房子》等小说。1958年他大学毕业，和一些人类学家、地理地质学家一起，前往秘鲁的内陆原始森林地区考察了一次，获得了很多创作素材。很快，他又获得了西班牙马德里大学的奖学金，前往西班牙继续读书，于1960年获得了文学博士学位。毕业之后，他前往法国巴黎，一边在一家新闻机构工作，一边大量阅读法国文学，为自己即将展开的文学写作全面积累学养。这个时期，他在巴黎陆续结识了或侨居或旅行在那里的拉丁美洲小说家阿斯图里亚斯、卡彭铁尔、博尔赫斯、科塔萨尔、富恩特斯和马尔克斯等人，他们互相砥砺，互相支持，后来共同成了“拉丁美洲文学爆炸”的主将。

1962年，巴尔加斯·略萨在西班牙发表了他的第一部长篇小说《城市与狗》，小说单行本于第二年正式出版，获得了西班牙“简明丛书”奖。这部小说以他曾经就读的莱昂西奥·普拉多军校为背景，用现实主义的手法描绘出一个被暴力所统摄的环境：军事学校在社会达尔文主义的法则统领下，对学生严加管教。而学生们则在非人道的环境里，只有像狗一样警觉、好斗和温驯，听从严格纪律的约束和专制训练下的教导，才可以获得生存权。这是马里奥·巴尔加斯·略萨感到非常不适应的地方。他敏感地察觉到，秘鲁的军事当局正是通过这种强行地扭曲式的训练，造就着他们需要的那种没有独立人格的军人，来巩固政权。他觉得正是这种学习环境，戕害了秘鲁少年学子们的心灵，使学生们信仰弱肉强食，并且暴露出人性的丑恶。小说的写法上已经露出了后来他擅长的复杂结构的端倪，以多个层次、场景的对话和描述，展开了多条线索。这部小说的批判性非常强，书刚一出版就遭到了秘鲁军方的抗议，那所军校为此专门开了一个声势不小的批判会，批判马里奥·巴尔加斯·略萨的这本书，还在学校的大操场上当众焚烧了一千多册《城市与狗》，来表达对这本书的愤怒。有两个将军在发言中痛斥马里奥·巴尔加斯·略萨是一个白眼狼和大逆不道的混蛋，是一个卖国者和危险的赤色分子。

就这样，《城市与狗》惹了祸，但是，马里奥•巴尔加斯•略萨本人却一鸣惊人，影响更大了。其实，从古到今，在文学史上可以看出来，任何当权者只要对一部小说加以批判、禁毁，结果导致的恰恰是使这部小说更加有名，这是一个铁定的规律，但是某些愚蠢的当权者就是不明白这个道理，仍旧在不断地禁书，结果必然就是禁书的更加广泛的流传和更加著名。为什么马里奥•巴尔加斯•略萨会写作《城市与狗》这样的小说呢？他不惹祸不行吗？他说：

> 拉丁美洲的作家必须首先是政治家、鼓动家、改革家、社会评论家和论理学家，然后才是创作家和艺术家。

这说明，在一开始的时候，他就把自己的写作定位到社会性和批判性的位置上了，而相比较而言，文学性和艺术性倒在其次。不过，我们也不能完全相信他说的话，因为，他在小说的叙述艺术上的探讨和别具匠心也是一以贯之的，他从来都没有把文学的艺术性和技巧放到次要的位置。

从《城市与狗》开始，马里奥•巴尔加斯•略萨就以小说为武器，不断地对秘鲁的社会现实和历史进行毫不留情的批判，同时，在小说艺术上精益求精、大胆创新，创造出了独树一帜的“结构现实主义”小说这么一个品种来。

那段时间，马里奥•巴尔加斯•略萨一直在欧洲侨居，他发现远距离观察秘鲁会使他更好地描写秘鲁。1964年，他悄悄地回了一趟秘鲁，专门去秘鲁北部的丛林地区实地考察，看到了一个更为广阔的秘鲁社会的丰富现实的生存景象，为他将短篇小说《绿房子》改写成同名长篇小说继续积累着素材，加上1958年的那次对秘鲁内陆原始森林地带的考察，使他觉得自己能够写一部很棒的小说了。

1966年，30岁的巴尔加斯•略萨出版了小说《绿房子》。这是一部雄心勃勃的小说，在小说的结构上，他第一次充分使用了后来被命名为“解构现实主义”的复杂表现手法，小说如同一座复杂的建筑，一共分了五条线索，讲述秘鲁北部的一座叫皮乌拉的城市40年来的发展和变化。小说的时间跨度和容量都不小，五条线索被巴尔加斯•略萨切成了细碎的小块，然后按照一定的时间，分别镶嵌到小说的叙述经纬里。

总体来看，小说主题是描绘了皮乌拉城的发展，它原来是一个具有原始气息的小镇，最终发展成了一座现代化的城市。在这个过程中，欧洲老牌的殖民主义者和西班牙冒险家们相继在这里活动，并且对当地的印第安土著进行了掠夺和残杀。小说中的五条线索分别是：①. 孤儿鲍尼法西亚的故事。她和一个叫利马杜的男人的婚姻以及她后来被迫当妓女的情况；②. 妓院“绿房子”的创始人安塞尔莫的一生和这个妓院的兴衰史；③. 巴西籍逃犯、冒险家伏屋的一生；④. 四个流氓的故事；⑤. 当地的土著琼丘族印第安人首领胡姆对入侵者的反抗与失败。五条线索以平行的方式，铺展开小说叙述的进展，但其主要叙述线索是妓院“绿房子”的兴衰，以此象征秘鲁社会的兴衰。这五条线索互相交织、映衬和反射，能够以多个角度、多个侧面、像万花筒一样来叙述，充满了悬念的设置、精彩的细节和互相映衬的情节与对话，使读者能够清晰地了解故事的发生、发展和人物命运的变化，共同营造出一个由时间的流逝、地点的转换、人物命运的起伏、社会的巨大变迁等构成的秘鲁多姿多彩的现实和历史画卷，在跨越时空之中，获得一种斑驳陆离的关于秘鲁的整体印象。

马里奥•巴尔加斯•略萨的这部小说，可以说广阔地描绘了秘鲁北部地区几十年的历史和现实生活，将秘鲁社会的矛盾、历史的变迁和人性的复杂性反映了出来，是一部结构完美并具有原创性的小说。他也凭借这部小说在 20 世纪 60 年代中获得了和加西亚•马尔克斯等几个“拉丁美洲文学爆炸”主将齐名的地位，这部小说好读耐看，雅俗共赏，受到了读者的热烈欢迎，获得了秘鲁全国长篇小说奖、西班牙批评文学奖、委内瑞拉罗慕洛•加列戈斯国际小说奖等奖项。马里奥•巴尔加斯•略萨成名了，他意气风发，成为拉丁美洲西班牙语新小说爆炸的主将。

1966 年，巴尔加斯•略萨到英国的伦敦大学担任教职，1967 年，他和加西亚•马尔克斯一起完成了一部对话录《拉丁美洲小说两人谈》，两个人针对自己的创作和拉丁美洲作家的创作，谈到了很多既广泛又深入的问题，为后来“拉丁美洲文学爆炸”的命名进行了铺垫。与此同时，在《百年孤独》出版之后一年多，1969 年，巴尔加斯•略萨也出版了他最好的小说之一：长篇小说《酒吧长谈》。这本书是巴尔加斯•略萨所写的篇幅最长的小说，在结构和叙事技巧的运用上，也达到了炉火纯青的地步。

《酒吧长谈》这部小说翻译成中文有 60 万字，是一部巨著了。马里奥•巴尔加斯•略萨雄心勃勃地通过这部小说打算去描绘秘鲁的整个社会生活。他选择了 1948 年到 1956 年秘鲁的奥德里亚将军独裁统治时期，作为小说故事发生的时代背景，隐藏着他反对任何军事独裁的政治主张。小说中有两个最主要的人物，一个人物是绰号叫“小萨特”的记者，他是作者本人的化身，另外一个人物，是给独裁的军政府的要员当司机，名字叫安部罗修，他们两个人在一个名叫“大教堂”的酒吧里进行的谈话成为贯穿全书的主要叙述线索。而在他们之间的谈话中，其他被他们谈到的场景、人物、矛盾纠葛，纷纷以故事套故事的方式登场，以同步的形式展现出来，这是小说的一大特色，如同一串糖葫芦那样，一个个的由故事和场景构成的完整的小“糖葫芦”，在叙述主线的贯穿下，生动和饱满地被组织在一起，构成了一个完美的整体。在这部小说中，巴尔加斯•略萨把“结构现实主义”

的特殊结构和多层次的叙述的手法运用到了让人匪夷所思的地步。比如，他创造出一种对话的“通管法”，即在小说中可以让 5 个场景中的人同时进行对话，而不加以解释和提示，但却不会使读者混淆对话者，从而获得了共时性和空间并置的画面感。于是，空间展开了，时间也平面地展开，场面逐渐地宏大、复杂和广阔起来，整个社会的人和事都被囊括进来了。小说塑造了近百个秘鲁社会现实中的人物形象，分别代表了秘鲁特定的历史阶段的各个社会阶层的人，大到最高统治者、军事当局的独裁者和一群蝇营狗苟的政客，小到贩夫走卒和鸡鸣狗盗之徒，以及普通的、忙于生存的老百姓，给我们描绘出如同古代罗马帝国的斗兽场一样的秘鲁社会的本质——在这个由社会达尔文主义法则所统摄的国家里，到处都在进行着生存权利的竞争，残酷而充满了激情、暴力而充满了欲望的勃勃生机、野蛮但是却呈现了五光十色的人性表现，正是这些，构成了小说本身的复杂、多层次，也构造了拉丁美洲的秘鲁神奇的社会现实和历史。

马里奥·巴尔加斯·略萨是一个多才多艺的多面手，不仅会写小说，而且善于从文学理论上加以总结。1971 年，他出版了自己的博士论文——长达 40 万字的长篇文学评论《加西亚·马尔克斯：一个弑神者的历史》，对同辈作家的哥伦比亚小说家加西亚·马尔克斯的作品，尤其是《百年孤独》进行了深入探讨和分析，并且给予了非常高的评价。在“拉丁美洲文学爆炸”期间，一些拉美作家互相建立了深厚的友谊，他们毫不保留地溢美同道、赞美同行，比如，在富恩特斯、马尔克斯、科塔萨尔、巴尔加斯·略萨、何塞·多诺索等作家那里，我看到了一种难得的友情和互相的鼓励，这种现象值得关注。正是他们的互相肯定、提携和赞扬，最终，他们作为在 20 世纪后半叶改变了人类文学潮流流向的作家群体，引起了全世界的关注，将小说发展的生长点和爆破点引领到了拉丁美洲，改变了文学的世界版图，给 20 世纪的小说流变增添了最精彩的一章。尽管多年之后，马里奥·巴尔加斯·

略萨和加西亚·马尔克斯的关系不好了，但是，马里奥·巴尔加斯·略萨的这篇长篇评论却成了一个时代的明证。

对于马里奥·巴尔加斯·略萨热切关心和批判社会现实这一点，也有评论认为，马里奥·巴尔加斯·略萨是“拉丁美洲的德莱塞”，我们知道，德莱塞是20世纪初期美国著名的批判现实主义小说家，代表作品有“金融三部曲”《珍妮姑娘》，等等，他的小说篇幅巨大，激情满溢，充满了对美国资本主义社会的激烈批判。可以说马里奥·巴尔加斯·略萨和他在社会批判的深度和广度上很相似。但是，马里奥·巴尔加斯·略萨在叙述艺术，尤其是小说结构艺术上的探索和发现，则是德莱塞所无法比拟的。德莱塞在小说叙述上没有花样，像一个莽撞的粗汉，而略萨则像一个精巧地编织叙事艺术的能工巧匠。

1973年，马里奥·巴尔加斯·略萨出版了长篇小说《潘达雷昂上尉与劳军女郎》，这是一部带有黑色幽默和滑稽荒诞色彩的讽刺小说，批判秘鲁军队的丑恶是锋芒毕露的，在结构上继续进行了多个方面的探索。小说讲述一个叫潘达雷昂的秘鲁陆军中尉，因为忠于职守而获得了提拔，但是，上司交给他执行一个机密任务，要他带领一个劳军军妓团，前往一个强奸案不断发生的秘鲁内地的军队驻扎地，去进行慰劳。当潘达雷昂上尉率领的劳军军妓队前往那个强奸案件多发的地方之后，他恪尽职守地、圆满地完成了任务，但这个事情忽然败露了，一时间社会舆论大哗，新闻媒体也热烈鼓噪，社会舆论全部都将矛头指向了军方将领，连潘达雷昂上尉的妻子也生气了，一怒之下离家出走了。最后，是让人同情的潘达雷昂上尉承担了全部责任，他被发配到遥远的高原地区服役，而劳军军妓中的几个妓女则被握有权势的将军和随军的神甫给据为己有了。这是小说的主线，小说还安排了一条副线，讲述一个极端的宗教组织“方舟兄弟会”的故事。

这个团体认为世界末日即将来临，号召信徒把自己送上十字架，就可以赎罪并且获得拯救，结果却导致了骚乱。这是小说的两条主干线，在每条线索中的每一个章节中，巴尔加斯·略萨都他使用了他拿手的结构方法——他运用了电影蒙太奇手法、摄影机眼手法、对话通管法，将多个场面发生的事情平行地进行叙述，画面感非常强，营造出一种立体的效果，使小说带有漫画色彩和强烈的讽刺精神，读起来令人忍俊不禁。这部小说当然地触怒了秘鲁军政府当局，它被禁止在秘鲁发行。

但是，巴尔加斯·略萨才不管这个呢，他身在欧洲，不会遭到秘鲁军政府的迫害和打击，他的西班牙语的小说可以在除了秘鲁的很多国家发行。1975 年，他出版了一本扎实的文学评论著作：《永远纵欲：福楼拜与（包法利夫人）》，分析了法国大作家福楼拜的小说艺术贡献。他精力充沛，创作力旺盛，声誉日盛，1976 年，年仅 40 岁的巴尔加斯·略萨就当选为第四十一届国际笔会的主席，1977 年，他又出版了带有自传色彩的长篇小说《胡利娅姨妈与作家》，引起了轰动。《胡利娅姨妈与作家》以一个轻松、诙谐的爱情故事，又穿插了很多因为欲望导致各种不同命运的 10 个小故事，一起展现了欲望的魅力、欲望的陷阱、欲望的迷茫和欲望的熄灭的故事。这部小说一共 20 章，单章也就是第 1、3、5、7 等章，讲述了作家（实际上就是他自己）和他的姨妈谈恋爱的故事——结果，他的亲戚们坚决反对，他们不得不私奔到外面同居了，中间又穿插了一个剧作家的兴衰史。而双数的章节，也就是第 2、4、6、8 等章，则穿插了 10 个独立的、耸人听闻的社会性短篇故事，把 20 世纪 50 年代发生在秘鲁的各种各样的奇谈怪论和奇怪的事情，以小故事的形式镶嵌在小说中，形成了一个立体的、丰富的画面，广阔地展现了秘鲁社会的多个层面。而和比自己大 14 岁的姨妈恋爱，是发生马里奥·巴尔加斯·略萨 18 岁的时候的，他和他的姨妈胡利娅有了一次热烈奔放的恋爱。作为拉丁美洲人，巴尔加斯·略萨的性格热情奔放，当时，他还在军校读书，为了摆脱一些鳏夫的纠缠，他姨妈就让小马里奥·巴尔加斯·略萨经常陪她去看电影、外出逛街，但是，没有想到的是，鳏夫倒是都摆脱了，他们两个人之间却产生了忘年恋：一个是少年不识忧愁的滋味，一个是少妇成熟如桃花盛开，干柴烈火无法分开了。两个人在大家的反对声中，跑到外地一所教堂，秘密办理了结婚手续。不过，数年之后，他们还是分开了，但却成就了一段爱情佳话。有趣的是，后来，他的胡利娅姨妈看到他写的这部小说，感到十分不满，认为他没有写出事实的真相，她也写了一本长度相当的纪实小说《作家与胡利娅姨妈》，从自己的角度对她和马里奥·巴尔加斯·略萨的“不伦之恋”作了解释，可我觉得她的文笔文比巴尔加斯·略萨的那本小说差远了，读起来干巴巴的，只是一些事实的罗列，一点都不生动。不过，这两本书互相对照着读，也很有趣。

马里奥·巴尔加斯·略萨喜欢不断地拓展小说的题材。1981 年，他出版了长篇历史小说《世界末日之战》。小说描绘了一场发生在 1896 年的巴西腹地的卡奴杜斯农民起义的过程。这个题材，19 世纪的巴西作家达·库尼亚曾经写过一本长篇小说《腹地》，这本书出版于 1902 年，在 1959 年就出版了中文译本。既然有作家根据这个题材写过一本名著了，为什么巴尔加斯·略萨要写这么一本书？他是想借古讽今。因为，当初这场农民起义所反映的社会矛盾，在 20 世纪的拉丁美洲依然广泛地存在，大庄园主阶层和广大的种植园农民之间的矛盾一直没有解决好，因此，马里奥·巴尔加斯·略萨说：

> 卡奴杜斯起义的悲剧，就是拉丁美洲国家现实的总结。

他写这部小说，是想用当代眼光来重新打量那场意义重大的农民起义。

《世界末日之战》的篇幅比较大，翻译成中文在 50 万字左右，在写作手法上则回到了现实主义手法上，只是在局部运用了一些内心独白和的技法。可以说，马里奥•巴尔加斯•略萨写的这部小说，就像是给我们绘制了一幅关于拉丁美洲历史的宏大壁画。对这部小说，我的评价不高，因为，在写作手法上，巴尔加斯•略萨擅长的复杂的结构方法都不见了，他创新的勇气退缩了，本来，我想他一定是想写得简洁生动、回到讲故事的老路上，回归传统现实主义小说的风格，但是，这部小说在叙述上却过于老实了。如果我们对那场起义的历史不感兴趣的话，那么，这本在形式上过于平庸的小说，就很难引起其他人的兴趣了。

整个的 20 世纪 80 年代里，除了《世界末日之战》，他还出版了四部长篇小说：《狂人玛伊塔》（1984）、《谁是杀人犯？》（1986）、《叙事人》（1987）、《继母的赞扬》（1989），基本上是两年一部的节奏来出版的。但是，我感觉这几部小说都不是他最好的小说，只是每一部在一些局部上有一些突破，整体上比较平庸。《狂人玛伊塔》描绘了发生在 20 世纪 50 年代秘鲁一座小城市的起义事件，而奇怪的是，起义的人只有两个：一个是印第安人玛伊塔，另外一位是一个陆军少尉，他们的起义“部队”则是 6 位中学生。就这几个人，进行了一场有些像今天的行为艺术般的滑稽的“起义行动”。但在这部小说中，让我惊喜的是巴尔加斯•略萨又回到了现代主义小说的技巧上，强调了叙事的多重技巧和形式感，以内心独白、意识流的手法，通过摄影机眼般的调度，从很多侧面来描绘出这两个带有空想色彩的冒险家的起义行动最后以失败告终，表明了无政府主义在拉丁美洲很难成功的观念。小说采取的是侧面来写的角度，通过一个后来的叙事者，不断采访当年发动起义的玛伊塔的亲戚、朋友、邻居、同志，将这个狂人的童年、少年、青年，一直到他组织武装起义的过程，以其他人的眼光来塑造了一个人的成长。在最后一章，狂人玛伊塔本人现身了，叙述人和他进行了对话，却发现这个别人眼里的狂人已经变成了另外一个人，一个平庸而消沉的隐居者。

《谁是杀人犯？》是一部篇幅不大的长篇小说，翻译成中文在 10 万字左右，巴尔加斯•略萨回到了他一贯喜欢的题材：攻击秘鲁的军政府和军队，因为他一贯反对军人执掌政权。这部小长篇讲述了一桩发生在军队里的乱伦和谋杀的丑闻，当两个警察终于揭开了事件的真相之后，当事人开枪自杀，两个警察却被调到其他地方去了。《谁是杀人犯？》在巴尔加斯•略萨的作品中属于小制作，在技巧上有些侦探小说的形式感，除了对话精彩之外，没有让人有更多的惊喜。相对于《谁是杀人犯？》的单薄，长篇小说《叙事人》就厚重一些，篇幅在 16 万字左右，这部小说的情节有些像《绿房子》的续篇，带有浓厚的人类学的味道。小说的题目叫“叙事人”，是因为，在拉丁美洲亚马孙河地区的原始森林深处，一些原始部落中有一种讲故事的人，叫作“叙事人”。逢年过节，这些“叙事人”就到各个村子里给大家讲述神话、故事、习俗和他们自己的生活。因此，在这部小说中，“叙事人”这个角色十分重要，他是双重的，指的既是小说本身的讲述者——一个人类学研究专家，同时，也是那些亚马孙河森林地区的原始部落的讲故事的叙事人，两个叙事人统一了。小说依旧是结构现实主义的风格，分两条线索，一条是讲述叙述者如何认识了一位在亚马孙河流域进行调查的人类学家的故事，另外的一条线索，则是叙述人讲述的亚马孙河深处森林里的原始部落的那些神话传说、历史、寓言和社会习俗，作为第一条线索的材料和补充，形成了互相映衬、互相举证的关系，显得非常扎实。《叙事人》的成功之处在于，它以大量的拉丁美洲人类文化学的材料作为基础，叙述视点独特，内容繁杂，可以说是一部厚重的文化小说，与他那些猛烈抨击军事独裁政权的社会现实主义小说相比是大异其趣。这部小说还使我想起来阅读卡彭铁尔的《消逝的足迹》的感受，两部小说有着异曲同工之妙。

马里奥·巴尔加斯·略萨和现实的关系紧张而密切，他一生都在和拉丁美洲以及和秘鲁的社会现实缠斗在一起。他积极地参与政治活动，作为一个秘鲁出生的影响巨大的名人，他还参加了秘鲁总统的最后决选。为此，他成立了政党“自由运动组织”，他的竞选纲领是想以私有化、法制化和自由化的方式来改造当代秘鲁社会。但是，在日裔秘鲁人藤森和他之间，秘鲁人最后投票选择了藤森，他失败了，因为他代表的是秘鲁资产阶级和上层中产阶级。这场持续了三年的政治选战，耗费了他大量的时间和心力，也让他体验到了政治在操作层面的困难和复杂。我想，之所以出马竞选总统、一直坚持到和藤森的决选并最终失败，这和他作为作家的理想主义色彩与秘鲁腐败丛生的社会现实之间的落差巨大有关。而秘鲁人民似乎也不喜欢一个长年居住在欧洲的作家来实际领导他们的国家——写小说是一码事儿，当总统又是另外一码事儿。而竞选对手藤森也巧妙地攻击他，说他写过污蔑国家军队的小说《城市与狗》和色情小说《继母的赞扬》是犯罪，以至于在竞选过程中他的人身安全都受到了威胁，最后，竞选失败之后，他又重新回到了文学写作当中。

20 世纪 90 年代之后，进入老年之境的马里奥·巴尔加斯·略萨对社会批判的锋芒有所淡化和收敛，性爱成了他的小说的重要主题。1988 年，他出版了篇幅比较小的长篇小说《继母的赞扬》，小说的性描写和性关系引起了很大的争议。之后，他在 1997 年又出版了其续篇《情爱笔记》，描述一桩带有乱伦色彩的三角情爱的故事。小说中的大胆的性爱探讨和令人惊异的情节，着实让卫道士们害怕和恼怒。不过，我感觉这两部小说的艺术性也有所减弱。1993 年，他出版了长篇小说《利杜马在安第斯山》，直接将笔锋指向了活跃在秘鲁山林里很多年的左翼游击队“光辉道路”，分析了这个左翼运动的成因。小说中出现了一个叫利杜马的人，这个人物在小说《绿房子》里就出现过，这一次，是利杜马在安第斯山里与“光辉道路”游击队打交道了。以暴力革命为主旨的“光辉道路”游击队制造了不少暴力行为，在小说中被一一描述，显示了他的政治关怀的激情从来都没有减退过。他在猛烈抨击与美国跨国资本结合的右翼资本家势力的同时，也批判了国内走暴力革命道路的左翼游击队，因此，这本书两面不讨好，受到了来自左和右的两个方向的夹击。但是，作为一个独立思考的作家，他不管这个，他必须要发出自己的声音，认为只有谈判和妥协才是共赢之道。

2000年，马里奥·巴尔加斯·略萨出版了自己的第13部长篇小说《小山羊的节日》，小说取材于多米尼加共和国的独裁统治者特鲁埃略的真实故事，塑造了一个复杂的独裁者形象。特鲁埃略1930年发动了军事政变上台，统治多米尼加31年，到1961年5月被刺杀身亡。巴尔加斯·略萨以这个独裁统治者为原型，创造出他更为复杂的文学形象，描绘了诞生独裁者的拉丁美洲特殊的社会土壤和历史条件，也塑造出更多造就了独裁者的普通公众的心理环境。小说在结构上采取了两条线索加散点透视的笔法，继续他在叙述上的立体实验：一条线索描述暗杀独裁者的暗杀小组的成立过程，和最终的行动实施，另外一条线索则描绘独裁者特鲁埃略和一个被他占有的少女之间的故事，两条线分别从外部世界的行动和独裁者特鲁埃略的私生活入手，塑造出一个内心多层形象复杂的独裁者形象，为拉丁美洲的“独裁者小说”这个独特的小说系列又增添了新的一部杰作。小说出版之后，获得了很大的成功，不过，特鲁埃略的后人很生气，他们威胁要杀死“污蔑”了他们的先辈的巴尔加斯·略萨。但巴尔加斯·略萨似乎毫无惧色，还谈笑风生地出席了在多米尼加举行的这本书的首发仪式，到了没有人真的来暗杀他。

在小说的题材上，马里奥·巴尔加斯·略萨在一直不断地开拓着新的创作空间。2002年，他出版了长篇小说《天堂在另外一个街角》，讲述了后期印象派画家高更的故事：高更是一个传奇性人物，有一天，他忽然放弃了自己的舒适生活，一个人跑到了遥远的一座海岛塔希提岛上，和当地的土著人毛利人生活在一起。小说分成两部分，交叉叙述高更和他的祖母的故事——高更的祖母是一个社会活动家，也是女权运动的积极活动家。把这两个有亲缘关系的人放到一起来讲述，使我们看到了高更多面的人生，获得了一种奇特的艺术魅力。

2006年，马•巴•略萨出版了一部篇幅不大的小说《坏女孩的恶作剧》，2010年11月，他又推出了一部小说力作《凯特尔之梦》。小说是根据爱尔兰历史上一个真实的人物罗杰•凯斯门特的经历写成。罗杰•凯斯门特曾经在非洲和拉丁美洲生活，写了不少关于非洲土著和拉丁美洲亚马孙地区的土著在殖民主义的统治下的悲惨生活的文章，在欧洲引起了很大反响，他生于1864年，死于1916年，是最早意识到殖民主义的罪恶，最具有人道主义情怀的欧洲人之一。马•巴•略萨的这部小说，以他作为人物原型，书写了欧洲和非洲以及拉丁美洲在殖民主义时代里的复杂的历史和文化纠葛。

马里奥•巴尔加斯•略萨还写有《达克纳的小姐》（1981）、《凯蒂与河马》（1983）、《琼加》（1986）、《阳台上的疯子》（1993）等多个剧本，出版了随笔集《顶风逆浪》（1983）、《水外鱼》（1991），收录了他零散地发表在报刊上的文学评论。他最著名的文学评论集是《谎言中的真实》（1990），这本书收录了他对20世纪很多重要作家的代表作品的评论和分析，显示了他的很高的文学理论修养。此外，1997年，他还出版了一部系统地研究小说叙事艺术的书信体著作《中国套盒——给一位青年小说家的信》，从小说的形式、语言、结构等各个方面探讨了小说技巧方面的探索和未来的可能性。他的回忆录《水中鱼》（1993）则回忆了他从11岁再次见到父亲之后，一直到1990年他竞选秘鲁总统失败的人生经历，回忆了他的家人、写作和社会活动等各个方面的生活。2009年，他出版了纪念乌拉圭小说家胡安·奥内蒂的文学论著《向着虚构旅行：奥内蒂的世界》。

马里奥·巴尔加斯·略萨是当今最受瞩目、最活跃的西班牙语小说家，他获得了西班牙塞万提斯奖、美国“海明威文学奖”、以色列耶路撒冷文学奖等很多文学大奖，也是诺贝尔文学奖的热门候选人。长期以来，他在欧洲侨居，主要住在西班牙和英国伦敦。他的书以西班牙文出版，能够在西班牙和拉丁美洲很多国家销售，但是，他本人很少回到自己的祖国秘鲁。他在远离祖国的地方，书写关于祖国的故事，这使他受到了争议和批评，毕竟，这样做很安全，但是却失去了和祖国母体的真切联系。为了回应秘鲁对他的批评，后来，他干脆加入了西班牙国籍，成了一个拥有双重国籍的作家。我想，这是拉丁美洲作家的一个独特的优势：他们用西班牙语写作，书也可以卖到拉丁美洲的很多国家，还没有生命危险，就可以获得世界性的影响。

从20世纪小说史来考察，马里奥·巴尔加斯·略萨最主要的贡献，来自于他对小说的结构和叙述形式的探索成果。在20世纪现代主义们先驱所开创的叙述道路上，比如，在詹姆斯·乔伊斯、多斯·帕索斯等人在小说的结构和叙述方式的探索影响下，他又锐意进取，大胆地向前走了一大步，创造出更加丰富和立体的小说结构和叙述方法，以结构和叙述的立体化实验，成功地将拉丁美洲的独特历史和现实的丰富画面描绘了出来。他的小说题材广泛，大都聚焦于拉丁美洲复杂的现实，以无畏的文学写作，加入到“拉丁美洲文学爆炸”的潮流中，猛烈地批判当代秘鲁社会的弊端，书写出小说发展史上的一个新传奇。

第二编　拉丁美洲小说对中国20世纪晚期小说的影响

时间的车轮碾到了20世纪70年代末，邓小平引领的中国改革开放，使中国爆发出巨大的生机，不仅使中国的经济蓬勃发展，而且还使中国的文化、文学和艺术也爆发了生机。在文学上，从1978年开始，一直到如今的二十一世纪第一个十年的结束，这三十多年的时间里，涌现出很多杰出作家。这个阶段我称为是中国当代文学的“黄金期”。而且，这个“黄金期”以2012年莫言获得了诺贝尔文学奖为标志，还在继续发展，并将继续深化，使汉语文学成为可以和世界文学完全对话的一种文学。

什么是“世界文学”？存在这样一种世界文学吗？汉学家马悦然说过一句很有意思的话：“世界文学就是被翻译的文学”。在1978年以来的30多年的中国当代文学发展中，我们的小说家们通过运用自己的不懈的努力，最终使汉语文学成了“世界文学”，逐渐地加入到我所描述的小说的大陆漂移的这个宏伟的景象里。在这个“黄金期”里，涌现出很多杰出的中国作家。他们耐心地学习我在前面已经描述过的欧洲、北美洲、拉丁美洲作家的写作技巧，创造性地将他们的写作手法运用到自己的笔下，去书写中国人的历史和中国人的心灵。与此同时，我们也可以看到他们和现代主义文学潮流的内部关系，这种你中有我，互相影响的关系是随处可见的。

2012 年，中国最大的文化事件，就是中国本土作家莫言获得了诺贝尔文学奖。10 月 11 日星期四，北京时间的傍晚 7 点钟，瑞典学院的常任秘书宣布了本年度的诺贝尔文学奖的得主是莫言。他对拥挤在门外的记者们宣读了两句简短的授奖理由：

> 莫言将幻想与现实、历史视角与社会视角结合在一起，他创作的世界令人联想起福克纳和马尔克斯作品的融合，以幻觉现实主义融合了民俗传奇、历史与当代性，并寻找到一个出发点。

此前，在 1927 年，多次在中国新疆地区探险考察的瑞典学院院士、探险家斯文•赫定，专门委托刘半农打探鲁迅是否愿意被提名为诺贝尔文学奖的候选人，被鲁迅拒绝了。这个消息是当年的 9 月 17 日在北京大学教师魏建功的婚礼上，由刘半农告诉台静农，委托他向鲁迅转达的。台静农转达了这个消息。鲁迅在给台静农的信件中说：

> 静农兄：九月十七日来信收到了，请你转致半农先生，我感谢他的好意，为我，为中国。但我很抱歉，我不愿意如此。诺贝尔赏金，梁启超自然不配，我也不配。要拿这钱，还欠努力。世界上比我好的作家何限，他们得不到。你看我译的那本《小约翰》，我那里做得出来，然而这作者就没有得到。或者我所便宜的，是我是中国人，靠着“中国”两个字罢。那么，与陈焕章在美国做《孔门理财学》而得博士无异了，自己也觉得好笑。我觉得中国实在还没有可得诺贝尔赏金的人，瑞典

最好是不要理我们，谁也不给。倘因为黄色脸皮人，格外优待从宽，反足以长中国人的虚荣心，以为真可与别国大作家比肩了，结果将很坏。……九月二十五日（见《鲁迅书信集》，上卷，第162页，人民文学出版社，1976年版）

1938年，在对中国十分关注的斯文•赫定的强有力的提名下，美国作家赛珍珠因“由于她对中国农民生活的丰富而真实的史诗般描写，以及她杰出的传记作品”为理由，获得了当年的诺贝尔文学奖。也就是说，瑞典学院以这样的方式，引导人们将目光投向战乱不已的中国这个古老的文明国家的文学，尽管这是美国人写的关于中国的文学。（见朱又可著，《别扭的声音》，第20~21页，东方出版社，2014年1月版）

赛珍珠的获奖，后来屡被批评，认为她水准不够。实际上，她的作品非常宏富，出版了各类作品85种，关于中国的长篇小说《大地》三部曲气魄宏大，结构复杂，人物众多，我觉得不见得输于20世纪30年代之前的其他诺奖得主多少。可见，她挨的批评是吃了中国的挂落了。（见宋兆霖主编，《诺贝尔文学奖全集》，上册，第442页，北京燕山出版社，2012年11月版）

此后，还有胡适、林语堂、张爱玲、老舍等多人被广泛提名，但未进入决选名单。1988年，据说已经进入决选名单的沈从文因为刚刚去世，而与这一年的诺贝尔文学奖擦身而过，当年的诺贝尔文学奖颁给了埃及著名作家马哈福兹。后来，诺贝尔文学奖的评委埃斯普马克、马悦然等人，多次谈到这个情况：假如那一年沈从文还活着，诺贝尔文学奖就一定会颁发给他。“沈从文当年就进入过最后的名单，非常接近获奖，如果不是当年去世，沈从文肯定会得奖。”（见朱又可著，

《别扭的声音》，第 12 页，他采访埃斯普马克的谈话，东方出版社，2014 年 1 月版）

2000 年，出生于 1940 年的法籍华裔戏剧家、小说家高行健获得了诺贝尔文学奖。这是使用中文写作的第一位获奖者。尽管高行健的获奖在中国饱受争议，但他在戏剧、小说、文学理论、绘画等领域取得的成就，是有目共睹的而且也是非常杰出的。最终，到了 2012 年，中国本土第一位诺贝尔文学奖获奖者的桂冠，落在了莫言的头上。

从莫言的作品中，我们就看到了世界文学在他的作品里的回响。因此，在中国当代作家的作品里，寻找现代主义的因素，尤其是拉丁美洲文学的影响，就成了我这本书的重点所在。为什么要研究中国当代重要作家作品中受到拉丁美洲文学的影响呢？很简单，①.拉丁美洲文学是欧洲现代主义文学的延伸，是北美洲文学的接力者，在 20 世纪 60 年代前后形成了“文学爆炸”，拉丁美洲文学使用的语言是西班牙语、葡萄牙语和其他欧洲语言，可以说完全是欧洲文学、北美文学的余绪，我在前面已经论述到了。读者也可以看到我的艰苦的努力：努力地描述从欧洲到北美，又从北美到拉丁美洲的文学景象。②.拉丁美洲小说家尽管使用的是西班牙语和葡萄牙语写作，但是他们的社会现实和历史，都和中国有着相似处，都是在 19 世纪之后，受到了欧洲殖民主义的戕害的。都有着民族独立的诉求，都有着落后的社会政治经济局面，又有着迫切地希望能够获得发展，同时，在发展过程中，又遭遇了很多难以想象的问题。

因此，在这个方面，和中国百年来寻求民族独立、国家强盛的求索道路是一致的。所以，拉丁美洲小说家的作品在中国作家看来是那么的亲切和亲近，而且，拉丁美洲作家的技巧十分娴熟，甚至到了眼花缭乱的地步，魔幻现实主义、心理现实主义、神奇的现实主义、幻想派、结构现实主义，等等提法，都给中国作家提供了很多灵感。于是，在拉丁美洲文学和欧美文学的联合滋养下，我们的当代文学简直是里应外合，用了很多别人的瓶子装自己的酒，创造出了中国气派的作品来。

下面，我就从中国当代文学的“寻根文学”谈起，由这里切入，来谈谈中国当代文学是如何与世界文学，尤其是拉美文学呼应的。并且，我将着力分析自“寻根文学”“先锋派文学”以来的当代文学和拉美文学之间的呼应关系，寻找他们作品中拉美文学的踪迹以及其反应。以韩少功、贾平凹、陈忠实、刘震云、张炜、阿来、阎连科、王安忆、莫言、余华等二十多个重要作家为对象，分析他们的作品三十多年以来的成就。

第一章　文化意识、形式感与批判性

第一节　发现文学的根：以贾平凹、韩少功为例

一　贾平凹：根深叶茂的文学大树

1952 年出生的贾平凹是 20 世纪晚期以来，中国当代文学中不可忽视的、少了他就残缺不全的大作家。他 1975 年毕业于西北大学中文系，现为西安建筑科技大学人文学院院长、陕西省作家协会主席。贾平凹是当代中国最具影响力性、创造精神和本土气质的作家，也是少数具有国际影响力的小说家。

贾平凹从 1973 年就开始文学创作，创作十分勤奋，创作量丰厚而巨大。到目前为止，在持续写作 40 多年的时间里，他已经创作了 1000 多万字的文学作品，这包括了 13 部长篇小说：《商州》《浮躁》《妊娠》《废都》《白夜》《土门》《高老庄》《怀念狼》《病相报告》《秦腔》《高兴》《古

炉》《带灯》，中篇小说《二月杏》《五魁》《火纸》《腊月·正月》《天狗》《黑氏》《艺术家韩起祥》等30多部，短篇小说《满月儿》《兵娃》等170多篇。

此外，他还写作有大量散文，内容涉及游记、随笔、书评、日记、自传等，在艺术风格上也自成一路，结集为《月迹》《心迹》《爱的踪迹》《走山东》《说话》《坐佛》《敲门》《做个自在人》《走虫》等几十部。他还出版有诗集《空白》以及《平凹文论集》，等等，文体交叉纵横，题材广泛，风格突出强劲，并保持了旺盛的创作能力，像一个长跑运动员一样，至今未见衰竭，实在是蔚为大观。

他的作品获得的主要文学奖项有：《废都》获得1997年法国费米娜文学奖；《浮躁》获得了1987年美国美孚石油公司飞马文学奖并且获得了2003年度法兰西共和国文学和艺术荣誉奖，长篇小说《秦腔》在2008年获得了第七届茅盾文学奖以及香港“红楼梦文学奖：世界华文长篇小说奖”，等等，为中国文学带来了声誉。

因此，可以说贾平凹是当代中国文学界的一个庞然大物，一块巨石，是很难绕过去的。而我的着眼点，还在贾平凹是否受到过“拉丁美洲爆炸文学”的影响这一点上。作为1985年前后出现的广义的“寻根文学”潮流之一员，贾平凹自然会受到拉美小说的影响。在1985年10月26日回答《文学家》的采访，谈到拉美文学时说：

> 拉美文学是了不起的文学，它成为人们谈论的热点，那是必然的。我特别喜欢拉美文学，喜欢那个（加西亚）马尔克斯，还有（马里奥·巴尔加斯）略萨。但说实话，因为许多条件的限制，我读拉美文学作品是极有限的，好多东西弄不来。有的作品是读了，有的作品是听别

人介绍的，但都蛮有兴趣。读他们的作品，我常常会想到我们商州。在我的想象中，拉美那块地方有许多和商州相似之处，比如那山呀，河呀，树林子呀，潮湿的空气呀。我首先震惊的是拉美作家在玩熟了欧洲的那些现代派的东西后，又回到他们的拉美，创造了他们伟大的艺术。这给我们多么大的启迪呀！再是，他们创造的那些形式，是那么大胆，包罗万象，无奇不有，什么都可以拿来写小说，这对于我的“小家子气”，简直是当头一个轰隆隆的响雷！

贾平凹在这段话里面，非常实在地描述了自己初次接触加西亚•马尔克斯和巴尔加斯的作品时受到的刺激和影响。而且，他还非常自觉地将拉美小说家的创作实践和自己的“商州系列”作品联系起来，认为拉美那块地方和他的商州，是那么的相似。而且，拉美小说家在形式感和想象力上，都给贾平凹以巨大的影响和震动，使贾平凹更好地发现了自己的创作取向和整合自己的写作资源。接着，他又说：

可是话说回来，拉美文学毕竟是拉美文学，那里的历史、地理、政治、经济、民族、风俗与我们不同，在向他们学习、借鉴之时，我们更要面对我们的文学。我接触过许多作者，其信息很灵，学习的热情很高，但遗憾的是对很多学问都是赶一种时髦，一会儿热这样，一会儿热那样。前几年对于苏联文学热得要命，最近开什么会，在什么场合，又是口必称《百年孤独》，我每见他们夸夸其谈，倒怀疑(他们)是否认认真真读了人家的作品？读大师的作品，只能是借鉴而不能仿制。有一个材料介绍，诸葛亮读书是“吸”其大义，毛泽东读书也在‘吸’，吸精，吸神，吸髓。这是政治家的读书之法，我辈是臭文人，小小草民，但从大人物的读书方法中也可以得到启迪。(见贾平凹文集，《求缺卷》，第338~339页，中国文联出版公司，1995年3月版)

在这一段话里面，贾平凹将借鉴和模仿做了很好的区分，他的远见卓识和清醒的头脑，使他对拉美文学的小说成就，并没有采取顶礼膜拜的态度，而是重在吸收。这是贾平凹在面对外来文学影响的时候的一个根本的态度。

与此同时，贾平凹还有一个最重要的面向，就是从中国传统小说，尤其是明清小说那里，找到了适合当代小说创作的形式，以及语言的气韵，并将之运用于自己的创作，这是非常重要的。贾平凹的创作渊源非常的复杂，远接老庄禅道、笔记小说志怪闲谈等古代中国文学和哲学，中续《金瓶梅》《红楼梦》以降的明清世情小说，近承沈从文、周作人、孙犁等人的“乡土清流”和闲散小品的文学风格，这是贾平凹之所以受到了更为广大的读者群的喜爱的原因。

另外，除了刚才提到的几位拉美小说大家，贾平凹还受到了 20 世纪以来的东西方很多现代派作家的影响，诸如海明威、福克纳、卡夫卡、川端康成等人，贾平凹都谈到过他们的创作。而贾平凹的文学创作的最高成就，还是体现在他的长篇小说的创作上。1984 年之前，是他的创作的准备和学艺阶段。尽管发表和出版了一些小说集，获得了全国性的中短篇小说奖，但其文学的符号价值，还是在 1984 年之后创造的。

1984 年，他创作了第一部长篇小说《商州》，这部小说也可以归入广义的“寻根文学”的创作成果里。因为贾平凹这部作品发表在“寻根文学”的说法之前，他也并没有明确表达自己和“寻根文学”有关系，但是，他创作在那个时期，却有意识地在发掘自己的文学的根，而他的根，就在陕西的商州那片区域。这不仅是地理的商州，而且还是文化的、民俗的、人类学的、想象的和贾平凹个人的商州。

在贾平凹的长篇小说的序列当中，《商州》的篇幅不算大，不到 20 万字，但却是他一个非常重要的出发点。这部小说分为 8 个单元 24 节，以写景状物、描述地理民俗与塑造了一系列的商州本土乡民人物，连缀起来，像是一幅幅的民俗画卷连接起来，让我们看到了一片土地上的人的个体的魅力，和整体的风貌。写完这部小说作品，贾平凹还不过瘾，又写了 15 万字长篇散文《商州三录》，分为“初录”“又录”和“再录”，这三录是以三部中篇的方式分别发表的，文体介乎非虚构作品和小说之间，所以在 1988 年百花文艺出版社出版单行本的时候，注明为散文。但在贾平凹后来出版的文集系列的时候，又放在了中篇小说卷里。可见这部作品在文体上是跨越的。这两部文体跨越的关于商州的书写，让我们看到了贾平凹聚焦于商州这个地域深挖的能力。

1987 年，贾平凹在《收获》杂志发表了长篇小说《浮躁》，次年由作家出版社出版了单行本。这部小说是他在整个 20 世纪 80 年代里创作的代表作，也是近 30 年当代文学史上出现的一部杰作。这依旧是关于商州的书，但是，和《商州》以及《商州三录》相比，在这部小说中，小说的元素大为增加，民俗和地理学意义上的元素减少了。贾平凹在这部小说的《序言之一》中开宗明义地说：

> 这仍然是一本关于商州的书，但是我要特别声明：在这里所写到的商州，它已经不是地图上所标志的那一块行政区域划分的商州了，它是我虚构的商州，是以我作为一个载体的商州，是我心中的商州。而我之所以还要沿用这两个字，那是我太爱我的故乡的缘故罢了。

正如小说的题目“浮躁”所显示的那样，小说十分敏感地捕捉到了一种在 20 世纪 80 年代后期，在改革开放进行到一定阶段的时候，在中国乡村所弥漫的浮躁的气氛。小说围绕着一条“州河”写起来，塑造了一群在这条河边生活的商州人，是如何在经济大潮来临的时候，面临了传统生活和观念的解体，以及新的道德和社会问题的困惑。小说的语言半文半白，读起来非常有滋味，就像是喝着一杯酽酽的茶。这部小说让读者看到了一个小说大师的气象，贾平凹能够以显微镜和放大镜的方式，描绘一块土地上的全体与个体，是非常了不起的。

1989 年，贾平凹出版了一部篇幅较短的长篇小说《妊娠》，这部作品由《美好的侏人》《龙卷风》《故里》《马角》《瘪家沟》五个部分构成，小说没有明确所描绘的山地和村庄是不是商州的，但依然是对商州地区的地域文化挖掘。小说的每个部分可以独立成篇，但连缀起来，写的却是人、家庭和生活的那种类似妊娠时期的痛苦与欢欣交集的感受。这在贾平凹的小说中并不多见。而这部小说的题目“妊娠”，也契合了 20 世纪 80 年代末期那种寻求突围和新生的社会气氛。

进入 20 世纪 90 年代后，贾平凹开始从对地域文化、文学的根和乡土经验的书写和关注，转移到了对知识分子精神状态和社会文化层面的思索。甚而，他还进一步地转入到对个体生命价值的观照。1993 年，在中国社会再度进入商业化和市场经济的氛围里之时，他出版了引起了轩然大波的长篇小说《废都》，这部小说当年就成了畅销书，据说，到如今印刷量超过了 1000 万册，贾平凹也因此成了一个持续多年的畅销书作家，此后，他的每一本书，都受到了读者的巨大关注，影响很大。

这部小说的叙事风格十分细碎紧密，显然受到了《金瓶梅》等明清小说的很大影响，而小说主人公之间的男女关系也很缭乱，似乎也是在向《金瓶梅》遥远地致敬。小说详细描述了主人公庄之蝶——是西京（暗指西安）一位著名作家——与几个女人之间的关系，小说中性描写的地方，模仿过去出版物中以方框来代替删节处的文字的方式呈现。小说中，对庄之蝶这样的知识分子在经济社会和商业大潮中，找不到自己的安魂之处的状态，以至于他十分的颓废和消沉，沉溺于性欲望的探险而不能自拔的状态，描绘得淋漓尽致。而对于庄之蝶这样一个自况式的人物，贾平凹给予了巨大的同情、批判、嘲讽和怜悯。贾平凹是一个相当敏感的作家，他对知识分子的精神境况，以及他们在商业社会里的价值失落，进行了无情的呈现。而当时文学批评界对这部小说的批判是十分严厉的，以至于贾平凹在作家协会的安排下，专门到经济发达的江浙地区体验了一段时间的生活。二十年之后的今天，社会本身的进步和开放，已使这部作品成了一个标杆——当代文学的经典，一定是由作者、读者、评论者、大众传媒和市场共同互动和作用的结果，这部小说也成了贾平凹 20 世纪 90 年代小说创作的代表作品。

对《废都》的批评，让贾平凹感到了巨大的压力。但是贾平凹是一个倔强的人，他内心里并不为所动。他继续用写作来回答各方的反应。1995 年出版的长篇小说《白夜》，背景依旧是城市，主人公夜郎是一个贯穿式的人物，他的身份是某个戏曲剧团的人，由他串联起城市里的各色人等，他们在白昼和黑夜里的交集。小说让人惊艳的，还有地方戏曲目连戏的穿插，成了这部小说非常有力的旁注。从《白夜》中，我依然可以看到贾平凹在向传统的小说样式致敬、向民间戏曲戏剧学习、向人性的复杂幽暗探求的努力。

贾平凹的第 6 部长篇小说《土门》出版于 1996 年。这部小说的叙述人是“我”，这在贾平凹的小说里比较罕见。西安有一片街区叫作土门。小说讲述的是“我”从农村进城之后，在土门这样一个三教九流汇聚之地谋生的故事。在后记中，他写道：

> 在夏天里写《土门》，我自然是常出没于土门街市。或者坐出租车去，坐五站，正好十元……土门街市上百业俱全，我在那里看绸布，

看茶纸，看菜馆，看国药，看酱醋、香烛、水果、铜器、服饰、青菜、漆作、裱画、命题、缝纫、灯笼、雨伞、镶牙、修脚。

可见，人间的烟火气，是这部小说最重要的表达。贾平凹一般喜欢第三人称的叙事，第一人称“我”的使用，使这部小说带有了主观的和有限的视角，除了这一点，这部小说无论是题材还是表现的生活内容和深度，并没有更多的突破。

1998年，他的第七部《高老庄》出版，让读者再次看到了贾平凹的叙事魅力。小说的开头是：

子路决定了回高老庄，高老庄北五里的稷甲岭发生了崖崩。稷甲岭常常崖崩，但这一次情形十分严重……

这样的开门见山式的叙述，很容易让人联想起拉丁美洲小说的那种对小说内部时间的处理。

高老庄是一个很古怪的村庄，也是大学教授高子路的老家。高老庄古怪的地方在于这里的人长得十分矮小，也非常的保守、虚伪、自私、下流。小说讲述了高子路带着妻子西夏回到高老庄祭奠父亲三周年的故事。于是，在高老庄，高子路、西夏、高子路的前妻菊娃、小工厂主王文龙、老同学蔡老黑、苏红，等等，接连发生了一些纠扯故事。在这部小说中，贾平凹继续将他的文学理念贯穿到底：描写人的生老病死和吃喝拉撒，这样的日常生活无比扎实生动，小说的一些情节和细节上还有些神神鬼鬼——在这部小说中，我发现了很多拉美魔幻现实主义的魔幻情节的影响，比如，小说中几次出现了飞碟，还有高子路那个未卜先知的残疾儿子小石头，等等，有点生硬，但也是贾平凹对佛道禅和民间文化的汲取。在小说结尾处，西夏毅然要留在高老庄，而丈夫高子路只得独自回城，这种反向的选择，将知识分子的那种精神孱弱表现了出来。

《高老庄》的语言依然黏稠、密集，细碎、自然，生动。但就《高老庄》所达到的艺术水准来看，依然处于《废都》之下，和《白夜》和《土门》等相当，没有大的突破。但贾平凹在2000年出版的长篇小说《怀念狼》和《病相报告》中，则出现了两个方向上的突破。《怀念狼》则将读者又带回到了商州，那个贾平凹写了又写的地方。这一次，贾平凹借助当地狼灾的重现，主人公前往商州，对仅存的15只狼进行调查和拍照，结果接连遇到了很多诡异的经历。小说呼唤的是人的狼性的恢复。但孱弱的当代人，哪里还有狼性呢？小说的发问是相当沉重的。

《病相报告》最值得称道的，是小说的叙述者有近十个人，多角度的叙事带来的，是对一些历史事件和人物的扑朔迷离的印象。这些用第一人称的方式来讲述他们的故事的人，都是历史中的过客，他们围绕着主要人物胡方七十多年的生命，展开了自己的故事。小说的篇幅不大，但小说的历史含量不小。小说中的人物命运从20世纪30年代的延安，一直延续到了20世纪80年代，他们人性中的卑微和残忍，病态和猥琐，都在历史的鞭挞下显形。但不知为何，这部长篇小说没有引起足够的重视。

2005年，贾平凹出版了他的第10部长篇小说《秦腔》，45万字的篇幅，写的是贾平凹的老家的事情。在后记里，贾平凹说：

> 我决心以这本书为故乡树起一块牌子。当我雄心勃勃地在2003年的春天动笔之前，我祭奠了棣花街上近十年二十年来的亡人，也为棣花街上未亡的人把一杯酒洒在地上，从此我书房里当庭摆放的那个巨大的汉罐里，日日燃香，香烟袅袅，如一根线端端冲上屋顶。我的

写作充满了矛盾和痛苦，我不知道该赞歌现实还是诅咒人生，是为父老乡亲庆幸还是为他们悲哀……”（见《秦腔》后记，第563页，作家出版社，2005年4月版）

就像这部小说的书名那样，这部小说与陕西秦腔有关，与贾平凹的心所系念的故乡有关，与人生的起起伏伏、生生灭灭有关。小说的主人公“我”和白雪的情感经历贯穿其间，乡村里秦腔剧团的兴衰，与当代乡村几十年的变革相联系，小说是对加速消失的民间乡土文化唱的一曲挽歌，小说的叙述紧密、繁复，在天地人神之间，命运和大势决定了人生的走向。悲悯的情怀和芸芸众生的喜怒哀乐，都在小说中弥漫。《秦腔》是贾平凹的一部杰作，他依靠这部作品获得了很多荣誉。

他的第11部长篇小说《高兴》，则聚焦于一个来到省城打工、不慎卷入刑事案件的刘高兴身上，把当代城市的边缘人——农民工的生存状态呈现了出来。这是贾平凹的一次非常成功拓展自己写作资源的努力。慈悲和怜悯，伤痛和深情，在小说主人公的内心里闪耀，城市底层人群的艰难生存和挣扎的景象，寄托了贾平凹的无限关爱。有趣的是，后来《高兴》被改编成了一部歌舞片，在一种喧闹中弱化但黑色幽默和喜剧化了农民工刘高兴在城市里的悲剧命运。

贾平凹的创作到了后期越发的沉雄有力，绵密厚重。2011年，他出版了长篇小说《古炉》。这是贾平凹迄今篇幅最长的小说，有67万字。这一次，贾平凹将视线定格在陕西一个叫作“古炉”的村子里，小说的叙述事件发生在1965年到1967年之间，那个时间刚好是“文革”发生的时期。古炉是一个烧造瓷器的古老的村落，民风朴实，安静祥和。但是，当“文革”的政治风暴来临的时候，这个封闭偏狭的村子，也掀起了一场风暴，人性中的丑恶、黑暗、猜忌和争斗全部涌现，古老的村子陷入了风暴的旋涡当中，人人都变成了另外的人，中国底层社会在撕裂中分崩离析。

贾平凹写这本书有着清醒的认识，他说：

在我的意识里，古炉就是中国的内涵在里头。中国这个英语词，以前在外国人眼里叫作瓷，与其说写这个古炉的村子，实际上想的是中国的事情，写中国的事情，因为瓷暗示的就是中国。而且把那个山叫作中山，也都是从中国这个角度整体出发进行思考的。写的是古炉，其实眼光想的都是整个中国的情况。（见《古炉》封底，人民文学出版社，2011 年 1 月版）

这部小说是贾平凹小说创作的一座高峰，也是他集大成之作。此前，他很少有这样高的视线，将自己笔下的村子化身为中国的象征。这一次，贾平凹是透露了他的雄心了。小说的叙述风格以实写虚，反过来也以虚写实，人物、场景、故事、细节、对话、器物，等等都有一种西方油画的那种厚重感，有亮度，有灰度，也有对比度。贾平凹的小说受到了中国绘画和书法艺术的很大影响，讲究意境、氤氲和气氛，而这部小说，则明显地受到了西方现代派绘画风格的影响，带有后期印象主义风格的凝重、光线和强调。小说中，也有很多魔幻、神秘和玄妙的情节，对此，有记者发问：

记者问："《古炉》中有些神秘的东西，比如狗尿苔能闻见村人的灾祸和死亡的气味，蚕婆用剪纸艺术复活飞禽走兽的灵魂和生命，有人说您是借鉴拉美魔幻现实主义，是这样的吗？"

贾平凹："拉美的魔幻现实主义，（我觉得）生硬得很，拉美人的思维还不如中国人灵活柔和呢。《窦娥冤》里六月飘雪，《梁祝》里梁山伯祝英台死后变作蝴蝶，你看中国人的想象力丰富得很（魔幻得很）。先锋文艺思潮最早传到中国的是美术，我吸收西方美术理论特别多，对思维的开拓很有帮助，也符合我的思想。原来批判我小资，唯美，在西方文学里不是那些理念。我当时就想，不能生搬硬套，要怎么变通过来，至少在形式上不要让人看出来是模仿。20世纪80年代里我反复阐述过我的观点，坚决反对翻译体，要中学为体，西学为用，要学习西方的境界，而不是皮毛。”（见《中华读书报》，2013年5月29日第18版的访谈：《贾平凹：我曾经做好准备不发表》，舒晋瑜采访）

从这段话看来，贾平凹是一如既往地坚持着中学为体、西学为用的方法，来创造性地吸收这外来的文学影响。

紧接着，已年届60的贾平凹并没有显现任何的颓势，而是迎来了他创作的黄金时期。2013年1月，他出版了第13部长篇小说《带灯》。

这部小说长36万字，小说的故事背景发生在当下，叙述一位个叫作“萤”的女大学毕业生，来到位于秦岭地区的樱镇镇政府，负责综合治理办公室维稳工作。她浑身充满了文艺青年的气息，因不满“腐草化萤”的说法，把自己的名字改为“带灯”，意思是像萤火虫那样，在黑暗中发光发亮。小说分为三个部分：山野、星空、幽灵，讲述了带灯作为一个有理想的基层乡村女干部，在农村社会排解矛盾却最终因为一次群众斗殴事件而被免职的故事。这是贾平凹继续走向宽阔地带的写作，小说也非常具有形式感，三大部分里每个小节都有一个题目，在叙事上既做到了提示，也是一种类似呼吸的语调，让读者阅读起来很舒服。可见，贾平凹是每部小说都要赋予其新鲜的表达方式的。

以上是对贾平凹13部长篇小说的回顾。贾平凹的创作极其丰厚，其代表作品自然以长篇小说为主。但是，他的《天狗》《黑氏》《五魁》《远山野情》《西北口》《古堡》《美穴地》《白朗》《佛关》《观我》等 30 多部中篇小说，《倒流河》等 170 多篇短篇小说，都是值得详细分析，限于篇幅，无法进行了。

此外，贾平凹的散文创作也非常丰厚，构成了他小说创作之外的一大收获。他的散文自成一体，题材五花八门，内容五彩缤纷，大致可以分为纪实小品、人物特写、人生随感、世情画像、风物记述、心灵描摹、艺术评论、序言跋文等，可见其路子之宽阔，性情之宽阔丰富细腻。于是，在当代文学中，贾平凹的散文写作也形成了一种风格，一种审美方式，他继承了明清散文小品的性灵，一直到现当代的文人散文，接续了传统中国文章的传统，并有所突破。

贾平凹作为当代的大作家，能够兼收并蓄，将各种混杂的影响都呈现于笔端，开了一代新风。他语言丰富细腻，题材广泛，能够关心当下社会的变化，对世道人心尤其关注，具有浓厚的人道情怀。他能将古代汉语的朴拙简约之美发扬光大，将中国美术和书法艺术的元素，运用到小说创作中，对西方的现代派文学和美术作品都耳熟能详，是能够将中西方文化的影响融汇于一炉的小说大师。在 20 世纪晚期到 21 世纪初的这些年里，贾平凹的作品深刻表现了中国现代化进程中艰苦而悲壮的社会转型，他生动而翔实地刻画了一系列人物，带给了我们文学的真实和生动的形象。他的写作，能够深入到国人的心灵世界，以宽阔的写作，将一个丰富的中文的文学空间，带给了全世界，阅读他的作品，很容易就接近了中国人——古炉村子里的人物——的心灵世界。

二　韩少功：且行且思想

韩少功是当代最重要的作家之一。他是当代文坛中少有的有思想高度和深度、能够和思想界、学术界对话的作家，又是一个有文体和形式感突出的杰出小说家。从 20 世纪 80 年代中期高举“寻根文学”的大旗以来，在三十多年的时间里，他一直是当代文学的一个贯穿式的人物，写作从不懈怠，紧跟时代的步伐，以文学的方式不断地回应。

韩少功的创作产量在当代作家中不算很高，到目前为止，创作的总字数大约在四百万字左右。主要作品有：长篇小说或散文、笔记体非虚构作品 5 部——《马桥词典》《暗示》《山南水北》《日夜书》《革命后记》，中篇小说《爸爸爸》《女女女》《火宅》《报告政府》等 10 多部，短篇小说《归去来》《蓝盖子》《故人》《第四十三页》《怒目金刚》等 50 多篇，构成了他的小说世界，而他那思想敏锐、精深和介入当下社会的散文随笔，也有 100 多万字。此外，他还翻译有米兰·昆德拉的《生命中不能承受之轻》（与他的姐姐韩刚合译），以及葡萄牙作家、诗人的随笔集《惶然录》，这就是他的全部作品了。

韩少功 1953 年生于湖南长沙，1968 年初中毕业后，到汨罗县乡下插队。1974 年调入了县文化馆工作，开始发表作品。这一阶段是他的起步阶段，他与人合写过传记《任弼时》，1976 年之前，还发表了带有当时意识形态痕迹的短篇小说《红炉上山》《一条胖鲤鱼》《稻草问题》《对台戏》等，都是应景之作。但从 1977 年开始到 1984 年年底，他接连在重要的文学刊物诸如《人民文学》等杂志上发表了《吴四老倌》《飞过蓝天》《月兰》《夜宿青江铺》《西望茅草地》等 20 多篇中短篇小说，这些作品，与当时流行的“伤痕文学”“反思文学”“改革文学”“知青文学”有联系，也有所区别。《西望茅草地》获得了 1980 年的“全国优秀短篇小说奖”，《飞过蓝天》

写的是知青和他的鸽子的故事，获得了1981年的“全国优秀短篇小说奖”。于是，韩少功脱颖而出了。

韩少功的创作生涯的第二个阶段开始于1985年。在韩少功看来，当时的“伤痕文学”“反思文学”“改革文学”“知青文学”，都是在文学的外围打转转的写作，他开始注意到，产生一切社会问题的根源在于我们的文化的根。1984年12月，一批青年作家和评论家聚集在杭州开了一个文学研讨会，会上韩少功和李杭育待作家都发了言，这次会议成了“寻根文学”诞生的会议。1985年的1月，他写下了非常重要的一篇文章《文学的根》，发表在《作家》杂志1985年第4期上，由此引发了“寻根文学”的诞生。

韩少功在文章中说：

> 文学有“根”，文学之“根”应深植于民族传说文化的土壤里，根不深，则叶难茂……中国还是中国，尤其是在文学艺术方面，在民族的深层精神和文化特质方面，我们有民族的自我。我们的责任是释放现代观念的热能，来重铸和镀亮这种自我。（见韩少功散文集，《完美的假定》，第1~8页，《文学的“根”》）

他还接连发表中篇小说《爸爸爸》《女女女》等，成为这个文学潮流的领军人物。

接着，阿城、郑万隆、李杭育等纷纷发表文章，从自身的创作出发，阐释对文学和文化寻根的意图。阿城推出了自己的“三王系列”——《棋王》《树王》《孩子王》，李杭育推出了“葛川江系列小说”之《最后一个渔佬儿》，郑万隆是东北人，他发表了《我的光》《地穴》《火迹地》等一系列关于大兴安岭地域文化的作品，并于1986年出版了小说集《生命的图腾》（中国文联出版公司，1986年9月版），韩少功在1986年也将自己的这一段时间的作品结集为《诱惑》出版。这些作家的理论勇气和创作实践都很突出，形成了强劲的“寻根文学”潮流。

韩少功的中篇小说《爸爸爸》的出现先声夺人，小说采用的是一种类似卡夫卡小说那样的象征、寓言和荒诞手法，描写了湖南深山里的一个村寨鸡头寨的变迁，小说中出现了一个傻子白痴丙崽，他只会说两句话“爸爸爸”和“日妈妈”。这样一个语言混乱、智力残缺的人物，竟然被鸡头寨全体村民尊称为“丙相公”“丙大爷”“丙仙”，来顶礼膜拜。显示了封闭、狭隘、僵化、迷信的村寨中愚昧和愚蠢的一面。小说的最后，鸡头寨与鸡尾寨发生了血腥的战斗，男人基本都死了，而丙崽却活了下来，还在喊着：“爸爸”。这个多少与福克纳的《喧哗与骚动》中的白痴班吉类似的白痴，象征了愚蠢、非理性、顽固、丑陋、肮脏的一种生命存在。

《爸爸爸》令人震撼地展示了一种僵硬、停滞和落后的乡村文化。这种文化也可以理解为我们民族的那种封闭落后的文化，表达了韩少功对传统文化的深刻批判，《爸爸爸》表现了对传统文化的严厉批评和否定态度。中篇小说《女女女》和短篇小说《归去来》，都有着某种楚国文化的巫气。由于韩少功对楚国的古代巫文化非常熟悉，对屈原的《离骚》也耳熟能详，小说中，我们可以体察到韩少功类似屈原那种强烈的忧患意识，和他对民族文化的根性的腐败、停滞、僵化的忧虑。在阿城、郑万隆、李杭育等作家笔下的“寻根小说”，都是那种传统写实的表达，但《爸爸爸》用的却是寓言、象征、魔幻的手法写成的，我认为这与他同期受到的现代派小说家，尤其是拉美文学的影响有关系。对此，学者王樽曾采访他，并提问如下

“有些人批评你们的‘寻根’本身就是模仿，受到拉美魔幻现实主义

的影响。还有人说《爸爸爸》运用了'魔幻现实主义'手法，你觉得恰当吗？"

韩少功回答：

> 我从不否定这种影响的存在，也许，就像拉美魔幻现实主义也受到（詹姆斯）乔伊斯、（威廉）福克纳、贝克特的影响，博尔赫斯还深受中国古典文化的影响——只是有些评论家好像不愿往这方面说。1984年底的杭州会议的时候，拉美作家加西亚·马尔克斯有获诺贝尔文学奖的消息见报，但他的作品没有中译本，没有任何中国作家读过他的作品。在杭州会议上，据我的记忆，与会者谈论更多的是海明威、萨特、尤奈斯库什么的。（见《韩少功系列》之《小题大做》第183页，人民文学出版社，2008年5月版）

根据韩少功的回忆，这个时候他还没有接触到拉美小说，只是从新闻上了解到了拉美魔幻现实主义的点滴情况。而卡夫卡和福克纳，是对他现阶段影响最大的小说家。

"寻根文学"潮流是超越了"伤痕文学""反思文学""改革文学""知青文学"的社会性外部的特点，而直指文学的本质，是一种文化意识的反应。"寻根文学"对传统文化饱含深情，又对传统文化充满了质疑和批判，可以说是实现了文学从政治、社会性的表达，转向了文学本身和文化的深层。因此，"寻根文学"潮流影响深远，后来，有很多作家都将自己的注意力集中在自己的脚下那片土地，书写属于自己的根和故乡。

但"寻根文学"也存在着问题，就是对传统文化的批判，应和了当时的激进的对黄土文明和文化的批判，对蓝色海洋文明的向往等偏激思想，把传统文化中有生命的东西，也当作糟粕批判，因此，"寻根文学"从潮流上看，是短命的。这也是为什么后来阿城、郑万隆、李杭育在小说创作上难以为继的原因。而韩少功则不断前行，是因为他虽然是早期“寻根文学”的发起人，但是他始终有一种自我怀疑的精神。他早就认识到“寻根文学”是一种阶段性的文学思潮，有早产的倾向，根基也不稳，需要继续深化这个理念。于是，他接下来进入第三个写作阶段，就是将“寻根文学”提升为一种具有深度和宽度的地域文化小说，获得了创作上的新的生机。

1988 年，韩少功来到海南，开始创办并主编《海南纪实》杂志，这本杂志短时期发行量巨大。1990 年后，韩少功担任了海南省作家协会的副主席、主席。1996 年，又参与策划改造了文学和文化类杂志《天涯》，出任杂志社社长，将这本杂志办得风生水起。而这时，他也进入自己写作的第三个阶段。这个阶段，是以长篇小说《马桥词典》为代表的韩少功的地域文化小说创作时期。

长篇小说《马桥词典》出版于 1995 年，小说完全按照词典的样式撰写，描绘的是一个叫“马桥”的乡村的人物、语言、环境和故事。小说是以一个个独立的词条构成的，每个词条的后面，都有一篇解释的文字笔记。《马桥辞典》以词典的方式出现，在 1995 年实在是新鲜的和吸引眼球的，人们惊呼，小说还可以这样写？是的，小说完全可以这样写。

我在这里列举若干词条来欣赏：词条《同锅》《放锅》，写的是锅这个十分重要的生活器物在马桥村社中的重要地位和特殊的风俗含义。《发歌》，则写的是马桥人各式各样的唱歌情景，《枫鬼》写了马桥村子的中央，有历经沧桑的两棵枫树的故事。《九袋》写的是最高级别的乞丐富农戴世清，让人想起来金庸笔下的丐帮“九袋长老”。《乡气》写的是从外乡流落到马桥的希大杆子在马桥的命运。《觉觉佬》写的是民间歌手万玉的人生故事。这些涉及器物、风俗和人物的词条，其实都是很好的短篇小说，但组合起来，也是一部《马桥词典》这样的长篇小说了。韩少功在小说中，以每个词条来表现乡人的命运、地方民俗、社会制度结构、人群的记忆生成、古老的湘楚文化，等等，表达得淋漓尽致。这是一部由一篇篇人物故事、方言研究、民俗调查、制度考证构成的奇特的词典小说，出版之后赞誉有加。

但当时有两个青年批评家张颐武和王干，对一些评论这本书的溢美之词提出了自己的看法。他们认为，《马桥辞典》虽然很不错，但它的词典形式，文学原创性并不足，因为还有塞尔维亚小说家帕维奇所著的长篇小说《哈扎尔辞典》出版在前，《马桥词典》有“照搬”《哈扎尔词典》的小说形式的嫌疑。

于是，围绕着《马桥词典》是否“照搬”或者抄袭，展开了一场笔墨官司，最后竟然打到了法院，以两个评论家败诉而结束。这是很遗憾的事情。本来，双方打打笔墨官司就可以了。明眼人一看就知道，《哈扎尔辞典》与《马桥词典》完全是不一样的。《哈扎尔辞典》分为三个部分，以“红书”“黄书”和“绿书”的结构，将基督教、犹太教和伊斯兰教文献中关于哈扎尔王国消失的故事和原因，做了扑朔迷离的解释，写的是一部关于哈扎尔民族和国家的悲剧兴衰。而《马桥词典》，则是对马桥这样一个中国特殊而又极其普通的中国乡村的深层次的文化挖掘和小说书写。在《马桥词典》问世近 20 年的时间里，这部小说持续地获得了影响，荣获了南方华语传媒大奖和 2011 年的美国第二届纽曼华语文学奖。《马桥词典》也成了当代文学中的经典之作，因此，从某种程度上说，韩少功应该感谢张颐武和王干，他们的批评也使这部小说获得了更广泛的关注，因为一部经典作品的产生，必定是与作者、读者、时代和批评者之间互动的产物，而《马桥词典》正是这样的互动过程中，形成的一部经典小说。

从短篇小说《月兰》到中篇小说《爸爸爸》，再到长篇小说《马桥词典》，我们可以看到韩少功是一个对文学表达形式进行不懈追求与突破的作家。而且，他将文化寻根继续深化，到了语言符号学、文化人类学和地域文化学的地步，超越了其他的作家，不断地获得了新的发展。韩少功说：

马尔克斯写《百年孤独》也不光是玩所谓现代主义，玩“魔幻现实主义”，其经验资源来自拉丁美洲在百年殖民主义加新自由主义下的悲苦历史，包括来自充满焦虑和伤痛的拉美中产阶级。马尔克斯和他的同行由此有了大关怀、大感觉、大手段。（见《韩少功系列》之《小题大做》，第 75 页，人民文学出版社，2008 年 5 月版）

这个时候的韩少功，已经能够心平气和地看待任何一位外国小说大师了，包括加西亚·马尔克斯的魔幻现实主义。此后，韩少功创作了不少思想随笔，几乎很少写小说。

2000 年，他辞去《天涯》主编、社长以及海南省作协主席等职务，回到了湖南老家的乡下，在山里盖了房子，过起了隐居生活，静心写作。他认为中国的乡村是一个现代文明和传统文明撞击和融合的交错部位，在两种文明的夹缝里，左看农村，右看城市，可以有更多的比较和辨别。这是韩少功一种很自觉的选择，自愿地沉潜在底层社会、感受自然，能够为自己的下一步创作积累各种经验。

韩少功依旧是小说、随笔左右开弓。他的中短篇小说创作向现实性靠近了，摆脱了寓言与象征，乡土和农村，写作手法上也吸取了一些中国古典小说的白描和意象。韩少功一向执着于小说表达形式的探索，他从 20 世纪西方现代派文学那里和中国明清小说那里，吸取了双重的影响，在中短篇小说的写作上，呈现出很多面貌来。他说：

我很久以来就赞成并且实行这样一种做法：想得清楚的事写成随笔，想不清楚的事就写成小说。小说内容如果是说得清楚的话，最好直截了当，完全用不着绕弯子啰啰嗦嗦的费劲。因此，对于我写小说十分重要的东西，恰恰是我写思想性随笔时十分不重要的东西。我力图用小说对自己的随笔做出对抗和补偿。（见韩少功散文集，《完美的假定》，第 85 页）

进入 21 世纪的韩少功，小说创作题材发生了变化，大部分以城市为背景，叙述上还吸取了侦破和悬疑小说的元素。比如短篇小说《谋杀》，就是一篇侦破小说。张女士跟同事去墓地送葬，竟不知死者是何人。她随后发现自己一次次撞见一个光头男人。在旅店睡觉，梦中想象光头男人强奸她，她用水果刀刺伤了他的左肩。第二天，在大街上她看到那个光头男人忽然被汽车相撞，左肩上的伤口鲜血涌流。光头男人究竟是谁、为什么要跟踪她？他的肩膀上的伤是她造成的吗？她为什么这么恐惧和害怕？小说中的悬疑气氛、谜语和死亡气息，都是一种氛围。短篇小说《801 室故事》也是一篇悬疑故事，小说由两份文件构成：801 室的装修方案和 801 室的侦查报告。至于无头女尸是怎么回事，要读者自己去拼接了。这个阶段的代表作是中篇小说《报告政府》，讲述了看守所里的人犯的故事。

他的第四个写作阶段是以长篇小说《暗示》为代表的。2002 年 9 月，他出版了第二部长篇小说《暗示》，再一次引起人们的广泛关注。这部名为长篇小说的作品，实际上，是韩少功想打通文史哲的一种尝试，与传统意义上的长篇小说，简直是大相径庭。小说分为四个大的部分：《隐秘的信息》《具象在人生中》《具象在社会中》《言与象的互在》，每个部分之下，各有 20 多篇类似思想随笔和短篇小说的文字存在，构成了这么一部奇特的作品。看来，韩少功还是喜欢以片段的方式来解构小说，他似乎对完整性没有什么信心和激情。这是不是受到了维特根斯坦的语言哲学的影响，以及海德格尔的存在主义哲学的影响，有待进一步的研究。对于这部作品创作的缘起，韩少功在前言中说：

> 《马桥词典》是一本关于词语的书，需要剖示这些词语的生活内蕴，写着写着就成了小说。而眼下是一本关于具象的书，需要提取这些具象的意义成分，建构这些具象的读解框架，写着写着就有点像理论了——虽然我无意于理论，只是要编录一些体会的碎片。（见《暗示》前言，第 1 页，人民文学出版社，2008 年版）

确实，这部《暗示》读着的感觉，实在像是一种碎片式样的对具象的哲学探讨和随笔书写，故事也很细碎地藏在那些概念、词语和句子的背后。韩少功这次是走得太远了。他为什么走这么远？是不是受到了拉美实验派小说家的影响呢？采访者王樽问他：

> 看您的《暗示》，让我想到博尔赫斯在《沙之书》中所描绘的一种书的可能，随便从什么地方翻开阅读，总能找到新的看点。您是否也在追求这样一种似乎总也读不完的效果？

韩少功回答：

> 博尔赫斯对我很有启发，他的很多作品都有这种开放结构，自循环结构，让终点同时成为起点，让很多地方都有电脑上'点击进入'的可能空间。但我以前说过，启发也常常是害人的，因为有人做在先，你要避开他或者超过他，总是很困难，得费很多力气。所以我曾经同朋友们开玩笑，说糟糕的作家害人，优秀的作家更害人。因为你看到特别好的作品以后，常常会觉得没法写了，用不着写了。"（见《韩

少功系列》之《小题大做》，第138页，人民文学出版社，2008年5月版）

《暗示》属于往思想理论随笔方向走得远了一点的小说，而韩少功是一个很善于调整自己的写作的作家。他很会来回摆动。当有些读者觉得《暗示》过于晦涩、复杂、哲学和思想化，难以接受，几年之后的2006年，韩少功就推出了一本类似于《马桥词典》的笔记体非虚构散文——注意，不是小说，但也多少有点像纪实小说——《山南水北》，引发了读者阅读的巨大兴趣。这是韩少功“乡居”十多年所写下的“放马归南山”之作，与大自然的亲和，与乡亲的近距离的接触，与自我的对话，都在一种类似《桃花源记》那样质朴、明快、飘逸、诚实的文风中，得到了体现。

《山南水北》的创作，显然从明清小品文和笔记那里，获取了一些形式感，同时，韩少功动用了自身的生命经验，以他的湖南乡下生活为主线，串联起众多的人物、事件、民俗和风景，主题涉及了自然、农民、乡土、制度等，通过一种片段式样的书写，解构了他自己的“桃花源记”。《山南水北》里收录了99篇笔记体短篇，没有凑足100篇，我认为是因为韩少功觉得满则缺。整部作品从格物、致知、记事、写人、抒情、写景、说理各个方面都有涉及，在表现手法上，笔记体的一大优点，就是短小精悍，散点透视和白描手法，使作品豪赌耐看，朴素自然。韩少功的叙事语言一向很有特点，是那种带有地方方言的书面语，有力、精确、简洁，由此创作出一部返璞归真的杰作。

韩少功的最新长篇小说，是出版于2013年的长篇小说《日夜书》。这是他继《马桥词典》《暗示》《山南水北》之后出版的第四部长篇作品，这部小说一改韩少功的前三部长篇作品的词典、词条和片段式写作方式，而是以整体和线性时间叙事，讲述了几个出生于作者同一年龄段的下乡知青，从知青年代一直到改革开放年代的当下环境中的命运变化，塑造了一系列人物，这些人物就是韩少功当年插队时的朋友，是他记忆犹新的人物。除了这些命运变换的人物故事，我觉得，这部小说还有一个主题，就是时间。正如书名为“日夜书”所暗示的那样，在日日夜夜的流逝中，一代人在老去，而他们的生命故事则变成了永远的记忆，被这本书所定格。韩少功凭借此书，再次让我们看到了他的文学长跑的能力，而他一直是一个能够争夺冠军的选手。

2014 年，他在《钟山》杂志第二期，发表了 14 万字的长篇思想随笔《革命后记》，对“革命”一词极其在中国发生的影响，和当下对这个词汇和革命本身的历史、行动，都进行了深刻解读。从文体上说，这部可以算是他的第 5 部长篇作品，再度显示出他想把文学、史学和哲学打通的努力。在这个方向上，博尔赫斯一直是一个最好的范例。但韩少功与博尔赫斯不同的地方在于，博尔赫斯最终通向玄学，通向了不可知或者不可指认的迷宫，他自己也知道了到处都是反射的镜子的陷阱，而韩少功的写作，都是带有历史反思和介入当下性质的积极态度，从不坠入虚无。这一点，是韩少功在当代文学中获得了持续的影响和价值的最重要的一点。

第二节　创造本土的魔幻和神奇：莫言和阎连科的文学世界

一　莫言：讲故事的人

1

2012 年 10 月 11 日，星期四傍晚的 7 点钟，瑞典文学院宣布了中国作家莫言成为本年度的诺贝尔文学奖的获得者。这是中国当代文学的一件重大事件。由此，新时期的中国当代文学经历30年的持续发展，终于获得了来自西方世界的一个重要的肯定。两个月之后的2012年12月11日的凌晨，莫言在瑞典斯德哥尔摩音乐厅，领取了当年的诺贝尔文学奖。诺贝尔文学奖评委会主席派尔·韦斯特伯格宣读了给莫言的授奖词：

尊敬的国王和王后陛下，尊敬的王室成员，尊敬的诺贝尔奖获奖者，女士们，先生们：

莫言是一个诗人，一个能撕下那些典型人物宣传广告而把一个单独生命体从无名的人群中提升起来的诗人。他能用讥笑和嘲讽抨击历史及其弄虚作假荒诞，也鞭挞社会的不幸和政治的虚伪。他用嬉笑怒骂的笔调，不加掩饰地讲说声色犬马，揭示人类本质中最黑暗的种种侧面，好像有意无意，找到的图像却有强烈的象征力量。

高密东北乡包容着中国的传说和历史。他的旅行能够进入一个驴子和猪的声音比人民委员们的声音还高的国度，很少有现实的旅行能够超过它们，而且这个国度的罪恶和爱情都能达到超自然的比例。

莫言的想象飞越在整个人类的存在状态之上。他是一个妙不可言的自然描绘者，他对饥饿最有体会了，如指掌善，也从来没有作家如此赤裸裸地描绘过中国整个20世纪的暴力，包括那些英雄、情人、虐待狂、土匪——而首先是力大无穷不可降伏的母亲。他向我们展示一个没有真理、没有理性和没有同情的世界，也是一个人类失去理智、无力无援和荒诞不经的世界。

一个这种社会不幸的例证是在中国历史上反复出现的“人吃人”现象。在莫言笔下，这也表现为不加节制的消耗浪费、产品过剩、垃圾堆积、纵情声色和难以言说难以置信的欲望，只有这位作家能够在所有的禁忌界限之外来措辞言说。

在长篇小说《酒国》中，人们最喜欢品尝的美味佳肴是一个烤熟的三岁婴儿。而正是男孩变成独一无二的食品，那些被忽略的女孩就幸存下来。这种反讽指向了中国的家庭政策，女胎儿要流产，而数量到了天文级别：女孩甚至都不值得吃。有关此事莫言又写了一本完整的长篇小说《蛙》。

莫言的故事有神话和寓言的诉求，将所有价值都彻底颠覆。我们从来不会在他的作品里遇见曾经中国曾是标准人物的那种理想公民。他的人物生机勃勃，甚至采取最不道德的方式和步骤来实现自己的生活目标，炸毁那些命运和政治把他们禁锢起来的牢笼。

莫言描绘的不是人们喜欢广告宣传的历史，而是描绘一种往昔，用他夸张、戏仿并在神话和传说中开局起步，让人深信这是对50年政治宣传所做的至关重要的修正。

在莫言最奇特的长篇小说《丰乳肥臀》中，妇女视角控制全局，而他用尖锐讽刺的细节，描绘了中国20世纪60年代前后的“大跃进”及“大饥荒”。这里嘲笑了那种革命的伪科学，用兔子的精子给绵羊做人工授精，而怀疑这种做法的洒成了“右派”发配流放。这部长篇小说以20世纪90年代的新资本主义收尾，骗子可以用美容剂致富发财，还通过嫁接而寻找出凤凰。

在莫言作品里，栩栩如生地，一个消失了的农民世界在我们的眼前升起展开，你能感觉到它的鲜活味道，即使是最腥臭的气息，虽然残酷无情让你惊骇，但是两边又排列着快乐的牺牲品。这里没有一个死去的瞬间。这位诗人无所不知无所不能，描绘一切——各种各样的手工艺，锤炼出来的，建筑起来的，挖掘出来的，有家畜的饲养，也有游击队的诡计。你感到整个人类的生活都能在他的笔尖下呈现。

他的写作比拉伯雷和斯威夫特之后的大多数作家都更趣味横生，也更恐怖丑恶，在加西亚•马尔克斯之后的我们这个时代更是如此。他端上来让人享用的是苦涩的调味品和佐料。在他跨越近百年中国的宽广织毯上，舞蹈的不是独角兽，轻巧踱步的不是少女。但是他描绘的也是一种牲口棚里的生活，让我们感觉，我们在其中已经居住得太久。因为种种意识形态和改革运动来来去去，而人类的利己主义人和贪婪无耻依然如故。因此莫言守卫维护着那些渺小的个人，不让他们受到任何不公的伤害——从日本侵略者的占领到“文革”，直至今天的产业疯狂。

那些来到莫言家乡的人，能看到这里无限无尽的善良与最令人厌恶的残忍的斗争，等待他们的是一种让人眼花缭乱的阅读冒险。可曾有过这样一种史诗般的春潮淹没过中国以及世界其他地方吗？在莫言那里，世界文学发出一种强烈的声音，能感染当代的几乎所有人。

瑞典学院祝贺你。我请你从国王陛下的手中领取2012年的诺贝尔文学奖。莫言，请上前来！（见莫言著，《盛典：诺奖之行》，第142~145页，万之译。长江文艺出版社，2013年5月版）

评论家、北京师范大学文学院教授张清华认为：

这个授奖词非常漂亮，对于莫言创作的概括，应该说是很准确，也给予莫言很高的评价。他说，这个评价和中国文学界给莫言的评论是非常接近的。他曾经说过，莫言作品的语言和流行的文学语言是有很大不同的。尤其在20世纪80年代，他刚刚登上文坛的时候，就用特别有冲击力的、汪洋恣肆的、不守规矩的甚至是原始和粗粝的（语言）。但莫言的原始和粗粝，不是像有的人理解的那样是语言不过关的粗粝，莫言是要冲破语言叙述当中的一些陈规和陈词滥调，那么，他就必须要用强有力的方式来实现。诺贝尔文学奖评委会给莫言的授奖词还提到，高密东北乡体现了中国的民间故事和历史。在这些民间故事中，驴与猪的吵闹淹没了人的声音，爱与邪恶被赋予了超自然的能量。莫言比拉伯雷、斯威夫特和马尔克斯之后的多数作家都要滑稽和犀利，他对人类阴暗面的揭示有很多个角度，一方面他说人性的黑暗，但人性的黑暗不是中国人独有的，对全人类来说都是有所指的——张清华认为，这个授奖词抓住了莫言的作品特点，也很有说服力。（张的观点，请见新浪网 2012 年 12 月 11 日的相关报道）

确实，任何一位评论家，要想对自 20 世纪 70 年代末期开始至今 30 年的中国当代文学的发展新阶段作一个精确描述，都十分不容易，因为，当代文学是一直是不断地生长着的，时刻随着中国社会的变化在变化。这 30 年，不仅是中国社会发生了巨大的变革，文学，尤其是小说本身也发生了巨大的变革。其中，涌现出很多杰出的作家，都是值得分析的标本，这其中，莫言是一位佼佼者。在我看来，这 30 年当代汉语小说的发展，就如同中国的 GDP 总量在不断地追赶西方国家、到 2009 年已经超越德国位居世界第三一样，我们的小说家也以 30 年的时间、以时空压缩的方式，将西方近百年的现代主义、后现代主义，等等各个文学思潮和流派，以学习、模仿、借鉴的方式挪移到汉语的写作语境中，并激发和创造出汉语文学本身的创造性因子，形成了文学爆破或者复兴的局面。

莫言，原名管谟业，1955 年 2 月出生在山东高密县的农村，家庭人丁兴旺，但是，和当时的大多数中国农村家庭一样处于贫困之中，饥饿感是莫言小时候最强烈的印象。小学五年级，莫言就因为家庭贫困而辍学，回家务农。18 岁的时候，他到高密县棉花加工厂当工人，21 岁那一年应征入伍，参军离开了家乡。在部队里，从战士、班长、教员、干事、创作员，一路到了副师级创作员，最早写作的短篇小说，因为他自己不满意，都烧毁了原稿。1984 年到 1986 年，莫言在解放军艺术学院上学，1991 年毕业于北京师范大学和鲁迅文学院联合举办的作家班，获得了文学硕士学位。1997 年，莫言转业到最高人民检察院所属的《检察日报》工作，后又调到了中国艺术研究院，从事专业的写作和研究，并兼任山东大学中文系教授等职。以上是莫言简单的履历。这些外部的履历显然在他的写作中打上了鲜明的烙印。

莫言自 1981 年开始正式发表文学作品，他最早刊发的是短篇小说《春夜雨霏霏》，发表在一份很不起眼的小杂志——河北保定市办的文学杂志《莲池》上。接着，他最早的几篇小说《丑兵》《因为孩子》《售棉大路》和《民间音乐》都发表在这家杂志上。这带给了莫言以巨大的鼓励，从此，他开始为人所注意，并走上了文学之路。在中国 20 世纪小说中，从沈从文到孙犁、汪曾祺、贾平凹，有着一条清晰可见的地域文化小说的“清流派”风格，而莫言的《民间音乐》，其中所弥漫着的空灵和氤氲的感觉，打动了老作家孙犁，获得了他的褒奖，他专门撰写了评论文章给予鼓励。这样，1984 年，莫言就怀揣着孙犁的评论和那几篇小说，在著名作家徐怀中的赏识推举下，以优异成绩考入解放军艺术学院这个军队最高文学艺术学府深造，改变了自己的命运。在解放军艺术学院，莫言开始系统地阅读外国文学，在那个时期，深受加西亚·马尔克斯、威廉·福克纳以及阿斯塔菲耶夫和劳伦斯的小说的影响，逐渐地意识到自己的写作方向。1984 年初冬，他写出了震动文坛的中篇小说《透明的胡萝卜》，发表在《中国作家》1985 年第二期上，评论家冯牧随之主持召开了这篇小说的研讨会，在莅临研讨会的一些评论家的一片赞扬之下，莫言由此一鸣惊人。关于他那个时期受到的拉美文学的影响，莫言说：

> 1985年，我读到了马尔克斯的《百年孤独》，我很震惊，就像马尔克斯在20世纪50年代第一次读到了卡夫卡的作品感觉一样，原来小说还可以这样写！但我除了佩服之外，也有些不服气，我觉得我的生活有更丰富的东西，如果我早些知道小说还可以这样写，说不定我早就写出了一部《百年孤独》了。就是在这种情况下，中国一大批青年作家模仿西方文学，学习马尔克斯、福克纳、海明威、卡夫卡的东西，但是也很快意识到这样是不行的，这仅仅是也只能是模仿，是二流的，大家都想尽快写出有中国气派的小说，这样才能走向世界。虽然这是一个艰难的过程。（见《小说的气味》第28页，答以色列记者问。春风文艺出版社2003年8月版）

2

《透明的胡萝卜》原来叫《金色的胡萝卜》，由当时的解放军艺术学院文学系主任徐怀中改成了《透明的胡萝卜》，立即使小说饱含了一种别样的空灵和灵动感。小说来自莫言自己做的一个梦，他梦见了在一块开阔的胡萝卜地里，从一间草棚里走出来一个身穿红色衣服的、身材丰满的姑娘，手里拿着一把鱼叉，鱼叉上叉着一根胡萝卜，迎着初升的金色太阳，向他走来。莫言醒来之后，久久地为这个梦中的形象和意象所激动。他用了两周的时间，就修改完成了这部小说。小说描绘的是他的童年经验，主人公叫黑孩，黑孩幼年丧母，他在一个特定的年代里经历了外部世界的震撼性影响，但那些外部影响都是通过黑孩自己的感觉来书写的，以个人化的印象和感觉，细腻空灵地描绘了灾难和贫乏的年代，带给少年内心的荒芜和惶惑。小说的故事讲述得并不完整，采取了片段式的叙述，需要读者自己去拼贴。最终，读者读完这部小说，留在内心的是一种关于童年回忆的氤氲和恍惚。莫言发挥了他所擅长的感觉的方式，将世界万物在一个孩子的内心映象，以感觉的笔触写出，老铁匠、小石匠、红衣姑娘和透明的胡萝卜之间的关系，在黑孩的内心纠结成复杂的、关于世界的最初印象。《透明的胡萝卜》在当时的汉语小说语境里出现，改变了当时小说所承载的现实、历史和文化清算与批判的老面目，以内省和感觉的语言方式，将小说由“伤痕文学”“反思文学”“改革文学”“知青文学”等外部符号化写作，引领到更加注重内心和艺术品质的道路上。

阎连科对莫言受到的拉美小说影响，是这么说的：

> 早在20世纪80年代中期。莫言誉满天下的《透明的红萝卜》和《红高粱》如同让大家感受到了文学爆炸那样一种往日文学中没有的文学元素，他的那片“高密”土地让人感到神奇、有力而不可捉摸，其中所充蕴的不可磨灭的生命的活力，给当时的中国文学带来的不是惊喜，而是不知发生了什么的震撼。而带来震撼的原暴力，自然是莫言的创作，但给莫言带来启悟的，正是拉美文学，正是马尔克斯的《百年孤独》及他创作的一系列作品。在之后的许多年里，无论是莫言的创作，还是拉美文学，一直对中国文学保持着旺盛的影响。直到今天，我们从任何一位优秀的当代作家作品中都可以听到对马尔克斯和他的《百年孤独》的尊重和崇敬，这种情况就像我们大家对《红楼梦》和曹雪芹的崇敬一样。（见阎连科著，《我的现实，我的主义》，第268~269页，载《当代文学中的中外关系》，中国人民大学出版社，2011年3月版）

1984年冬天，莫言还写出了中篇小说《红高粱》。这部后来由张艺谋改编成了同名电影而享誉全球的小说，创作动因很简单：在军艺召开的一次关于战争文学的研讨会上，有老作家充满了忧虑地说，年轻一代没有经历过战争，因此，很难写好战争年代。莫言初生牛犊不怕虎，他站起来发言：

我们可以通过别的方式来弥补这个缺陷。没有听过放枪、放炮但我听过放鞭炮；没有见过杀人但我见过杀猪甚至亲手杀过鸡；没有亲手跟日本鬼子拼过刺刀但我在电影上见过。因为小说家的创作不是要复制历史，那是历史学家的任务。小说家写战争——人类历史进程中这一愚昧现象，他所要表现的是战争对人的灵魂扭曲或者人性在战争中的变异。从这个意义上说，即便没有经历过战争的人，也可以写战争。

他的发言被在场的人怀疑并且暗地里嗤之以鼻。但是不久，他就捧出来了小说《红高粱》，立即引起了震动。小说的叙述方式十分独特，以“我爷爷、我奶奶”的叙述方式，将第一人称和第三人称结合起来，创造出贴近历史情景、复活历史想象的功效。小说讲述了中国抗日战争时期，在山东发生的民众抗击日本侵略者的故事，同时，还讲述了那个年代里浪漫、严酷和激情的爱情故事，对战争时期做了全新角度的阐释，小说本身也有着巨大的张力。被张艺谋改编成电影之后，接连在国际电影节上获得大奖，小说也获得了第四届全国中篇小说奖。于是，莫言一鼓作气，接连发表《红高粱家族》系列中的《高粱酒》《高粱殡》《狗道》《奇死》《野种》《野人》等 7 部中篇小说。在《红高粱家族》的题记中，莫言写道：

谨以此书召唤那些游荡在我的故乡无边无际的高粱地里的英魂和冤魂。我是你们的不肖子孙，我愿扒出我的被酱油腌透了的心，切碎，放在三个碗里，摆在高粱地里。伏惟尚飨！尚飨！

在1985年随后的几年间，对于莫言来说，是一个井喷时期，短短三、四年的时间里，他就在国内有影响的《收获》《人民文学》等杂志接连发表了《欢乐》《筑路》《爆炸》《金发婴儿》《红蝗》《大风》《白狗秋千架》等十多篇脍炙人口、想象力奇崛的中短篇小说；出版了三部长篇小说《红高粱家族》(解放军出版社1987年4月版)、《天堂蒜薹之歌》(《十月》杂志1988年第2期，作家出版社1988年4月版）和《十三步》（作家出版社1988年12月版）。其中，《红高粱家族》在第一版是由7个相互关联、但内部结构松散的中篇构成，在后来的定版中，后面两个中篇《野种》和《野人》不见了，也许是因为，后者在叙述时间上已经延伸到了新中国成立后，和《红高粱家族》前5部的内部叙述时间主要集中在抗日战争时期不一致，因此，后来在编订文集的时候，莫言将《野种》和《野人》作为单独的中篇小说来处理了。这一阶段，莫言在学习和消化拉美文学的影响上，做出了很多努力。他后来说：

> 20世纪80年代开放后，这些东西（作者注：指包括拉美文学在内的外国文学翻译作品）铺天盖地地压了过来。大家拼命阅读，耳目一新，感觉到小说表现的天地一下子宽广了许多。许多作家在阅读当中被激活了许多的灵感……在这种冲动下写出来的东西，肯定会带有借鉴甚至是模仿的痕迹。像我早期的中篇《金发婴儿》《球状闪电》，就带有明显的魔幻现实主义色彩，因为我那时已经看过马尔克斯的一个短篇小说集，里面也有《巨翅老人》等具备魔幻特征的小说。这个过程也是非常正常的、甚至是十分必要的，如果没有这个近乎痴迷地向西方学习的阶段，中国作家也就不会有今天的冷静和成熟。我们在三五年间把人家三十年间的东西全都接受了过来，就像中医学历所谓的“恶补”一样，正面的作品是巨大的，副作用也是巨大的。(《莫言：

对话新录》，第72~73页，载《在文学的种种现象背后》，文化艺术出版社，2010年2月版）

可见，他对加西亚·马尔克斯对他的影响的正面和负面作用，看得都很清楚。莫言后来在关于他受到拉美文学和其他外国文学的影响的作用的时候，说：

……许多批评家认为我受到了拉美爆炸文学的影响，尤其是受了马尔克斯那本《百年孤独》的影响，对此我一直供认不讳。我确实是受到了他的影响，但那本《百年孤独》我至今还没看完。想当年，我看了这本书的十八页，就被创作的激情冲动，扔下书本，拿起笔来写作。我觉得——好像也有许多作家、评论家说过——一个作家对另一个作家的影响，是一个作家作品里的某种独特的气质对另一个作家内心深处某种潜在气质的激活，或者说是唤醒……我之所以读了《百年孤独》就按捺不住内心的激动，拍案而起，就因为他小说里所表现的东西与他的表现方法跟我内心里积累日久的东西太相似了。他的作品里那种东西，犹如一束强烈的光线，把我内心深处那片朦胧地带照亮了。当然也可以说，他的小说精神，彻底地摧毁了我旧有的小说观念，仿佛是使一艘在狭窄的山溪里划行的小船，进入了浩浩荡荡的江河。

我匆匆拿起笔来，过去总是为找不到可写的东西而发愁，现在是要写的东西纷至沓来。我曾经写文章描绘过那时的创作心态。我说每当我写一篇小说时，许多要写的小说就像狗一样在我身后狂叫："先写我吧，先写我吧！"那些小说说。这一时期，我在学校（注：是解放军艺术学院文学系），白天上课，晚上跑到教室里去写，早晨还要一大早起来参加学校的早操。军艺是部队院校，军事化管理。就是在

> 这样的环境里，两年的时间内，我写出了《透明的红萝卜》《爆炸》《球状闪电》《金发婴儿》《筑路》《红高粱家族》等八十多万字的小说。也就是在这时候，我意识到一个严重问题，就是必须从马尔克斯、福克纳这些西方作家的阴影里挣脱出来，不能满足于对他们的模仿。即使我这些作品里真正能看出西方作家影响的只是其中一小部分，大部分还是被评论家和读者认为是地道的中国小说，但我自己知道，这种影响是多么巨大和可怕。马尔克斯唤醒的是我心中固有的那部分与他的气质相合的东西，但一个作家的影响犹如一种渗透力极强的颜料，会把握内心里那些原本与他不同质的东西，也染上他的颜色。所以，我在 1986 年第三期上发表了一篇文章，题目是《两座灼热的高炉》（见注解 1）。我的意思是说，马尔克斯和福克纳是两座灼热的高炉，而我是冰块，如果离他们太近，就会被融化，被蒸发。（见《莫言：讲演新篇》，第 331~332 页，载《中国小说传统——2006 年 5 月在鲁迅博物馆的演讲》，文化艺术出版社，2010 年 2 月版）

那段时间，他的长篇小说《天堂蒜薹之歌》的写作，可能是突如其来地出现在莫言的写作中的。小说取材于山东某县一个真实发生的事件：县政府因为号召农民大种蒜薹，最终导致蒜薹丰收而无法被收购，愤怒的农民群起抗议，并冲击了县政府，将丰收之后的蒜薹都丢进县政府机关大院里。出身农民家庭的莫言听到这个消息，自然是义愤难平，他在很短的时间里就完成了这部小说。在小说初版的题记中，他引用了斯大林的一句话：

> 小说家总是想远离政治，小说却自己逼近了政治。小说家总是关心“人的命运”，却忘了关心自己的命运。这就是他们的悲剧所在。

这句话莫言后来招认说这是他杜撰的，但是他认为斯大林虽然没有确切地说过类似的话，但是他内心里肯定是这么认为的。莫言以关心当下现实的无畏和激愤，写出了这部带有明显批判现实色彩的小说。在小说的结构上，使用了类似结构现实主义的手法，莫言采用了民间艺人瞎子张扣的演唱词来“串场”，将虚构的这起蒜薹事件里的参与者高羊和高马兄弟的故事，穿插在其中，演绎了一出现代农村的当代生活悲剧。小说的叙述语调有着一种明快、迅疾的节奏，在小说的结尾，将报纸关于这起事件的新闻报道作为对小说人物命运的呼应而结束，体现出莫言作为一个当代作家的正义、良心和关心社会现实的责任感。

长篇小说《十三步》是一部带有实验性的小说。它从一位中学老师方富贵在讲课的时候突然猝死，由此，引发了一个小知识分子的死在社会上牵引出的各种反响，将 20 世纪 80 年代后期特殊的中国文化和人的基本生态呈现了出来。莫言在写这部小说的时候，似乎进入一种忘我和无我的境地，他自由地使用人称的转换和场景的转换，人物内心的独白和社会群体的喧哗，多个声音一起喧响。在小说中，第二人称的运用驾轻就熟，将活人的世界和死人的感受全部汇合在一起，对知识分子的悲剧性打量和对中国社会现实的批判，带给我们关于人生的悲剧性思考。

1993 年，莫言出版了他的第四部长篇小说《酒国》。小说在刚出版的时候，并未引起注意，但在后来，这部小说越来越显示出它的重要性。在我看来，《酒国》文体庞杂，是一部非常明显地结合了侦探小说、批判现实主义、结构现实主义小说和魔幻现实主义风格的作品，还带有后现代小说和元小说的艺术特点，因为它既是一部小说，又是一部关于小说的小说——中间夹杂了大量作者和一个文学青年李一斗关于文学创作的通信和李一斗自己的文章。同时，又将莫言那奇崛的想象和对中国社会现实的关注与批判注入其中。小说借用了侦探小说的外壳，描述检察院侦察员丁钩儿前往一家煤矿调查一桩吃婴事件，并且在权力、美酒和女人之间周旋的故事。在结构上，莫言尝试了多条线索共同推进，构成了互文性，既虚构了一个小说，又以探讨小说的写法的方式，最终解构了小说，使小说具有了庞杂的、多重的结构、主题和意义。小说还探讨了中国国民性，探讨了中国人喜欢喝酒的原因，因此，它在多年之后依旧是最值得研究的莫言的小说之一。《酒国》在 2001 年获得了法国“儒尔•巴泰雍”外国文学奖。

1993 年，他出版了长篇小说《食草家族》，在小说的题记中，莫言说：

> 这本书是我于 1987—1989 年陆续完成的。书中表达了我渴望通过吃草净化灵魂的强烈愿望，表达了我对大自然的敬畏与膜拜，表达了我对蹼膜的恐惧，表达了我对性爱与暴力的看法，我对传说和神话的理解，也表达了我的爱与恨，当然也袒露了我的灵魂丑的和美的，光明的和阴晦的，浮在水面的冰和潜在水下的冰，梦境与现实。

和以中篇小说串起来的《红高粱家族》一样，《食草家族》在结构上是由几个中短篇小说构成，但它们都有着统一的语调、主题和语感。《食草家族》显然和神话、梦境有着直接的关系，它远离了历史和现实的层面，而是进入一个地域、一个种群生活的神话原型和传说里去了。《食草家族》由六个章节构成：《红蝗》《玫瑰玫瑰香气扑鼻》《生蹼的祖先》《复仇记》《二姑随后就到》《马驹横穿沼泽》，其中，从篇幅上看，《马驹横穿沼泽》是一个短篇，其他五个是中篇。阅读这部小说，我们似乎进入了一片洪荒的世界中，在那个世界里，人们还在吃草，刚刚从水世界里进化到岸上，为了脚趾间是否还残存着进化未完成的脚蹼而感到恐惧。那是一个原始的、地域文化的、神话和民俗的、巫术横行的世界，在这个世界里，我们所熟悉的 20 世纪的中国历史的一些片段被镶嵌进去，具体的历史时间段是模糊的，但是却又是可以感觉到的。人性的、历史的、梦境的、现实的、神话的、民俗的、爱情的、暴力的、权力的和慈爱的，都在一个平面上，以六个侧面的方式展开来，而人类学、民俗学、神话学和弗洛伊德精神分析理论，都是进入这部小说的门径，随你解读。莫言在小说结构上一向十分用心，他说：

……关于小说的结构，尤其是关于长篇小说的结构，我觉得也是在 20 世纪 80 年代备受重视，20 世纪 90 年代又被渐渐忽略的重要的小说技巧问题。在 20 世纪 80 年代我们接受西方文学影响熏陶的时候，秘鲁作家巴尔加斯•略萨，号称结构现实主义，他的长篇小说让我们第一次认识到小说的结构的问题。像（他的）《世界末日之战》《绿房子》等，这些小说，它们都有一个不一样的结构。也就是说，他是在这方面花了大力气的，在这方面费尽了心思，殚精竭虑地在小说结构上作出努力。当然有些小说结构看起来简单，比如《胡莉娅姨妈与作家》，单章讲一个故事，双章讲另一个故事，这些结构技巧学起来容易，有些人会认为是雕虫小技。但他有些小说的结构已经完全与内容水乳交融，完美地结合在一起，没有这样的结构，就没有这部小说。反过来呢，没有小说故事，也就不会产生这样奇妙的艺术上的佳构。巴尔加斯•略萨让我们注意到了小说结构上的问题。（见《莫言：讲演新篇》，第 183~184 页，载《写最想写的——2006 年 6 月在上海大学的讲演》，文化艺术出版社，2010 年 2 月版）

3

1994 年，在莫言的生活中发生了一件大事：他 72 岁的母亲去世了。母亲去世一年之后，他开始写作他最具雄心的长篇小说《丰乳肥臀》，这部60万字的巨著在《大家》杂志上连载，并且获得了该杂志的10万元文学大奖。作家出版社于同年12月出版了单行本，不久，就遭到了文化保守势力的批判。首先，《丰乳肥臀》这部小说的书名就使得那些卫道士们感到恼怒。其实，这个书名就是“母亲大地”的意思。它是一部献给中国母亲的颂歌，是一部饱含了浪漫色彩和历史伤痛的小说，它篇幅巨大，主题宏阔。莫言想借助这部小说表达他对母亲和大地、对饱经沧桑、饱受蹂躏的20世纪中国人民的景仰。小说塑造了上官鲁氏这个母亲形象，她活到了95岁，经历了20世纪各种政治、战争和自然灾害的磨难，艰难地生育了8个女儿和1个儿子，晚年信仰基督教。小说的核心人物是她的第9个孩子上官金童，他一出生，就迷恋母亲的乳房，后来得了现代生理学所说的“恋乳癖”，只要离开女人的乳房，他就没法生活，从而成为小说中一个核心象征。小说中，母亲养育孩子的历史，同时也是中国历史在个体生命的身上打下深刻烙印的历史。小说中，在中国大地上较量和驰骋的各种力量，共产党、国民党、游击队、土匪、日本侵略军、地主、传教士等纷纷登场，在小说中以各种关系纠葛和缠斗着，演绎着历史和生命的激情与荒谬。最终，莫言通过这部小说，将20世纪尤其是后半叶的中国大地上的风云变幻，以种种人物命运的纠葛呈现了出来。在小说中，男人如同落叶一样在历史中飘零，而母亲则如大树一样顽强生活，并且不断地生儿育女。小说有着宏大的内部结构和追求，我想，应该是印证和达到了哈金所说的“伟大的中国小说”的水准。莫言自己说：

> 《丰乳肥臀》集中地表达了我对历史、乡土、生命等古老问题的看法，毫无疑问，《丰乳肥臀》是我文学殿堂里一块最重的基石，一旦抽掉这块基石，整座殿堂就会倒塌。

但是，值得一提的是，《丰乳肥臀》在当时被攻击和批判，还是影响了莫言的写作，导致他心绪不佳，在 1995 年、1996 年、1997 年中，只写了一出话剧《霸王别姬》。

1997 年底，莫言由部队转业到《检察日报》社工作，稍后，于次年开始，又接连发表了《牛》《师傅越来越幽默》《三十年前的一场长跑比赛》《野骡子》《拇指铐》《蝗虫奇谈》《司令的女人》等 10 多篇中短篇小说，出版了散文集《会唱歌的墙》。1999 年，他出版了长篇小说《红树林》。《红树林》是一部当代题材的作品，这和莫言转业到《检察日报》并负责影视剧本的工作有关。我认为，这是莫言的长篇小说中水准最低的一部，这可能跟迁就了影视剧有关系。一开始，我甚至怀疑这就是一部电视剧的剧本，但是，阅读之后，根据结构、语言、形式和语调来判断，我觉得，这还是一部小说。《红树林》讲述了南部省份的一桩案件，可以说，是一部带有社会犯罪小说和侦破小说的外形，但其内里还是有着强烈批判现实精神的作品。不过，主题先行和作者对题材本身的陌生——它离开了莫言所熟悉的山东高密东北乡这个他所缔造的文学故乡和国度，写起了在海南生产珍珠的姑娘，写起了濒临灭绝遭到了大面积破坏的红树林，和由此导致的刑事案件，自然有点别扭。当莫言离开了对故乡的叙述和打量，他立即显得气脉不足，因此《红树林》是比较一般的作品，不过，由于其高超的叙述技巧和语言风格，保持并不失莫言的水准罢了。

2001 年，莫言出版了长篇小说《檀香刑》，这是莫言迄今为止最重要的长篇小说之一。在 20 多年的写作经验积累之后，莫言打算跃过更高的台阶，于是，《檀香刑》果然达到了新高度。总体来看，《檀香刑》是一部历史小说，但又是一部当代小说。最近 30 年出版的大量历史小说中，我看到的，都是那些描绘帝王将相、才子佳人的伪历史小说，这些小说有着一种媚俗的气息，大都沦为了休闲读物，丧失了历史批判的激情和对历史情境的文学呈现，都在外部打转。而《檀香刑》则是一部不折不扣的杰作，它打着历史小说的幌子，却颠覆了历史小说，同时，又从本土文化历史资源中获取了创造性灵感和源泉。按照莫言自己的说法，他要在这部小说的结构和叙述上“大踏步撤退”——在结构上，它分为“凤头部”“猪肚部”和“豹尾部”，带有将中国传统小说结构化为自我结构的方式，章节的安排和古代章回小说有呼应关系，但是，却又真正地抵达了现代小说的终点。表面上看，它从传统的中国小说甚至是民间文学当中吸取了相当的营养成分，有很多民间说部的外形，也有民间说唱文学的影子。而且，这部小说首先就强调了声音，对声音的强调恰恰是现代小说的特点，莫言写这本书的时候，着重写了内心的声音、火车的声音、地方戏（猫腔）的声音，这些声音带着历史的全部信息，这声调高低音质各异的声音，不断地把小说的叙述推向了真正的高潮。它的大部分叙述，都是由小说主人公的内心独白构成——在小说的第一部分和第三部分，全都是主人公自己来叙述故事的来龙去脉。

在叙述人的讲述当中，小说的内部时间也不是线性的，而是交叉重叠的，从过去回到了未来，又从未来回到了现在和过去，从而把一个发生在1900年清朝即将结束统治的历史事件描绘得异常鲜艳和复杂、激越和斑驳、生动和宏阔。对小说内部时间的探询、对小说内部空间的探索，是20世纪以来西方各现代主义文学流派和后现代主义小说所着力突破的地方，莫言在写这部小说的时候，对此显然已经了然于心。小说中，对中国历史和传统文化的批判非常激烈和彻底；对比如凌迟和檀香刑这样的中国古人所发明的酷刑的逼真描绘，是小说最触目惊心的地方。阅读这样的章节，是需要读者有强健的神经的。对酷刑的真切描绘，是莫言的小说叙事走向狂欢化的高潮叙述的最后铺垫。而狂欢化的叙事，在莫言过去的小说杰作当中，像在《红高粱》《欢乐》《食草家族》以及《天堂蒜薹之歌》里，都有着那样一种狂欢的叙述语调和氛围。在《檀香刑》当中，莫言再次找到了这种狂欢化叙述的调子，通过把小说人物逐渐推向行刑台进行凌迟，从而让小说主人公把一出无比悲壮的历史活剧在一阵紧似一阵的语言的激流里，推向了大结局的大悲大喜的高潮乐章之中——在小说的结尾，几个主人公全部在行刑场所出现，这一幕就像是历史上最伟大的戏剧场景汇总那样，所有紧紧纠缠的人物关系，都一次了断了，在一个舞台上全部有所交代，达到了最终的、死亡和欢欣的狂欢之后的平静与死寂，小说也就完美地结束了。

这部小说给我的感受很复杂，从这部小说中，我看到了影响莫言的各种元素：传统说部、民间说唱、意识流、莎士比亚戏剧、魔幻现实主义、地方史志，等等。文学评论家李敬泽在评论这部小说的时候说：

> 莫言已成"正典"。他巨大的胃口、充沛的体能，他的欢乐和残忍，他的宽阔、绚烂，乃至他的古怪，20 多年来一直是现代汉语文学的重要景观……，《檀香刑》是一部伟大的作品，从小说的第二句开始一直到小说的最后一句，莫言一退十万八千里，他以惊人的规模、惊人的革命彻底性把小说带回了他的故乡高密，带回中国人的耳边和嘴边，带回我们古典和乡土的伟大传统的地平线。《檀香刑》是 21 世纪第一部重要的中国小说，它的出现体现着历史的对称之美，莫言也不再是一个小说家，他成了说书人。（见李敬泽著，《目光的政治》，第 120~125 页，中国文联出版社，2003 年 5 月版）

李敬泽给予《檀香刑》这样高的评价，是因为它将像一个标杆，是我们从传统文学文化资源中获得再生性力量的一个开端，"它写出的是我们的历史，但它也在形成文化和文学的未来的历史"。（出处同上）

4

2003 年，莫言出版了他的第 9 部长篇小说《四十一炮》。这部小说是由莫言过去的一个中篇小说《野骡子》发展而来。当地人喜欢把吹牛撒谎的人叫“炮孩子”，小说是第一人称叙述，讲述主人公罗小通这个“炮孩子”在一座庙宇中，向一个和尚讲述他过去的童年遭遇。他的讲述真真假假，谎言和夸张、真实和掩饰都有。罗小通的身体长大了，但是精神状态却留在了童年状态里，这种样子刚好和德国作家君特•格拉斯的小说《铁皮鼓》里面的侏儒奥斯卡身体处于儿童的状态、精神却已经是成人相反。莫言显然受到了启发，并且反其道而行之，将罗小通这么一个对成人世界感到恐惧的少年的讲述滔滔不绝地铺陈而出，把一个作家对少年时代的留恋，对童年时光的回忆，以及对眼下这个世界被权力不断地破坏环境和人心的现实，都做了变形的展现。小说中，总是有着一种难言的悲戚和义愤，在小说的最后，似乎是在想象中，罗小通向他厌恶的各种人开了 41 炮，射出了 41 发炮弹，把他厌恶的一切炸得粉碎。于是，一种在讲述中完成的少年记忆的复原图，就构成了现在的小说《四十一炮》。这部小说为莫言摘取了 2004 年度的“华语文学传媒大奖•年度杰出成就奖”。不过，自《檀香刑》出版之后，人们期待着莫言对自己能够有更大的超越，但是《四十一炮》还不能构成这种超越。

2006 年，莫言出版了他的第 10 部长篇小说《生死疲劳》，形成了某种再度超越自我的架势。《生死疲劳》使莫言再度回到对多变、复杂、荒诞和鬼魅的中国现当代史的讲述当中。莫言总是能够为自己的小说找到一种恰当的形式，如果他没有找到某种让他兴奋的形式，即使小说已经开工了，他也会突然兴味索然，停工不干了。在和莫言的一次交谈中，他告诉我，他曾经有过写了 10 万字，忽然就再也写不下去、完全推翻了初稿的经历。《生死疲劳》套用了佛教里的六道轮回的故事，以新中国成立之后地主西门闹被枪毙，在随后的岁月里不断地转生为驴、牛、猪、狗、猴和大头婴儿蓝千岁，在他（它）转生的过程中，中国当代农村历史的风云变幻戏剧性地在它（他）的眼睛里重现。小说分为5个部分，分别是“驴折腾”“牛犟劲”“猪撒欢”“狗精神”和“结局与开端”，形式上采取了中国古代章回体小说的形式，每一个章节都有对称的章回回目出现，除了第五章。在小说的结尾处，叙述似乎回到了起点，小说的最后一句话和小说的开头完全一样，从而形成了一个叙述的圆环。《生死疲劳》的叙述依旧保持着一种狂欢的语调，把地主西门闹和农民蓝解放一家的故事讲述得充满了令人叹嘘的狂笑和悲喜。人生的生死悲欣、欢乐与苦难的互相转换，如同慈悲的大河滔滔，缓慢地流过我们的脑海。莫言是有野心的，他通过《生死疲劳》完成了对中国半个世纪土地问题和农民命运的一个重新地讲述，并创造出了中国人经验中的史诗篇章。尽管有人说这部小说显得过于粗粝，但我仍旧觉得，在莫言的小说中，《生死疲劳》是一部上乘之作，是可以和拉什迪的杰作《午夜的孩子》相媲美的作品，是21世纪一部很重要的汉语小说。这部小说获得了《十月》优秀作品奖（2007）、香港“世界华文长篇小说奖·红楼梦奖”（2008）等奖项。关于这部小说，莫言说：

> 今年初（指2006年），我出版了长篇小说《生死疲劳》。其思想资源是佛教的六道轮回。这也是我对拉美魔幻现实主义小说的正面交锋。动用的是中国小说技巧，使用的是中国思想资源。至于这部小说的章回体，这是一个雕虫小技，不值得特别注意。《生死疲劳》中所涉及的“土地改革”过左政策问题，与“章回体”一样，是这部小说不值得太过注意的细部，我真正要写的、还是蓝脸、洪泰岳这样一些有个性的人，我所重点思考的问题是：农民和土地的关系。这部书

是一首赞歌，也是一首挽歌。写完了《生死疲劳》，我才可以斗胆说：“我写出了一部比较纯粹的中国小说。”（见《莫言：讲演新篇》，第335~336页，载《影响的焦虑——2008年10月在中美文学论坛上的演讲》，文化艺术出版社，2010年2月版）

2009年12月。莫言又出版了长篇小说《蛙》，小说的结构精巧，在小说中还包藏着一个话剧剧本，形成了文本回响的结构。小说讲述了作品主人公的姑姑的故事，这个姑姑是一个乡村医生，主要负责计划生育，小说是书信体，以作者向一个日本作家杉谷义人写信的方式解构了全书，是一部上乘之作。仔细阅读莫言的11部长篇小说，我觉得，从《檀香刑》《红高粱家族》到《丰乳肥臀》再到《生死疲劳》，这4部长篇小说从内部的叙述时间上有着连续性，即从1900年一直到2000年这一百年。有些小说的部分情节，有一定的交叉和重叠。这4部小说加起来共170万字左右，也许可以看成是一个更加巨大的小说，它所使用的文学技法，包括了中国特色的魔幻现实主义、民间说唱文学、中国古代章回小说等混杂元素，共同构成了一幅人物众多、命运跌宕、波澜壮阔的画卷。其他6部长篇小说中，《天堂蒜薹之歌》《酒国》《红树林》，是对当代中国社会注入了强烈关切，在手法上将结构主义、批判现实主义和荒诞小说的特点结合起来的作品。而《十三步》《食草家族》和《四十一炮》，则分别从叙述人称、神话原型和意识流与声音的多层次展示来进行的文学实验之作，对地域文化和神话、对知识分子精神困境、对童年记忆的深刻还原，都做了多方面的探索，也是很好的作品。

此时的莫言，已经从大踏步地后退中，也就是从中国传统小说艺术那里获得了新的经验，并结合了来自外部的经验，创造出一种新的文学。他说：

有些对20世纪80年代以来的文学评价很低的朋友们的一个重要理由就是，这个时期的文学，由于受到了西方文学的影响，而缺少原创性。我认为，文学是否有原创性，与作家是否受到西方文学影响并不直接关系……鲁迅他们这一代作家，大都是懂得外语且明显地受过外国作家影响的。鲁迅的早期小说，有几篇分明地可以看出他借鉴的外国小说，但我们似乎不能以此为理由来否定鲁迅小说的原创性……因此，我们不必惧怕外国文学的影响，也没有必要把受到了外国文学影响当成一件不光彩的事情。当然，认识到这一点，对我本人来说，也有一个过程。20世纪80年代后期，我也是很忌讳别人说我自己受到了外国作家影响的，我当时在《世界文学》（注：1986年第3期）上发表过一篇文章，提出要逃离马尔克斯和福克纳这两座灼热的高炉，我说他们是灼热的高炉，而我自己是冰块，靠得太近，自己就会被融化蒸发。近年来，我的想法有了变化，我觉得没有必要这样焦虑。马尔克斯是人，福克纳也是人。马尔克斯和福克纳之所以成为名家，自然是因为他们写出了具有鲜明个性的、具有原创性的作品。但他们之所以能写出这样的作品，与他们广泛地、大胆地向同行学习、借鉴是分不开的。马尔克斯多次讲过卡夫卡和福克纳对他的影响，他奉福克纳为自己的导师，他在巴黎的阁楼上读到卡夫卡的《变形记》拍案而起的故事，早已被各国的作家所熟知。可见，受不受外国作家影响，似乎不应该成为判定一个作家水平高低的标准，甚至可以说，在当今的情况下，如果要写出有个性、有原创性的作品，必须尽可能多地阅读外国作家的作品，必须尽可能详尽地掌握和了解世界文学的动态……（见《莫言：讲演新篇》，第325页，载《影响的焦虑——2008年10月在中美文学论坛上的演讲》，文化艺术出版社，2010年2月版）

莫言的小说总是有着巨大的雄心。他的小说有着大象一样的体量和气质，他的讲述总是如同大河一样泥沙俱下，滚滚而来，因此，精致和婉约、拘谨和小心绝不是莫言的美学风格。他的小说反而逐渐地获得了一种中国新小说的气派，因为，他的小说是从故乡出发，又超越了“故乡”，表述了 20 世纪中国人复杂的经验，并传达出中国精神的小说。

莫言关于文学的理论，有两篇文章值得特别关注，一篇是《捍卫长篇小说的尊严》，在这篇文章里，莫言谈到了长篇小说的长度、难度和密度是长篇小说保持自己尊严的标志，这个观点得到了很多作家的热烈响应。还有一篇文章，是他的演讲词《试论当代文学创作中的九大关系》，分别从文学和阶级、文学和政治、文学和生活、文学的思想性、文学和作家的人格、文学与继承和创新、文学与大众、文学的民族性和世界性、文学创作和文学批评之间的关系，系统地阐述了他对于上述问题的看法，生动而妙趣横生。

莫言是具有世界影响的当代中国作家之一，他获得过法兰西文化艺术骑士勋章（2004）、意大利诺尼诺国际文学奖、美国俄克拉荷马纽曼华语文学奖，并继巴金之后，成为第二个获得了日本“福冈亚洲文化大奖”的中国作家，其作品被翻译成 40 多种文字在很多国家出版，为中国当代文学争取了世界性声誉，并且多次被大江健三郎等作家和学者推荐为诺贝尔文学奖的候选人，2012 年获得了诺贝尔文学奖。对如何获得在西方世界的影响，有经验的莫言说：

> （中国文学获得海外新影响）也是一个慢慢积累的过程。一本一本地积累，每译过去一本书，它卖两千册，就多两千个人知道中国文学，所以，这不是靠一个人、两个人的努力，要靠整整一代人甚至是几代

人的努力。当然假如我们中的某个人真的写出了像《百年孤独》一样伟大的作品，而且也被翻译得很好的话，会整个地把中国文学在西方的影响提高一个台阶。20世纪60年代拉美文学在西方引起爆炸效应，打前锋的，主要是马尔克斯，然后他的兄弟们在后面集团冲锋。如果中国的某个作家在西方引起巨大影响，商业上也获得了巨大成功，就会带动许多出版社来出中国作家的书，出中国文学。（见《莫言：对话新录》，第158页，载《在文学种种现象的背后》，文化艺术出版社，2010年2月版）

自《檀香刑》出版时，莫言就宣称，他要“大踏步地撤退”，撤退到从中国本土、古代和民间中去寻找小说再生样式的状态里，因此引发了热烈的讨论。我想，敏感而才华横溢的莫言这么做，绝对是意识到了当代汉语小说的问题，那就是，无论是语言还是形式，无论是主题还是内容，都因受到了过多西方小说的影响而显得欧化了。

因此，要写出“中国气派”的小说，写出“伟大的中国小说”，必须从自己的文化资源里、从故乡民间文化中寻找再生性资源。这谈何容易啊，但莫言做到了。在他晚近的小说中，在某种中国小说的形式外壳中，都装载洋溢着一种现代精神的小说新酒。可以说，莫言从欧洲、美洲和亚洲作家那里，借鉴了很多小说的技法、形式和美学观点，创造性地写出了独特的、有着鲜明的自我烙印的作品。他强有力地将“小说的大陆漂移”这个命题进行了续写，并把世界的目光转移到了亚洲，转移到了中国，使一片神奇的、苦难的、光芒四射的大陆——中国大陆，作为一种文学的新形象，在世界文学的版图上浮现出来。

注解1：莫言在1986年第三期《世界文学》上，发表了创作谈《两座灼热的高炉》，第一次谈到了福克纳和加西亚·马尔克斯对他的巨大影响，全文如下：

我在1985年中，写了五部中篇和十几个短篇小说。它们在思想上和艺术手法上无疑都受到了外国文学的极大的影响。其中对我影响最大的两部著作是加西亚·马尔克斯的《百年孤独》和福克纳的《喧哗与骚动》。

我认为，《百年孤独》这部标志着拉美文学高峰的巨著，具有惊世骇俗的艺术力量和思想力量。它最初使我震惊的是那些颠倒时空秩序、交叉生命世界、极度渲染夸张的艺术手法，但经过认真思索之后，才发现，艺术上的东西，总是表层。《百年孤独》提供给我的，值得借鉴的、给我的视野以拓展的，是加西亚·马尔克斯的哲学思想，是他独特的认识世界、认识人类的方式。他之所以能如此潇洒地叙述，与他哲学上的深思密不可分。我认为他在用一颗悲怆的心灵，去寻找拉美迷失的温暖的精神的家园。他认为世界是一个轮回，在广阔无垠的宇宙中，人的位置十分的渺小。他无疑受了相对论的影响，他站在一个非常高的山峰，充满同情地鸟瞰这纷纷攘攘的人类世界。

而《喧哗与骚动》这部同样伟大的著作，最初让我注意的也是艺术上的特色。这些委实是雕虫小技。后来，我才醒悟，应该通过作品去理解福克纳这颗病态的心灵。在这颗落寞而又骚动的灵魂里，始终回响着一个忧愁的无可奈何的而又充满希望的主调：过去的历史与现在的世界密切相连，历史的血在当代人的血脉中重复流淌，时间像汽车尾灯柔和的灯光，不断消逝着，又不断新生着。去年一年（1985年），在基于上述认识的基础上，我认为我的作品中对外国文学的借鉴，既有比较高极的化境，又有属于外部摹写的不化境。

现在我想，加西亚•马尔克斯和福克纳无疑是两座灼热的高炉，而我是冰块。因此，我对自己说，逃离这两个高炉，去开辟自己的世界！

真正的借鉴是不留痕迹的。福克纳对邮票大的故乡小镇，他的杰弗生镇，加西亚•马尔克斯至于马贡多镇，都是立足一点，深入核心，然后获得通向世界的证件，获得聆听宇宙音乐的耳朵。一个作家如果想在作品中包罗万象，势必浮浅。地区主义在空间上是有限的，在时间上则是无限的；地方主义在时间上是有限的，在空间上则是无限的。加西亚•马尔克斯和福克纳都是地区主义者，因此都生动地体现了人类灵魂家园的草创和毁弃的历史，都显示了人类社会发展的螺旋状轨道。因此，他们是大家气象，是恢宏的哲学风度的著作家，不是浅薄的、猎奇的、通俗的小说匠。

我想，我如果不能去创造一个、开辟一个属于我自己的地区，我就永远不能具有自己的特色。我如果无法深入进我的只能供我生长的土壤，我的根就无法发达、蓬松。我如果继续迷恋长翅膀的老头、坐床单升天之类鬼奇细节，我就死了。我想，①树立一个属于自己的对人生的看法；②开辟一个属于自己领域的阵地；③建立一个属于自己的人物体系；④形成一套属于自己的叙述风格。这些都是我不死的保障。（见《世界文学》，第 298 页，1986 年第 3 期）

二 阎连科：神实主义的“神”和“实”

阎连科是在进入 21 世纪之后，其重要性越来越凸显的当代重要小说家。这与他的写作方法逐渐地向了寓言化的、他所称的“神实主义”的取向有关系。此外，他的写作姿态比一般的作家要显得激烈，无论是对历史还是对现实，他的批判态度都十分尖锐，作品中的情节设置都有些让人感到耸动和离奇，因此，其创作特性获得了越来越多的关注，加之有长篇小说《为人民服务》因为题材原因而无法在国内出版，使之成了一个具有争议性和一定国际影响的小说家。

阎连科 1958 年出生于河南开封嵩县，后参军入伍，多年在部队的生涯，也使他写出了不少与部队题材的作品。他 1980 年就开始发表文学作品，1991 年毕业于解放军艺术学院文学系。迄今为止，他出版了《情感狱》《最后一名女知青》《生死晶黄》《日光流年》《坚硬如水》《受活》《为人民服务》《丁庄梦》《风雅颂》《四书》《炸裂志》等 11 部长篇小说，《耙耧山脉》《黄金洞》《年月日》《耙耧天歌》《夏日落》《大校》等 40 多部中篇小说，《朝着东南走》《黑猪毛白猪毛》等 40 多篇短篇小说。这些小说从题材上看，可分为三类：乡土题材、部队题材和城市题材。此外，他还出版了《我与父辈》《回望乡土》《北京，最后的纪念》等多部散文，以及《发现小说》《一派胡言》《我的现实，我的主义》《阎连科文论》等多部文学评论、对话、演讲和访谈著作，是一个著作宏富、视野开阔、创作勤勉的、具有广泛影响并还在继续生长的小说家。

阎连科也是深受拉美小说影响的当代作家。对此他从不讳言，而且还喜欢谈论。他尤其对加西亚•马尔克斯和博尔赫斯对中国的具体作家的影响，有自己的认识：

> 加西亚•马尔克斯在中国的登场，是伴随着“拉美文学爆炸”这一巨响的概念而在中国产生了巨大的轰鸣。在 20 世纪 80 年代中期，马尔克斯没有博尔赫斯在中国文坛那么“细雨润物”，没有那么多和广泛的追随者，但凡接受马尔克斯的那种“魔幻”理念者，在之后都有很大的文学造化。现在回头观望这一有趣的文学现象，我们会发

现一个值得玩味的事实：博尔赫斯和加西亚·马尔克斯，前者出生于1899年，年长后者整整三十岁，但前者给中国文坛带来影响的却是年轻一些的作家，主要是集中在20世纪60年代出生的作家群；而后者出生于1928年，影响的却是年龄较大一些的中国作家，主要集中在20世纪50年代出生的作家和1950年前出生的个别作家（如陈忠实）。

受博尔赫斯影响的作家，不仅年龄小，而且也少有乡村的生活背景，主要文学成就在中短篇小说，而受加西亚·马尔克斯影响的作家不仅年龄偏大，而且都有其鲜明的乡村生活背景，主要成就在长篇小说，和马尔克斯有相似之处。比如，张炜早期的《古船》、近期的《刺猬歌》，陈忠实的《白鹿原》、李锐的《旧址》《万里无云》，莫言的《丰乳肥臀》《檀香刑》《生死疲劳》，韩少功的《马桥辞典》《山南水北》。贾平凹的《高老庄》《怀念狼》《秦腔》，等等，这些每一个我都十分尊敬的作家，他们的这些作品中，都或多或少地呈现着'魔幻现实主义'中那种'神奇的现实'却是一个事实。而在这一批顶天立地的作家中，对'神奇的现实'最有领悟的作家自然是莫言。我甚至可以说，是莫言让拉美文学与中国本土文学最早发生了（深刻）联系，而且取得了有目共睹的成就。（见阎连科著，《我的现实，我的主义》，第268~269页，载《当代文学中的中外关系》，中国人民大学出版社，2011年3月版）

阎连科把话说到这个份上，就让我们明白了，20世纪晚期的中国文学，与拉丁美洲小说的关系有多么深了。仅仅看看上面列举的作家作品的名录，就知道厉害了。

总体上看，阎连科的创作可以分为两个时段，第一个阶段，就是他从20世纪80年代开始创作，一直到2000年，20世纪结束在这个阶段里，他出版的几部长篇小说影响并不大：《情感狱》是一部描写乡村爱情和婚姻的小说，《生死晶黄》写的是一个农村孩子当兵之后的遭遇。《最后一名女知青》，写的是一个女知青的命运。而《潘金莲逃离西门镇》写的自然是潘金莲的故事，这几部长篇小说都没有获得大的影响，只能算是他的练笔之作。这一时期，阎连科的小说创作成就主要体现在中短篇小说上。这些中短篇小说中，成就较高的，是一系列与部队生活和家乡生活有关的中篇小说，分为三个系列，分别为“和平军旅系列”“东京九流人物系列”和“耙耧系列”。“东京九流人物系列”包括了《斗鸡》《艺妓芙蓉》《名妓李师师和她的后裔》《金莲，你好》等5部中篇，阎连科巧妙地将他的故乡开封古城的历史人物，与当代社会的人物故事进行了并置和差异化的书写，造成了一种对历史的反讽效果。

“和平军旅系列”显然与他在部队的生活有关系，这个中篇系列包括了《从军行》《自由落体祭》《中士还乡》《在和平的日子里》《四号禁区》《和平雪》《和平寓言》《和平战》《大校》《夏日落》等10多部小说，从各个角度，以写实主义的方法，塑造了一些和平年代里的军人的形象，和他们所遇到的事情。其中，按说应该归入长篇小说的《夏日落》篇幅有10万字，是他在这类题材中相当重要的、值得重视的作品。这部小说发表于1991年，它的故事情节，写到了军队里一个士兵的自杀和丢枪事件，在中国，军队题材是敏感题材的一部分，部队作家的首要任务，不可避免地要为增强军队战斗力而写作，而阎连科的部队题材的小说，大都是写到了他们的日常状态，较为平庸的状态。这部小说因此受到了一些批评，当时带给了阎连科一些压力。阎连科对自己写作“和平军旅系列”有这么一段自白：

> 我的笔下是没有英雄的。因为，在我看来，能够在艰辛中活下来并且脸上还时常挂着笑容的又何尝不是英雄呢？在军人之间，将军未

必就是伟大的人物，士兵未必就是卑微的人物。他们都是和我们一模一样的普通人，有血有肉的人。首先是人，之后才是其他的一切。爱情、生死、无谓和蝇营狗苟，这都是我们芸芸众生的必然。既然是蝇营狗苟，对我的写作也是最为亲昵的安抚。（见《和平军旅系列》封底，云南人民出版社，2013年3月版）

可见，其军人题材的小说，写的还是普通士兵的普通生活。除了“和平军旅系列”小说，阎连科在20世纪八九十年代，还创作了“耙耧系列”。这个系列中篇包括了《老屋》《黑乌鸦》《乡村死亡报告》《耙耧山脉》《天宫图》《黄金洞》《年月日》《耙耧天歌》《朝着东南走》《桃园春醒》等10多部，是阎连科影响较大的小说系列，是他书写他虚构的家乡——耙耧山脉的人和事的小说。从广义上来说，这个系列与寻根文学也有关系，也可以归入这段时间里很多作家纷纷投身其中的地域文化小说写作。

我一直认为，考察20世纪晚期以来的中国小说，其创作成就最高的，大都是地域文化小说——由“寻根文学”延伸和发展而成的一种小说。几乎每个重要的当代小说家，都有一片自己书写的地域：贾平凹的“商州”、莫言的“东北高密乡”、王安忆的上海、迟子建的大兴安岭、苏童的“香椿树街”、韩少功的“马桥”、杨争光的“符驮村”、陈忠实的“白鹿原”、张炜的胶东半岛，等等，都是圈了一块地方，在写那块地方的人和事。而阎连科在他的“耙耧系列”中篇小说中，已经开始了某种重要的转向，就是一种寓言化写作的方式的生成。这种寓言化的写法，使小说情节逐渐脱离了传统的现实主义，而指向了寓言。

比如，在中篇小说《耙耧天歌》中，尤四婆为了治疗家族遗传性的疯病，竟然打开丈夫尤石头的棺材，取出他的骨头煮食，并且她死的时候也允许自己的儿女来煮食自己的骨头治病。最终，这种方式在他们家族中将一直延续下去。如此宿命化的处理方法，开始在阎连科的想象力中滋生，充满了一种邪性的气氛。

中篇小说《年月日》中，因为天灾逃离故乡的人们遗弃了老人先爷和他的狗。先爷在家乡为了保护最后一颗玉蜀黍的苗子，以自身为肥料，保护了玉蜀黍的生长。等到逃难的乡亲回来的时候，发现他们拥有了玉蜀黍肥壮的种子。小说的传奇性和寓言性，在他的作品中开始出现。而阎连科是一个谈论拉丁美洲小说家的影响比较多的当代作家，他在很多场合，在自己的文论和创作谈中，都谈到了一些拉丁美洲作家对他的影响。他说：

> 从对中国当代文学影响的大小、深浅来讲，可以把世界文学分为三大部分或三个地域来说：一是俄罗斯文学；二是欧美文学；三是拉美文学……说到拉美文学，具体地说是“拉美文学爆炸”时期的“魔幻现实主义”。从20世纪80年代中期开始，一直到今天的当代中国文学二十几年来，拉美文学对中国当代文学的影响，或强或弱，或浓或烈，一直持续不断，仿佛铁轨伴引着轮子前行一样。在影响最为强烈的20世纪80年代末至90年代初期，拉美文学在世界上的‘爆炸的轰鸣声在中国文坛的回响可谓是振聋发聩，令中国作家头晕目眩。其影响之剧，可能超出世界上任何一个时期的任何一个流派、主义和文学团体，对中国文学造成的振动基本和地震或火山爆发一样。这儿，最有代表性的作家自然是加西亚·马尔克斯，影响最大的作品自然是《百年孤独》。随后是他的《霍乱时期的爱情》《一件事先张扬的谋杀案》。巴尔加斯·略萨的《绿房子》《胡莉娅姨妈与作家》《城市与狗》《潘达雷昂上尉与劳军女郎》，胡安·鲁尔福的《佩德罗·巴拉莫》，阿斯图里亚斯的《玉米人》，卡洛斯·富恩特斯的《最明净的地区》，伊莎贝拉·阿连德的《幽灵之家》，还有博尔赫斯那些精妙的短篇和

散文，聂鲁达那些情感如火山一样的诗，卡彭铁尔那些关于“神奇的现实”的理论和小说。（见阎连科著，《我的现实，我的主义》，第264~266页，载《当代文学中的中外关系》，中国人民大学出版社，2011年3月版）

阎连科对“拉美文学爆炸”中出现的杰出小说家，对中国当代文学的影响是非常了解的。这在他自己的创作中，也有表现。他后来提出来一种“神实主义”小说理论，我不知道这和上文所说的古巴作家的卡彭铁尔的“神奇的现实”小说理论有什么联系和区别。肯定是联系大于区别。由此，阎连科的小说创作，沿着寓言化和反讽以及黑色想象一路狂奔。

阎连科写作的第一个阶段的最具代表性的作品，是1998年出版的长篇小说《日光流年》。这部小说全长40多万字，描绘了一个叫司马蓝的村长短暂但是却也很漫长的一生。在三姓村，仿佛被宿命所笼罩，一般的男人都超不过40岁。小说采取了顺序和倒叙手法结合的结构，在小说的结尾，司马蓝死了，然后再度从一个女人的肚子里生出来。意味着悲剧性的命运，将继续在三姓村中循环。这部作品，我认为是一部向《百年孤独》致敬的作品，通过对中国村庄乡民生态的描述，来呈现民族的苦难命运。小说的开头是这样的：

“嘭”的一声，司马蓝要死了。

这样的小说开头，是相当有力量的。小说一开始就涉及了生死，人的命运，家族、村庄、社会组织和人类。一层层上去，都在死亡的阴影中存在。阎连科非常重视小说的开头，正如加西亚·马尔克斯那个著名的开头一样。阎连科说：

> 以马尔克斯的《百年孤独》为例，因为这部小说的开头是充满着时间跳跃的叙述："许多年之后，面对行刑队，奥雷良诺·布恩迪亚上校将会回想起，他父亲带他去见识冰块的那个遥远的下午。"就这样一句开头，在当时的中国作家中，不下十人的十部小说的开头，也同样一字不差地用"许多年之后——"如何如何，去作为自己小说的开头。一些聪明的作家，即便不把"许多年之后——"或"多年之后——"用在小说的开头，也会用在小说故事的中间地带。直到今天，我们读一些富有探索意味的小说，仍然可以读到这样的句式和叙事模式。就今天看来，这样的借鉴与学习，似乎有些幼稚可笑，但也正说明了拉美文学对中国文学的影响之巨。而在当时，这样生搬硬套《百年孤独》的叙述模式，却不是肤浅之举，而是一种创新的时尚，是一种探索的标志。

阎连科对此有着十分清醒的认识。但是在借鉴的过程中，如何将作品的形式、语言和背后的文化积淀转化成自身的营养，他也很早就明白了"中学为体，西学为用"的道理：

> 从现在回忆的角度去看那时的文学，我们虽然有些把别人的果子摘来直接挂在自己的文学之树上的嫌疑，而不是借来人家的种子，埋入自己的土壤，长成自己的树木，但经过二十几年对拉美文学的进一步融合、贯通、消化和转化，已经可以说，中国作家现在更容易理解、消化和巧妙地本土化、个人化的借鉴与整合，并使之完全中国化、个性化地成了中国土地中的种子和花果。（见阎连科著，《我的现实，我的主义》，第264~266页，载《当代文学中的中外关系》，中国人民大学出版社，2011年3月版）

《日光流年》这部小说在叙述内部的时间上别具匠心，主人公循环的命运，时间的前进、后退和停止，最后又回到了源头，完全是以时间主题来进行的，就像这本书的名字“日光流年”，不是时间又是什么！这使我想起来了富恩特斯那部倒叙的长篇小说《阿卡特米奥克鲁斯之死》，想起了卡彭铁尔的小说《回归种子》，都是在处理时间上向回溯的小说。阎连科很多小说的结构和时间的处理上，从拉美小说家那里借鉴了很多经验。他说：

> 重新认识拉美文学，是基于20世纪的欧美文学太过讲究技术和技巧，甚至某些流派完全是在讲究技巧、个性的基础上兜圈子。而这时的拉美文学在个性、技巧的基础上却始终没有脱离拉美那块土地的现实和历史。无论是魔幻现实主义，还是“神奇的现实”，他们的出发点和立足点也都绝不脱离作家生存的土地、社会和现实。拉美文学既不丧失每个作家个性的追求，又都有其鲜明的探索和创新，比如巴尔加斯•略萨对结构的不懈努力和创造，比如卡彭铁尔在小说中的时间观等，但他们的小说自始至终都没有脱离现实这块土壤。如何让文学更为个性地、深刻地抵达现实的心脏，这是当前中国文学最致命的软肋，也是我在每部小说的写作中最痛苦的所在。
>
> 所以，我想，我们的写作，至少是我的写作，在今后与外国文学的关系这一点上，应该重新认识俄罗斯文学和拉美文学这两大世界文学的重镇之地，双脚踏在自己脚下的大地上，但目光要越过这块土地，多看、多思外国文学，重看重思俄罗斯和拉美文学。（见阎连科著，《我的现实，我的主义》，第271页，载《当代文学中的中外关系》，中国人民大学出版社，2011年3月版）

因此，阎连科的写作在结构、表现形式和语言上。进入21世纪之后，阎连科的创作进入一个崭新的阶段。在这个阶段，他创作的作品以长篇小说为主，而且，他的每部作品都预先寻找到一个形式和结构，使小说的结构成了有意味的内容。与此同时，他还非常重视语言本身的作用。阎连科这一阶段的小说语言，比如《年月日》《日光流年》是一种经过了书面语处理过后的方言，带有河南话的特点，但是却是书面的。阎连科因此也很欣赏加西亚·马尔克斯的小说语言。他说：

> 《百年孤独》这样一个故事，一个民族、一个家族一百年来的风雨历史，这么庞大、复杂、漫长，而且他又讲得那么清晰，如果没有叙述上的“魔幻”这样一个现实去想象奇妙杂糅的混合，没有语言上“舍静而动”的快速的讲述，这个故事会被讲成什么样子？28万字能讲完它吗？在20世纪的文学中，《百年孤独》的结构和语言是和它的故事结合得最为完美的一部典范……《百年孤独》的语言，我们看到的只能是翻译的语言，但有一个问题特别值得我们分析和借鉴。为什么一百年的历史，马尔克斯只用了二十多万字就把故事讲得那么清晰和有条理？要我们讲，是不是需要一百万字或者三部曲那样洋洋洒洒？分析这样一个简单的问题，一是结构的作用，二是语言的作用。
>
> 不说结构，单就语言来说，《百年孤独》的语言风格没有我们汉字说的那些简洁、纯朴、诗意、忧伤、白描、素描、乡土俚语、生活气息那样的东西，但有一点却是我们的小说叙述语言中都没有的，那就是所有的叙述都在语言的流动中行进，几乎没有语言在静止中停顿。时间在语言中是流动的、奔袭的，而不是静止不动的，这是马尔克斯在《百年孤独》中的语言观、时间观。正是这样的语言观和时间观，使《百年孤独》能在二十多万字的篇幅中，完成了对一百年历史的完

美的漫长叙述。（见阎连科著，《我的现实，我的主义》，第 100~101 页，《语言：由故事的灵魂所决定》，中国人民大学出版社，2011 年 3 月版）

阎连科是一个对加西亚·马尔克斯谈论和研究相当多的小说家。上面这段话，是他对马尔克斯的语言和省略方式来讲述拉美历史的形式感的钦佩。而如何表现自己国家民族的历史和现实，如何呈现出新的文学感受和命相，是阎连科最为关心的话题。对此，他认为：

马尔克斯相比于卡夫卡之后的许多现代派的作家们，他对故事、人物和人物同读者普遍关注的社会、历史现实的关系，又表现了某种深切的热情与关注。《百年孤独》的故事以布恩地亚一家七代人坎坷、神奇的经历和马孔多那个小镇上百年历史的变迁——从兴起、发展、鼎盛到随风而去的消失，以此描写了哥伦比亚乃至整个拉美大陆的百年历史演变与所处的社会现实。1982 年瑞典文学院授予马尔克斯诺贝尔文学奖时，称它“汇集了不可思议的奇迹和最纯粹的现实生活”，正是马尔克斯对本民族现实与历史深切关注后让写作向社会与现实的回归。自此之后，拉美文学在向不仅是拉美地区和西方世界的全面铺开，使那些智慧醒悟的作家与读者明了了小说的人物一味地“个体”，是一个独具光彩的陷阱，而一味地“社会”，则会是一片繁闹的清寂。拉美作家普遍独具个性的写作，又都同时不失对本民族现实与历史的关注，如巴尔加斯·略萨、富恩特斯、科塔萨尔等。从某种意义上笼统地说，是他们把 19 世纪的写作经验和 20 世纪上半叶的写作经验相融相汇在了自己的思维和笔下。（见阎连科著，《发现小说》，第 125~126 页，南开大学出版社，2011 年 7 月版）

进入 21 世纪之后，阎连科接连出版了多部影响很大，或极具争议的长篇小说，同时，他还通过理论专著《发现小说》的出版，提出了自己的小说理论——神实主义，来深化自己的创作。2001年，他发表了长篇小说《坚硬如水》，这是一部背景为“文革”时期的长篇小说。主人公高爱军和夏红梅之间发生了一场爱情，高爱军在那个人性沦丧的年代里，逼死了老婆，让岳父发疯，砸毁村子里的牌坊，陷入了一种原始意义上的疯狂。当“文革”的梦魇过后，他是否认识到了自己的罪恶呢？小说所运用的，是那个时代的特殊的语言，充满了革命意识形态的简单、粗暴和符号化的语言。正是这样丑陋的语言，在那个时期催动着人们陷入人性丑恶大暴露的疯狂里。

《坚硬如水》的出版，也带来了很大争议。小说里的主人公在特定年代里的性欲的疯狂和释放，成了一种奇妙的反讽，也是主人公对抗历史荒谬的办法。这一男女在扭曲变态的时代里的性欲的扭曲纠结，几年之后，继续出现在了他2005年发表的长篇小说《为人民服务》中。不同的是，《为人民服务》中，男人和女人由高爱军和夏虹变成了吴大旺和刘莲。吴大旺是一个师长的勤务兵，刘莲是师长年轻的妻子。他们在“文革”时期通奸，在外面的世界陷入武斗疯狂的时候痴迷于性爱。小说中最具有争议性的细节，就是他们在做爱的时候以砸碎毛泽东的像章的方式，来表达彼此的忠贞和死心塌地。如此以个人的话语处理“文革”题材，成了阎连科迅速引起注意的重要原因。

而仿佛是一次写作的集中爆炸，在《坚硬如水》和《为人民服务》出版和发表的中间，2003年，阎连科还出版了另外一部长篇小说《受活》。“受活”是河南方言，意思是“享乐、享受、痛快淋漓、舒服、舒坦”的意思。但这部小说采取的也是反讽的方法，小说故事情节的设置，一点都不舒服和舒坦，小说的情节设定甚至是纠结和拧巴的，是病态和狂想的。小说中，出现了一个叫作“受活庄”的地方，这里生活的，却大都是残疾人，是个由盲人、聋哑人、瘸子拐子组成的残疾人村庄。这些残疾人组成了一个“绝术团”，以暴露自己残缺扭曲的身体来赚钱。有一天，一个有着奇思妙想的县长来到了受活庄，将绝术团转来的钱建造了一座“列宁纪念堂”，并且突发奇想，打算去俄罗斯把列宁的遗体买回来安放在中国大地上。实现人间天堂般的纪念。小说的章节设置也很独特，全部是单数，也就是说，是按照一、三、五、七、九、十一、十三、十五章来标注，但实际上是八个章节。每一章的小节，也是按照一、三、五、七来标注。显示了阎连科不喜欢双数、偶数的意图。

《坚硬如水》《受活》和《为人民服务》这三部作品，都是阎连科对中国产生的“政治人”及其时代的刻画和反思。在《受活》的代后记《寻求超越主义的现实》中，阎连科也提出来对过往的强大的现实主义传统的摒弃、反抗和鄙夷。在这篇文章中，他鞭挞“现实主义”带来的桎梏，言辞激烈，情绪义愤。但是这篇文章中他还没有正式提出自己的“神实主义”的小说理论。

2006 年，阎连科出版了自己的第 9 部长篇小说《丁庄梦》。这部小说聚焦于一个因为卖血而大面积感染了艾滋病的河南村落的命运，这是阎连科停下了自己一路奔向“神实主义”写作方向的脚步，观照现实的一瞥。这部作品也因为题材的原因,而获得了更多的关注。但这部小说有点急就章，我一直觉得，想这样一个题材，阎连科不如把它写成非虚构作品，也就是观察和记录“丁庄”这个村子几年之间，因为艾滋病而凋零的一个个具体生命，会更有感染力和文本价值。虚构的小说情节，减弱了这部作品的主题本身应有的社会性。

阎连科此时可以说进入他写作的最佳时期。2008 年，阎连科出版了第 10 部长篇小说《风雅颂》。小说的题材陡然一变，不再聚焦于一个虚构的乡村，而是讲述了城市里的大学教授杨科的故事。杨科在家庭、爱情、事业等多个方面，陷入一种无法掌控的荒诞境遇中。阎连科接受采访时，认为这本书是他的精神自传，杨科就是他自己，精神内核是他的，故事却是虚构的。由于主人公杨科是文学系教授，喜欢讲授《诗经》，那《风雅颂》就成了小说的名字。小说中，杨科的妻子赵茹萍、大学副校长李广智等人的形象都非常的丑陋和概念化，阎连科将大学的怪现象揭露了出来，原来除了乡村，现在的知识分子也很糟糕。和阎连科的过往的小说中那些出现的离奇的情节一样，在《风雅颂》中，杨科教授像堂吉诃德战风车那样大战沙尘暴、在大学课堂讲《诗经》但不受欢迎，在精神病院讲课却大受欢迎，都使小说带有一种反讽和荒诞效果，增强了小说的批判性，但也使小说人物符号化和简单化了。这在阎连科的后期小说里，也成了一个严重的弊病。

通过《风雅颂》针刺了现实，阎连科回过头来，又开始打量历史。2010年，他出版了长篇小说《四书》，将写作背景放到了“文革”前的“大跃进”时期。这部小说因为涉及了“大跃进”的历史伤痛，属于揭疮疤的作品，因此到目前为止，出版了台湾和香港版繁体字版，在大陆还未出简体字版。

《四书》从形式上就别具匠心，是一种“（伪）书摘体”——假装有四本书：《天的孩子》《故道》《罪人录》《新西绪弗神话》，这些是过去时代里留下来的，作者只是进行摘编。这种书摘体的小说，在小说史中不是太多，所以，这也是阎连科大胆采取的创新方式。有时候，小说的形式就是内容，而这部小说的内容，也是非常坚硬的，是我们的历史中的一块铁疙瘩——“大跃进”时期的饿死人事件。

阎连科一直是一个敢于触碰历史和现实中坚硬的东西的作家，他有敢于冒犯的勇气。这一次《四书》则选择了历史。大跃进和大饥荒的年代，是我们中国人在20世纪一段最惨痛的记忆。《四书》以文学的方式解构了那段历史，并以罪感忏悔和升华了人性。小说中，塑造了四个人物，分别是学者、音乐、宗教、作家，他们以职业身份代替了具体的姓名。他们在黄河边一个叫作九十九区的地方劳动改造，最终以各种方式死亡和毁灭。小说中，残酷年代里，出卖灵魂和肉体的情况比比皆是，个体生命的挣扎和毁灭、曲折的命运结局，读来都是震撼人心的。小说的语言采取了《圣经》式样的那种明亮，简洁和高度概括性的语言，还带有象征性和暗示色彩。小说极具批判性，但悲悯情怀也弥漫其间。

但就《四书》而言，缺点也很明显。因为，此时的阎连科，因为他自《坚硬如水》特别是《为人民服务》带来的“争议性”身份，使他在国际上获得了知名度，因此，在发表和出版策略上，他也要考虑采取国际化路线。这一点和余华有相似之处。余华的长篇新作《第七天》，何尝不是国际化出版的定做式的写作呢？在《四书》中，模仿《圣经》的语言，一定是有利于这本书在西方的翻译、传播和理解的。而有的细节设置，更是为了让西方的读者心领神会，比如，小说中那个右派的管理者“孩子”，最终因为读了《圣经》而受到了感染，觉得自己有罪而在自制的十字架上面上吊——我不知道阎连科这么写，是不是就是给西方人看的呢？可以想见，这本书因为预设了一个基督教文化里读者来读的前提，也是这本书在言外之意上，产成了很暧昧的庸俗和谄媚的气息。

而阎连科依然在前行。2013年，他出版了第12部长篇小说《炸裂志》，再度回到虚构一个村子——过去有三姓村、丁庄、耙耧山脉、九十九区、受活庄等，现在，又虚构了一个炸裂村。而这个炸裂村后来因为“炸裂”的特性，开始急剧扩张，成为被房地产吞噬的县城和更大的城市，并将所有它的土地上的人，带入到一种因为金钱的欲望驱使导致的疯狂攫取中。

而阎连科赋予这部小说的形式，则是以地方志方式来书写。以地方志的客观性，来反衬小说中人物和行为、故事和情节的离奇荒诞，夸张疯狂。此前的2011年，阎连科出版了宣示他的创作理念的文学理论集《发现小说》和对话集《我的现实，我的主义》，正式提出来自己的神实主义的文学观。细读之下，阎连科的“神实主义”实在就是卡彭铁尔的“神奇的现实主义”的中国翻版，连基本的字词都是一样的：“神实主义”和“神奇的现实主义”，难道前者不是后者的缩略表达吗？所以，在中国人民大学担任文学教授的阎连科，在谈到文学理论的时候，不免捉襟见肘。

而且，纵观阎连科进入21世纪的多部长篇小说，在情节的设置上，出现了很多“神”“奇”“丑”“怪”“恶”，几乎每部小说都耸人听闻地、让人很不舒服地设置出来一些扭曲变形、畸形和夸张的情节，这一点，也与莫言笔下的《檀香刑》刑罚之血腥和感觉的泛滥，和余华早期作品对暴力血腥的痴迷有一拼。阎连科只要一写起小说，似乎就有一股子邪火要释放，要喷吐，他的作品的确有批判的锋芒、锐气和极大的道德勇气，但是，这些批判、反讽和寓言化的写作，都指向了外部世界，指向了历史和他人，指向了当权者和体制，而很少涉及对作家本人或者笔下人物的精神世界的自我审视，自我批判，这严重过妨碍了阎连科作品的写作深度。试想，如果我们自己在特定的年代里，包括阎连科在内的我们每一个生命个体，难道只会是受难者、受迫害者和冤屈的人，而不会成为帮凶、加害者和罪人？

这也就是为什么，阎连科等当代中国作家，与列夫•托尔斯泰、陀思妥耶夫斯基那一代对自我批判和审视到了极端深刻的俄罗斯作家形成的文学高原，差距巨大的原因。

注解 1：阎连科谈博尔赫斯：

要重新认识拉美文学，就必须认识博尔赫斯。我非常喜欢博尔赫斯的语言，它的精确、简练、明了，近乎是一种神奇，比如他作品中的比喻，是那种不到奇妙死不休的比喻。这是一种翻译的语言（带给我的感受），在他原文中是一种什么样子呢？令中国作家着迷的更多的是他的语言。至于他的形而上学、玄虚和哲学的思维和思想，因为文化背景的不同，似乎没有更多作家去考虑。博尔赫斯对中国作家的影响是从他的语言开始的。记得余华曾经说过，博尔赫斯的语言中"像一滴水落入海洋"那样的句子令他着迷。有一次和莫言在一块说起博尔赫斯的小说，他也说到了博尔赫斯的比喻。比如，博尔赫斯比喻两个国家争夺一座荒岛，"犹如两个秃子在争夺一把梳子"。确实，对于中国作家来说，是他让我们和现实主义开始分道扬镳了，这种各奔东西，是从博尔赫斯的语言开始的。（见阎连科著，《我的现实，我的主义》，第 157~159 页，载《拉美文学：中国新时期文学的催生剂》，中国人民大学出版社，2011 年 3 月版）

注解 2：阎连科谈胡安·鲁尔福：

（1）胡安·鲁尔福的作品比马尔克斯早几十年，奠定了拉美魔幻现实主义的风格。我觉得他作品中生与死、人与鬼之间的"魔幻性"比马尔克斯处理的还要好。但这样一种"魔幻"的语言、形式与风格是完全属于拉美的，而我们必须找到一种全新的东西，走出一条新路来。（见阎连科著，《我的现实，我的主义》，第 33 页，载《民间，有无尽的写作资源》，中国人民大学出版社，2011 年 3 月版）

（2）胡安·鲁尔福的《佩德罗·巴拉莫》让我臣服，给我的写作带来了很大的启发。而他其他有限的几个短篇我几乎看不进去。《佩德罗·巴拉莫》确实是一部神性之作。神性是不可以模仿的，理性是可以供人借鉴的。《佩德罗·巴拉莫》让我感觉有许多不可思议之处。比如说，他对时空的穿透和运用，我一直无法明白鲁尔福为什么会有那样的写作功力，能那样地不露痕迹。就此一点，让我想到《西游记》《聊斋志异》《牡丹亭》等对时空的运用。相比之下，后者有些相形见绌。当然，这不是一个时代的作品，也不是一块土地上的文化传统，我们不能进行这样的比较。然而，就写作的神性而言，《佩德罗·巴拉莫》给人的感觉是最足的，也是天衣无缝的。可惜，神性的写作往往也是一次性的写作，可遇不可求，失之不再来。因此，鲁尔福抓到了这一次神性的写作，就足以使他在西方语言文学中成为一个巨人。（见阎连科著，《我的现实，我的主义》，第 164 页，载《拉美文学：新时期文学的催生剂》，中国人民大学出版社，2011 年 3 月版）

注解 3： 阎连科谈巴尔加斯·略萨

在拉美作家中，似乎巴尔加斯·略萨的小说更注重社会现实一些，他的大量作品都有很强的社会批判色彩，甚至是直接的政治色彩。但同时，他又非常注重小说的结构，被称为是“结构现实主义大师”。他在写作中注重社会内容、关注社会现实，同时和艺术追求结合，找到了一个完美的分寸感和黏合点。（见阎连科著，《我的现实，我的主义》，第 160 页，载《拉美文学：中国新时期文学的催生剂》，中国人民大学出版社，2011 年 3 月版）

第三节 重述历史与神话：陈忠实和阿来

一 陈忠实："白鹿原"上的中国近现代史

谈到陈忠实的时候，我们会发现一个有趣的现象：当要数出最好的中国小说家的时候，一般人们会说出莫言、贾平凹、余华、王安忆、铁凝、韩少功、张炜、方方、迟子建等一大串名字，陈忠实甚至往往都不在前10名的名单里，但是要挑选一部最近30年最好的的长篇小说的时候，《白鹿原》往往会排在最前面。

这就说明，陈忠实单靠一部《白鹿原》，就奠定了他在当代文学史中的地位。他不是靠其全部作品的，他先前的大部分作品，以及获奖之后的作品，都不如《白鹿原》。《白鹿原》也是他出版的唯一一部长篇小说，他的其他作品和《白鹿原》相比，几乎都是边角料。这就回答了刚才我提出的有趣的问题了。其他的小说家，作品均衡，写作能力持续进行，一个作家的代表作往往有好几部，而且又不如《白鹿原》那么的更符合史诗小说的标准，所以，陈忠实就依靠这一部长篇小说，成了当代最好的小说家。而如果没有《白鹿原》，仅仅凭借他原先的作品，则连二流作家都算不上。

陈忠实1942年出生于西安灞桥区。据说他很早就喜欢文学，初中和高中时期开始练习写作，后来做过几年的中小学老师，他没有考上大学，后来到基层的文化单位工作，一边进行顽强的自学和写作。1979年，他的短篇小说《信任》获得了全国优秀短篇小说奖，早期作品都是关于陕西乡村题材的。1982年，他进入陕西作家协会从事专业创作。此后，他写下不少中短篇小说，没有引起较大的重视，因为这一时期，中国当代文学涌现了伤痕文学、改革文学、寻根文学、先锋实验文学、城市文学，等等诸多的潮流，陈忠实和这些潮流都没有关系，也因此不受重视。但陕西作家有一个特点，就是他们能沉住气，脚踏实地，不跟着潮流走，而是认真地思考文学的本原是什么。像陈忠实思考的，还是如何写出一本“死后能当枕头的书”，这句话的意思很明确，就是写出一部厚重的、有分量的、史诗型的作品，而这样的追求，和刚才我列举的诸多与社会当下的发展紧密相连的文学思潮关系不大，那些思潮，还在解决文学的社会功用问题，介入问题，文化问题，以及表现形式和语言问题，等等，还没有人想史诗的事情呢。

陈忠实想了，他也在这么默默地做。此前，他发表了短篇小说《信任》《第一刀》《轱辘子客》《李十三推磨》等三十多篇短篇小说，《初夏》《康家小院》《四妹子》《蓝袍先生》等十多部中篇小说，积累了一些写作经验。然后，在 20 世纪 80 年代后期，他开始写作长篇小说《白鹿原》。1993 年 6 月，这部小说由人民文学出版社出版，到了年底，这本书就突破了 20 万册的发行量，引起了广泛的瞩目。我还记得《白鹿原》第一版出版的时候，他在王府井新华书店签名售书，那是我第一次看见他，我惊异于这个人脸上那刀刻一样的纹路。恰巧，《白鹿原》第一版的封面上，也有那么一个满脸刀刻般皱纹的老人。这部集家庭史与民族史、现代史与社会史于一体的小说，有着非常厚重的历史感、史诗般的时间跨度和人物关系、悲剧性的人物命运和复杂的人物形象，深沉优美博大的语言，成为 20 世纪晚期中国当代文学中伟大的作品之一。此后，《白鹿原》获得了 1998 年的第四届茅盾文学奖。多年以来，《白鹿原》先后被改编成秦腔、连环画、雕塑、话剧、舞剧、电影等多种艺术形式，不断地扩大着影响，小说也印刷了超过 150 万册，如果加上同期的盗版，那么这部小说可能是最近 20 年发行量最大的长篇小说了。

《白鹿原》可谓是一部描绘关中渭河平原 1949 年之前那 50 年的历史变迁的民族史诗，陈忠实给我们展现了历史的斑斓多彩和丰富复杂。小说围绕着白鹿原上，白家和鹿家两大家族之间的恩恩怨怨来展开，并且刻画出朱先生这么一个私塾先生来代表维系中国传统文化的儒学家代表，以在白鹿原上消失的一只白鹿，来象征这块土地上深藏的灵气、大气、鬼气、和生生不息的生殖力。小说中，白嘉轩六娶六丧，第七个老婆才生下了儿子。于是，鹿子霖作为白家的竞争对手，为争夺白鹿原的影响力和控制权而争斗不已。小说就此展开了只有《三国演义》《水浒传》这样的伟大传统经典才有的叙事技巧，讲述了主人公们巧取风水地，恶施美人计、亲翁杀媳、兄弟相煎、情人反目……到了大革命来临，日寇入侵，然后是三年国共内战，白鹿原上翻云覆雨，白鹿原外王旗变幻，一时之间家仇国恨交错缠结，冤冤相报代代不息……于是，古老的土地在新生的阵痛中战栗，新中国诞生了，但是，白鹿原的骚动从来没有停止。

那么，陈忠实是如何能够创作出这么一部当代史诗性的小说呢？对此，他专门写了一部《寻找属于自己的句子》，来讲述自己和这部小说之间的故事，而受到拉丁美洲文学的影响，则是首当其冲：

> 大约在这一时段（1986 年，作者注），我在《世界文学》（杂志——应该是 1986 年某期）上读到魔幻现实主义的开山之作《王国》（又译《这个世界的王国》），这部不太长的长篇小说我读得迷迷糊糊，却对介绍作者卡彭铁尔创作道路的文章如获至宝。《百年孤独》和马尔克斯正风行中国文坛，我在此前已读过《百年孤独》，却不大清楚魔幻现实主义兴起和形成影响的渊源来路。卡彭铁尔艺术探索和追求的传奇性经历，使我震惊，更使我得到启示和教益。拉美地区当时尚无真正意义上的文学，许多年轻作家所能学习和仿效的也是欧洲文学，尤其

是刚刚兴起的现代派文艺，卡彭铁尔专程到法国定居下来，学习现代派文学，开始自己的创作。几年之后，虽然创作了一些现代派小说，却几乎无声无响，引不起任何人的注意。他失望至极时决定回国，离开法国时留下一句失望而又决绝的话：在现代派的旗帜下容不下我。我读到这里，不禁"噢哟"了一声。我当时还在认真阅读多种流派的作品。我尽管不想成为完全的现代派，却总想着可以借鉴某些乃至一两点艺术手法。卡彭铁尔的宣言让我明白一点，现代派文学不可能适合所有作家。更富于启示意义的是，卡彭铁尔之后的非凡举动，他回到故国古巴之后，当即去了海地。选择海地的唯一理由，那是在拉美地区唯一保存着纯粹黑人移民的国家。他要"寻根"，寻拉美移民历史的根。这个仍然保持着纯粹非洲移民子孙的海地，他一蹲一深入就是几年，随之写出了一部《王国》。这是第一部令欧美文坛惊讶的拉丁美洲的长篇小说，惊讶到瞠目结舌，竟然找不到一个合适的词汇来给这种小说命名，即欧美现有的文学流派的称谓都把《这个世界的王国》框不进去。后来终于有理论家给它想出"神奇现实主义"的称谓。《王国》在拉美地区文坛引发的震撼自不待言，被公认为是该地区现代文学的开山之作、奠基之作，一批和卡彭铁尔一样徜徉在欧洲现代派光环下的拉美作家，纷纷把眼睛转向自己生存的土地。许多年后，拉美成长起一批影响欧美也波及世界的作家群体，世界文坛也找到一个更恰当的概括他们艺术共性的名字——魔幻现实主义，取代了神奇现实主义……我在卡彭铁尔富于开创意义的行程面前震惊了，首先是对拥有生活的那种自信的局限被彻底打碎，我必须立即了解我生活着的土地的昨天……（见陈忠实著，《寻找属于自己的句子》，第 10~11 页，上海文艺出版社，2009 年 8 月版）

这就是拉丁美洲文学对陈忠实的启发性的影响，也是我在描述他受到拉美文学影响的时候，找到了最有力的证据。从这段话中可以看出，陈忠实对魔幻现实主义的那种处理手法的欣赏。他立即寻找到了属于自己的路径。他开始做更详细的准备：

……我先后选择了十多部长篇作为范本阅读。我记得有《百年孤独》，是郑万隆（注：小说家、影视编剧，时任《十月》杂志副主编）寄给我的《十月》杂志上刊发的文本，读得我一头雾水，反复琢磨那个结构，仍是理不清头绪，倒是忍不住不断赞叹伟大的马尔克斯，把一个网状的迷幻小说送给读者，让人多费一番脑子。我便告诫自己，我的（小说）人物多情节也颇复杂，必须条分缕析，让读者阅读起来不黏不混，清清白白。（见陈忠实著，《寻找属于自己的句子》，第39页，上海文艺出版社，2009年8月版）

从这一段话，又可以看出陈忠实并不打算追求魔幻现实主义里面的魔幻色彩，而是着眼于加西亚·马尔克斯的魔幻现实主义的现实主义的部分，以及马尔克斯对历史的批判、对时代的分析以及对时间的感受。他要追求的路子，是现实主义底色的、史诗气派的、厚重的有时间跨度的作品风格。为此，他后来又有了更为详尽的思考：

我想到阅读《百年孤独》的情景。我是在《十月》上读到这部名著的。这部小说和作家（加西亚）马尔克斯风靡中国，一直持续到今天，新时期以来任何一位获得诺贝尔文学奖的作家和作品，都无法与其相比在中国文坛的影响。我随后看到中国个别照猫画虎式的某些模仿，庆幸我在当初阅读时的感受和判断，尚未发昏到从表面上去模仿，我感受到马尔克斯的《百年孤独》是一部从生活体验进入生命体验的东西，这是任谁都无法模仿的，模仿的结果只会是表层的形式的东西，

> 比如人和动物的互变。就我的理解，人变甲虫人是拉美民间土壤里诞生的魔幻传说，中国民间似乎倒不常见。马尔克斯对拉美百年命运的生命体验，只有在拉丁美洲的历史和现实中才可能发生并获得，把他的某些体验移到中国无疑是牛头不对马嘴的，也是愚蠢的。”（见陈忠实著，《寻找属于自己的句子》，第45~46页，上海文艺出版社，2009年8月版）

不过，陈忠实并不是没有使用一点魔幻的情节，因为在中国乡村，灵怪故事、鬼故事、迷信、命相、八卦、风水，这类东西一直源远流长，陈忠实在写《白鹿原》的时候，不可能不使用到这些材料，他说：

> 在《白鹿原》的构思里，有几处写到闹鬼情节，却不是为了制造神秘魔幻，而是出于人物自身的特殊境遇下的心理异常。鹿三杀死小娥后就发生了行为举止失措的变化，这仅仅出于鹿三这个人独具的文化心理结构，按他的道德信奉和善恶观，无法容忍小娥的存在；然而出于同样的文化心理结构，杀人毕竟不是拔除一根和庄稼争水肥的野草，在一时义举之后就陷入矛盾和压迫，顺理成章就演绎出小娥鬼魂附体的鬼事来……（见陈忠实著，《寻找属于自己的句子》，第45~46页，上海文艺出版社，2009年8月版）

写作绝对不是无源之水、无本之木，因此，陈忠实阅读拉美小说，在他内心里唤起的，一定是他自己的经验。那些经验是民间的，记忆的，是活生生的，这些记忆一旦被激活，就成了写作小说的绝佳素材：

> 我少年和青年时期，不下十回亲眼看见乡人用桃树条抽打附着鬼魂的人身上的簸箕，连围观的我都一阵阵头皮发紧发凉。有评论家说

> 我在《白鹿原》书中的这些情节是“魔幻”，我清楚是写实，白鹿原上关于鬼的传说，早在“魔幻”这种现实主义传入之前几千年就有了，以写鬼成为经典的蒲松龄，没有人把它当做“魔幻”，更不必列举传统戏剧里不少的鬼事了；我写的几个涉及鬼事的情节，也应不属于“魔幻”，是中国传统的鬼事而已……真是难忘的1985年。我在文学艺术的各种流派新潮的涌动里，接纳并试验了我以为可以信赖的学说，打开了自己；我在见识各种新论的时候，吸收了不少自以为有用的东西，丰富了自己；我也在纷繁的见识中进行了选择，开始重新确立自己，争取实现对生活的独自发现和独立表述，即寻找属于自己的句子。（见陈忠实著，《寻找属于自己的句子》，第45~46页，上海文艺出版社，2009年8月版）

一些研究者也有些疑问，为什么在1993年，《白鹿原》能够突然成了阅读的热点？而这个时候，伤痕文学、改革文学、寻根文学、城市文学、先锋文学、新写实小说的小浪潮一浪接着一浪的，都没有陈忠实的身影，但是这《白鹿原》出来了，却掀起了新的一波文学的浪潮。这个浪潮，就叫作“陕军东征”。在1993年前后，贾平凹的《废都》、高建群的《最后一个匈奴》等多个陕西作家推出了自己的长篇力作，一扫文坛上的小圈子气和萎靡琐碎的“新写实”，将寻根文学和地域文化小说，还有新写实小说的优点都结合了起来，创造出一种新的、北方气派的作品来。于是，《白鹿原》也成为这股文学浪潮中最耀眼的一部作品。“陕军东征”文学现象的出现，也是中国当代文学与市场结合一种新范例，这几位陕西作家的作品，当时都行销几十万册，像《白鹿原》《废都》等，更是成了20年来持续不断的畅销书，每年都卖几万册，成了20世纪晚期中国小说的经典作品。

《白鹿原》的成功，让期待中国小说出现杰作的愿望得到了实现，这部小说是中国气派、中国味道、中国形式的小说，同时，陈忠实又从拉美文学爆炸的那些小说大师那里，获得了有益的启发，对此，他也详细分析过：

> 我由此受到的启发，是更专注我生活的这块土地，这块比拉美文明史要久远得多的土地的昨天和今天，企望能发生自己独自的生活体验，尚无把握能否进入生命体验的自由境地。在形式上，我也清醒地谢辞了“魔幻”，仍然定位自己为不加“魔幻”的现实主义。这道理很简单，我所感知到这块土地的昨天和今天，似乎没有人变甲虫的传闻却盛传鬼神。我如果再在中国仿制出人变狗或变虾、鱼的细节来，即使硬撑着顶住别人的讥讽，独处时也会为这种低能而羞愧的。我确信中国民间的鬼神传闻在本质上不同于魔幻，不单是一句批判意义上的迷信，尽管其发生和传播的一条原因在于科学的缺失，然而仍蕴涵着不尽的文化，也应是中国某些人“文化心理结构”的一根构件，即使是小小的不起眼的一件。我自幼接受的第一件恐惧事象不是狼而是鬼。天黑之后我不敢去茅房，四周似乎都是鬼的影子。即使在我已经做了乡村教师，还是在路过有孤坟的一段村路时由不得起鸡皮疙瘩。我在未识字前的最丰富生动的想象力，就集中体现在对鬼的千姿百态的描绘上。我对神却是一片迷糊，从来没有想象出一幅神的图像来。（见陈忠实著，《寻找属于自己的句子》，第45~46页，上海文艺出版社，2009年8月版）

陈忠实寻找到了属于他的句子。他还寻找到了属于他的写作资源：地域文化、历史、现实、人物、民俗、传说、语言、方言、声音、感觉等，创造出当代文学史无法忽视的《白鹿原》。这不是奇迹，是陈忠实顽强努力的结果。21世纪的10多年里，陈忠实主要写些散文随笔，鲜见有小说发表。后来，据说他还想写一部把“文革”钉在历史耻辱柱上的长篇小说，但一直未见动静。不知道这部小说他是放弃了呢，还是已经写成了，就放在他的书柜里。读者对他依旧有着期待。

二　阿来：重述藏地历史与神话

1959年出生的子藏族作家阿来是当代中国一流作家中，与拉美文学渊源很深的作家。他是用汉语写作的作家，长期在四川藏区生活，并游走于川藏线和高原上，笔下的大部分作品都是对藏区的历史和神话的书写。对此，他曾经这么描述：

> 二十多岁的时候，我常常背着聂鲁达的诗集，在我故乡四周数万平方公里的土地上四处漫游。走过那些高山大川、村庄、城镇、人群、果园，包括那些已经被丛林吞噬的人类生存过的遗迹。各种感受绵密而结实，更在草原与群山间的村落中，聆听到很多本土的口传文学。那些村庄史、部落史、民族史，也有很多英雄人物的历史。而“拉美爆炸文学”中的一些代表性的作家，比如阿斯图里亚斯、马尔克斯、卡彭铁尔等作家的成功，最重要的一个实践，就是把风行世界的超现实主义的东西与拉丁美洲的印第安土著的口传神话嫁接到了一起。从而创造出一种全新的、只能属于西班牙语美洲的文学语言系统。卡彭铁尔给这种语言系统的命名是“巴洛克语言”。他说：“这是拉丁美洲人的敏感之所在”，是不是为了标新立异才需要这样一种语言，不是，他说：“为了认识和表现这个新世界，人们需要新的词汇，而一种新的词汇将意味着一种新的观念。”（见阿来散文集《看见》，第181~182页，湖南文艺出版社，2011年7月版）

我们来简单地回顾一下他的经历：1976年，17岁的阿来初中毕业之后开始务农，次年，他到阿坝州一个水利建筑工程队当工人，开过拖拉机，当过机修工，会摆弄那些复杂的机械。这一年恢复高考使他进入马尔康师范学校学习，毕业之后，他当了5年的乡村教师，再后来，他到成都担任《科幻世界》和《飞》杂志的主编多年，使一本科幻杂志变成了畅销的出版物。2009年，不再担任杂志主编的阿来当选为四川作家协会主席。在近30年的创作生涯里，阿来的写作大部分都是业余时间写作。

我对阿来的任何作品都印象深刻。这首先来自于我对他的作品的阅读——见到他之前很久，我就已经熟悉他的作品了。我第一次读到阿来的作品是在1989年，那一年里我在书店里偶然见到了他的一部小说集《旧年的血迹》，是收在作家出版社出版的影响很大的那套“文学新星丛书”里的一种。通过《旧年的血迹》，就可以看出来，他的小说和当时很多作家的风格迥然不同，尤其和那个时期的“先锋派”小说家们不一样，带有着一种更加纯粹的藏区地域文化特质。收录在《旧年的血迹》里的，一共有10个短篇小说：《老房子》《奔马似的群山》《环山的雪光》《寐》《旧年的血迹》《生命》《远方的地平线》《守灵夜》《永远的嘎洛》《猎鹿人的故事》。这10个短篇小说叙事精湛，克制，语调舒缓，有着福克纳的短篇小说所达到的尖锐度和深度，其中，地域文化，宗教、民俗学、人类学的潜在影响在字里行间中隐现，描述了一种人类的普遍状况。

1999年，阿来又出版了一部小说集《月光里的银匠》，是在《旧年的血迹》的基础上扩充而成，收录了他后来写的一些中短篇小说，使他的中短篇小说序列显得整齐而具体。还是在1999年，那一年里“行走文学”突然大行其道，各家出版社都策划了“走黄河”“走西藏”“走新疆”的活动，评论家李敬泽、作家龙东、林白他们走的是黄河，贾平凹、李冯、徐小斌走的是新疆，阿来和范稳等作家走的是西藏。当时在北京的西藏大厦，云南人民召开了“行走西藏”丛书的发布会，阿来到场了。我看到，他是一条精壮汉子，个子不高，沉默寡言，心中有数。“行走西藏”那套书印制精美，封面的色调是藏族喜欢的那种深红色，沉着而凝重，带有一些神秘而黏稠的力量。

阿来的那本长篇游记体散文叫作《大地的阶梯》，记载了他从四川进入西藏，仿佛是沿着大地的阶梯，不断地向上攀爬的过程。在阿来的脚下，在他的心目中，大地的阶梯似乎无穷地展开，一步步，向雪域高原而去，向着那神圣的拉萨进发，大地的阶梯不断地升高，升高到一个和天空接得很近的地方。《大地的阶梯》是一部10多万字的整体性的散文作品，我想，阿来今后也很难再写这类的文字了，其间弥漫着一种沉思者、游走者的思考和观察，对大自然、社会、底层人民生活的境况的描述，共同构成了这部作品的血肉。

阿来的作品不算多，总体上看，他是以少胜多的作家，作品几乎部部是精品。到2014年，除了上述提到的几部作品，他还出版了长篇小说《尘埃落定》《空山》（3卷本）、《格萨尔王》，以及非虚构长篇《瞻对：终于融化的铁疙瘩，两百年的康巴传奇》和散文集《看见》《草木的理想国：成都物候记》等作品。阿来显然在虚构的小说和非虚构的历史和现实观察作品上都有作品。

他在1989年的时候还出版过一部诗集《棱磨河》，早期版本很难寻找，后来这本诗集在人民文学出版社推出的《阿来文集》有收录。他的诗风带有着对大地的浓厚感情和感觉，是对自然的礼赞，对故乡的吟唱，即使放到20世纪80年代的语境中看，在当时流行的朦胧诗风格和现代主义诗歌影响的潮流之下，也非常不错。表面上看阿来似乎并不在意诗歌的形式，而是在其间贯穿浓烈而又被压抑住的感情，使我想起来美国一些诗人，比如杰弗逊、史蒂文森、约翰·阿什伯瑞的诗风来。他假如在《梭磨河》里走得再远一些，就到了加里·斯奈德的“禅诗”的境地，或者，退一步，他也会在聂鲁达和惠特曼的大地主义的诗歌风格里找到相同点。阿来诗歌的隐秘的激情被控制得很好。很多杰出的小说家都有写诗的经历，诗是语言中的黄金,对诗的语言的锤炼,将使一个人在小说写作中带有语言的灵性。阿来的语言的空灵、疏淡和准确，显然和他写作诗歌有关。

阿来最著名的作品，当然是长篇小说《尘埃落定》。这部出版于1998年、获得了第五届茅盾文学奖的作品，被认为是历届茅盾文学奖中最好的小说之一。对《尘埃落定》的评论和研究很多，我很难再在其赞誉有加的评论之上锦上添花。也许是在福克纳的《喧哗与骚动》和马尔克斯的《百年孤独》的双重影响下，阿来写出了他的这部最重要的作品，也许，这干脆就是一部是从石头缝里诞生的小说，它的原创性使它没有受到任何外来的影响，以阿来天才般的对故乡、四川阿坝藏族地区的注目所形成。

小说的地理背景是20世纪40年代的四川阿坝藏区。麦琪土司是当地的统治者之一。老麦琪土司有两个儿子，大少爷为藏族太太所生，英武剽捍、聪明勇敢，被视为当然的继承人；二少爷为被土司抢来的汉族太太酒后所生，天生愚钝，被排除在权力继承之外，成天混迹于丫鬟、娃子的队伍之中。麦琪土司在国民政府黄特派员的指点下，在领地上种罂粟，贩鸦片，暴富之后组建了一支武装力量，成为土司中的霸主。其余的土司也东施效颦，开始种植罂粟。这时，麦琪家的傻少爷却改种麦子，于是，在罂粟花的海洋里，麦琪家的麦苗倔强地生长着。忽然，这一年内地大旱，粮食颗粒无收，鸦片也供过于求，价格大跌，无人问津，阿坝地区闹了饥荒，大批饥民投奔到麦琪麾下，麦琪家族的领地和人口迅速增长。傻子少爷爱上了女土司茸贡的漂亮女儿塔娜。在黄师爷（当年的黄特派员）的建议下，二少爷逐步建立了税收体制，开办了钱庄，在古老阿坝地区出现一个具有现代意义的商业集镇雏形。二少爷回到麦琪土司官寨，在欢迎的盛会上，大少爷向弟弟投射了阴毒的眼光。一场家庭内部关于继承权的腥风血雨，又拉开了帷幕。而后，在解放军进剿国民党、挺进藏区的炮声中，二少爷也惶惶不可终日了。因为，过去被他杀死的一个下属的儿子此时在寨子里出现，二少爷知道自己的日子也不久了……

麦琪土司家族与其余三位土司的权力之争、麦琪土司自己家族内部两个儿子的权柄之争这两条线索，构成了这部波澜壮阔的小说的主线。小说的时间跨度和历史场面的刻画，都达到了史诗的标准线，为此，阿来做了长期的准备。他说：

> ……我准备写作自己的第一部长篇小说《尘埃落定》的时候，就从马尔克斯、阿斯图里亚斯们那里学到了一个非常宝贵的东西。我不是模仿《百年孤独》和《总统先生》那些喧嚣奇异的文体，而是研究他们为什么会写出这样的作品。我自己得出的感受就是一方面不拒绝世界上最新文学思潮的洗礼，另一方面却深深地潜入民间，把藏族民间依然生动、依然流传不已的口传文学的因素融入小说世界的构建与营造中。在我的故乡，人们要传承需要传承的记忆，大多时候不是通过书写，而是通过讲述。在高大坚固的家屋里，在火塘旁，老一代人向这个家族的新一代传递着这些故事。每一个人都在传递，更重要的是，口头传说一个最重要的特性就是，每一个人在传递这个文本的时候，都会进行一些有意无意的加工。增加一个细节，修改一句对话，特别是其中一些近乎奇迹的东西，被不断地放大。最后，现实的面目一点点地模糊，奇迹的成分一点点地增多，故事本身一天比一天具有了更多的浪漫，更强的美感，更加具有震撼人心的情感力量。于是，

历史变成了传奇。（见阿来散文集《看见》，第 181~182 页，湖南文艺出版社，2011 年 7 月版）

阿来十分精妙地描述了创造性的借鉴是一种什么态度。正是这种将借鉴化解为自身的营养，他才可能写出本土叙事的杰作《尘埃落定》。阿来是一个很善于表达自己创作意图的人，他接着说：

> 是的，民间传说总是更多诉诸情感而不是理性。有了这些传说作为依托，我来讲述末世土司故事的时候，就不再刻意去区分哪些是曾经真实的历史，哪些地方留下了超越现实的传奇飘逸的影子。在我的小说中，只有不可能的情感，而没有不可能的事情。于是，我在写作这个故事的时候，便获得了空前的自由。我知道，很多作家同行会因为所谓的“真实”这个文学命题的不断困扰，而在写作过程中感到举步维艰，感到想象力的束缚。我也曾经受到过同样的困扰，是民间传说那种在现实世界与幻想世界之间自由穿越的方式，给了我启发，给了我自由，给了我无限的表达空间。这就是拉美文学给我带来的最深刻的启发。不是对某一作品的简单的模仿，而是通过对他们创作之路的深刻体会后找到了自己的道路。（见阿来散文集《看见》，第 181~182 页，湖南文艺出版社，2011 年 7 月版）

《尘埃落地》这部小说将藏区在几十年的历史风云描绘得栩栩如生，历史在他的笔下成为荒诞的和魔幻的。小说中很多情节，很容易让我们想起加西亚·马尔克斯的影响。关于他曾经受到的加西亚·马尔克斯的《百年孤独》和魔幻现实主义的影响，阿来十分清醒。（注解 2）

1997 年阿来离开生活了 36 年的阿坝高原，来到成都，当上了《科幻世界》的编辑。

1998 年《尘埃落定》广受欢迎，阿来却投入到《科幻世界》的编辑活动中。几年下来，杂志的发行量增长到几十万册，《科幻世界》已是全世界发行量最大的科幻类杂志，不久，又被世界科幻协会评选为最佳期刊。2000 年，阿来当上了杂志的总编辑，很快又出任杂志社社长。如此热心于办杂志而且把杂志办得风生水起，是因为阿来觉得一个人可以开掘自身不同的潜力。那几年，他经常在杂志社思考预算、方案、实施、结算、收益、成本，去打通关节，参加各种文化活动。但他内心有一个强大的东西存在，因为，文学在他的内心是一种最重要的东西。但是，办杂志毕竟非常影响自己的创作，后来阿来还是坚决辞去了《科幻世界》杂志社社长的职务，开始专心写作，因为，他要写的东西对于他实在是更为重要。

阿来属于那种厚积薄发的作家，他一直在悄悄地积累，每次出差，都要带上几本当代西方最新的文化理论著作，不到有把握的时候，他是不会拿出自己的作品的。即使是在演讲中，他能够沉着地、口若悬河地、逻辑清楚地谈到了他作为一个用汉语写作的藏族作家的处境，对母语的理解、对强势语言和弱势语言的关系的理解，非常具有启发性。他侃侃而谈，从他在美国参观了一些印第安人的保留地谈起，由此犀利地进入对少数民族作家处境的探讨上，讲述了用非母语写作的两难处境和具有的优势。

从 2005 年到 2009 年，阿来以两年一部的速度，接连出版了长篇小说《空山》三卷。《空山》第一卷分为两个部分：《随风飘散》和《天火》，第二卷的两个部分是《达瑟与达戈》和《荒芜》，第三卷同样分为两个部分：《轻雷》和《空山》。这三卷六部小说总字数在 65 万字，是相当厚重的。但阿来解构这部小说的时候，则显得举重若轻——这是一部解构技巧、以六个大中篇构成的“橘瓣式”长篇小说，六个部分以向心的结构，从各个角度叙述了历史和时间是如何造成了人的村镇逐渐地变成“空山”的状态的。

一开始，读者很容易从书名上判断这部小说带有浓厚的禅意，因为“空山”是禅宗一个很重要的意象。“空山不见人，但闻鸟语声”。

小说《空山》的结构是阿来呈现的新的探索。六个部分构成了首尾相连的橘瓣式样的结构。从内容上说，《空山》继续了阿来在《尘埃落定》中的对历史的追寻和发问，解构了一个叫机村的地方的当代历史，并予以深度的批判。机村，实际上是阿来对自己的故乡的代称，是他从故乡再度出发的一个原点。三卷本长达60多万字的小说《空山》，以很多人与事的纠葛、在藏区特殊的文化地理环境中，环绕成一个巨大的花环状的叙事圈，展现了20世纪的历史在一个偏僻的边地乡村的浓重投影，是阿来为一个叫机村的乡村所立的从1949年到1999年长达50年的传记，这个传记由人的命运、形象、语言、声音和他们的关系构成。

2009年，他出版了长篇小说《格萨尔王传》。这部长篇小说是阿来与苏童、叶兆言和李锐一起参加的英国某个出版机构所发起的“重述神话”写作计划，这部书是英国一家出版机构在全球范围内寻找优秀作家来讲述自己民族的神话故事，有点像命题作文，但是，阿来的这部小说可能是这个系列里最好的，因为《格萨尔王》本来就是世界最古老的神话史诗，一直流传在藏族民间艺人的嘴上，流传了一千多年。据说，也是世界上最长的史诗，荷马史诗中的《伊利亚特》和《奥德赛》分别长达15693行和12110行，印度的史诗《摩诃婆罗多》长达20多万行，而《格萨尔王》则有150多万行。

这么巨大的一个口传史诗，如何把它变成一部小说呢？阿来举重若轻，全书分为三部，第一部《神子降生》，讲述了格萨尔王降生人间的过程。第二部分《赛马称王》，选取了格萨尔王成长为王的一些关键性故事。第三部《雄狮归天》，则讲述了格萨尔王的最终回归天界。阿来他能以神话原型在当代的变形的方式来讲述这个古老的故事，让神话在当代开出了文学的花朵。在小说中，阿来精心设计了两条并进的叙事线索：一条以千百年来在藏人中口口相传的史诗《格萨尔王传》为底本，侧重讲述格萨尔王一生降妖除魔、开疆拓土的丰功伟业。《格萨尔王传》是全世界最为浩大的活的史诗，光现在整理出版的就有七十多部，百万以上的诗行，人物众多，故事浩繁，阿来精选了最主要的人物和事件，在细节上精雕细琢，着力以现代人的视角诠释英雄的性格和命运，赋予神话以新的含义和价值。

另一条线索，则围绕一个当代的藏族格萨尔说唱艺人晋美的成长经历展开。阿来将他所接触到的众多格萨尔说唱艺人的经历、性格和情感，浓缩到了小说中“晋美”这个角色身上。牧羊人晋美偶然得到“神授”的说唱本领，从此四处流浪游历，以讲述格萨尔王的故事为生，逐渐成长为一个知名的“仲肯”。他在梦中与格萨尔王相会，与格萨尔王莫逆于心，当格萨尔王对无休止的征战感到厌倦时，晋美也醒悟到“故事应该结束了”。在说唱故事终章的一刻，他也结束了自己的“仲肯”身份。因此，这部小说还带有元小说的元素，正如每个格萨尔说唱艺人心中都有一个独特的格萨尔王一样，阿来在这部作品中融入了自己对格萨尔王、对藏民族精神的新的理解和阐释。阿来笑称：晋美就是我。通过晋美之口，他讲述了一个与传统史诗不大一样的故事，塑造了一个不大一样的格萨尔王形象。以往的说唱艺人张扬的是格萨尔王的神性，阿来着力揭示的是格萨尔王的人性一面。阿来希望借这本小说，带领我们走入藏民族的历史，也走入藏族人的内心，阿来试图通过这本小说实现当代和古老文明之间的对话，进而促成不同文化之间的理解和交流。

2012 年，阿来推出了《草木的理想国：成都物候记》。阿来说，城市里的花草，跟城市的历史有关。它们是把自然界事物和城市连接起来的媒介，同时也把我们带到一个美的、文化意味悠长深厚的世界。写海棠时，他想到贾岛在四川的乡下做小官，看到西府海棠林时写下“昔闻游客话芳菲，濯锦江头几万枝。纵使许昌持健笔，可怜终古愧幽姿”。宋代陆游写梅花，“当年走马锦城西，曾为梅花醉似泥”。当时的“锦城西”如今在成都的二环内，除了青羊宫和杜甫草堂外，没有什么建筑留下来了。寻找一个城市的记忆，不一定到博物馆或者找一两件文物、线装书，把植物的历史挖掘出来，也是一种文化。

2013 年 8 月，他在《人民文学》当月的杂志上发表了长篇非虚构作品《瞻对：两百年康巴传奇》，获得了当年的“人民文学非虚构文学奖”。这部非虚构历史作品描述的是四川藏区一个康巴人居住的县城市镇叫作瞻对的地方，在清初到民国时期甚至到共产党执政之后，几百年之间与中央政府、地方政权的关系。彪悍的康巴人不断地挑战经过这一地区的中央政权的声音，于是，几百年的时间里，终于，这样一个铁疙瘩被融化了。瞻对，这个清朝雍正年间只有两三万人的地方却惹得清朝政府 7 次对之开战，且每次用兵都不少于两万人。民国年间，此地的归属权在川藏双方相互争夺、谈谈打打、打打谈谈中摇摆不定，这样的对抗为何竟持续了两百余年？在这部书里阿来夹叙夹议地进行了解读：固然地形复杂、易守难攻，当地人性格彪悍、难以制服，但最根本的问题，是落后的时代、落后的社会制度以及长期形成的盲目“尚武”等习气。

民族矛盾和文化冲突至今依然是困扰全世界政治家的难题，《瞻对》有强烈的现实关怀。更难得的是该书把历史的严谨与文学的生动浑然一体。作品一开始从 1744 年抢劫案说起，极其清晰呈现出战情的跌宕起伏，但是阿来没有靠虚构，不去写乾隆皇帝如何龙颜大怒，而是根据皇帝圣旨和官员之间的往来把这些写得头头是道。

阿来称“历史上真实发生过的种种事情已非常精彩了”，故而本次选择了非虚构文体。但他认为“这本书不是在写历史，而是在写现实”，这里边包含他强烈的愿望，就是：“作为一个中国人，不管是哪个民族，都希望这个国家安定，这个国家的老百姓生活幸福。”

注解 1：阿来的阅读面很广，他谈到了《拉丁美洲：被切开的血管》时是这么说的：

……我想起了《拉丁美洲：被切开的血管》，一本描述拉丁美洲如何被作为一种资源被跨国资本无情掠夺的书。如果书名可以视为一种现实的描述，那么，我眼前这片原野的确已经流尽了鲜血。眼前的地形地貌，让我想起来胡安•鲁尔福描写（墨西哥）乡村破败的小说《教母坡》中的描述：“我每年都在我那块地上种玉米，收点玉米棒子，还种点儿菜豆。”但是，风正在刮走那些地里的泥土，雨水也正在冲刷那些土地里最后一点肥力。（见阿来散文集《看见》，第 48 页，湖南文艺出版社，2011 年 7 月版）

注解 2：在以下这段话里，可以看到阿来对拉美魔幻现实主义的认识非常深刻。他能够创造性地吸收拉美的魔幻现实主义元素，又能够成功地摆脱来自拉美小说大师的影响，否则，就只能成为匍匐在那些大师脚下的爬虫。这依赖于一个作家的定力、创造力和顽强的掘进精神，好在阿来正是一个这样的小说家。他说：

……人人都能够谈的是《百年孤独》。从小说开头的那一句话，到书中那些光怪陆离的场景，再到纯政治性的对殖民主义的揭露与抗议等。而且，大家都知道了一个词：魔幻现实主义。这个主义代表了一个喧闹的、多彩的、差不多随心所欲的、无所不能的文体。魔幻在这里的意思差不多与魔术相当。魔术可以引领我们逃避真实。自《百年孤独》登陆并风靡了中国以后，所有富于想象的作品，都面临被贴上一个魔幻标签的危险。我特别担心，那个遥远的，曾经十分喧闹的，匪夷所思的，已经重新陷落于记忆与雨林深处日渐朽腐的马孔多镇，会被中国文学当成所有超凡想象的唯一源头。

在当年的魔幻（现实主义）热潮中，我便开始琢磨马尔克斯和马尔克斯们是怎么开始魔幻起来的。于是读胡安·鲁尔福、卡彭铁尔、阿斯图里亚斯、富恩特斯等一系列的拉美作家。看这群人的想象为什么会发生集体性的爆发。在此之前，拉美大陆的作家只是用西班牙语写着一些西班牙式的小说。终于，这些急于摆脱旧大陆影响的人们，建立了自己独立的文学帝国。这个帝国的核心是聂鲁达，聂鲁达的诗歌王国的制高点是《马楚比楚峰》，便是美洲大陆本土的印第安文化最辉煌高峻的圣殿。

这首诗也为我们解读整个拉美的文学爆炸提供了两条重要的线索：一条线索，来自欧陆的超现实主义文学的影响；另一条线索来自拉美本土印第安文化传统在西班牙语的拉美文学中的复活。在拉美，这样两条在时空上相距遥远的意识之流奇妙地汇集到一起，产生出一条新的河流。这条河流在一个新大路上，激情四溢第四处流淌，随时随地开辟出新的河床。我们应该看到，这样一种文学大潮的出现，既与来自外部世界的最新的艺术观念与技术试验有很大关系，更与复活本土文化意识的努力密切相关。但在大多数情况下，我们是把马尔克斯们当成一个孤立的事件来看待的。至少，从众多的评介文字中，我们只能得出这样的印象。拉美的文学爆炸就像关于宇宙起源的大爆炸假说一样，没有任何先决的条件。魔幻现实主义所受的超现实主义的影响被忽略了，而作家们发掘印第安神话与传说，复活其中一些审美方式与认知方式的努力则更是被这种或那种方法论圈定了界限的批评家排除在视野之外。

从此，魔幻现实主义这样一个未必明了的概念便常常用来指称所有具有超现实因素的作品。这种简单化的方式，把整个拉美的爆炸文学等同于魔幻现实主义，魔幻现实主义又等同于马尔克斯一个作家，马尔克斯一个作家又等同于《百年孤独》这一部作品。就其从把复杂纷纭的事物变得简单与绝对这一点来说，我们的很多批评家应该改行去做“数学家”了……即便我们要把中国作家所有的创新努力都算到模仿外国作家的账上，那么，一些具有异质感，有些超想象与超现实场景的作品，也绝非对一个魔幻现实主义，一个马尔克斯的反复模仿那么简单。（见阿来散文集《看见》，第188~190页，湖南文艺出版社，2011年7月版）

注解3: 阿来在2009年6月22日曾经在大连理工大学做过一次演讲，他演讲的题目是《我只感到世界扑面而来》，开篇谈到了他在墨西哥的旅行见闻和拉美文学的影响：

去年（2008年）10月到11月，我有机会去墨西哥、巴西、阿根廷作了一次不太长的旅行。我要说这是一次很有意思的旅行，一方面是与过去之在文字神会过的地理与人文遭逢，一方面，也是对自己初上文学之路时最初旅程的一次回顾。在这次旅行中，我携带的机上读物，都是20世纪80年代阅读过的拉美作家的作品。同行的人，除了作家，还有导演、演员、造型艺术家。长途飞行中，大家也传看这几本书，并在不同的国度，不同的地理环境中交换对这些书的看法，至少都认为：这样的书，对直接体会拉丁美洲的文化特质与精神气韵，是最便捷、最有力的入门书。我说的是同行者的印象，而对我来说，意义显然远不止于此。我是在胡安•鲁尔福的高原上行走，我是在若热•亚马多的丛林中行走，我是在博尔赫斯的复杂街巷中行走！穿行在如此广阔的大地之上，我穿越的现实是双重的，一个实际的情形在眼前展开，一个由那些作家的文字所塑造。我没有机会去寻访印加文化的旧址，但在玛雅文化的那些辉煌的废墟之上，我想，会不会在拐过某一座金字塔和仙人掌交织的阴影下与巴勃罗•聂鲁达猝然相逢。其实也就是与自己文学的青春时代相逢。

之所以提起一段本该自己不断深味的旅行，是因为在那样的旅途上自己确实想了很多。而所思所想，大多数与这次演讲的有关民族与世界的题目有着相当直接的关系。对我来说，在拉美大地上重温拉美文学，就是重温自己的80年代，那时，一直被禁闭的精神之门訇然开启，不是我们走向世界，而是世界向着我们扑面而来。外部世界精神领域中的那些伟大而又新奇的成果像汹涌的光向着我们扑面而来，使我们热情激荡，又使我们头晕目眩。”（见阿来散文《看见》，第174~175页，湖南文艺出版社，2011年7月版）

注解4：如何理解拉丁美洲博大精深的文化，阿来也有自己的观点，他说：

不是因为我们握有民族文化的资源就自动地走向了世界，而是我们打开国门，打开心门，让世界向我们走来。

当世界扑面而来，才发现外面的世界不是一个简单的板块，而是很绚丽复杂的拼盘。我的发现就是在这个文学的版图中，好些不同的世界也曾像我的世界一样喑哑无声。但是，他们终于向着整个世界发出了自己洪亮的声音。聂鲁达们操着西班牙语，而这种语言是几百年前他们的祖先从另外一个大陆带过来的。但是，他们在美洲已经很多很多年了。即便是从血统上讲，他们也不再全部来自欧洲。拉美还有大量的土著印第安人以及来自非洲的黑人。在几百年的时间里，不同肤色的血统与文化都在彼此交融。从而产生出新的人群与新的文化。但在文学上，他们还模仿着欧洲老家的方式与腔调，从而造成了文学表达与现实、与心灵的严重脱节。拉丁美洲越来越急切地要用自己的方式表达自己，并向世界发言。告诉世界，自己也是这个世界中一个庄严的成员。如今我们所知道的那些造成了拉美文学“爆炸”的作家群中的好些人，比如卡彭铁尔，亲自参与了彼时风靡欧洲大陆的超现实主义运动，还能够身在巴黎直接用法语和艾吕雅们一样娴熟地写作。但就是这个卡彭铁尔，在很多年后回顾这个过程时，这样表达为什么他们重新回到拉美，并从此开始重新出发。拉丁美洲作家，“他本人只能在本大陆印第安编年史家这个位置上找到自己存在的理由，为本大陆的现在和过去工作，同时展示与全世界的关系。”他们大多不是印第安人，但认同拉丁美洲的历史有欧洲文化之外的另一个源头。这句话还有一层意思，我本人也是非常认同的，那就是认为作家表达一种文化，不是为了向世界展览某种文化元素，不是急于向世界呈现某种人无我有的独特性，而是探究这个文化“与全世界的关系”，以使世界的文化图像更臻完整。用聂鲁达的诗句来说，世界失去这样的表达，“就是熄灭大地上的一盏灯。”

的确，卡彭铁尔不是一个孤证，巴勃罗·聂鲁达在他的伟大的诗歌《亚美利加的爱》中就直接宣称，他要歌唱的是“我的没有名字不叫亚美利加的大地”。如果我的理解没有太大的偏差，那么他要说的就是直接呈现那个没有被欧洲语言完全覆盖的美洲。在这首长诗的一开始，他就直接宣称：

我来到这里，是为了歌唱历史

从野牛的宁静，直到

大地尽头被冲击的沙滩

在南极光下聚集的泡沫里

从委内瑞拉阴凉安详的峭壁洞窟

我寻找你，我的父亲

混沌的青铜的年轻武士

接下来，他干脆直接宣称：“我，泥土的印加的后裔！”而他寻找的那个“混沌的青铜的年轻武士”，不是堂吉诃德那样的骑士，而是一个相貌堂堂的古代印加勇士。

我很为自己庆幸，刚刚走上文学道路不久，并没有迷茫徘徊多久，就遭逢了这样伟大的诗人，我更庆幸自己没有曲解他们的意思，更没有只从他们的伟大的作品中取来一些炫技性的技法来掩人耳目。我找到他们，是知道了自己将从什么样的地方，以什么样的方式重新上路出发，破除了搜罗奇风异俗就是发挥民族性，把独特性直接等同于世界性的沉重迷思。

从此我知道，一个作家应该尽量用整个世界已经结晶出来的文化思想成果尽量地装备自己。哲学、历史学、地理学、人类学……不是把这些二手知识匆忙地塞入作品，而是用由此获得的全新眼光，来观察在自己身边因为失语而日渐沉沦的历史与人生。很多的人生，没有被表现不是没有表现的价值，而是没有找到表现的方法。很多现实没有得到的观察，是因为缺乏思想资源而无从观察。

也许无论是地理还是文化都丰富多彩的拉丁美洲就具有这样的魅力，连写出了宏伟严谨的理论巨著《文化人类学》的人类学家列维·施特劳斯，当他考察的笔触伸向这片大陆的时候，也采用了非常文学化的结构与语言，写下了《忧郁的热带》这样感性而不发深邃的考察笔记。（见阿来散文集《看见》，第179~181页，湖南文艺出版社，2011年7月版）

第四节　城市光谱和大地守夜：王安忆、张炜为例

一　王安忆：捕捉上海的光谱世界

王安忆到目前为止的创作历程近40年了。她是20世纪末以来的当代中国文学中的贯穿式的人物，当代最杰出的小说家之一。她的创作几乎涉及了最近30多年来的各种文学思潮，总是能突破批评家贴在她身上的标签。比如，她的小说涉及了"反思文学""知青文学""寻根文学""新写实小说""都市文学""女性文学""地域文化小说""新历史小说"等等潮流，以巨大的创作数量和高质量，持续地获得了关注，这是非常不容易的，王安忆也成了和莫言、贾平凹等量齐观的庞然大物。

王安忆1954年出生于南京，一岁多由父母把她带到了上海，从此就与上海这座远东大都市结下了缘分。在我写这篇文章的时候，她刚满60岁。她母亲是著名的作家茹志鹃，父亲也是一位作家。王安忆1969年初中毕业之后，很快到安徽五河县头铺公社大刘庄大队插队，这段生活，后来化为了她早期的长篇小说《69届初中生》的素材。1976年，王安忆22岁的

时候，发表了一篇很不起眼的散文处女作《向前进》。1978 年，她回到了上海，担任了《儿童时代》杂志的编辑。1981 年，她出版了第一部小说集《雨，沙沙沙》。1987 年进入上海作家协会从事专业创作，现为复旦大学教授。

我来简单地计算一下迄今为止王安忆的主要作品，到 2014 年，她出版有长篇小说 13 部，分别为：《69 届初中生》（1986）、《黄河故道人》（1986）、《流水三十章》（1990）、《米尼》（1992）、《纪实与虚构》（1994）、《长恨歌》（1995）、《一个故事的三种讲法》（1997）、《富萍》（2000）、《上种红菱下种藕》（2002）、《桃之夭夭》（2004）、《遍地枭雄》（2005）、《启蒙时代》（2007）、《天香》（2011）。这其中的《一个故事的三种讲法》是一部将《69 届初中生》删节修改而成的儿童小说。另外，她的一些篇幅较长的中篇，有时候也被一些出版机构列为长篇出版，比如《月色撩人》《妹头》《我爱比尔》，以及将三部中篇合起来以《三恋》为名出版，等等，是需要甄别的。根据我的阅读感受，在她全部 13 部长篇小说中，最具阶段性标志和代表性的，是《流水三十章》《纪实与虚构》《长恨歌》和《天香》。仅仅依靠这几部长篇小说，王安忆就将无可置疑地跻身在当代世界最重要的小说家行列。

王安忆的中篇小说也是她用力很勤、相当程度体现出她的创作高水准的作品。这些小说包括了《小鲍庄》《小城之恋》《荒山之恋》《锦绣谷之恋》《岗上的世纪》《叔叔的故事》《逐鹿中街》《伤心太平洋》《乌托邦诗篇》《我爱比尔》《妹头》《新加坡人》《香港的情与爱》《众声喧哗》等 36 部，此外，在短篇小说的写作上，王安忆也是持续地在进行着，从 1978 年到 2014 年，她还创作有短篇小说 140 篇左右。这些短篇小说的力度不如她的中篇小说和长篇小说那么的强大，但是却以润物细无声的方式，成了她的作品系列中填补空缺的东西，使她成为一个驾驭小说的各类题材相当娴熟的技法大师。

而且，王安忆是一个多面手，她“太能写了”，还创作出版有散文集《母女漫游美利坚》（与母亲茹志鹃合著，1986年由上海文艺出版社出版）《旅德的故事》《蒲公英》《独语》《走近世纪初》《乘火车旅行》《重建象牙塔》《王安忆散文》《窗外与窗里》《漂泊的语言》《街灯底下》等十多部。

王安忆后来经常到大学讲课，最后在陈思和教授的帮助下，索性调到了复旦大学，担任了中文系的教授，专门讲授写作课程，看来她面对学生并不厌倦，也不怯场。因此，她的文学理论和评论著作，也出版了不少，计有：《故事与讲故事》《心灵世界》《小说家的十三堂课》《我读我看》《王安忆说》《华丽家族：阿加莎·克里斯蒂的世界》《王安忆读书笔记》《王安忆导修报告》《对话〈启蒙时代〉》（合著）《对话录》（与人合著）等。正是在她的讲课中，她讲到了拉丁美洲作家的作品，尤其是，对加西亚·马尔克斯的《百年孤独》，进行了详细的分析。这本名为《心灵世界》的讲稿中，第九章为《马尔克斯的（百年孤独）》，这篇分析《百年孤独》的讲稿有一万五千字。她说：

> ……《百年孤独》不是在造房子，它是在拆房子，但绝不是像所谓‘后现代’那样一下推倒算数，不讲任何道理，它拆房子很有道理，有秩序，有逻辑，一块砖一块砖拆给你看。当它拆下来以后你才看到这房子的遗迹。用一句话来描述一下《百年孤独》，我想这是不是一个生命的运动的景象？但这运动是以自我消亡为结局。因此，马尔克斯在拆房子，拆的同时建立了一座房子，但这是一所虚空的房子，以小说的形式而存在。现在，关于《百年孤独》的一句话定义也基本上出来了：一个生命的运动景象，这景象以自我消亡为结局。这就是马

> 尔克斯的心灵世界。这比托尔斯泰的、罗曼·罗兰的、雨果的心灵世界要低沉得多。《百年孤独》有着极大的概括力，它含有一种可应用于各种情景之下的内涵，它的“魔幻”性质担负着给这个独立的心灵世界命名的意义。（见《心灵世界》，第 258~260 页，复旦大学出版社，1997 年 12 月版）

用盖房子和拆房子的比喻，来形容加西亚·马尔克斯的《百年孤独》的写作内部的动机和隐形结构，由此可见王安忆的机智和灵敏。她是从根本上看出了马尔克斯写作的秘密：“一个生命的运动景象，这景象以自我消亡为结局。”对此，她继续深化了她的发现：

> ……对于《百年孤独》，人们已成定论的总是这么一句话：从小镇马孔多的建立、发展直到毁灭的百年历程中，活灵活现地反映了拉丁美洲的兴衰历史。可我想告诉大家的是，我绝对不否定这种说法，但是它还可以应用到很多种情况上。比如，从宏观上讲，可以是整个人类、整个世界、甚至是整个宇宙的运动；从微观上讲，也可以是一个微生物、一个细胞的生和灭的过程。如果我们承认这一点，就承认它的独立存在价值了……我甚至可以说，即便拉丁美洲消失了，可它还在。它已经完全可以脱离拉丁美洲的现实而存在。（见《心灵世界》，第 259~261 页，复旦大学出版社，1997 年 12 月版）

这就是王安忆对《百年孤独》的最高评价了——

> 即便拉丁美洲消失了，可它（《百年孤独》）还在。它已经完全可以脱离拉丁美洲的现实而存在。

世界上还有比达成这样的效果的小说更为伟大的作品了吗？很少，我以为。那么，在她看来，《百年孤独》达到了。而加西亚·马尔克斯又是怎么达到的呢？她又说：

> 我们可能对拉丁美洲的历史不怎么了解，但我们可以了解《百年孤独》。它（运用）的手法很简单，其实就是个提炼和概括。这个过程可称得上是科学的，非常具有操作性，这也是我所讲的现代小说的一个特征。现代小说非常具有操作性，是一个科学性的过程，它把现实整理、归纳，抽象出来，然后找到最具有表现力的情节再组成一个世界。

在这段话里，她很明晰地指出了《百年孤独》的高度概括性，以及其理性经验所造就的抽象到具象这么一个过程，盛赞了加西亚·马尔克斯的概括能力。但她话锋一转，又说：

> 这些工作完全由创作者的理性做成，因此，现代小说的最大特征就是理性主义。它和古典小说不同的地方就是情感的力量不那么强，但它有理性的力量。从这点上来说，现代小说本质上是不独立的，这也是我感到失望的地方，使我感到现代主义走进了死胡同，我们应该勇敢地掉过头，去寻找新的出路。（见《心灵世界》，第258~261页，复旦大学出版社，1997年12月版）

在这里，王安忆还明确地表达了对现代主义小说失望，她表达出应该勇敢地去另外寻找新路的想法。不过，如何寻找一条新路、这条新路在哪里，却是很难说的。也许是返身到安全的现实主义写法中，也许是一种融合了现代主义写法的中庸与调和之路？纵观王安忆的作品，她从来都不将小说的形式放在第一位，她关心的，都是笔下那些芸芸众生的有温度、有感情、有生活细节的人物的生活。

这一定程度上是她的优势，但有时候又是她的局限。比如，她的小说大都以大城市，尤其是上海的弄堂里的小人物为主人公，她挖掘的，都是这些人物生活中隐秘而波澜不惊的生活经历。王安忆似乎有一种达观，一种宽厚的爱，她对笔下的人物都赋予了同情和怜悯，善于呈现人物的情绪和心理变化。在柴米油盐的后面，都是人性的幽微地带，王安忆对这一地带的察觉是细腻和惊心动魄的。同时，她将女性的态度隐藏到一种相对中性的叙事背后，使小说呈现出坚实可靠的质地。

王安忆的作品题材非常广泛，但大部分都是关于上海的历史记忆和现实生活的。假如我们耐心地阅读她的六七百万字的小说，我们发现，在王安忆的笔下，上海作为真正的一个主角，一直在被王安忆所书写着。也就是说，王安忆一直在和上海这座伟大的城市较劲，或者是与上海达成了某种协议，她不断地扩大着描绘上海这座城市的肌理、记忆、气氛和人情世故的全景图。这是解读王安忆作品最重要的一点：王安忆是非常上海的一个作家。她在与这座城市死磕，给我们呈现了一面关于上海的巨大的光谱。因此，再来谈论她的小说语言，那就是带有某种上海方言的书面语，是她惯常使用的。我们先来看看她的长篇小说代表作《长恨歌》开头：

> 站一个制高点看上海，上海的弄堂是壮观的景象。它是这城市背景一样的东西。街道和楼房凸现在它之上，是一些点和线，而它则是中国画中成为皴法的那类笔触，是将空白填满的。当天黑下来，灯亮起来的时分，这些点和线都是有光的，在那光后面，大片大片的暗，便是上海的弄堂了。那暗看上去几乎是波涛汹涌几乎要将那几点几线的光推着走似的。它是有体积的，而点和线却是浮在面上的，是为划

分这个体积而存在的，是文章里标点一样的东西，断行断句的……

这样的廾头，让我想起来了吴冠中那由点和线构成的、中西合璧的绘画作品的风格来。王安忆就是以如此丰盈的笔法，将我们带入她的上海——也是她笔下人物的那个风姿绰约的上海，进入上海的记忆里，去靠近一个个人物。于是，在《长恨歌》中，一个叫王琦瑶的女人，她那长达四十多年的爱情故事，被王安忆的细腻而绚烂的笔，写得繁花似锦、哀婉动人、跌宕起伏又步步惊心。

《长恨歌》从 20 世纪 40 年代开始叙述，讲述当时的女中学生王琦瑶被选为“上海小姐”，从此，她开始了自己坎坷的命运。他曾做过某要人的情人，由一个青涩的姑娘变成了一个熟女。上海解放后，王琦瑶和弄堂中的市民一样成了普通人。生活表面上波澜不惊，可王琦瑶的内心则春潮涌动。她先后与几个男人发生了复杂关系，并且，这些关系，都与上海有关，与那个年代的外部历史变换有关。进入改革开放的 20 世纪 80 年代，50 岁的迟暮美人王琦瑶跟一位与女儿年龄一样的男孩发生情爱故事，却因为金钱的原因，被女儿同学的男朋友杀死，成了上海无数个体生命传奇的一个脚注。《长恨歌》作为王安忆的代表作，有着王安忆在写作手法、题材和创作指向几个方向的完美结合。是她对上海这个国际大都市的历史和现实的最佳想象和人性的追问。

王安忆的早期长篇小说，《69 届初中生》和《黄河故道人》都涉及了知青文学题材，前者讲述了“雯雯”——实际上就是王安忆的化身，从初中毕业去插队然后到成长为一个母亲的历程。后者是王安忆取材于她插队的安徽农村的生活，在黄河故道之上，那些乡人的生存景象。这两部长篇小说的写作风格也是标准的现实主义，叙述的内部事件也是顺序的，按照物理时间来讲述的。1990 年，她出版了长篇小说《流水三十章》，可以说从另外一个角度，又将“雯雯”的故事讲了一遍，也是女性成长题材的作品，作为了她早期作品的一个总结。

这个阶段的王安忆，在长篇小说写作上，比较喜欢写与自身紧贴的题材。1992 年出版的篇幅不大的长篇小说《米尼》，塑造了一个叫米尼的插队女知青，讲述她的成长、爱情和最后回到上海的艰难过程，也是她早期作品聚焦于知青题材和女性成长题材的一部。

以上四部长篇小说，我认为《流水三十章》几乎可以概括了几部小说的主题代表性。等于王安忆把一个题材，一个类似的人物，用不同的生活场景和细节，写了四遍。

1993 年 6 月，在她出版《长恨歌》的前两年，王安忆出版了她的一部我认为可能受到了巴尔加斯•略萨开创的“结构现实主义小说”影响的长篇小说《纪实与虚构》。这部小说是王安忆在这一阶段的代表性作品，从这部小说开始，王安忆更多地将目光投射到外部的环境中，去发现和塑造上海的新故事。《纪实与虚构》有 34 万字，以交叉叙述的方式，单数章节讲述了主人公在上海的生活与周边人的关系，双数章节则以虚构的方式追溯到了一千多年以前，主人公母系家族的血统，那是在大漠之上生活的柔然部落人。这样的结构和小说大尺度的时间叙述，是王安忆作品中比较少见的，在现实和历史之间，在纪实和虚构之间，这部小说找到了完美的平衡，使想象力汪洋恣肆，也是现实生活绵密细致，的确是王安忆的一部杰出作品。《长恨歌》也为王安忆带来了很多荣誉，1996 年获选台湾《中国时报》开卷好书奖十大好书，1998 年获得了第四届上海文学艺术奖，1999 年进入了《亚洲周刊》20 世纪中文小说 100 强，2000 年《长恨歌》获得了第五届茅盾文学奖。

《长恨歌》之后，进入21世纪，王安忆接连出版了长篇小说《富萍》《上种红菱下种藕》《桃之夭夭》《遍地枭雄》《启蒙时代》《天香》6部长篇。

《富萍》像《米尼》一样，塑造了一个叫“富萍”的女子的故事。

《上种红菱下种藕》创作于2001年，描绘了江南水乡一个叫秧宝宝的女子成长的岁月。而她生活的小镇和江南，则在迅速而不知不觉发生着巨大的变化。

《遍地枭雄》讲述了一个抢劫犯的逃亡故事。从《富萍》《上种红菱下种藕》到《桃之夭夭》《遍地枭雄》，王安忆一直在拓展自己的写作空间，但这几部长篇小说似乎在力度和宽度上，都没有达到预期。上述几部小说中，《启蒙时代》和《天香》写得最好，是她进入创作的新一阶段的代表作。2007年出版的长篇小说《启蒙时代》代表了王安忆的新的转向。

《启蒙时代》使王安忆再度去打量过去的岁月。这是一部描写与当下的陷身于物质世界无法自拔的一代人不一样的，充满了理想主义色彩的一代人心灵成长的小说。小说的背景在20世纪60年代“文革”时期。“文革”的发生，将各自不同背景的青年人聚拢在一个地方。这些人有着青年人特有的热情、奔放、活泼、敏感、躁动和迷茫，在荒诞岁月里执着地寻找着自己的价值。应该说王安忆以这部小说，重塑了“老三届”的精神成长史，是王安忆自《69届初中生》《黄河故道人》《流水三十章》之后，再度打量那段岁月的作品，王安忆提醒了我们，在历史那风沙弥漫的地方，走过来的人外表不堪而内心是多么的坚强。那是一段我们不能忘记的历史——启蒙时代。

王安忆的最新长篇小说《天香》是她57岁的时候出版的作品。这部小说，使我们重新看到了王安忆解构历史、想象历史的能力。她将她最擅长的细腻敏感、注重社会物质生活史的手法，运用到对江南刺绣之中——上海顾绣的历史——的发掘打量和叙述中，给我们带来了顾绣的物质记忆和与之相关的顾绣家族的女人们与男人们的精神的与情感的肖像。小说是从晚明写到了清初，是一部标准的历史小说，但王安忆能够将这样的历史小说，写得有温度、细节、声音和触感，实在是她的集大成的作品。

> ……哥伦比亚作家，马尔克斯的《百年孤独》，如今读起来，往日的兴奋感消失了，代之而起的是一股透心的痛楚。孤独，能不能生存？近亲交配，甚至不育，生命渐渐萎缩，走向灭亡。可是，倘若打破孤独，所有的外来因素，一旦进入封闭的命运，全称为打击和瓦解的力量，下场是，毁灭。出于世界后发展时期，处境就是这样两难。终于，《百年孤独》被瑞典文学院发现，将诺贝尔文学奖赠给了它。马尔克斯带着一支庞大的热烈的队伍，去到斯德哥尔摩领奖。这支队伍包括得奖者的亲朋好友，以及一个民间歌舞队，载歌载舞地走上了颁奖台。就这样，一个孤独的民族登上了国际舞台，全世界都知道了拉丁美洲。当然，它是与“文学大爆炸”这个词连在一起的，统称为“拉美文学大爆炸”它还充满了观赏性，它的现实主义，被冠之以“魔幻”这一个词。于是，事情就起变化了。它的生活，生态，命运，遭际，人，离开了现实的土壤，变成了一桩审美的对象。真实的拉丁美洲消失在审美、猎奇、观赏的活动后面。（载《王安忆说》，第 314 页，2000 年在美国数所大学的演讲。湖南文艺出版社，2003 年 9 月版）

王安忆的 36 部中篇小说虽然相当丰富，题材广泛，叙述技巧复杂，但限于篇幅，不是我分析的重点，但也必须提及。《小鲍庄》占据着特殊的地位。这部中篇小说几乎被论及“寻根文学”的所有文章提及。这部中篇小说显然深受加西亚 • 马尔克斯的魔幻现实主义小说风格的影响。1985 年，作家陈村在给王安忆的通信中，就详细谈到了这一点。陈村说：

> “……应当感谢加西亚·马尔克斯，感谢《百年孤独》的译者和出版者。这部书打消了我们在文化上隐隐显现的自卑。你喜欢这部书，甚至一反常态地几次在文章中流露出羡慕与景仰。它给你启迪……回过头来看你的《小鲍庄》。既得之于《百年孤独》的启迪，更得之于中国的土气。”（见《上海文学》，1985 年第 9 期陈村与王安忆的通信）

而此后的《荒山之恋》《小城之恋》《锦绣谷之恋》这“三恋”，以小说中相对畸形变态的性描写，来呈现时代本身的荒诞畸形。《叔叔的故事》，讲述的是她眼睛里的“右派”那一代人的精神状态，传神至极。《逐鹿中街》描述了女人的命运的悲催，和丧失自我价值的困惑。

《岗上的世纪》汇总，男女主人公在路边干沟里“野合”的情景震动当时的读者。今天看来，不过是王安忆女性主义视角的一种态度。而她在 21 世纪的 10 多年中创作的中短篇小说，如《伤心太平洋》《乌托邦诗篇》《我爱比尔》《忧伤的年代》《隐居的时代》《月色撩人》《众声喧哗》等等，有着与她的长篇小说在题材上、叙述艺术上并驾齐驱的节奏与特点，甚至某种程度还超过了她的几部一般性的长篇的艺术水准，这也从侧面让我们看到了王安忆在写作方式上其实还可以再节省点力气，把素材集中使用在长篇小说上，会更好。

仅就目前看，王安忆作为当代最为杰出的小说家，她的庞然大物般的存在，她的作品的丰富、细腻、犀利、繁杂、温情、宽广和静水深流，都是需要读者和文学历史慢慢消化的。而对于一个还在路上的大作家，我们的期待心情，相对于她总是会保持下去。

二 张炜：大地守夜人与万物苏醒

张炜和贾平凹、莫言、王安忆一样，都属于当代作家中的多产的、贯穿式的庞然大物，因为其写作历史都超过了 30 年，且都写出了 600 万字以上的作品。他从 1975 年 19 岁开始写作以来，迄今已经出版和发表了 1300 多万字的文学作品，包括了：《古船》《九月寓言》《柏慧》《外省书》和《你在高原》（十部）等 20 部长篇小说，《蘑菇七种》《秋天的思索》《秋天的愤怒》《秋天的思索》《童眸》《请挽救艺术家》《你好！本林同志》《黄沙》《海边的风》《金米》《护秋之夜》《葡萄园》《声音》《一潭清水》等 140 多篇中短篇小说（张炜获得了 1982 年和 1984 年的全国短篇小说奖），还有 400 多万字的散文随笔，此外，他还出版有诗集 2 部、文论和儿童文学作品十多部。创作体量如此巨大的作家，在当代世界上来看，也不多见。而其持续的写作也创造了一个文学的高峰，不断地将中国当代小说的外延扩大，创造了新的文学边疆，对他的解读和分析，是当代文学史都绕不开的。

张炜是山东人，他 1956 年出生于胶东半岛上的龙口市，毕业于山东师范大学烟台师范学院中文系。张炜的经历十分丰富，曾经在地方志办公室工作，搜集了大量的胶东半岛的地方史志。后来，张炜调入山东作协从事专业写作，几乎走遍了山东的各个角落，也不断地到处游历、讲学，并在龙口市创办了万松浦书院。

张炜早期的中短篇小说作品带有抒情性和浪漫色彩。他写两性之间的爱情纯美生动，写大自然则充满了精灵古怪。《秋天的思索》和《秋天的愤怒》则转入对转型期农村现实变化的揭示与批判。

张炜的写作与“寻根文学”的兴起也有关系，1986 年第 5 期的《当代》杂志，发表了他的长篇小说《古船》，从此一鸣惊人。次年的 8 月，这本书出版了单行本，而这部小说是他从 1983 年就开始写作，完成之后又修改了两年。站在今天来看近 30 年前的《古船》，我们仍旧会惊讶于张炜的才情和他勃发的天才般的创造力。这样一部接近史诗的小说，是一个年仅 30 岁的人拿出来的，实在令人惊讶。

《古船》的书名“古船”，带有浓厚的象征色彩，象征着一条历史古老的、痕迹斑斑的古船，能否再继续远航。小说描绘了胶东半岛的洼狸镇上，隋家、赵家和李家，三家人之间错综复杂的关系。在 1949 年之后，这个小镇上经历了“三反五反”“土改”“大跃进”和人民公社、“反右”“文革”、改革开放各个历史时期，而这三家人、上百个有名有姓的人物，都在《古船》中活跃着，奔走着纠缠着，他们的命运沉浮，生生死死，带有最资深文化深重的批判意识，和某种面对历史赎罪的悲悯情怀。《古船》出版之后，受到了热烈的讨论和追捧，认为是带有寻根特点但超越了“寻根文学”的一部地域历史文化小说杰作。但不知道为什么一直没有获得最高奖项茅盾文学奖，一直到 2011 年，时年 55 岁的张炜才凭借十卷本的长篇小说巨著《你在高原》摘取了这个迟到了多年的奖项。

张炜也属于最早一批受到了拉美魔幻现实主义小说影响的中国作家，他在多个场合都毫不讳言他受到的诸如加西亚·马尔克斯、阿斯图里亚斯等人的影响。其中，可以说加西亚·马尔克斯的《百年孤独》在他写作完成《古船》的过程中，给予了很大的影响。1987 年，他在某大学里的一次演讲中，就谈到了几位拉美小说大家：

> ……现在谈得同样多的是马尔克斯。我读了他的中文译介的所有作品。我非常喜欢他。他是一个少见的创造力极强的现代作家。他可以比得上海明威和威廉福克纳。他在独特性方面至少不差于他们。还

有拉美的其他作家，如博尔赫斯、阿斯图里亚斯。这两位也是举世公认的伟大作家。但是另一个名声极大的巴尔加斯•略萨，我还没有特别喜欢起来。他的《绿房子》好些。巴西的若热亚马多被称为是“百万书翁”，在国内就知名度而言可以与巴西球王贝利相提并论，写过著名的《加布里埃拉》。但他的东西或许写得太多太杂，有的就比较粗疏。（见《融入野地》，第 122 页，1987 年 12 月 15 日至 23 日的周末，根据记录整理。作家出版社，1996 年 2 月版）

在他谈到的这几个拉美小说家中，虽然只有寥寥数语，但是已经很准确地捕捉到了这几位作家的精神气质。比如，加西亚•马尔克斯的魔幻手法，博尔赫斯的幻想风格，阿斯图里亚斯的本土写作资源和荒诞手法，都给他带来了影响。而只有尖刻批判立场的、结构上非常花哨的巴尔加斯•略萨就构不成对内倾的张炜的影响了。对若热•亚马多，张炜甚至提出了批评，这也很准确，因为若热亚马多是一个社会写实派的小说家，相对通俗一些。由此可见张炜对拉美小说家的耳熟能详。后来，他再次谈到了加西亚•马尔克斯，这次是以短评的方式谈到的：

在短时间内风靡了中国。他的确是迷人的，新时期十年的影响超过了所有外国作家。他经营那个世界的独特性令人梦牵魂绕。他最让人着迷的作品除了一些中短篇，就是《百年孤独》和《霍乱时期的爱情》。后一部书是获得诺贝尔奖之后的创作，这就让人感到奇怪：他在那个大奖之后仍然能够沉下心来写出一部真正的杰作。这种现象几乎是罕见的。

一个作家的所有好作品、真正有魔力的作品往往都是在刻苦奋斗中、在压抑的气氛中写出来的。一旦缺少了这种环境，一个人就失去了力量。而在马尔克斯那儿，这个神话被打破了。这是他特别令人钦佩的地方之一。他的作品太迷人，太有趣。他感动人的，并非是某种人格的力量，不是他的心灵。他是伟大的匠人，但不是伟大的诗人。始终站在他前方那座山巅上的，大概是托尔斯泰一族。他是非常非常奇怪的生命。这种人在一个民族里绝不会出现太多的。他古怪的程度完全比得上美国的索尔·贝娄，虽然他们之间差异甚大。”（见《融入野地》，第385页，载《域外作家小记》，作家出版社，1996年2月版）

而同一时期对他发生较大影响的，也还有危地马拉小说家、1967年诺贝尔文学奖获得者阿斯图里亚斯。他是这么说的：

我读过的《总统先生》和其他一些中短篇，都没有特别惊讶的感觉。但《玉米人》一书却能彻底征服读者。书的前三分之一写得特别好，从《查洛·戈多伊上校》一章完成之后，就松弛了。前三分之一有难以抵御的磁力，牢牢第将人吸住。

由此可见，张炜在阅读阿斯图里亚斯的小说的时候，是带着写作者的心态进入，并且能够从写作心理学入手，找到了《玉米人》的内在节奏的。这就是张炜的过人之处。他接着说：

我们一般这样认为：一部书有一半写松了，失了心力，那么整部书都不会是优秀的。可是到了《玉米人》这儿就不适用了。因为这是一部奇书，因为它的前三分之一写得太好了，简直有如神助。我们可以想象那片奇异的土地以及它孕育出的一种文化。尽管这一切都是陌生的，可是由于作家把这些传递得准确逼真，我们把握起来有时真是

> 得心应手。在我所读过的众多的拉美的小说中，《玉米人》前三分之一的篇幅给予的，已经超过了其他拉美作品的总和。我觉得阿斯图里亚斯是正宗的拉美作家。他有点像东方作家，只以神遇而不以目视，伸手一抓全是事物的精髓，完全靠土地气脉的推动来行文走笔。当他稍稍偏离了这种感觉时，就只有依靠一开始形成的那种推力的惯性了——于是我们就看到了松弛的、维持下来的三分之二。这当然是可惜的。这本书的翻译者使用了不少胶东方言。于是胶东人在阅读中更容易找到切口来还原意象。（见《融入野地》，第386页，载《域外作家小记》，作家出版社，1996年2月版）

有意思的是，张炜居然从刘习良的译本中，读到了“不少胶东方言”，也不知道刘习良先生是不是山东人。而阿斯图里亚斯的《玉米人》等作品自然对1986年前后的张炜的创作构成了影响。与阿斯图里亚斯同期被翻译成汉语的，还有博尔赫斯，不知道张炜是怎么看待这个幻想派和玄学小说家的？张炜说：

> （博尔赫斯）是教导小说家的人，而不能用来指导诗人。他是一本大书，但不是一个足踏大地的行吟者。他热衷于迷宫，在穿行中获得了极大的乐趣。他是依靠读书、修养和知识获得成功的一个范例。他总是出色地操作，并在其间掩藏了小小的激动。
>
> 他常常使一些匠人望而生畏。他关心人的状况，也关心人的灵魂，但比起他的操作和实验来说，那种兴趣毕竟小多了。他的作品让人想起庄重的深棕色，甚至是稍有恐怖感的黑色。一种檀木香的气味从中散发出来，使人在迷茫中滋生奇特的尊重，小心翼翼地走入其间。读他的作品很磨性子，很累。娱悦只在长长的苦涩之后，像饮一种老茶。

（见《融入野地》，第387页，载《域外作家小记》，作家出版社，1996年2月版

张炜对博尔赫斯的评价是极其准确的，他是“教导小说家的人”，换句话说，是小说家中的小说家——这也是公认的对博尔赫斯的评价。

本文限于篇幅，只对他的十九部长篇小说做一个分析。张炜的19部长篇小说，刚好分为两个部分，一个部分是单部成书并带有独立性的，每部小说都有自己的取向的，这个系列按照创作和发表、出版的时间，分别是：《古船》《九月寓言》《柏慧》《瀛洲思绪录》《外省书》《远河远山》《能不忆蜀葵》《丑行或浪漫》《刺猬歌》等构成。

长篇小说《九月寓言》也是张炜的一部代表作。这部作品中弥漫着张炜所发现的、游荡于大地上的那种精灵鬼怪的气氛，那种野地里的荒芜和喃喃自语的亲切感。在这部小说中，人物是超现实和象征性颇为浓厚的，主人公肥是一个乡村女性，她就如同大地的精灵一样，在夜晚和九月里奔跑，并营造出一个萤火虫满天的夜晚和野草疯长的白昼。这部小说还带有诗性，可以称之为带有德国浪漫派色彩的、朝向大自然的一种象征主义小说。评论家张新颖为此作的出现，而称呼张炜为“大地守夜人”，实在是恰如其分。

《九月寓言》中塑造的乡村知识分子，持有着一种精神理想，并从民间立场在思考传统文化的现代再生。小说的后记“融入野地”，是非常值得重视的一篇文章，宣示了张炜写作的理念。《九月寓言》获得了上海第二届中长篇小说大奖一等奖。

《柏慧》分为三个部分，第一部分“柏慧”以柏慧的角度来叙述她所看到的人生。第二部分“老胡师”是小说另外一位主人公老胡师的讲述，最后第三部分“柏慧”回到了柏慧的讲述，构成了小说叙述的一个完整的

圆环。小说中，朝向土地道德和大自然、葡萄园的气息非常浓烈，是张炜在20世纪90年代里带有浪漫气质的象征与大自然书写阶段的一部好作品。

《瀛洲思绪录》只有10万字，是一部小长篇，一般人不大注意这部作品。这部作品其实是张炜多次出发的一个起始点，就是对秦始皇派徐福前往仙岛求长生不老药的传说的再叙述。小说以第一人称“我”——徐福自己，来讲述，是当时出现的新历史小说中被忽视的一部作品。

《外省书》则以女主人公史珂串联起一系列人物，讲述了当代生活中的婚姻家庭和道德解体过程中的痛苦。

《远河远山》写的是一个残疾老年人对自己少年时代的回忆。

《能不忆蜀葵》讲述了桤明与好朋友、画家淳于阳立之间的关系，在当代商业社会里发生的关系错位和道德拷问。

《丑行或浪漫》塑造了蜜蜡这个女性角色，将一种胶东方言的美与蜜蜡淳朴的底层生活结合起来，改写了乡村叙事的滞重和符号化，是张炜塑造的一系列乡村女子中相当突出的一个形象。

《刺猬歌》则继续带有象征色彩，以刺猬这个人间灵物的象征。来呈现商业化时代里，人在欲望中裹挟的复杂境遇。这部作品是张炜除了《你在高原》系列之外的一部很重要的小说，依旧带有土地道德拷问和诗性的呈现。《刺猬歌》里和前述几部作品一样，带有着浓厚的地域文化气息，比如，都弥漫着一种新鲜的海风气息。《刺猬歌》里的地理背景就在海滨城镇，人物和故事都带有胶东半岛那浓郁的海洋气息。而张炜出生的地方龙口，就在大海边上，这里是古代的东夷国。从小就面对浩瀚的大海，沐浴海风的无尽吹拂，张炜笔下自然会生出很多虚无缥缈的幻想与浪漫来。

张炜的长篇小说的重头作品，就是他的长篇巨著《你在高原》。《你在高原》属于一个系列长篇构成的巨型长篇小说，有 450 万字之多。《你在高原》名下的十部长篇小说，张炜大都以单部作品出版过，包含了《家族》《橡树路》《海客谈瀛洲》《鹿眼》《忆阿雅》（这部作品曾以《怀念与追忆》为名出版过）《我的田园》《人的杂志》《曙光与暮色》《荒原纪事》《无边的游荡》十部既可单独成立，彼此之间也有着紧密联系的长篇小说。

如此规模的长篇小说，人类历史上屈指可数。普鲁斯特的《追忆逝水年华》有 250 万字，目前，只有索尔仁尼琴的历史小说《红色车轮》的长度超过了它，索尔仁尼琴的《红色车轮》共有四五十册，1500 万字左右。不过，索尔仁尼琴是一种“历史叙事”的写法，在历史小说和纪实之间的一种文体，与张炜的这种精神性的、诗性的纯文学的写法完全不一样。2011 年 8 月，《你在高原》获得了第八届茅盾文学奖。

《你在高原》无疑是张炜创作的文学高峰。他花了 20 多年的时间，不断地书写着这样一部大书，一部无尽之书，一部关于土地、自然和行走的书。450万字、十卷本的《你在高原》的获奖，也增加了茅盾文学奖本身的影响力。在授奖词里是这么评价的：

> 《你在高原》是长长的行走之书，在广袤大地上，在现实与历史之间，诚挚凝视中国人的生活和命运，不懈求索理想的“高原”。张炜沉静、坚韧的写作，以巨大的规模和整体性视野展现人与世界的关系，在长达十部的篇幅中，他保持着饱满的诗情和充沛的叙事力量，为理想主义者绘制了气象万千的精神图谱。《你在高原》恢宏壮阔的浪漫品格，对生命意义的探寻和追问，有力地彰显了文学对人生崇高境界的信念和向往。

这一段授奖词，非常准确地概括了张炜这部巨著的精神内涵。《你在高原》是张炜在胶东半岛划定了一片区域，他走遍了那里的山山水水，村镇河流，人群动物，日月星辰，都在他眼前和心里呼应着。这十部书，就像一个个长短高低的乐音，带给了我们语言之美结合了想象和人物形象的文学之美。张炜说，《你在高原》"像是在写一封长信，它没有地址，没有规定的里程，只有遥远的投递、叩问和寻找。"的确，从这部作品的最后一部《无边的游荡》的书名可以看出，小说里的精魂还在游荡着，并没有找到家园。

我特别重视张炜在这部由10部小说构成的作品的结构。《你在高原》的十部书，基本上是并行的十部书，时间上彼此交叉，人物各有侧重，在几十年的叙述时间里，构成了一个涉及地域、人文、想象、自然和情感的丰富世界。很多地方我都看到了张炜受到了巴尔加斯•略萨的结构小说技法的影响。张炜后来也谈到了巴尔加斯•略萨的小说：

> 他在中国当代的命运有点像米兰•昆德拉，属于最幸运的几位外国作家之一。同样幸运的还有加西亚•马尔克斯。巴尔加斯•略萨最好的书是《绿房子》和《胡莉娅姨妈与作家》。他自己最喜欢《世界末日之战》，可能因为它写得最用力。作家写这本书的心情不一般，稍稍严整一些、庄重一些，像一切创作大作品的作家一样。不过，《世界末日之战》还不算典型的大作品，尽管它也有那样的色调、规模和主题。巴尔加斯•略萨是不正经的，一正经就影响了才华的发挥。前两部书就是他人格和才华、艺术趣味诸因素结合得最好的作品了，综合看效果好得多。一个作家在漫长的写作生涯中，难得表现出略萨那样的放松感和随意性，而且始终保持一种（结构）技术上的实验兴趣。虽然有些实验并非是高难度的，但探索的热情一直鼓胀着。这种热情

同时也在激发他巨大的创造力。

张炜对《绿房子》和《胡利娅姨妈与作家》的结构分析，十分到位。他对《世界末日之战》的评价也不高，因为那部作品在结构上没有什么想法，只是历史事件本身对于秘鲁来说具有重要性而已。接着，张炜重点谈到了巴尔加斯•略萨的小说结构问题：

> 《绿房子》像作者的其他作品一样，结构上颇费心思。但它们给人和谐一致的感觉，并不芜杂。《胡莉娅姨妈和作家》也是这样。如果作者在写作、在全篇的实现过程中心弦稍一松懈再机巧的结构也不会带来好的效果。真正的艺术品总是生命激情的一次释放，当然会排斥一切技巧性的东西——除非是激情的火焰将其他障碍全部熔化。我印象中他的其他几部书没有这两部好。有时候，巴尔加斯•略萨给人太随意、太松弛的感觉，还多少有些草率——我是指作为一个作家在写作时并没有特别的、深深的感动。（见《融入野地》，第 375 页，载《域外作家小记》，作家出版社，1996 年 2 月版）

《你在高原》的结构严整，叙事语调高度统一，带有着诗性和温暖的一种语调。当然，也有疾风骤雨，也有喃喃细语，也有黑暗无边的大地般的沉默。这部作品毫无疑问是 20 世纪晚期以来，中国作家写出来的最重要的小说之一了。

张炜是一个大地守夜人。在他的守护下，自然作为存在物和象征物附着于大地上，然后万物在他笔下次第苏醒。就像在《融入野地》的结尾一样，是他作品的最好脚注：

> 就因为那个瞬间的吸引，我出发了。我的希求简明而又模糊：寻

找野地。我首先踏上故地，并在那里迈出了一步。我试图抚摸它的边缘，望穿雾幔；我舍弃所有奔向它，为了融入其间。跋涉、追赶、寻问——野地到底是什么？它在何方？野地是否也包括了我浑然苍茫的感觉世界？

我无法停止寻求……（见《融入野地》，第19页，作家出版社，1996年2月版）

第五节 地域民俗小说奇葩：以扎西达娃，杨争光为例

一 扎西达娃："宗教文化魔幻小说"

扎西达娃也是一个深受拉丁美洲小说家尤其是魔幻现实主义小说家影响的中国作家。他是一个用汉语写作的藏族作家，1959年，他出生于四川的甘孜藏族自治州巴塘县，少年时期在重庆生活，后来随父母来到了西藏，1974年15岁的时候就开始担任西藏藏剧团的舞台美术设计，并开始练习写作，先为剧团编写剧本，后来开始写小说。1979年他20岁的时候发表了处女作。而他真正引起反响的小说，还是在1985年发表的中篇小说《西藏，隐秘岁月》和短篇小说《西藏，系在皮绳结上的魂》。

1985年对于中国文学艺术界来说都是一个很重要的年份，在这一年，文学方面发生了向内转和对文化和文学的根进行追问的变化，出现了寻根文学热潮。而艺术界，则出现了著名的"85美术新潮"，一大批深受西方现代派艺术思潮影响的中国艺术家涌现，并以举办各类展览的方式引起了

广泛的瞩目和争议。在这样一个背景下，来考察扎西达娃的小说，就很容易理解了。扎西达娃是20世纪80年代十分著名的本土“魔幻现实主义”小说家，因为他扎根于西藏大地，所书写的经验和故事，都是来自西藏的独特而又神秘的地域。而客居拉萨多年的小说家马原，对西藏小说家在那些年的情况非常熟悉，他说：

西藏作家群包括了益西单增、魏志远、吴雨初等。扎西达娃也是大家熟悉了的，另外还有色波、刘伟、金志国、余学先和李启达，他们都在拉萨，是在西藏用汉文写小说的人群。扎西达娃在接受上海电台采访时说：1985年内地是马尔克斯热，魔幻（现实主义）热，而在他们那里魔幻和马尔克斯早就不新鲜了。这话不是自吹，几年以来胡安·鲁尔福、博尔赫斯、巴尔加斯·略萨、马尔克斯这些人和他们的小说就是西藏作家茶余饭后的谈资，他们熟悉那些小说就像熟悉自己的儿子。甚或因为他们太熟，不管他们有意无意总在他们的创作里露一点模仿，譬如李启达的《巴戈的传说》、色波的《幻鸣》，这两篇东西总会让人联想到《佩德罗·巴拉莫》，要知道《幻鸣》还是一九八三年之前写的。与此同时，扎西达娃写了《没有星光的夜》，也可以看到博尔赫斯的影响。

1985年是他们第一次集体性实力展示。一月，扎西达娃的重要短篇小说《西藏，系在皮绳扣上的魂》问世，马上被文坛刮目相看。而到六月，在《西藏文学》杂志上集体退出“魔幻专号”，则五角生辉。这期小说在全国引起广泛关注，在此之后《收获》《青春》《北京文学》先后要组织这几个小伙子的“西藏青年作家专号”。应该说，从那时候起，西藏小说走出了西藏。（见马原著，《小说密码》，第299~300页，作家出版社，2009年10月版西藏的地域文化，是一个天然与拉丁美洲魔幻现实主义能发生对话的文化。藏族是我国的古老民族，其独特的高原雪域宗教和民族文化，天然地有着神秘和魔幻色彩。因此，当 20 世纪 80 年代初期，扎西达娃一开始接触到拉美魔幻现实主义小说家的作品之后，深受启发，早期专注于故事和民俗的写法立即改变，他说："我那几年接触了大量的西方文学，比如法国的新小说，拉美的魔幻现实主义，等等。"（《文论报》1986 年 1 月 11 日。）因此，我们很快就看到了拉美魔幻现实主义小说的技法在扎西达娃笔下得到了消化、吸收，并且创造出一种独特的有关西藏的本土魔幻现实主义小说来。

扎西达娃的作品产量并不算多，但是在 20 世纪 80 年代到 90 年代的近 20 年的时间里，以爆炸般的耀眼方式，获得了瞩目。他的长篇小说只有一部，即《骚动的香巴拉》作家出版社 1993 年出版，中短篇小说一共有不到 30 篇，还出版有长篇散文《古海蓝经幡》。作品不多，但是获得了全国短篇小说奖、骏马奖，后来他主要从事影视写作，编剧的作品获得了中国电影金鸡奖和电视剧飞天奖。进入 21 世纪之后，扎西达娃鲜有小说作品出版和发表。

我们来简单分析一下他的主要的小说代表作。中篇小说《西藏，隐秘岁月》是以一个藏族的村寨的历史书写，来呈现藏族独特的历史景象和文化特点的，这还包括了藏族人对时间的感受，对人和事件的看法。小说描述了西藏某个高寒山区一个叫廓康的藏族村子里，达朗一家四代人的命运。同时，折射出一个藏族村寨在大历史变动中的沧桑历史。小说共分为三节，第一节是 1910 年到 1927 年，第二节是 1929 年到 1950 年，第三节是 1953 年到 1985 年。这样的时间划分，暗合了村庄自己的历史和外部大变动的历史的关系。小说中，一个封闭的村寨是如何在外部力量的冲击下，逐步地走向了开放的现代文明的过程，本身就充满了神奇的、魔幻的细节。在这部小说中，无论是对村庄的历史描述，还是对原始的地域文化、宗教文化的书写，都可以看到《百年孤独》的鲜明的影响，但是，扎西达娃却顽强地表现了藏族文化自身的魔幻。小说以主人公达朗的视角，看到了村庄里的变迁，宗教文化和魔幻情节无处不在：人罴——野人的传说，女尸咬舌复活，女人神秘的怀孕死后由鹰带到天堂，尸体飞向雅鲁藏布江的 92 岁高僧，通灵的火球般的狐狸，名字重复的、给达朗的三个儿子共妻的次仁吉姆和多个都叫次仁吉姆的女人，移动的白石头，解放军进藏，等等，历史的真实和村庄的真实，人的生命的轮回和消失，时间的力量在这部小说中呈现得非常生动，是一部小型的关于西藏隐秘岁月的大跨度书写，3 万多字的篇幅，写了 75 年的时间，的确是非常有控制力。《西藏，隐秘岁月》是一部奇特的小说，但它不是猎奇后的展览，而是以独特角度勾勒出的西藏编年体历史。这是一个沉寂的充满孤独的世界：帕布局乃冈山区，孤寂的老牛，默默的群山，达朗的一声哀嚎，次仁吉姆一辈子奉供山洞里修行的法师……所有的人生活在混沌的蒙昧中，人民公社造水库的爆炸声，也没有把人们完全惊醒。次仁吉姆死时还穿着那件千疮百孔、破破烂烂的英军皇家工兵制服和露出趾头的土毛线袜，这是化石型人物的必然结局逻辑，因而结尾处年轻女医生在壁洞里发现的一幅菩萨跏趺状的白色人体骨架，不禁令人深思了。在那条“容纳着漫长的历史，容纳着千千万万的男人和女人”的岁月长河中，作者设置了一连串的意象对立，一方面是红发英国人、四引擎美国军用运输机、UFO 成员等，另一方面是隐居修行的大师、破旧的氆氇、次仁吉姆穿了近一辈子的工兵制服等。在对比反差的晕眩中，显示沉寂中骚动的历史和历史沉寂中的骚动以及民族历史长河的缓缓流动……

藏传佛教的因果报应和轮回观念，人的生命的生死界限的被打破，这些神奇和魔幻的情节，都是西藏本土独有的东西。在扎西达娃创作于 20 世纪 80 年代中后期的小说中，大部分都浸透着藏传佛教的主要观念的影响。比如，在发表于《西藏文学》1985 年第一期上的短篇小说《西藏，系在皮绳结上的魂》中，就鲜明地呈现出藏传佛教的魔幻和神秘。这篇短篇小说实际上是一篇“元小说”，因为小说的里面还套着一篇主人公、叙述者“我”写的小说。一开始，主人公我目睹了一个 98 岁活佛的死亡。这个活佛具有神力，能够一字不差地复述“我”写的一篇小说。最后，在“我”探访莲花生大师的掌纹地带的时候，发生了奇迹：类似宇宙创世景象的一幕，结合了藏传佛教的全部传说，在“我”的面前得到了演示，而且，“我”的小说中男女主人公的命运，也发生在了“我”的生活中，原来，“我”就是小说中的那个男主人公，他们的生活在现实和想象层面上重叠了。阅读这篇小说，我感觉扎西达娃还深受博尔赫斯的影响，将幻觉、时间、生死、虚构、元叙事等，结合了藏地宗教文化，写下了这么一篇浸透着神灵之气的魔幻小说。

扎西达娃的很多小说中，生死轮回是一个极其重要的情节，这与藏传佛教的轮回转世说有着密切的关系。比如在短篇小说《世纪之邀》中，现实中的大学教师加央班丹的前世，是由过去的上层被流放的贵族加央班丹转世而生，这样在人物的命运和故事上，就有了有趣的对比和互相的映衬。在短篇小说《智者的沉默》中，一个自称是智者的老头，竟然是活佛的转世，而他所饲养的一只羊，其实是他哥哥死后转世而成。后来，活佛转世的真身——那个智者和他的羊神秘离去了，看门人只发现了眼前留下的一摊尿迹，他仿佛觉得自己做了一个梦。短篇小说《流放的少爷》中，寺庙的一个大喇嘛能够变化出各种的化身，比如变成一只红色的鹰在村镇上方掠过，而女主人公雍纳与情人贡萨的离别，不过是她下一次重逢的开始，而他们的不断转世重逢，将是注定的缘分。也有不好的转世者，比如短篇小说《桅杆顶上的坠落者》中，一个亵渎了佛教理念的喇嘛，犯下了罪行，最后转世成了一条野狗，同样，在这篇小说中，寺庙的得道高僧所栽种的苹果树上的苹果，切开来里面的种子呈现出六字真言。短篇小说《风马之耀》中，杀人越狱的乌金，最后死而复活，还想起了男人的理想就是赶紧生一个儿子，延续生命。短篇小说《黄房子前面》中，也涉及了转世：小说中出现的一个刻经人，他的前世是一头猪，在寺庙里啃吃过经卷被一个喇嘛拿刻经版拍打了脊背，结果，他转世之后背上仍旧印有经文，被一个曾经目睹猪被拍打的老太婆认了出来。在短篇小说《自由人契米》中，达洛镇的藏人信奉一个叫作“柏科”的女神，而这个女神后来屡屡显灵，并且对镇上的一些纠纷做出判决，达洛镇的人也听到了女神的声音。短篇小说《悬岩之光》的篇幅很短，只有3000字，但却很精致，叙述人的影子将一个官僚给挑死了，他的女朋友在两个月之前死去，还能出现在她面前说话。短篇小说《古宅》中，贵族女主人因为社会的天翻地覆的变化，和农奴仆人之间的身份发生了颠倒，于是反过来农奴的表现也和贵族是一样的糟糕。

在扎西达娃的小说中，神奇的、魔幻的情节无处不在，比如中篇小说《野猫走过漫漫岁月》，主人公是人与猫的生命体在时间里的互相转换，小说中，一个神秘的湖泊会突然出现，然后又神秘消失，一个叫艾勃的男人能够进入地下去修行，并且时间长达30多年，还能再次在地面上露面。在扎西达娃的另外一部中篇小说《夏天酸溜溜的日子》当中，一个喇嘛对着集美一枚鸡蛋念了咒语，然后拿鸡蛋碰石头，鸡蛋没有碎，石头碎了。中篇小说《地脂》也是一篇元小说，也就是说，小说的主人公是一个作家，他在写一篇小说，同时，他的生活也和他虚构的发生了密切的联系，从而产生了互文性。而最具现实性，少了很多神奇性的中篇小说则是《巴桑和她的弟妹们》，讲述了在医院工作的少女巴桑和她的弟妹的日常生活。显示了拉萨的日常性的一面。简直都不像是扎西达娃的小说。

我觉得扎西达娃在长篇小说《骚动的香巴拉》里，集中展现了他对西藏本土魔幻现实主义或者说宗教魔幻小说的表达。那么，“香巴拉”是个什么地方？在藏族传说中，香巴拉是人间的一个理想国，是被雪山环抱的人间净土，其实就是西藏的化身和代名词。那么香巴拉为什么骚动呢？是因为在 20 世纪动荡的历史中，西藏的命运也发生了巨大的变化。

这部长篇小说有 30 万字，共分三个部分，小说以凯西庄园作为背景，讲述了西藏复杂的宗教文化和历史政治的纠葛，而魔幻和神奇的情节比比皆是。比如，牧羊女曲珍不仅是当地的神山贡帕拉山的保护神，她也保护着凯西庄园。她懂得鸟的语言，一次，在大群金雕决定袭击凯西庄园之前，她和那些金雕谈判，解除了金雕袭击的危险。而贵族的仆人达瓦次仁，则在大法师的占卜和做法之下，前往 40 年之前的西藏噶厦政府，给政府秘书递交了一封忏悔信件。可以说，扎西达娃的这部《骚动的香巴拉》，是将他所践行的西藏本土魔幻现实主义观念表达得最充分的一部作品。

这部小说，是扎西达娃精心创作的一个长篇。其时代背景主要是西藏民主改革和“文化大革命”那段不寻常的岁月。作者以他独有的敏锐目光，透视了西藏社会激烈动荡的方方面面，运用新奇的艺术手法，描绘了各阶层人物的思想动态和行为表现，构成了一幅既是现实写照又是令人难以捉摸的亦真亦幻的长长画卷，它给读者留下了非常宽阔深厚的思考时空。对这部作品的评价，可以仁者见仁，智者见智，只要以历史唯物主义和辩证唯物主义的观点，结合西藏的民族、宗教实际，仔细揣摩小说的总体设计和某些细节叙述，尤其要把握作者的匠心用意所在，就能透过五光十色、绝无仅有的氛围，叹赏它的奥妙，领会它的旨趣。

很明显，小说的人物阵势，主要有三个集团。一是以才旺娜姆为中心的凯西家族及其管家色岗•多吉次珠一家的兴衰起落；二是以凯西公社支部书记伦珠诺布为代表的基层干部的种种表现；三是康巴流浪汉的外部冲击。这三部分人，在西藏极具社会变革中，都从自己不同政治、经济地位出发，做了淋漓尽致的表演，给人们以极大的震撼和难以忘却的印象。

才旺娜姆，是凯西家族的显要人物，英国出生，居留印度 7 年。家庭成员既有同情拥护共产党的祖父（系政协委员），又有参加叛乱的兄弟姐妹。她从国外回到西藏，被选为政协委员。在父亲包办下同一个非贵族结婚，目的是为了继承家业和官位。她自己另有所爱的亚桑•索朗云丹叛逃被击毙。她所生的长女德央，西藏大学毕业，移住瑞士投靠舅舅；幼女梅朵，系解放军报务员，后来化作一道白光而去。她曾到各地调查研究，写一些文章，也把自己所见所闻的经历写一点回忆录，最后成天处于昏迷不醒的状态中，一遍遍呼唤着亚桑•索朗云丹的名字。

色岗•多吉次珠，从一个平民百姓，爬上了凯西贵族大管家的位置，勾搭女主人才旺娜姆的侍女、男主人坚巴俄珠的情人玉珍，虽遭责打严惩，但终于被允许成了自己的妻子。他有 9 个子女，民改时划为领主代理人，连同子女一起变成了专政对象。他年老多病，其长子代为接受批斗。为了变化地位，将次女嫁给了治保主任；将小女送去俱乐部为公社干部服务，后因误会丧命。

唯有多吉次殊的小儿子达瓦次仁，得到女主人才旺娜姆的青睐，把他带到拉萨的凯西公馆，不但得以经常出入于各官员贵族府邸，而且能进入澡堂侍候小姐，并在混熟之后嬉戏打闹。以后又同“男孩子”乐队的女歌手央金娜壮和颇有声望的琼姬交上朋友，成了一些官场的常客和活跃人物，被才旺娜姆当作管家对待。似乎真的成了凯西家的一员。

伦珠诺布，他是农奴出身的公社支部书记，对党忠心耿耿，办事干脆利落。他的女儿朗嘎在一次泥石流中为抢救一位女伴，光荣牺牲，被授予烈士称号，他的领导班子中，不管民兵连长格巴、治保主任噶玛扎西、贫协主任益西加布，还是清华大学毕业、志愿支援西藏的支部副书记李勇华，都各守岗位，团结肯干。但是，他们是从旧社会走来的人，对传统风俗习惯，有些习以为常，如在一起喝酒歌舞，不觉得有什么不当，甚而让妇女在一边招待，派年轻女子给汉族干部值夜差，损坏了党纪政风的美誉。

康巴流浪汉，先后有两批。第一批是些无业游民，靠坑蒙拐骗、小偷小摸生活；第二批是文物商贩，收购"文革"散失的珍贵藏品。不仅影响社会治安秩序，而且把一些价值连城的瑰宝流往国外，铸成无法追回的损失。

总之，整个小说不论是司空见惯的真实生活叙述，还是梦魇一般玄而又玄的虚幻影痕，都是西藏往昔岁月发生和存在的生活片断的艺术再现，都是人们头脑里思维活动的反光折射，的的确确是多角度多层次多方面勾画了西藏纷繁复杂耐人寻味的一个轮廓，充分显示了作者深入探索勇于袒露的艺术胆识，正如他借贝拉抚摸着所写小说的手稿封面说的那句意味深长的话："这是一部伟大的作品，到下个世纪，才会有人读懂它。"

扎西达娃在 21 世纪的十多年中，很少再出版新作，但是就上述小说的贡献，他在中国文学发展的独特阶段，扮演了重要角色，完成了自己的历史使命。这对于一个作家来说，已经非常不容易了。

二　杨争光：原始，本真，黄土里的荒诞派

陕西作家杨争光是十分重要的一位小说家，因为他多年来都是一边从事影视剧写作，一边进行小说创作，他和主流的文坛有所疏离，在当代文坛上获得的评价，远不如他作品的水平那样高。而我认为他是一个被低估

的小说家，对杨争光的研究将持续地进行。

1957 年，杨争光出生于陕西乾县，1978 年幸运地考入了山东大学中文系，1982 年毕业之后，先是被分配到了天津工作，1984 年调入老家陕西，后长期在陕西西安工作。进入 21 世纪之后，调入深圳市文联，从事专业的文学创作。到目前为止，他出版的作品有长篇小说三部：《越活越明白》《从两个蛋开始》《少年张冲六章》，中篇小说 13 部，短篇小说近 50 篇。此外，他还出版有诗集一部，收录了他从 1979 年到 1988 年之间写下的 140 多首诗歌。他创作的影视剧有电影《双旗镇刀客》等多部，电视剧《水浒传》的剧本写作以及《激情燃烧的岁月》的总策划。影视作品的创作是他赖以为生、改变了他的生存环境的营生，而他内心里最喜爱的，还是小说创作。

考察杨争光的文学史价值和意义，也是需要将其定位在 20 世纪晚期中国文学发展的历史中。他的写作与 1985 年之后勃兴的寻根文学、地域文化小说和先锋派文学都有关系，但他与这样的写作，又都保持了某种疏离感。他阅读面很广，也深受当时的拉美文学热潮的影响，比如，他就谈到了加西亚·马尔克斯对他的影响：

> 没有空间存在的时间，只是一个理论的存在。没有时间存在的空间，也是一个理论的存在。《百年孤独》开篇的第一句，从时间来说，是一个线性的回旋。它的“魅力”在于，一句叙述，不仅“叙”出了时间的质感——有空间存在的时间；也“叙”出了空间的轮廓，有时间存在的空间。有质感的线性时间必然和空间有关。
>
> “缠绕着的时间”与“毛线团”：在小说一书中，时间是可以依叙事的需要缠绕成团块和圆球的——我称为是“毛线团”——这正是人类历史记忆中的时间的性状。也许只有在小说中，作为记忆和过程

的时间才可以得到如此真实地呈现。《百年孤独》中的时间，就是“缠绕着的毛线团”。如果你愿意，也可以把它抽拉“还原”成一条直线。但要小心一点，否则，会把它扯断，使它变成无数个小线段。然而，也不要紧，事实上，记忆中的时间经常是不完整、甚至是不连贯的——时间不能在事件（现实、实在）中脱离空间而独自存在。这些不完整，不连贯的线段就成为“片段”。

但《百年孤独》的魅力不仅在此。《百年孤独》具有小说艺术经典的几乎所有的元素和要件：它塑造的艺术现实是成熟的，也是童稚的；它有经典的人物，经典的人物关系；它有非凡的想象力，它的想象力不仅是感性的，也理性的；它具有人物（生命）面对事件的极富个性的应对。而整部小说，则是马尔克斯面对《百年孤独》这一艺术事件的个性化应对。它显示了拉美文学爆炸的高度。（见《杨争光文集》之卷九《交谈卷》，第 299~300 页，深圳海天出版社，2013 年 1 月版）

那么，在他的作品里，有没有加西亚·马尔克斯的影响的痕迹呢？我详细阅读了他的多部作品，显然，在小说的空间和时间因素的运用，在本土的荒诞和魔幻手法的运用，在对地域文化的深层次挖掘，在小说的结构形式上，都可以看到这样的影响。加西亚·马尔克斯的对叙述艺术的精妙把握，在杨争光的笔下，处处都可以看到。

我在阅读杨争光的长篇小说和中篇小说的时候，常常会想到加西亚·马尔克斯对他的潜在影响，但这样的影响，正如我在这里谈到的其他本书研究的当代中国作家，他们都巧妙地化用了拉美文学的精神和魂魄，将之与中国独特的社会现实结合起来。具体说来，在杨争光的笔下，体现在陕西的地域文化、历史记忆和叙述艺术上的空间结构和时间的运用上。

具体说来，地域文化的部分，在于杨争光所写的，大都是和陕西的地域文化有关，语言、民俗，人的社群结构，都是陕西特别是关中一带的农村的面貌。历史记忆的部分，杨争光的小说时代背景隐约地涵盖了从20世纪初期中国军阀混战到匪盗横行鱼肉乡里，再到日寇入侵和国共内战，以及新中国成立之后的历次政治运动，一直延伸到了20世纪80年代之后的改革开放时期。长达百年的历史记忆，都是杨争光从中汲取写作灵感的创作资源。空间结构和时间的运用，在于杨争光小说叙事艺术的独特呈现，这一点我在下面分析他的作品的时候，会进一步地阐发。

长篇小说《越活越明白》发表于1999年，是杨争光的第一部长篇小说，篇幅也最大，有42万字，但艺术水准比《从两个蛋开始》还是逊色一些。这部小说是杨争光的知青生活的回忆性书写，带有着某种自传性。但小说内部的时间跨度依旧很大，从20世纪70年代写到了20世纪的末期。

杨争光喜欢用小标题来解构作品的章节，小说共分24章，每一章有4至8个小节。小说中的几个主人公，他们作为知识青年来到了乡村，在那严酷的环境里“战天斗地”，最后体验到了人生的悲苦。改革开放使他们的命运得到了转变，小说的地理背景和空间叙述，也由陕西农村到了沿海的开放城市。人物的命运在金钱和欲望的旋涡里得到了新发展，小说中的人物越活越明白了，而他们也老了。这部小说探讨的，还是人物的命运，但这部小说给我一种感觉像是某部杨争光创作的电视剧的脚本改编的长篇小说。

完成于2002年的长篇小说《从两个蛋开始》是杨争光的代表作，小说的题目就带有黑色幽默的成分，让人很有兴趣，从两个蛋开始？这两个蛋，是什么蛋？接下来，我们明白了，原来，这两个蛋是两个人，一个叫雷震春，一个叫白云霞，他们是在1949年共产党军队在推进过程中，留在从国民党手里夺过来的奉天县的两个工作组成员。后来的故事，就由这两个“蛋”的命运展开了叙事，小说的地域背景，是奉天县一个叫符驮村的地方，在这个地方，雷震春和白云霞这两个革命下的“蛋”来到之后，命运从此发生了巨大的变化。小说的时间跨度达到了 50 年，一直到 2000 年，是一个中国乡村的独特的当代史。

我认为，长篇小说《从两个蛋开始》极大地展现了杨争光的文学特质：狡黠的中国乡村才有的黑色幽默、历史批判和人道主义、人性的永恒性与历史的无情和荒诞。这部小说也体现了他对 1949 年之后的中国历史的一些文学性的塑造，共分 4 个部分，36 节，基本是沿着线性时间来叙述的，讲述了 1949 年之后一个中国乡村的独特故事。

这部小说是那样的真实，但是在触及诸如“反右”“大跃进”和“文革”这样的悲剧性历史事件的时候，充满了荒诞感，尽管小说中很多事情都是在中国当时的环境中真实发生的，可我们这些后来的读者读起来，却带有着荒诞和魔幻的色彩。这部小说简直是另类中华人民共和国史在某个乡村的野史，别史。特别是小说中关于“大跃进”时期乡村的大量真实情节的描写，在我这样的没有经过那个历史时期的作家看来，带着别有意味的荒诞和魔幻感。比如，为了亩产过万斤，农民会造假到将所有的稻麦密实地堆积起来，在稻麦田里，孩子可以坐在成熟的麦秆之上而不会掉下来。为了种植麦子，农民给麦子施肥的时候，竟然用煮透的狗肉汁来浇灌。读来不禁搓叹，原来，我们就是这么走过来的。在小说的最后还有两个简短的附记，附记一，是对符驮村的考证和一些方言的解释，附记二，则是符驮村 1950 年到 2000 年大事记。成了小说很好的注解。

2009 年，他完成了自己的第三部长篇小说《少年张冲六章》，杨争光这部《少年张冲六章》，我觉得，是他继《从两个蛋开始》之后又一部长篇力作。本来，杨争光的写作姿态，是一直保持着对历史和现实的尖锐批判，同时，对写作手艺的琢磨和讲究，对结构的精心把握，也一直是他的优长之处。

《少年张冲六章》是一部教育小说，也是一部结构现实主义小说。小说的结构很有特点，让我想起来巴尔加斯•略萨的一些作品。全书分为六章，小说的叙述是时间平行的，分别写了张冲的爸妈，老师，同学，姨夫一家，其中第五章，是张冲的作文的引文和点评。到了第六章就是张冲自己，他由小时候长到了 17 岁，在一家娱乐城当保安，他在与一个公安局的副局长发生冲突之后，挖掉了那个局长的眼睛。

这部小说是一个少年的成长史。就在于进入 21 世纪之后，中国的教育问题越来越成为一个巨大的社会问题。小说以一个叫张冲的少年，在具体的学校和家庭的小环境中的扭曲性的成长，侧面书写了这个变革的时代之痛和时代之伤。最后，酿成了一个悲剧性的事件：张冲挖掉了公安局吃喝嫖赌的副局长的眼睛，然后因为只有 17 岁，进入了少年管教所。

这部直逼现实的小说，读来让人震惊。少年张冲的故事就是我们的孩子的故事，就是我们孩子的故事，每一个当代人都有可能是张冲，而每个人都可能会有张冲这样的儿子。小说由此引发了我们对当代文化、社会环境、教育体制和世道人心的无尽的思考，并使小说文本充满了不断被延伸解读的可能性。小说在处理内部人物和时间的方法，采取了各个章节平行的手法，六章，仿佛是六条线索在平行发展，与巴尔加斯•略萨的那些结构现实主义小说相比，也毫不逊色。

与杨争光的三部长篇小说相比，他在中短篇小说的创作上，似乎艺术成就要更高。而他引起广泛瞩目的，也是这样一些中篇小说：《黑风景》《赌徒》《棺材铺》《老旦是一棵树》《流放》《杂嘴子》《对一个符驮村人的部分追忆》《驴队来到奉先畤》，以及独具特色的大量短篇小说，比如《光滑的和粗糙的木橛子》《公羊串门》《上吊的苍蝇和下棋的王八蛋》《他好像听到了一声狗叫》《代表》《高潮》等等。这些小说独具陕西特色，在于杨争光对陕西方言的运用和陕西民俗的书写。对此，他曾经在谈话中说道：

陕北的民间艺术包括剪纸、腰鼓、唢呐、民歌等，都是一体的。看起来简单，实际上复杂。就说剪纸，剪得那么笨拙，那么单纯，就像是小孩子的作品，但你能感到一种浑厚、沉重的东西。我之所以喜欢它，绝不仅仅是因为我们所说的那种返璞归真的复归心理。它确实具有艺术的魅力，它和好多现代派艺术不谋而合，殊途同归，确实令人震惊。比如延长有个刘兰英，50 多岁了，她就绝对不能剪出两幅一样的东西，就是说，两次剪不出同样的作品。她在剪纸之前，也不知道能剪个什么样子，剪着剪着就出来了。我想这就是一种最佳的创作状态，在剪纸之前她不清楚的只是表现形式，她有思想，感情、人生经验的积淀，她有强大的基础，问题只是怎样一刀一刀把它表现出来。她需要寻找的只是一种形式。这些民间艺术看起来简单，实际上它用一种简单、笨拙的形式反映了人性中最基本的东西。（见《杨争光文集》之卷九《交谈卷》，第 351~356 页，深圳海天出版社，2013 年 1 月版）

从这段话里，我们可以清晰地看到杨争光是如何看待民俗的，是如何从民间文化资源里吸取创作的养分的。剪纸艺术家创作一幅剪纸的过程，被杨争光看成了和自己的创作过程一样的艺术发生过程，于是，他接着说：

所以，我不认为后来的艺术就比以前的艺术高级，艺术和科学不一样，不掌握科学的人能创造人类最高的艺术。一个地域有一个地域的文化背景，它与生存环境又必然联系，在这种环境里只能或必然产生这样的文化，比如拉美产生的魔幻现实主义。

中国的“寻根文学”，最本质的弱点就是缺乏对生存的体验，对洋玩意儿的移植（很生硬）。有人说，形式就是内容，我不同意。福克纳，马尔克斯对我的启发是，他们的东西恰恰是立足于本土，表现了他们那个地域中人的生存状态。（见《杨争光文集》之卷九《交谈卷》第351—356页，深圳海天出版社2013年1月版）

在上述这段话中，实际上已经包含了杨争光自己的文学观念。一方面，他对“寻根文学”的弱点进行了自己的批评，显示了他拉开了与寻根文学流派的距离。寻根文学的对文化的根的寻找，在杨争光这里，就是对本真的、直接的、当下的、历史想象的本土民间文化、民间文学的吸取。我在阅读他的短篇小说《光滑的和粗糙的木橛子》《公羊串门》《上吊的苍蝇和下棋的王八蛋》《他好像听到了一声狗叫》等作品的时候，强烈地感觉到了这些作品和墨西哥作家胡安鲁尔福的短篇小说集《平原烈火》是多么的亲近。一个写的是陕西高原上干坼、贫瘠的土地上的中国农民那悲剧性的挣扎和渴望，一个人写的是墨西哥失去土地、卷入战乱的农民的境地，两者之间，却有着同样的人生景象。杨争光笔下的中国农民，为了一口粮食，为了一个木橛子，为了一句话都能到拼命地地步，而胡安鲁尔福，则将墨西哥农民被大历史所席卷的无奈命运写得让人心酸，发人深省。

而且，在小说的叙述艺术上，杨争光和胡安鲁尔福都是采取了对话、白描和简单地叙述，留白很多，增加了读者的想象力，但是却增强了阅读的冲击力。在杨争光的中篇小说代表作《黑风景》《赌徒》《棺材铺》《老旦是一棵树》《流放》《杂嘴子》《对一个符驮村人的部分追忆》《驴队来到奉先畤》中，我们看到了历史背景的虚化，根据作品人物的命运，隐约可以看出有的写的是晚清时期，有的是民国时期，有的则是1949年之后的新中国时期的中国大陆农村。

这些中篇小说，无不聚焦于小人物和某些特定人物的命运，将人物放到绝境中，然后看这些人是如何迸发出善恶来。有趣的是，他的这些颇有中国特色和乡土特色的地域文化民俗小说，却有着一定的世界和人性的共通性，比如，他的《老旦是一棵树》被翻译成英文的时候，英国翻译家特别地把他的这部小说翻译成苏格兰某个偏僻乡村地区的那种乡土英语，使英语读者很好地理解了他的这部小说，而这部小说又被一个保加利亚导演看中，将中国农民老旦的故事，拍成了一个保加利亚的农民老旦的故事。在这部小说如此离奇的流传过程中，可以看到杨争光作品所深具的人性、命运的人类普遍性。

综合来说，纵观杨争光的长篇小说、中短篇小说，我可以隐约分析出拉美小说家加西亚·马尔克斯在对历史和现实的批判性、对小说内部时间的运用、对魔幻情节的使用上，对杨争光发生了影响，而杨争光在多次的谈话中也说到了一些。但巴尔加斯·略萨在小说结构和叙述技巧上对他的影响、胡安鲁尔福的短篇小说在主题、对话、故事、人物等方面和杨争光也有着某种联系，不过这都是杨争光从未提到的。这有时候就是优秀作家之间的某种呼应，谈不上他们真的影响了杨争光，因为，杨争光就像所有的陕西本土杰出小说家那样，从来都是把自我的发现和创作放在了首位，而从来都不想去模仿什么。于是，最终成就了独具特点的他自己。

第二章　现实镜像、想象力与语言

第一节　现实镜像与新写实：以余华、刘震云为例

一　余华：现实镜像的反映照

余华出生于1960年4月3日，这一天后来成了他的一部中篇小说《四月三日事件》的灵感来源。余华是浙江海盐县人，到目前为止，他出版有长篇小说《在细雨中呼喊》《活着》《许三观卖血记》《兄弟》（上下册）《第七天》，中短篇小说《十八岁出门远行》《鲜血梅花》《一九八六年》《四月三日事件》《世事如烟》《难逃劫数》《河边的错误》《古典爱情》《战栗》等近40篇，余华还是一个音乐迷，他也写了不少音乐随笔和读书笔记，收录在几个集子里。此外，余华还写过一本《十个词汇里的中国》，将自身体验与时代流行的词汇结合起来，讲述了当下的困境。但这本书目前只有台湾繁体字版。

余华的父亲是一名医生，因此，余华对死亡、鲜血是从小就有所接触，这使他的早期作品充满了冷血的描述。他中学毕业后，曾当过短时间的牙医，后来因为羡慕专业作家的悠闲，进入当地文联工作。余华发表了一些小说之后，来到了北京，进入鲁迅文学院和北师大合办的创作培训班学习，同班同学大都成为后来最著名的中国作家：莫言、刘震云、迟子建、王刚、格非等。就是这段时间，余华与鲁院同学、军队女诗人、编剧陈虹恋爱，结婚，成为随军家属，留在了北京，并生了儿子。多年之后，因为功成名就，余华又被浙江杭州以人才引进的方式，在杭州安置下来，余华就常年在北京、杭州和世界各地奔走。

余华 1984 年在《北京文学》上发表了第一篇短篇小说《星星》，此后，余华很快就加入到当时兴起的先锋派作家群，并成为其中最耀眼的一个。余华是深受现代派小说家诸如卡夫卡、加缪、川端康成等人的影响，尤其是也受到了拉丁美洲小说家的巨大影响的，而研究和发现他的作品中的拉美小说影响的痕迹，也是我这篇文章的目的。他曾经在很多篇文章里谈到拉美小说家，并有自己独到的见解，所写下的文章，也成为读书笔记的典范。

> 我是一九八三年开始读马尔克斯的小说的，就是《百年孤独》。那时候我还没有具备去承受他打击的感受力，也许由于他的故事太庞大了，我的手伸过去却什么都没有抓到。显然，那时候我还没有达到可以被加西亚·马尔克斯的作品震撼的那种程度。你要被他震撼，首先你必须具备一定的反应，我当时好像还不具备这样的反应。只是觉得这位作家奇妙无比，而且也确实喜欢他。
>
> 其实拉美文学里第一个将我震撼的作家是胡安·鲁尔福。我记得最早读他的作品是他的《佩德罗·巴拉莫》，中译文的名字当时叫《人鬼之间》，很薄的一本，写得像诗一样流畅，我完全被震撼了。那是

一个寒冷的冬天，我当时已经写作了，还没有发表作品，正在饱尝退稿的悲哀。我读到胡安·鲁尔福，我在那个伤心的夜晚失眠了。然后我又读了他的短篇小说集《平原上的火焰》，我至今记得他写到一群被打败的土匪跑到了一个山坡上，天色快要黑了，土匪头子伸出手去清点那些残兵，鲁尔福使用了这样的比喻，说他像是在清点口袋里的钱币。（见余华著，《我能否相信自己》，第258页，载《我只要写作，就是回家》，人民日报出版社，1998年12月版）

余华喜欢加西亚·马尔克斯，喜欢胡安鲁尔福，他们的影响在他的笔下多有显现。胡安鲁尔福的《人鬼之间》（又译《佩德罗·巴拉莫》）对他的影响尤其巨大，胡安鲁尔福笔下的那种人鬼不分，死活不分的诡异气氛和炼狱情节，以至于多年之后还影响了余华写出了长篇小说《第七天》，这部长篇小说讲述的和叙述人本身，都是一些死无葬身之地的在人间徘徊的中国鬼魂。关于这两个作家，他还有更多的评价（注解1）。但从余华的早期那些影响深远的中短篇小说看，他受到博尔赫斯的影响，要更大一些。对此，他也坦承：

博尔赫斯叙述里最迷人之处，是他在现实和神秘之间来回走动，就像在一座桥上来回踱步一样自然流畅和从容不迫。……于是博尔赫斯的现实也变得扑朔迷离，他的神秘和幻觉、他的其他非现实倒是一目了然。他的读者深陷在他的叙述之中，在他叙述的花招里长时间昏迷不醒，以为读到的这位作家是史无前例的，读到的这类文字也是从未有过的，或者说他们读到的已经不是文学，而是智慧、知识和历史的化身。（见余华著，《我能否相信自己》，第59~60页，载《博尔赫斯的现实》，人民日报出版社，1998年12月版）

现在追忆20世纪80年代中后期，余华和苏童、格非、孙甘露、马原、北村等人所形成的先锋派作家群，的确是冲击力非凡的。刚好，这股文学潮流与大学里的文化热结合了起来，受到了热烈的关注和追捧。余华早年的小说，大都带有很强的先锋实验性，他的笔调冷峻，十分善于揭示人性的罪恶和丑陋，着笔之处都是人性阴暗的角落，小说的主人公也都与罪恶、暴力、死亡有关。比如，中篇小说《现实一种》中，山峰和山岗兄弟的残酷与死亡，都是触目惊心的。中篇小说《世事如烟》中，所有主人公的名字被数字替代了，他们分别是2、3、4、5、6，他们的关系最后都导向了死亡和疾病的笼罩。有时候，他的小说描写的对象，处处透着怪异奇特的气息，比如《鲜血梅花》中的古代书生和鬼气森森的小姐。有的小说又有非凡的想象力，比如《往事与刑罚》中的刑罚专家和陌生人之间的关系，让人联想到了卡夫卡笔下的那篇小说《在流刑营》。比如，在中篇小说《四月三日事件》中，小说主人公和白雪之间的关系最终导致了男人的出走，是带有荒诞性的。再比如武侠短篇小说《鲜血梅花》中，侠客和剑，鲜血和梅花，都被余华那看似不动声色的“客观的叙述语言”，带到了小说本身跌宕恐怖的情节中，这两者互相映照，形成了鲜明对比。余华谈到了博尔赫斯：

> 博尔赫斯显然已经属于了那个古老的家族，在他们的族谱上，我们可以看到这样的名字：荷马、但丁、蒙田、塞万提斯、拉伯雷、莎士比亚……虽然博尔赫斯的名字远没有他那些遥远的前辈那样耀眼，可他不多的光芒足以照亮一个世纪，也就是他生命逗留过的20世纪。在博尔赫斯这里，我们看到一种古老的传统，或者说是古老的品质，历经艰险之后成了永不消失。这就是一个作家的现实。（见余华著，《我能否相信自己》，第63页，载《博尔赫斯的现实》，人民日报出版社，

1998 年 12 月版）

在 1984 年到 1992 年之间，余华写下的近 40 篇中短篇小说，总的来说，是一种结合了存在主义、荒诞派、超现实主义和魔幻现实主义的各种文学手法，对当时中国人生存的异化状况，进行了变形、夸张、极端化描述，给人以很大震撼。这是余华当时能够先声夺人之处。而他小说中的实验性和迷宫色彩，都与博尔赫斯有更深的关系。对此，余华说：

……与其他作家不一样，博尔赫斯在叙述故事的时候，似乎有意要使读者迷失方向，于是他成了迷宫的创造者，并且乐此不疲。即便是在一些最简短的故事里，博尔赫斯都假装要给予我们无限多的乐趣，经常是多到让我们感到一下子拿不下。而事实上他给予我们的并不像他希望的那么多，或者说并不比他那些优秀的同行更多。不同的地方就在于他的叙述，他的叙述总是假装地要确定下来了，可是永远无法确定。我们耐心细致地阅读他的故事，终于读到了期待已久的肯定时，接踵而来的立刻是否定。于是我们又得重新开始，我们身处迷宫之中，而且找不到出口，这似乎正是博尔赫斯乐意看到的。

另外，这样的叙述又与他的真实身份——图书馆管理员吻合了起来，作为图书馆管理员的他，有理由将自己的现实建立在 90 万册的藏书之上，以此暗示他拥有了与其他所有作家完全不同的现实，从而让我们读到“无限、混乱与宇宙，泛神性与人性，时间与永恒，理想主义与非现实的其他形式。”《迷宫的创造者博尔赫斯》的作者安娜·玛利亚，巴伦奈切亚这样认为：“这位作家的著作只有一个方面——对非现实的表现，得到了处理。”

这似乎是正确的，他的故事总是让我们难以判断：是一段真实的历史还是虚构？是深不可测的学问还是平易近人的描述？是活生生的事实还是非现实的幻觉？叙述上的似是而非，使这一切都变得真假难辨。（见余华著，《我能否相信自己》，第57页，载《博尔赫斯的现实》，人民日报出版社，1998年12月版）

博尔赫斯这样的经典作家，对余华的影响十分深刻，相当长的一段时间里都成了余华的精神营养。（注解1）进入20世纪90年代之后，余华的写作做了很大的调整。中国进入全面的市场化经济环境中，文学受到市场的很大影响和压力。因此，20世纪80年代中后期的先锋派小说家群迅速分化，另一部分适应了环境，写作趋向于与大众的审美趣味合流，一部分逐渐地淡出了，不再进行小说写作，或者所写的作品失去了大量读者，进入了书斋状态。余华选择了前者。当然，在这个与大众流行趣味合流的过程中，余华也是有过渡期的，他的第一部长篇小说《在细雨中呼喊》，就鲜明地体现了这一点。

《在细雨中呼喊》发表在《收获》杂志上的时候，叫作《呼喊与细雨》，后来因为与瑞典电影大师的电影《呼喊与细语》容易联想和混淆，因此1993年花城出版社出版单行本时已改名为《在细语中呼喊》。在这部长篇小说中，余华动用了他的成长经验，童年和少年记忆，在一种笼罩着江南的细雨天气之下，阴冷，潮湿，黑暗的时光在主人公的记忆里被剥离了出来。小说带有着余华那些中短篇小说的所有元素，并成为阶段性总结之作。

同在1993年，余华修订扩充了中篇小说《活着》，将其改造为12万字的小长篇出版。这部小说意味着余华的创作风格的转折。《活着》篇幅不大，但小说内部的容量却十分巨大，所叙述的时代背景，从1949年前后一直到“文革”结束，讲述了一个地主的儿子的一生。小说的简约、有力、坚硬和白描手法，使任何读者都能够轻松地进入阅读，同时，这本小说又表达了历史的荒诞、虚无和人的命运的无常，达到了形而上学的高度，也获得了知识分子的青睐。其白描手法的炉火纯青和亲切自然，使作家同行也十分佩服。小说以塑造民间小人物的手法，提供了对答历史的一种叙述方法，让我们看到了别样的历史和人的生命。因此，小说在市场上的反应也十分积极，小说后来被张艺谋改编为电影，但未公映。小说问世迄今已经 20 年，各类版本的正版发行量早就超过了 100 万册，成了名副其实的一部当代文学经典。1998 年，这部小说还获得了意大利格林扎纳·卡佛国际文学奖。

《活着》彻底改变了余华的“先锋派”作家的符号，或者，将余华的先锋派小说家的身份更为深化和复杂化了。1996 年，他如法炮制，出版了第三部长篇小说《许三观卖血记》，照样是白描手法，照样是底层小人物的挣扎，以鲜血淋漓的卖血生涯，来呈现生存之艰难，再度引起了热烈反响。

有趣的是，《许三观卖血记》继续着读者和市场的追捧，但是在专业的批评家和同行那里，开始有了质疑之声，而且，从这个时候开始，对余华的批评和赞扬是截然相反的，余华开始并一直成了一个争议性颇大的小说家，但其重要性却在这种争议中持续地增加着。敏感的批评家和作家察觉到，余华的《许三观卖血记》中，既有对底层人物的同情，也有着某种迎合时代对“底层叙事”的需要，认为这里面有媚俗的成分，也有应对市场的精心考虑。但《活着》和《许三观卖血记》逐渐地成了余华的标志性的代表作品，销量不断提升，成了经典之作。对于如何成为文学经典，我认为，当代文学的经典之作，比如，仔细地观察《白鹿原》《浮躁》《废都》《丰乳肥臀》《长恨歌》《古船》《尘埃落定》等长篇小说，都有一个作家、读者、评论互动的过程，这里面既有作家创作的主动性，也有读者的接受、传播和时代的需要，同时，还有评论者持续的关注，彼此多个方面的叠加效应，才可以造就当代经典。

此后，余华写下了更多的音乐笔记和读书随笔，潜心写作新的长篇。2005年8月和2006年3月，上海文艺出版社分别推出了余华的长篇小说《兄弟》上下册，上册18万字，下册33万字。这部余华迄今最长的小说，在出版的时候被余华自己形容为“正面强攻这个时代”。小说开机就印了几十万册，迅速引起了阅读热潮，但也遭遇了文学界人士的无情批评，甚至有一个叫蒋泥的作家，专门写了一本《给余华拔牙》，对余华的创作做了深入而批评性的分析。《兄弟》在市场和文学界截然相反的评价，原因很复杂，就在于对现实的态度。从20世纪90年代到21世纪最初的10年时间里，中国社会现实的变化无比巨大而复杂，现实发生的事情，很多都超过了现实主义小说家们的想象。这样庞杂的、丰富的、不断分化和分层的人群，复杂利益的纠葛，都很难在一部小说中完全呈现。所以，假如同样以白描手法来写作，注定要遇到失败。而《兄弟》中的人物和情节的设置，恰好无法承载余华本人对这部小说的期许，但其作品本身涉及和表达的当代生活的荒诞和丰富，又极大地与世俗社会的纸醉金迷、欲望横生相呼应，继续得到了读者的追捧。

《兄弟》的写作缘起是这样的：余华说，这部小说一开始并不在他的写作计划内。他一直在写一部家族史小说，这部与江南有关的小说中，几代女人坚强生存，而男人则像树叶一样不断凋零。是“一部望不到尽头的小说”（余华语）。2003年8月，余华去了美国，在那里东奔西跑了7个月。回来后，她发现自己失去了漫长叙述的欲望，于是，他中断了那部进行中的大长篇的写作，想写一部稍短些的作品，以帮助自己恢复叙事能力。《兄弟》就是这样出笼了。

《兄弟》之所以以上下册的方式出版，就是因为余华书写了两个时代。上册是从1949年新中国成立之后历次的政治运动一直到“文革”的兴起和覆灭，那是一个精神狂热、本能压抑和命运惨烈的时代，相当于欧洲的中世纪”（余华语）。下册所描写的，则是当代的故事，这是一个物欲横流和纸醉金迷的时代。余华认为，一个西方人要活 400 年才能经历这样两个天壤之别的时代，而一个中国人只要 40 年就经历了。小说中，余华着笔于兄弟俩：李光头和宋钢。

> 这兄弟俩就是连接这样两个时代的纽带，他们异父异母，来自两个家庭重新组合成的一个新家庭。他们的生活在裂变中裂变，他们的悲喜在爆发中爆发，他们的命运和这两个时代一样天翻地覆，最终恩怨交集自食其果。（见 2006 年上海文艺版《兄弟》下册后记）

余华对于这两个时代的第一次“正面强攻式”的描摹，是他本人引以为傲的，也达到了部分期许，但是，由于现实的无比庞杂和丰富，每个人对现实的理解都不一样，对于余华笔下的那些更多地从报纸上获取的新闻资讯的写法，专业读者感到了不满，认为余华是闭门造车，无端想象了历史和现实。但余华显然有了更为强大的抗击打能力，他不为所动，除了进行了一点辩解，他不再多言。于是，《兄弟》与他的《活着》《许三观卖血记》等作品，在日益全球化、国际化的过程中，由于中国本身的迅速崛起导致世界其他国家对中国好奇心的增强，余华赶上了一个类似当年拉丁美洲文学爆炸的时期一样，世界的瞩目焦点放在了拉丁美洲文学，如今，20 世纪 80 年代持续发展的中国社会与持续发展的中国文学一样，也得到了广泛的关注。作为同一时期的杰出作家，余华自然也深受国际出版机构的青睐，因此，上述作品不断地被翻译成各种语言，在全世界，尤其是西方主要的大国出版。这带给了余华很强的自信心，他也成为少数在《纽约时报》等报纸发表文章的中国作家，与莫言一起，成为当代国际上最知名的中国作家。他也常年在国际书展、笔会、文学节游走，参加各类国际文学活动，客观上继续增加着他的名声。

而阎连科在余华的兄弟出版之后，还专门谈到了余华受卡夫卡的影响。他说：

在20世纪的八九十年代，中国当代文学随着一场政治浩劫的结束，进入了黄金发展时期，什么伤痕文学、知青文学、改革文学、寻根问学、新探索小说（先锋文学）等，这样的文学波浪一个接一个，一波接一波。然而，在时过境迁的30年后，我们重新来回顾这些时，会发现伤痕文学、知青文学、改革文学，也包括那一时期与中越自卫反击战相关的军事文学，其实完全是文学史的意义，而没有太多的文学意义。但其间的寻根文学和新探索小说（先锋小说）却给后来20年的中国当代文学注入了很大的活力，尤其是从20世纪80年代末期到20世纪90年代初期的新探索小说（先锋小说），几乎可以说改变了中国当代文学的根本面貌。这一阶段的代表作家是人所共知的马原、格非、余华、苏童、孙甘露等。就这批可敬的作家而言，他们受影响更大的是博尔赫斯，但最初点燃了他们探索之火的，应该是卡夫卡。对他们和许多作家影响深远的，也同样是卡夫卡。其中以余华为例，最早给他带来广泛影响的短篇小说《十八岁出门远行》，仔细阅读这篇小说，会发现它和卡夫卡的荒诞性有着完全的因果联系。小说中刚满十八岁就要出门闯荡的孩子，所遇到的荒诞世界和荒诞事件，让我们想到（卡夫卡的）《变形记》和《城堡》这样的小说。二十年之后，在余华写了许多小说，在他的《活着》和《许三观卖血记》已经确立了在当代文学中的经典地位之后，余华的新作《兄弟》在市场上大获成功，但却在文学圈毁誉参半。无论别人如何评价这部小说，但其中的荒诞性，却让我们再次看到他和卡夫卡的某种关系。由余华作为这批作家中最具代表意义

> 的作家，我们不难看出卡夫卡对中国当代文学的影响之深、之广、之久。这也包括莫言小说中的荒诞和卡夫卡的某种关系。说到卡夫卡，我想当代作家其实都乐意接受他和自己的写作有某种联系的判断，因为卡夫卡影响的不光是中国当代文学和作家，他还影响了拉美文学中的加西亚•马尔克斯那样的大作家。所以，中国作家其实是以自己的写作受到了卡夫卡的影响为荣的。(见阎连科著，《我的现实，我的主义》，第266~267页，载《当代文学中的中外关系》，中国人民大学出版社，2011年3月版）

由于有了国际出版的视野和机会，在2013年余华的第5部长篇小说《第七天》中，得到了新的发展。但这部小说的遭遇与《兄弟》的出版一样，一方面，由于有强力的出版和电子传媒机构的通力合作，在纸媒衰落的时期，这本书的销量依旧很惊人，据说余华得到了几百万元的预付款。另一方面，这部小说基本上是从报纸上得到的新闻资讯写成的，因为长期以来，余华似乎难以接上地气，对真正的现实和各类人等，缺乏了解，各类讨薪、自杀事件以及网络新闻，都被余华拿来作为素材。小说以中国人死后“头七”的习俗，简述了一群无法安魂的鬼魂的生前生活。照样是底层人物，悲惨命运，但是，这个时候的余华已经让人觉得他是靠写这些东西，来获得正对中国发生持续兴趣、对中国发生了什么特别好奇的西方读者的迎合。也就是说，聪明的余华，巧妙地利用了东、西方读者的心理需求，但他的重心，已经放在了西方的出版商和读者的眼光那里，知道他们想要什么就写什么，按照年轻的批评家张定浩的说法，这是一种“国际橱窗式的写作”——这是一种极为精确的表达，显然，余华在这部小说里，使用了国际出版市场最需要的元素：悲惨，底层，耸人听闻。加上有胡安鲁尔福的鬼魂叙述的老底子的影响，《第七天》就这么出笼了。

余华照样我行我素。因为最起码，你们说你们的，我是赚到钱了。而且，版权还卖到了很多国家。如果一个作家简单和简化到了如此地步，早晚会丧失其价值。但余华的复杂性就在于此，他的小说，总是结合了多种元素，适应了时代又高于时代。在种种争议中，余华的不为所动是最值得赞赏的，因为一个作家既需要吸引眼球，即使是骂名也不要紧，重要的是，持续地写作，持续地引发争论，持续地保持着创造力，最终，余华的写作历史依旧会成为当代文学史最重要的部分。这是可以期许的结果。

注解 1：余华谈到但丁和博尔赫斯还有一段话：

在但丁那部伟大的《神曲》里，（充满了）奇妙的想象和比喻、温柔有力的结构、从容不迫的行文。我对《神曲》的喜爱无与伦比。但丁在诗句里表达语言的速度时这样告诉我们：箭射中了目标，离了弦。另一位伟大的作家叫博尔赫斯，是阿根廷人，他对但丁的仰慕不亚于我。在他的一篇有趣的故事里，写到了两个博尔赫斯，一个六十多岁，另一个已经八十高龄了。他让两个博尔赫斯在漫长旅途中的客栈相遇，当年老的博尔赫斯说话时，让我们看看他是如何描写声音的——年轻一些的博尔赫斯这样想："是我经常在我的录音带上听到的那种声音。"多么微妙的差异，通过录音带的转折，博尔赫斯向我们揭示出了一致性中隐藏的差异。（见余华著，《我能否相信自己》第 192 页，载《我为何写作》，人民日报出版社，1998 年 12 月版）

注解 2：余华关于加西亚·马尔克斯和胡安鲁尔福的描述，还有下列两段文字值得关注：

（1）加西亚·马尔克斯在他那令人感动的文章《回忆胡安·鲁尔福》里这样写道："对于胡安·鲁尔福作品的深入了解，终于使我找到了为继续写我的书而需要寻找的道路……他的作品不过三百页，但是它几乎和我们所知道的索福克勒斯的作品一样浩瀚，我相信也会一样经久不衰。”……一个作家的写作影响了另一个作家的写作，这已经成了文学中写作的继续，让古已有之的情感和源远流长的思想得到继续，这里不存在谁在获利的问题，也不存在谁覆盖谁的问题。文学的影响就像植物沐浴着的阳光一样，植物需要阳光的照耀并不是希望自己能够成为阳光，而是始终要以植物的方式去茁壮成长。另外，植物的成长也表明了阳光的不可或缺的重要性。一个作家的写作也同样如此，其他作家的影响恰恰使自己不断地去发现自己，使自己写作的独立性更加完整，同时也使文学得到了延伸，使人们的阅读有机会了解今天作家的写作，同时也会更多地去了解过去作家的写作。文学就像是道路一样，两端都是方向，人们的阅读在经过了胡安•鲁尔福之后，来到了加西亚•马尔克斯的车站，反过来，经过了加西亚•马尔克斯，同样也能抵达胡安•鲁尔福。两个各自独立的作家就像他们各自独立的地区，某一条精神之路使他们有了连接，他们已经相得益彰了。（见余华著，《我能否相信自己》，第 78~80 页，载《胡安•鲁尔福》，人民日报出版社，1998 年 12 月版）

（2）事实上，胡安•鲁尔福在《佩德罗•巴拉莫》和《烈火平原》的写作中，已经显示了写作永不结束的事实，这似乎是一切优秀作品中存在的事实。作品完成之后的写作并未完成，这几乎成了《佩德罗•巴拉莫》最重要的品质。在这部只有一百多页的作品里，似乎在每一个小节的后面都可以将叙述继续下去，使它成为一部一千页的书，成为一部无尽的书。可是谁也无法继续《佩德罗•巴拉莫》的叙述，就是胡安•鲁尔福自己也同样无法继续。虽然这是一部永远有待以完成的书，可它又是一部永远不能完成的书。不过，它始终是一部敞开的书。

胡安•鲁尔福没有边界的写作，也取消了加西亚•马尔克斯阅读的边界。这就是马尔克斯为什么可以将《佩德罗•巴拉莫》背诵下来，就像胡安•鲁尔福的写作没有完成一样，马尔克斯的阅读在每一次结束之后也同样没有完成，如同他自己的写作。现在，我们可以理解加西亚•马尔克斯为什么在胡安•鲁尔福的作品里读到了索福克勒斯般的浩瀚，是因为他在一部薄薄的书中获得了无边无际的阅读。同时，也可以理解马尔克斯的另一个感受：与那些受到人们广泛谈论的经典作家不一样，胡安•鲁尔福的命运是：受到了人们广泛的阅读。（见余华著，《我能否相信自己》，第83~84页，载《胡安•鲁尔福》，人民日报出版社，1998年12月版）

（3）几年前，我刚开始阅读蒙田的随笔时，对蒙田所处的时代十分羡慕。他生活在一个充满想象的现实里，而不是西红柿多少钱一斤的现实。我觉得他内心的生活和大街上那种世俗生活没有格格不入，他从这两者里都能获得灵感，他的精神就像田野一样伸展出去，散发着自由的气息。这样的羡慕在阅读加西亚•马尔克斯的作品时也同样产生过。他的《百年孤独》出版后，（他自己说）“我认识一些很普通的老百姓，他们兴致勃勃地读了我的《百年孤独》，阅读之余并没有感到大惊小怪，因为说实在的，我没有讲述任何一件跟他们的现实生活大相径庭的事情。而且，巴兰基利亚就有一个青年说，他确实长了一条猪尾巴。只要打开报纸，就会了解我们周围每天发生着的奇特事情。”

一个充满想象的作家，如果面对很多也是充满想象的读者，尤其可贵的是这里面有许多人只是普普通通的老百姓，那么，这个作家也会像加西亚•马尔克斯一样，得意与喜悦之情溢于言表。当然，这个作家的作品里必须有真正意义上的想象，而不是虚幻和离奇，想象应该有着现实的依据，或者说想象应该产生现实，否则就只是臆造和谎言，就像《百年孤独》里的俏姑娘雷梅黛丝坐毯子飞上天空之前，加西亚·马尔克斯曾经那么坐立不安一样。（见余华著，《我能否相信自己》，第106页，载《强劲的想象产生事实》，人民日报出版社，1998年12月版）

二　刘震云：大众传媒时代里的新写实与新历史的讽刺

刘震云是中国20世纪晚期出现的最重要的几个小说家之一。他1958年出生于河南新乡的延津县，1973年参军，1978年复员后回到延津当中学教师，同年适逢高考，他考入了北京大学中文系，是当年高考的河南省文科状元。这是他的命运的一大转机，1982年毕业之后他被分配到《农民日报》工作多年，曾担任《农民日报》的编委，期间在鲁迅文学院和北师大合办的创作研究生班读书，1991年获文学硕士学位。现任中国人民大学文学院教授。妻子郭建梅是北大法律系毕业的高才生，北京大学妇女法律研究与服务中心主任、专职律师。后长期从事公益律师法律援助工作，因其对中国妇女问题的关注和工作，而获得了全球杰出妇女奖，她与刘震云育有一个女儿。这是刘震云的基本情况。

刘震云从1982年就开始写作，但没有赶上“伤痕文学”“改革文学”“知青文学”“寻根文学”的大潮，他真正引起文坛注意的，是1987年后连续发表的中短篇小说《塔铺》《新兵连》《头人》《单位》《官场》《一地鸡毛》《官人》《温故一九四二》等作品，是当时《钟山》杂志搞的“新写实小说”栏目的重要作家。“新写实小说”是与“先锋小说”时间上并行、并互相有所补充的文学现象，在“新写实小说”旗下的小说家，有刘震云、叶兆言、方方、池莉、迟子建、刘恒等小说家，形成了与莫言、马原、格非、苏童、北村、洪峰、孙甘露、吕新等“先锋小说”等量齐观的阵容。

刘震云的早期中短篇小说，大都是以城市里大机关的小公务员为主人公，描绘了一些小人物的卑微、猥琐和顽强的生活能力，比如《一地鸡毛》中的小林，就是一个不可忽视的文学形象，小说还写出了权力在家庭内部的景观。这部小说当时也引起了强烈反响，与之相关的还有中篇小说《单位》。

有的小说直接来自于他的个人经验，像他的《塔铺》，描绘的是 1978 年高考时候的经历，获得了 1987—1988 年全国优秀短篇小说奖，《新兵连》讲述的是他 15 岁参军时的一些经历。中篇小说《头人》则很早就将目光集中到农村，描述基层政权的复杂性，这部小说的主题后来在他的长篇小说《故乡天下黄花》中继续深化和扩展了。而他的中篇小说《官场》《官人》则较早将目光聚焦于官员这样一个特殊的群体，描绘出包括省委书记、市长、县长、镇长到村长的一系列让人难忘的与权力有关的人物。中篇小说《新闻》取材于他在《农民日报》的一些见闻，将 20 世纪 80 年代末期的媒体记者做了很精细的刻画。

刘震云写官场中人，写新闻媒体，写权力纠葛，写人情世态，写小人物，非常敏锐，批判性和讽刺性都是很强的。《单位》刻画了权力网络是如何支配人们扮演社会角色。《温故一九四二》则是他的中篇小说中，对历史发问和批判的重要小说。小说夹叙夹议，以某种类似非虚构写作的方式，将一九四二年那个特殊的战乱年份里，在他的故乡河南发生的一次天灾人祸大饥荒和大逃难。后来这部小说在 2012 年被冯小刚拍摄成电影，影响很大。

可以说，刘震云早期的这些中短篇小说，显然是他想从各个方向进行创作突破的努力尝试。这些作品题材广泛，涉及了部队题材、教育、新闻媒体、官场、农村和现代历史，既有底层视角和平民立场，也有批判性和悲悯情怀，显示了刘震云为了更远大的创作目标进行的各个方向的尝试和突围。他既将目光集中于现实和当下，也集中于历史和基层，对权力的运作和本质看得非常透彻，又带有对笔下人物存在合理性的悲悯之心。而且，刘震云的作品有一种罕见的品质，那就是他把对自我的嘲讽和批判隐藏在作品中。从语言风格上来看，这些中短篇小说大都简洁、明快、幽默、生动，手法以白描居多。

考察刘震云在这一阶段受到拉美小说的影响，是我这篇文章的主要内容。但刘震云从未出版过散文随笔集，也没有访谈和对话集问世，他只出版小说作品。因此，关于他受到了哪些拉丁美洲小说家的影响，笔者只能以电子邮件采访的方式，对其进行提问。刘震云在给我的回答里，重点谈到了加西亚·马尔克斯和巴尔加斯·略萨对他的影响。关于加西亚·马尔克斯，他是这么说的：

> 《没有人给他写信的上校》是马尔克斯早期的作品，我很喜欢。这篇小说里故事表面非常简单，就是写一个退休的上校，一直在等着国家发给他的军人退休金，一直在等，等啊等，等到最后也没有等到。这么简单的一个故事，呈现了马尔克斯对哥伦比亚民族、对整个南美、对生活的独到理解，因而，《没有人给他写信的上校》确实是一部世界顶级的作品。可以说，《没有人给他写信的上校》浑然天成，主要事件很简单，一是上校在等退休金，一是斗鸡卖还是不卖，他与太太的冲突、人与人的关系、情节的转折等都很自然。这篇小说可能比马尔克斯其他书都要好一些，正因为他一开始写作还不成熟时，他是在塑造书里的人物，但是到以后尤其是《百年孤独》《霍乱时期的爱情》，他的写作技巧太纯熟了，对叙述角度的运用已经达到技术化的程度。

刘震云早期作品中对现实的关注，赢得了“新写实小说家”的名号。可见，他对现实的关注和批判性，是持续的，有力的。而且，刘震云的小说中，讽刺是一大元素，这在当代小说家那里并不常见，甚至是罕见的。刘震云的讽刺还带有黑色幽默的元素，他不是那种直接的讽刺，而是拐弯抹角的，明扬暗贬的。刘震云对加西亚·马尔克斯的崇敬和细读，也一直没有停止过。刘震云是一个博览群书的人，他尤其是对先秦的著作中，汉语的简洁、大气、高度概括性的美，非常的崇尚。

而在《一桩事先张扬的凶杀案》，加西亚·马尔克斯把民族的世界观和方法论，人和人之间的关系，描绘得更加细致入微。《一桩事先张扬的凶杀案》就像一个好看的姑娘，一眼就令人着迷。《一件事先张扬的凶杀案》取材于一个真实事件，当一个真实的发生在我们身边的一件事，特别是一件骇人听闻的事，当你把它变成小说时，确实会受到很大的局限。要杀人的兄弟俩在镇上游走，不论他是去肉店，还是去喝牛奶的地方，都是作者让他们去的，作者让周围的人阴差阳错地没有告诉被害者有人要杀他。镇上的人为什么都那么冷漠，而且觉得他们杀不了人？这个逻辑，如果是我的话，我都不会这么写。另外，尽管小说的写作与南美当时的政治事件和民族事件有关，但是与小说结合得并不是特别的浑然天成，小说中的转折有时候是作者把铁丝90度掰过来的。

经过了20世纪80年代里十年左右的写作训练，刘震云为后来进一步的创作打下了很好的基础，他有了信心。他甚至对加西亚·马尔克斯的“缺点”也做出了自己的判断：

我觉得加西亚·马尔克斯写得没有我们想象的好，特别是我读他

> 后期的作品的时候，我能闻出一股“塑料味”，真正的好作家应该越写这个作家的影子越没有了，包括多叙述角度的运用，包括对于炼字炼句的运用。如果一个作家越写、在这方面越纯熟的话，我觉得，他也在由一流的作家往二流的作家靠近了。因为技术手段是比较容易掌握的。一个作家应该越写越让人看不到句子和写作手段，这时候，他笔下的人物或不是以人物为主的那些主要元素就大踏步走在他自己前面了。

就是在这样的敢于认为加西亚·马尔克斯都有可能变成二流作家的胆识之下，刘震云开始了他的长篇小说的创作，接连发表了两部长篇小说《故乡天下黄花》与《故乡相处流传》。《故乡天下黄花》以一个小村落为背景，展示了超过半个世纪错综复杂的底层乡村社会风貌，与新写实不同，《故乡天下黄花》属于那种半写实半寓言式写作。

长篇小说《故乡天下黄花》创作于 1990 年。这部小说描述的时间跨度从民国初年到“文革”结束，讲述了“故乡”——具体来说，应该是刘震云的河南老家的乡村的村长，在六七十年之间权力的争夺、转换和延续。“故乡”这个词汇，作为刘震云的“原乡”——追忆和挖掘的某个永恒的地方，文学的一个故乡，成了刘震云几部小说描述的时空。《故乡天下黄花》中，村长的权力不断更替，在一个小小的村子里，人们你来我往，生生死死，但那大片的黄花——油菜花年年都开，覆盖了大地和黑坟，成了刘震云表达的意象。

1992 年，刘震云的第二部长篇小说《故乡相处流传》出版。这部小说带有更为荒诞的色彩，是某种新历史小说的变形。小说分为四大段，第一段《在曹丞相身边》，时间背景是在三国时期，有名的历史人物曹操出现在了小说中。主人公是曹操旁边的一个小人物，他目睹了曹操是如何取得了权力和胜利。小说的第二部分，《大槐树下告别爹娘》，讲述了元末明初的事情，主人公于第一部分就像是转世了一样，以另外的名姓继续出现，显示了历史的循环和荒谬，小人物的自得其乐。第三段《我杀陈玉成》则到了风雨飘摇的晚清时期，太平天国运动动摇了清朝的统治基础，在这一时期，故乡——那个永恒的河南延津的小乡村，继续发生着前所未有的变化。到了小说的第四段《六〇年随姥姥进城》，则将“大跃进”导致的大饥荒为时代背景，描述了主人公“我”的奇特经历。

在《故乡相处流传》中，刘震云采取了断代的方式，将叙述人置放在广大的时间和空间里，前后叙述的时间跨度达到了 1800 年左右，但叙述人“我”则就像一个不死的精灵和见证人那样，见证了历史的暴力，战争、饥荒、动乱、起义、迁徙带给普通人的痛苦。这让我想起了弗吉尼亚伍尔夫的长篇小说《奥兰多》中，那个跨越了几百年欧洲历史的、不死的还会变性的奥兰多的形象，还有西蒙娜波伏娃的长篇小说《人总是要死的》中那个跨越了 400 年欧洲历史，不死的人物奥斯卡。采取穿越历史的方式连缀历史，将不断重复如同噩梦一样的历史，处理成带有荒诞色彩和滑稽场面的小说，刘震云可谓是幽了历史一大默。这本小说机智、有趣、生动，还能引发人们的思考。而这部小说中出现的一些人物，比如孬舅、六指、瞎鹿、曹小娥、猪蛋、白蚂蚁、白石头、沈姓小寡妇等人物，也出现在了刘震云的第三部长篇小说《故乡面和花朵》中。

《故乡面和花朵》是刘震云创作的第三部长篇小说，也是他最重要的作品，从 1992 年开始写作，到 1998 年这部四卷本、200 万字的鸿篇巨制出版，前后花了 6 年的时间。这部小说的奇特性在于，他和刘震云的前两部小说的清晰、明澈、简洁、讽刺和批判性不一样，这部小说是相当巨大，也是相当难以解读的。

《故乡面和花朵》体现了刘震云在文体和结构上的创造力，把握鸿篇巨制的能力，都是惊人的。这部小说结构庞杂、人物众多、似梦似幻、真真假假、讽刺幽默、技巧多变、语言繁复、意义模糊等，都令人叹为观止，也引起了一些争议。为此，出版这部小说的华艺出版社，特地请评论家李敬泽、关正文撰写了解读文章，请记者陈戎采访刘震云，将这三篇文章以《通往故乡的道路》为题出版，颇有点像前些年译林出版社出版《尤利西斯》的时候，也同时出版了一本陈恕教授撰写的《尤利西斯导读》。关正文还专门做了一个 30 多万字的浓缩版，专门用于《长篇小说选刊》的选用。

《故乡面和花朵》的阅读困难，不仅仅在于 200 万字的长度让有些读者望而却步，而是在于作品的本身也非常的庞杂反繁复。首先，小说的题目，“故乡”，“面”，“和花朵”。“故乡”指的还是刘震云的故乡河南延津，另一个层面，说的就是我们每个人的故乡。“面”是什么？显然，指的不是河南烩面，是泛指食物、小麦或者人们赖以生存的食物以及物质基础。那么，“花朵”呢？我想这里刘震云指的就是故乡的精神了。在这部刘震云迄今为止写得最长的小说里，他显然想把故乡的物质和精神都写出来。

小说的第一、二卷都是“前言卷”，第三卷则是“结局”。到了第四卷，是“正文：对大家回忆录的共同序言”，而每卷又分为十章。在结构上呈现一种环状结构，互相印证，前言也是正文，结局不过是中部，而最后一卷又是序言。刘震云的这种复杂的结构，让读者很难分清楚他到底写的是什么。不过，刘震云在某次接受记者采访的时候，透漏了一些端倪。他说，小说的前三卷是飘浮在空中的气球，第四卷是大地上拴住气球的绳子的铅坨。

好了，这就成了我们进入这部小说的门径了。小说中的一些人物，孬舅、六指、瞎鹿、曹小娥、猪蛋、白蚂蚁、白石头、沈姓小寡妇，再次出现，前三卷类似梦呓或者各类梦境的组合，是完全虚构的一个想象的世界，写作手法是意识流的、梦境的、荒诞的和魔幻的，而第四卷，则是非常现实主义地将视线定格于 1969 年这个特定的年份里，故乡的村子里面的人物的故事，一个个地如实写来，成了前三卷的平行世界和有力补充。我常常觉得，这个部分是小说最重要的部分，读者可以先来阅读这个部分，就很好理解这部作品了。这部小说的语言如同大河一样滔滔不绝，各种长句子短句子十分的密集，一改刘震云前面作品的清晰明澈简约，变得西化了，在繁复的句子背后，由语言本身造就的现实就诞生了。这是刘震云为我们创造的一个由两面镜子互相映照的世界，一个想象的、荒诞的、魔幻的、梦境的，另外一个则是现实的、乡土的、具体的、记忆的。而这个世界，都是刘震云所要书写的故乡——我们共同的故乡，它的物质，它的精神的全貌。

三年多之后的 2002 年，刘震云出版了第四部长篇小说《一腔废话》。可能是上一步长篇小说的篇幅和难度，让刘震云及其读者都感到了困倦，这一步小说初读显得轻松自然，但更加荒诞不经。小说的背景设定在北京的某个居民小区，出场的人物是修鞋的、卖肉的、知识分子、电视明星、三陪小姐、卖白菜的、卖杂碎汤的、搓背的、捡破烂的等，甚至出现了孟姜女和白骨精这类文学想象人物。小人物们喜欢模仿秀、辩论赛和欢乐总动员等大众电视娱乐节目，但他们发现他们的语言有着严重的问题，有一天就开始修补自己的讲话，结果发现自己说的原来都是一腔废话。而且，他们没有脱离大地，还生活在一个逼仄的小巷子里。刘震云通过这部小说，一方面探讨语言本身的陷阱，另一方面，则创造了小人物世界的狂欢和无奈，狡黠和蠢笨，无知和聪慧并存的状态。

此后，刘震云迅速地转向了和影视的合作，2003 年与导演冯小刚同名电影《手机》播映的同时，长篇小说《手机》也出版了。这部小说是从《故乡面和花朵》中化出来的一条线索，并且延伸到了当下的欲望社会里，到道德解体的重建过程中人的处境。而手机，正是这个时代最具象征性的工具和触媒。电影《手机》的成功也让作家刘震云成了少数几个大众文化明星式的人物，加之他谈吐幽默，常常在各类电视节目上露面，成了这个时代最为大众熟悉的、著名的严肃小说家。

他的第六部长篇小说《我叫刘跃进》出版于 2007 年，这部小说讲述了一个叫刘跃进的厨子，丢了一个包，他后来又捡了一个包，结果这个包里面有一个贪官的秘密，导致了一系列的寻找和追杀。刘跃进是一个无辜的绵羊，不慎进入一个虎豹狼虫的世界，可最终他安全地脱身而没有被杀掉，小说共分 43 章，每一章不长，有着古代章回小说的那种讲故事的魅力，一环套一环，故事紧张生动，扣人心弦、30 多个人物接连出场，彼此连接得十分的紧密，是这部与当下社会结合最紧密的小说的最大特点，也是刘震云最好读的小说。后来，这部小说也被改编成了电影，刘震云还在其中扮演了一个民工角色。此前，刘震云在电影《甲方乙方》中客串过角色。刘震云说，他写剧本，是让自己的小说换了另一种方式在说话，他只改自己的小说，编剧不是他的职业。

2009 年，刘震云出版了他迄今的代表作品、第七部长篇小说《一句顶一万句》，这部小说有 36 万字，分为两个部分："出延津记"和"回延津记"，刘震云从当代重回故乡的历史，历史中的故乡，描绘了一个叫吴摩西的后来信仰天主教的河南人的一生，以及他的后代对他的寻找的故事。小说的上部，描述吴摩西为了寻找能够理解他的朋友而走出延津，走向了一个广袤的世界，一个他更为无法理解和沟通的时空。下卷则讲述他的养女的儿子牛建国，历经磨难回到了故乡延津寻找能说得上话的朋友的过程。这一出一回，延续了一百年的时间。小说兼具拉美小说大家的那种控制时间和讲述人物复杂命运的能力，和明清小说、野稗笔记的洗练和生动。

刘震云的这部小说，可能是他最动人的一部小说，由于人物命运的跌宕起伏和风云变幻，使这部小说具有了小型史诗的气派。小说的主题是人如何摆脱孤独。如果说加西亚·马尔克斯的《百年孤独》写的是拉丁美洲的两百年的孤独的话，那么这部小说，则写了一个个个体生命的十年、百年、千年的孤独。小说中，人与人的对话，人与上帝的对话，人与时代和人与时间的对话，都是困难的，难以实现的。因此这部小说达到了一种难得的追问的境界，与命运、时间、人心、时代这些大命题紧密相关。2011 年 8 月，《一句顶一万句》与莫言的《蛙》等小说一起获得了中国文学最高奖、第八届茅盾文学奖，成为证明刘震云的创造力和影响力的一次表扬。

刘震云是相当勤奋的，2012 年，他又出版了篇幅稍小的长篇小说《我不是潘金莲》。这部小说显然可能取材于他的律师的妻子郭建梅所代理的一些女性上访者的经历，讲述了一个最终忘记了上访是为了什么而只是专注于上访的执拗的底层妇女李雪莲的故事，和当下中国社会的现实矛盾密切相关。这是触及现实生活甚至是政治层面的一部批判性很强、讽刺性也很强的、融现实于荒诞的情节之中的小说，显示了刘震云依旧保持着他在《官人》《官场》中犀利地透视中国社会的能力。关于文学和政治的关系，刘震云回答笔者是这样说的：

> 将一些发生在每个人身边的事情，上升到政治和社会的层面并不难。但政治和社会的层面你再给它拉大的话，还是生活的一个层面，它总会淹没在生活中。凡是政治和社会问题特别突出的国家所产生的作家，好像从娘胎里带出的胎记一样，胎记会像水一样洇开去，就像巴尔加斯·略萨，他写得真正好的，并不是关于政治的描写，而是那

部他自己跟他姨妈的爱情、参选总统败给一个日本裔的藤森，等等事件，这些都写得好极了。又比如米兰•昆德拉，他的作品里的政治成分也特别多，但是作品好就好在，他能够把政治和社会的因素融化到生活中的人物的爱与恨里去。

刘震云在这段话里，明确地表达了他认为再政治的东西，作家也要从生活的层面去把握的意思。的确，上访者李雪莲要是让一个技法不高的作家来写，很容易写成了血迹斑斑的简单的控诉。而刘震云的讽刺、荒诞、幽默和带有悬念的讲述，使小说本身超越了狭隘和当下的政治与现实，成了一个能够和时间抗衡的审美作品。这，是一个杰出作家的最重要的才能。文学只有超越了政治，才不会被政治所击倒。而什么是最理想的作品呢？刘震云也给了笔者的采访以回答：

一部作品的极致到底应该达到什么样的状态，才是好的？我想，作品的极致有两种情况，第一种极致，是在一个平面上，像水流一样向周边蔓延，局限在政治和社会层面，而政治的因素、社会的因素、反抗的因素、叛逆的因素，是最容易达到极致的因素。比如，一个人在街上用一个酒瓶子砸到自己头上，流血了，一定会引来很多人观看。这样的直接对政治和社会的反抗、叛逆性表达，是用黑暗来写黑暗，这是许多作家都可以做到的，而且是很容易做到的。张牙舞爪的作品，我觉得，是容易写出来的。真正难写的，是另外一种极致：将复杂还原为简单。我觉得，一个作家最伟大的工作，是把一个特别复杂的东西还原成简单，哪怕是一个极其复杂的公共事件，要能还原到个人和人物。这是另一种极致，它不是往周边蔓延，不是把匕首扎在自己的胸膛上，而是它是一个大海，表面上风平浪静，其实汹涌的东西都在下面，构成了真正的丰富和深渊。

这是刘震云对伟大小说的理念，也是他践行和追寻的目标。而实际上，通过对他上述作品的分析，他已经达到了这样的目标，而他还在前行。

第二节　小说叙述实验：以马原、格非为例

一　马原：从叙事圈套到现实圈套

马原是 20 世纪 80 年代中后期出现的“先锋文学”浪潮中的最重要的一位，他的写作与现代派以来的文学有着密切的关系。他 1953 年出生于辽宁锦州，1970 年中学毕业，农村插队三年。后来，还在工厂当过工。1978 年适逢高考，他考入了辽宁大学中文系。

马原 1982 年大学毕业后主动申请，来到了西藏，在西藏前后生活了 7 年，担任媒体的记者，电视台的编导，等等。1989 年他调回辽宁，做了专业作家。1993 年，在当时风起云涌的“下海”浪潮之中，马原又前往海南，在海口一家文化公司任职，公司的业务就是做文化生意。但马原发现经商远比写小说艰难，他经商失败之后，开始从事影视和话剧剧本的写作，并在海南大学担任客座教授。那几年，马原还雄心勃勃地拍摄了一部记录中国现当代文学史上的大作家的纪录片，但这个纪录片因为资金匮乏而中途搁浅。但是也拍了像巴金、冰心、沈从文等大作家的很珍贵的影像资料。

马原于 2000 年调入上海同济大学，教授文学和电影，很受学生的欢迎。他的教案后来出版为《小说密码》和《电影密码》。2008 年，马原因为身体原因，离开同济大学中文系，前往海南休养。2012 年，他前往自然环境

更好的云南勐海县定居下来。这是马原的一些基本的生活轨迹。

马原的小说创作至今已经有 30 年的历程了。他的写作明显地分为三个阶段。第一个阶段，就是从 1984 年发表第一篇短篇小说《拉萨河的女神》，到 1997 年由作家出版社出版了马原的四卷本文集为止。这个阶段，马原创作了一部长篇小说《上下都很平坦》，中篇小说《虚构》《冈底斯的诱惑》《西海的无帆船》《旧死》《双重生活》等 17 部，短篇小说《叠纸鹞的三种方法》《拉萨生活的三种时间》《涂满古怪图案的墙壁》《康巴人营地》《游神》《错误》等 36 篇。此外，还写有戏剧剧本《爱的拒绝》和《过了一百年》，以及一本随笔集《两个男人》，这就是他第一个阶段的全部作品了。

在这个阶段，马原是当代文学中的明星级的人物，可以说，喜欢文学的，没有不读马原的。在小说的叙述方式上，马原的叙述方式革新，与格非、苏童等“先锋派小说家”，给当时的中国文学带来了强烈冲击，是研究 20 世纪晚期的中国文学绕不过去的现象。

马原深受包括拉美小说在内的西方现代派文学的巨大影响。他也是当代作家中，对 19 世纪和 20 世纪外国小说阅读和研究并重的小说家，这一点，在他后来在同济大学给学生讲课的时候就表现得更为突出。对于拉美文学，马原最喜欢谈论的、受到影响最深的，还是博尔赫斯。他说：

> 博尔赫斯是 20 世纪一位具有非凡影响力的作家，中国有很多作家，包括余华、格非、残雪，他们都为博尔赫斯所着迷。很多批评家也喜欢博尔赫斯。这个作家真是奇幻无比，他一辈子写的小说结成集，也不过是我手里这么不厚的一本，全部都是短篇，几乎没有一篇超过一万字，但是影响了 20 世纪很多作家。……有些批评家说我受博尔

赫斯的影响比较重，博尔赫斯确实是我很喜欢的一个作家，我想他最大的魅力是虚拟，但是我不是。就像有些评论说国内某作家受我影响，言外之意跟“模仿”也差不多，但是我也不认为这个说法正确。比如我最着迷的是一个物理学名字——位移，我最喜欢观察各种情形下各种人和事物之间的相对位移；当挪动某一个位置之后，其他相关任何事物会发生什么变化。在叙述上影响我最大的，一个是英国的菲尔丁，另一个是瑞典女作家拉格洛夫。海明威和博尔赫斯排在第三第四。

博尔赫斯是作家们的作家，阅读博尔赫斯的小说可能更多的是作家，是艺术家，他的小说留给同行们的提醒可能更多，想象空间可能更大。我们从他那里会汲取营养，写我们自己的故事。但可能不会像他那么写，因为我担心会失去我的读者。海明威的方式和博尔赫斯的很不一样，同样写杀人，海明威就不像博尔赫斯那么沉得住气，他一定不让他的读者觉得很沉闷沮丧。（见马原著，《阅读大师》，第248~252页，载《杀人游戏》，上海文艺出版社，2002年1月版）

马原对博尔赫斯的认识和看法是很深入的，这一点，在他自己的作品中都有所体现。和博尔赫斯一样，马原将小说看成了一种叙事艺术的高级智力游戏，因此，在叙述的方法上，马原从博尔赫斯那里学到了很多。在他的中短篇小说中，叙述者常常就是马原本人，作者亲自出场讲述故事，把小说写得假亦真来真亦假，使读者既迷惑又清醒，不知真假。马原不断地设立一些叙述的圈套，在有些小说里，叙述者有多个分身，其实，都是叙述者本人的化身，或者是小说主人公的多个侧面，由此，会让人想到了博尔赫斯笔下的迷宫。

不同于博尔赫斯的那种来自哲学和玄想的迷宫的地方，是马原的迷宫还是人物命运的宿命感和不可测感，是故事的扑朔迷离感，而不是博尔赫斯式的带有玄学的性质。当然，马原的小说最终也指向了虚无，指向了命运的吊诡是由一个可能的终极掌控者所控制，但是，他的小说人物和故事总的来说是可感的，现实的，生动具体的。马原这个时期的小说，其中的男人形象还有海明威作品的影子和影响。大都是硬汉，或者孤独面对生活挑战的人。这也难怪，马原在西藏生活了 7 年，他见过、听过了太多生生死死的事情，而且在这些事情里面，男人，都是能够顶天立地、自我负责的。这使马原的小说写作与博尔赫斯笔下那些在阿根廷的大草原上生活的高乔人互相映照。高乔人和藏族人以及东北人一样，都是彪悍、豪爽、温柔和敢于掌握自己的命运的，哪怕最终将面临一场悲剧，这些男人也勇敢地前行。看他下面这段话，就知道他是如何从博尔赫斯和海明威那里学习到了真功夫的了：

> 博尔赫斯是阿根廷作家，是 20 世纪像海明威一样，在世界范围内影响最大的小说家。博尔赫斯对中国读者和作家的影响主要是来自他的小说。同样是讲杀人故事，博尔赫斯的《等待》和海明威的《杀人者》有一个小说本质上的不同。博尔赫斯可能更关注灵魂。《等待》这篇小说中几乎没有情节，甚至没有人物。小说讲一个人到旅馆投宿，登记时他报了要杀他的那个人的名字。接着整篇小说就描述这个人琐屑无聊的日常生活，他一直在等待被杀的那一刻的降临，甚至在梦境中也在等候。他把生活中一些偶然事件都和眼下自己面临被杀的境遇联系起来。在电影院里有人曾经和他撞了一下肩膀，他就一直想那个人可能就是杀手中的一个，可能就是来杀他的人。他把生活和想象、梦境和现实都混淆在一起，煮成了一锅乱粥。然后有一次当他正处在这种混淆不清的状态时，他正在睡觉，忽然被响声弄醒了。他看到要杀他的那个人带着枪和几个陌生人走进房间，他对他们摆摆手，说，

别来打搅我，就翻身继续睡。因为他以为这几个人不过是他每天持续不断的梦境的一部分，于是，他最后在梦境中等来了枪声。博尔赫斯在结尾写道："他正在恍恍惚惚的时候，枪声抹掉了他。

博尔赫斯的小说，你读了之后，真是一连串的幻觉和梦魇。你看不到人物，人物事实上是不存在的。博尔赫斯的很多小说都这样，有人名，但确实没有人物。在古典小说中，人物本来是小说绝顶重要的表现对象，是小说的核心。而在现代主义小说里面经常都没有人物了，都是符号，是影子。（见马原著，《阅读大师》，第18~19页，载《海明威的男人哲学》，上海文艺出版社，2002年1月版）

除了博尔赫斯，马原当然也看过加西亚·马尔克斯的作品，看过很多其他拉美小说家的作品。不过，似乎加西亚·马尔克斯的魔幻现实主义对他的影响没有那么的巨大。马原还是在小说的写作技巧上，四处取经，创造出一套自己的看似故弄玄虚并且真真假假，实际上类似元小说——关于小说的小说——的那种叙述圈套式的写法，让中国当代文学令人耳目一新，也影响了不少后来者。他是这么谈论加西亚·马尔克斯的：

在谈到海明威的《杀人者》的时候，我想到拉美作家加西亚·马尔克斯——就是写《百年孤独》而名噪世界的那个马尔克斯，他有一篇很有名的中篇小说《一件事先张扬的凶杀案》，小说的故事是讲一对兄弟去杀人，起因是他们刚结婚的妹妹被男方发现不是处女而被要求退婚，妹妹被赶回家，两个哥哥就审问妹妹到底谁要为这件事情负责，最后他们把疑点落到了某一个男人身上。在确定了责任人之后，两兄弟就开始大肆吵闹，吵得四邻都听见，说不能便宜了那小子，一定要让他负责任，要杀了他。而我们在这个过程中看到的其实是两个兄弟的懦弱，因为杀人者愿意让这件事仅仅作为一个话题存在。这个故事的结尾很不幸，要被杀的那个小说教师居然也没逃，一直等到两兄弟找上门来杀了他。（见马原著，《阅读大师》，第 253~255 页，载《杀人游戏》，上海文艺出版社，2002 年 1 月版）

于是，在马原的笔下，时间的运用，也是他最重要的写作手法。1987 年出版的长篇小说《上下都很平坦》，从题目上看，有一种暧昧的意义含混，读者并不知道这本书是说什么的，以及为什么、是哪个地方“上下都很平坦”？细读之下，才发现，这是一部讲述知青生活的小说。几个知识青年来到了乡下，但马原笔下的知青生活，早就没有了“知青文学”兴起时的那种梁晓生笔下《这是一片神奇的土地》的浪漫，也没有阿城笔下《棋王》的空茫，既没有王小波《黄金时代》里的黑色幽默，也没有张抗抗《隐形伴侣》中的女性精神分析，有的就是一种白描和讲述。但讲述着我显然已经回到了当下，他讲述的是姚亮、陆高、瓶子、小秀、江梅、肖丽、二狗、赵老屁等人的故事。其中，马原还煞有介事地引用了笔下人物姚亮的作品片段，使这部带有自传性的小说产生了间隔感，最后，小说表达的是生活的苍茫、无意义和虚空。而剩下的，就是马原绕来绕去的叙述方式，以及将笔下人物分割、回旋、插叙、割裂等讲述的命运，大都与死亡宿命有关。

当然，马原最有名的小说开头是这样的：

我就是那个叫马原的汉人，我写小说。我喜欢天马行空，我的故事多多少少都有那么一点耸人听闻。我用汉语讲故事；汉字据说是所有语言中最难接近语言本身的文字，我为我用汉字写作而得意。全世界的好作家都做不到这一点，只有我是个例外。

马原就这么直接出场了，担任叙事者。但是，有时候，我们有理由怀疑，这个叫马原的叙述者，就是马原本人吗？显然，是不一定的。

马原的小说，既是虚构的，却是假装真实的，然后他又解构了小说的故事本身。他不断地营造着叙事的圈套，让读者进去，然后上当，然后读者会发现，小说里面不过是个虚空，人物命运都导向了死亡和虚无。要往深里追问，可能马原的小说还与存在主义有些关系，表达的是人的存在的意义究竟指向了哪里。

马原创作的第二个阶段，是从他到上海同济大学任教开始，这个阶段，马原停止了小说创作，只出版了两部关于小说和电影的讲课笔记《小说密码》《电影密码》，创作上似乎比较沉寂。而且，马原还抛出了“小说已死”的观念，就好像语不惊人死不休，他自己停止写小说了，小说就“死了”。不过，马原的这个观点，也代表了一些人的想法。对此，马原认为，新千年以来，电子媒介、电脑网络的迅速发展和普及，使得包括报纸、书籍、杂志在内的传统纸媒陷入了持续的萎缩，书籍阅读缓慢地衰落，而小说的载体过去一直是纸媒承载的。如此一来，小说的命运就堪忧了。

我想马原可能是杞人忧天了。一个是书籍本身出版样式的完美性，将使书籍有着时间凝固的形式，就像意大利著名作家翁贝托•艾柯所说的，书籍很难死掉，因为它已经诞生，就是完美的了。可能书籍在电子媒体的冲击下，销量下降，特别是报纸这种无法抵抗时间的即时性的纸媒，的确遇到了困难，但是书籍的死还为时过早。

我以为，马原在大时代的背景下，思考“小说已死”，可能说的是小说的传统传播样式在死亡，但小说借助网络电子媒体，可能会有新的生机也不一定。马原认为，小说会更加边缘化，很多影视剧都改编自小说，但是很多人知道或者阅读小说却是在影视之后。他坚持把经典意义的小说和流行的叙事文本分开，因为它们是不同的。马原坚信，经典长篇小说特别不适合在屏幕上阅读和创作，网络新媒体势必带来新的叙述，但这种叙述尚未诞生。他认为，小说并不会彻底消失，而是即将变成博物馆艺术，就像话剧和诗歌一样，在小范围内传播，在特定场合表演。我想，这些都说早了，小说是人类的本性——好奇心——所驱使的艺术，小说的死亡是非常困难的。

这个阶段的马原，其思考和写作精华，都体现在《阅读大师》《小说密码》《电影密码》之中，分析了很多小说大师、杰出同行、小说技巧、创作笔记、剧本秘籍、电影解密等，读者可以自行找来看看。

马原创作的第三个阶段从2012年他出版了长篇小说《牛鬼蛇神》开始，他再度迸发了创作热情，又接连出版了长篇小说《纠缠》《荒唐》，以及带有童话色彩的作品《湾格花园》，依旧处于旺盛的写作状态，是非常让人惊喜的。我再来引用一段马原谈博尔赫斯的话：

> 博尔赫斯的小说里有大量的以迷失作为结局的例子，很有名的一篇小说叫《沙之书》。（讲述）有一个人上门推销书，他说他有各种版本的《圣经》，叙述者说自己不缺《圣经》。然后推销者说他还有一本书叫《沙之书》。他把书拿出来让叙述者看。这本书没有顺序的页码，任何一页都不会重复也没有秩序，无始无终，每次翻阅到的地方你再次翻阅就找不到了，真的像流沙之书一样一直在变动。一开始叙述者还充满热情地看这本书，到后来忽然觉得没有意思，并很恐惧，心想这种东西太可怕了，最好让它消失掉。因为叙述者是供职在一家图书管里，于是他就把这本无边无际无始无终的奇书，随便放到了图书馆的一个书架上，就让那本《沙之书》混迹于、消失于图书馆浩瀚

的书海里，书本身也变成了一颗渺茫不可寻找的沙粒。”（见马原著，《阅读大师》，第 392~393 页，载《结局的十三种方式》，上海文艺出版社，2002 年 1 月版）

即使马原觉得书是有生命的，书会死亡，但对书本身的迷恋，是马原无法割舍的。博尔赫斯关于《沙之书》的描述，让马原体会到，即使写作是无用之功，也比不写好。何况，说书会死亡，但是书籍的出版却依旧十分的繁盛。

在 2012 年，马原借助长篇小说《牛鬼蛇神》的出版重返文坛，惊动了很多人。这部小说还获得了海南省搞的一次长篇小说奖的五部最佳小说奖。《牛鬼蛇神》述说的是他 2008 年生病之后，对生命、世界的一种新理解。小说的结构是倒叙的，又是一本带有自传性但却自身呈现解构特征的小说。小说分为四个部分，以地名北京、海南岛、拉萨、海南作为章目，每一个部分从第三章倒叙到第 0 章，小说在地理的转移、时间的变幻和时代的风驰电掣中，描述了两个人——李德胜和大元的关系。李德胜是民间奇人，大元是当代作家，他们的关系在这个年代里穿行于纷纭的世相，拥有了万千世界，但同时，都能自省自身，对自己有深刻的追问，对社会、自然、宇宙有着别样的观照。据说，《牛鬼蛇神》写了 9 个月，是马原“口述”，由他学生打字记录完成。新技术支持了身体不好的马原的写作，他可以口述，可以借助巨大的屏幕来修改、存储。

由此看来，马原的第三个阶段的写作更具有了劫后余生、痛彻心扉的达观和入世感。2013 年，他的长篇小说《纠缠》出版，这部小说围绕着姚清涧先生死后留下的遗产处理，展开了叙述。儿女和突然出现的“同父异母”的哥哥之间，儿女之间，父亲和孩子之间，夫妻之间，一幅物欲横流时代的意乱情迷和人性大暴露。马原不再执着于叙事的技巧和圈套，而是着眼于世道人心。

马原的最新作品是 2014 年发表在《花城》杂志第一期的长篇小说《荒唐》。这部小说依旧将视野放在了一个家庭之内，将时代外部的金钱给人们关系带来的影响，作为小说的支点。马原笔下那个永远都存在的、不断生死的、作者的一个分身姚亮，又出现了。这部小说的叙述密度很大，当下的经济社会的信息量也非常大，商业社会里的规则、结构、术语、股票、资本运作、金融手段、博彩都有涉及，由此可见马原的知识谱系之驳杂，创作能力的旺盛。有趣的是，小说的结尾最后一段是这样的：

“他叫马原，他是个小说家。他就是我。我就是那个叫马原的汉人。”

经过了 30 年的写作，马原依旧是那个叫马原的汉人，他写小说，他是个小说家——一个非常好的小说家。

二　格非：从先锋技法到对历史的白描刻画

格非原名刘勇，他 1964 年出生于江苏丹徒县。1985 年从华东师范大学中文系汉语言文学专业毕业后留校，2000 年获得了文学博士学位，毕业论文是一篇论废名的十分独特的论文《废名的意义》，分为四节：桥、水、树、梦，成了小说家博士论文的典范之作。同一年，他离开了上海，调入了清华大学中文系任教。在清华大学，他是一个很受学生欢迎的老师，主讲写作课、小说叙事学、欧洲电影，等等。

格非在文坛上出道很早，1986 年他年仅 22 岁，就发表了小说处女作《追忆乌攸先生》，1987 年发表中篇小说《迷舟》、短篇小说《青黄》，1988 年发表了短篇小说《褐色鸟群》，这几篇小说给他带来了“先锋派小说家”的标签，与当时的马原、苏童、孙甘露、北村等一批作家成了实验小说作家群中的一员，一举成名。

格非属于学院派的学者型作家，属于凤毛麟角的博士作家，因此，他的作品都呈现出对语言和形式的讲究，在早期创作的中短篇小说中，他总是在营造叙事的迷宫，带有智力游戏的性质。他的作品准确、节制、优雅、悬疑、精致、游移、纯粹、矜持和生动，还带有诗性。从 1986 年到如今，他一共创作了《风琴》《迷舟》《锦瑟》《相遇》《蒙娜丽莎的微笑》《隐身衣》等 44 篇精美的中篇和短篇小说，创作了《敌人》《边缘》《欲望的旗帜》和由《人面桃花》《山河入梦》《春尽江南》等构成的“江南三部曲”等 6 部长篇小说，可谓是有着持续的创造力的当代杰出小说家。

由于出身于学院，格非是一个阅读量非常巨大的学者型小说家，他深受博尔赫斯、普鲁斯特、卡夫卡等西方现代派小说大师的影响，在很多随笔中，他详细描述了他们对他的影响。这些随笔收入进了《塞壬的歌唱》《博尔赫斯的面孔》两部随笔集子里。

而本文主要探讨的，是他受到哪些拉美小说大师的影响，对欧美其他格非所心仪和评价的作家，就不涉及。我们来看看格非是怎么谈到拉美文学的：

> 拉丁美洲的小说在 20 世纪中叶的崛起，使同时代的西方文学黯然失色。然而，说起拉美文学与西方文学特别是现代文学的关系，即便在拉美文学界，亦有不少的争议。不过，在博尔赫斯看来，争论本身并没有多少价值。他在《阿根廷作家与传统》一文中指出，那种担心向西方学习从而丢掉本民族的“地方特色”的忧虑，其实是荒谬的，因为真正土生土长的东西是不需要任何地方特色的。民族主义者貌似尊重民族或地方特色，而结果却只能使创造力陷入自我封闭、窒息以

至衰竭。在另一个场合，他不无调侃地检讨自己的“错误”：“我一度努力使自己成为一个阿根廷人，却忘了自己本来就是。”博尔赫斯本人的创作与欧洲大陆文学传统有着千丝万缕的联系，而他的创作题材还涉及阿拉伯、印度和中国。

阿莱霍·卡彭铁尔在谈到拉美文学的辉煌成就时，曾不无自豪地宣称，当代所有的拉美作家都具有世界眼光。他本人的创作就是从超现实主义开始的，而阿斯图里亚斯、巴尔加斯·略萨、胡安·鲁尔福、富恩特斯、科塔萨尔等作家都不约而同地采用了现代主义的叙事方式。这固然与西方现代主义小说的影响不无关系，但更为重要的是叙事方式的变革，形式的创新也是真实表现拉丁美洲现实的内在要求。也就是说，并非作家人为地制造荒诞与神奇，拉丁美洲的现实本身就是荒诞和神奇的。这块有着不同多种族、血统、信仰的新大陆所构建的光怪陆离、荒诞不经的现实，也在呼唤着别具一格的新的表现方式。（见《塞壬的歌声》，第98~99页，载《加西亚·马尔克斯：回归种子的道路》。上海文艺出版社，2001年11月版）

格非敏感地意识到，必须找到一种和中国的历史和现实相呼应的文学形式。而1985年之后，由“寻根文学”所推动的文学区寻找文化记忆的根，去寻找自我的文化认同和民间写作资源，是非常重要的一个路向。但是，如何为当代汉语找到一种新的形式感和叙述方法，如何处理小说内部的结构、语言和叙述方法，是格非等先锋派作家的出发点，等于在1985年之后，寻根文学和先锋文学成了并驾齐驱的两股力量，分别从内容和形式上，去开拓了当代中国小说的新格局。

而格非在小说的语言方面始终十分讲究，他所使用的语言，都是严谨和规范的甚至是纯正的，他精确而漠然地将汉语本身的精微和幽暗，覆盖了自己的小说意义的暧昧、多疑和神秘，以多层面的叙述，让他笔下的小说成了散发语言光辉的文本。

细读之下，你可以感觉到格非的文字准确细腻，捎带华丽，不常使用口语，即使是对话，也极具书面性。对此，来自加西亚·马尔克斯的影响是存在的。他说：

> 加西亚·马尔克斯曾说，拉美的现实向文学提出的最为严肃的课题，就是语言的贫乏。马尔克斯对语言问题的关注，在拉美作家中并非个别现象。实际上，一代又一代的拉美作家一直在致力于寻找并创造一种有效的叙事语言，用来描述拉美独特的现实。大部分拉美作家都使用西班牙语（也有人用法语和葡萄牙语）写作，但拉美的西班牙语是融合了印第安语、黑人土语并在历史的延续中发生着重要变异的泛美语言。一个墨西哥人能够理解古巴方言，而一个古巴人对于委内瑞拉俚语也能耳熟能详。正是西班牙语的自身的灵活性，可以使不同国家地区的作家随时对它加以改造：拆解并重组它的结构，改变词性和修辞方法、甚至重新创造出新的词汇，而这种“语言的游戏”却不会妨碍交流与理解，这的确是一个有趣的现象。……拉美作家似乎很少去关注语言的纯正性和规范化，他们迷恋的是语言在表达上的力量、无拘无束的有效性。我一直认为，叙事语言的成熟是拉美文学爆炸得以产生的前提之一。（见《塞壬的歌声》，第99~100页，载《加西亚·马尔克斯：回归种子的道路》。上海文艺出版社，2001年11月版）

除了在语言上的精雕细刻，格非对故事的冷静的叙事，也是他追求的特点。加上精确的语言，使得他的小说充满了吸引人读下去的悬疑感。在这一点上，他和他心仪的作家博尔赫斯有着异曲同工之妙。他说：

……和海明威一样，博尔赫斯等作家仍沿用传统故事规则写作小说，但同时他们也已走入了传统现实主义小说和现代主义小说之间的两难境地。和海明威不同的是，博尔赫斯将自己感觉的困惑引入到叙述之中，在某种程度上，他们把自己的使命的难度变成了题材。我们不妨来看看博尔赫斯的小说《南方》：

小说故事的叙述极为简单，达尔曼去南方接受一笔遗产，他在出发前夕，额角被楼梯擦伤，因此得了败血症，他住进医院后医生告诉他，他已不治。但一个星期之后，医生出人意料地通知他，他的病好了，不久就可以出院。于是，达尔曼痊愈后来到南方，在途中被人杀死。从表面上看，这是一个典型的传统现实主义小说叙述的故事，但它并非如此简单，这个故事至少有两种读法，第一种读法即上述故事本身；另一种读法是，达尔曼确实死在医院中了，在临死之前他出现了幻觉：他对（自己）如此平常的死亡感到难以接受，在病榻上想象出另外的死法——在去南方的途中，（英勇地）和人格斗而死。究竟哪一种读法更符合作者的意愿，作者没有交代，他把自己感觉的困惑写进小说。在这个有头有尾、跌宕起伏的小说中包含着很多部确定的因素，任何一个层次的读者都可以根据自己的感觉对作品加以补充。正是这样，博尔赫斯避免了传统现实主义小说那种差强人意，同时，作家沿用了传统故事的推进程序，从而避免了现代主义小说混涩难懂的通病。

通过上述分析，我们有理由相信，现代主义小说在经历了对传统现实主义小说的反叛之后，又开始了某种意义的回归。这种回归是建筑在对传统现实主义和现代主义小说全面考察的基础之上的。当然，现在很多作家依旧运用古老的传统现实主义小说手法写作，也有的作家进行更为激进的小说实验，可是越来越多的作家在传统现实主义和现代主义之间选择了一条谨慎的中间道路。我认为，这条道路至少是

可行的。（见《塞壬的歌声》，第50~51页，上海文艺出版社，2001年11月版）

格非在这里明确地提出，在传统的现实主义和现代主义之间，选择一条中间的道路，是可行的。这段时间，是他受到博尔赫斯影响最大的时期，他也多次谈到了博尔赫斯对他的影响。（注解1）

我们先来看看他早期的小说《迷舟》和《褐色鸟群》。中篇小说《迷舟》是他的成名作，这篇小说从另外的一个角度，描绘了北伐战争时期的一场带有悬疑色彩的战役，巨大的历史被很小的细节所改变。这篇小说的确是带有着博尔赫斯的浓重的影响，让我想起来博尔赫斯的那篇名作《交叉小径的花园》。在博尔赫斯笔下，一场战役的结果的改变，也是因为一次带有偶然的刺杀行为。

在《迷舟》中，属于格非自己的，是叙述的悬疑腔调，语言的精致玲珑，以及题材的中国化。短篇小说《褐色鸟群》也是当时让很多人感到疑惑的小说，这篇小说解读起来十分困难，相当费解，没有人能够说清楚，格非是要说什么，只是感觉到小说中有一种氛围，有男人女人也有他们之间的欲望。小说有象征、隐喻和谜语，但无法确切地说明白。这篇小说的出现，实在是颠覆了1911年以来的现当代小说传统，主题模糊，时间氤氲，人物简化，环境暧昧。小说的叙事结构，类似埃舍尔的怪圈，每个圆圈讲述的，都是主人公和一些女人之间的关系，这几层圆圈彼此相交、相切，最后相离。小说由此导向了怀疑论、不确定和时间迷宫。最终，读者觉得这篇小说是在讲述怀疑存在确实性的一种探讨，趋向了哲学。

在20世纪90年代，格非分别出版了三部长篇小说:《敌人》（1991）《边缘》（1993）和《欲望的旗帜》（1996），这三部小说牢固地奠定了他在先锋实验文学领域的地位。而且，这三部小说都带有着那个年代的特殊印记，在市场化的走向的社会里，显示了先锋文学的疏离感和高姿态。

《敌人》只有 16 万字，是个小长篇，小说的背景设定在民国时期。财主赵少忠继承了一份家业，但是这份家业与一场大火有关，而谁是纵火犯？是赵少忠要寻找的“敌人”。小说从赵少忠的祖父、父亲到赵少忠进入老年之境，都在探讨着“敌人”是谁。小说从头到尾，都笼罩在寻找“敌人”的神秘气氛里。宿命、死亡和欲望，这些人类被裹挟的东西，都在小说里翻腾，但格非的叙述则不露声色。最终，小说实际上导向了敌人的虚空，和意义的虚无。我阅读这本书的感觉，有点像博尔赫斯的迷宫小说加法国新小说派小说家阿兰罗布格里耶的物化小说综合起来的那种感觉。

《边缘》篇幅也不大，但却表露出格非重构中国 20 世纪历史的雄心，他想以小见大地撬动那凝重的历史。小说以一个经历了 20 世纪的老人的回忆构成，叙述者是“我”一次讲述了自己在事件和历史中的旅行，各种盲目的选择和古怪的命运，一系列出现在主人公的生命中的人，最终都各自陨落。宿命感笼罩在小说中。由于格非和李洱是好朋友，我倒是觉得，这部小说可以和后来李洱写的长篇小说《花腔》，构成了一个互相映照的文本，有兴趣的读者可以参考阅读。

格非第三部长篇《欲望的旗帜》把目光转向了当时的现实，他书写了大学校园。但是，他笔下的大学校园，依然有着某种无法和现实对应的准确，而是他虚构的某种精神境遇和状态。大学知识分子的生活是他最熟悉的，但是他此前一直在回避这个题材。

小说一开始，一场学术会议即将举行，但是，核心人物贾兰坡教授突然自杀坠楼，会议被迫中断，赞助商也被捕，欲望的旗帜在每个人心头升起来，但是，欲望的旗帜该如何落下来？格非在这部小说中，采取了讽刺和暗喻的方式，接入到20世纪90年代中后期愈演愈烈的金钱至上的社会风气在高校里面的影响。

正是在这个时期，拉美文学的另外一个小说大师加西亚·马尔克斯开始对他施加了影响。关于加西亚·马尔克斯，格非是这么说的：

> 加西亚·马尔克斯所关注的语言问题，除了文字本身以外，更为重要的也许是“形式”。也就是语言与现实之间的复杂关系。他觉得有必要创造一套全新的叙事话语来适应拉美的现实。这一点与詹姆斯·乔伊斯在倡导形式革命时的宣言如出一辙。不过，马尔克斯没有怎么师承詹姆斯·乔伊斯和马塞尔·普鲁斯特，而是师承卡夫卡、弗吉尼亚·伍尔夫、威廉·福克纳、海明威和胡安·鲁尔福。卡夫卡教会了他如何通过寓言的方式来把握现代生活的精髓，并帮助他重新理解了《一千零一夜》的神话模式，打开了一直禁锢他想象力和写作自由的所罗门瓶子。威廉·福克纳则给他提供了写作长篇小说的大部分技巧，福克纳的那些描写美国南方生活的小说充满阴郁、神秘的哥特式情调，坚定了马尔克斯重返根源的信心。而且福克纳那庞大的“约克纳帕塔法系列”（小说）也在刺激着他的野心。直到他有一天读了海明威的《老人与海》之后，福克纳的影响才有所抵消。海明威用简单、清晰的结构和语言把握复杂深邃的现实生活的天才使他获益匪浅。《没有人给他写信的上校》从叙事上可以看出海明威的直接影响。弗吉尼亚·伍尔芙对马尔克斯同样意义重大。马尔克斯本人在回忆自己阅读伍尔夫的《达洛卫夫人》的经验时承认，这部作品的开头对于他（《百年孤独》）的马孔多镇的缔造，有着决定性的意义。那段开头彻底改变了马尔克斯的时间感，使他“在一瞬间看到马孔多镇崩溃的整个过程及

其最终的结局”。更为重要的是，（伍尔芙帮助）马尔克斯理清了历史、传说、家族生活三重时间的关系，并对《百年孤独》《家长的没落》的写作产生了深远的影响。（见《塞壬的歌声》，第 100~101 页，上海文艺出版社，2001 年 11 月版）

这段文字，可以很好地帮助我们了解，现代主义浪潮的影响，是如何从欧洲的卡夫卡、弗吉尼亚伍尔夫和福克纳、海明威那里，来到了加西亚•马尔克斯身上，实际上，因为上述三部小说，这种影响也来到了格非的身上：对语言与现实的复杂关系上，格非走得比任何一个中国作家都远，格非也很强烈地意识到，他必须要创造一套全新的叙事话语来解构中国的历史和现实。而加西亚•马尔克斯，就是一个非常好的老师：

……我们知道，加西亚·马尔克斯的《百年孤独》这一漫长的故事是以作者的一段真实的经历为基础的：在许多年前，作者的外祖父马尔克斯上校带他去香蕉公司的仓库，让人打开一箱冰冻鲷鱼，把他的手按在冰块里。我们不难推断，作者在很小的时候就已经在“构思”这个故事了。他感到这里面有一种“令人激动的东西”等待着他去表达。他早期的创作在某种程度上完成了这一表达的准备。在这里，“见识冰块”与他个人生活世界之间构成了一种深刻的联系。尽管他后来将这个细节直接写入了《百年孤独》，但这种初始意象与整个故事之间的关系并不是简单的演绎型的，作者从一个更高的层次对这个意象进行了重新创造和书写。

很多马尔克斯的评论者都注意到了“见识冰块”与“拉丁美洲的孤独”之间的象征关系。从文化社会学的角度来看，一个老人带着一个孩子去河边见识冰块这个细节无非包含着这样的信息：冰块是自然之物，地处热带的马孔多人却无缘得见。吉普赛人将它引入马孔多时，村里的人都误认为它是钻石，并将它看成是“我们这个时代最伟大的发明”。它从某个侧面反映了拉丁美洲对于外世界的无知，反映了直接切入的欧洲文明与当地古老的神话般的生存状态之间的种种荒诞的关系，并且“埋下”了“孤独”的种子。（见《塞壬的歌声》，第30页，上海文艺出版社，2001年11月版）

而对于加西亚·马尔克斯的理解，他后来多次谈到，我就不再继续引用了。（注解2）

进入21世纪，格非继续迸发出创作热情和创造力来。这个时期，他发生了有趣而鲜明的创作转向。这个创作转向，来自两种影响，其中之一是他对拉美文学的社会批判功能和历史批判功能的深化理解，第二个是他对中国古典的传统小说，比如《金瓶梅》与《红楼梦》这样伟大的世情小说的再认识，使他的小说发生了改变。格非深入阅读了不少明清小说，他发现，我国古代文学没有一个维度确定小说一定要有强烈的政治批判性，因此，明清写风花雪月的小说非常多。只是到了1911年中华民国之后，文学救亡理论的风行，使小说有了一个重要的任务，就是反映现实政治。比如，鲁迅生活的时代，就可以通过小说和杂文来对社会与政治进行批判，但是今天媒体如此发达，尤其是网络媒体和电子媒体的迅速发展，使作家仅仅具有批判力，是不够的，文学应该还有更重要的任务。这个任务，就是创造出与时代变化与时间流逝抗衡的文学文本。

格非从中国古典小说那里，学习到了叙事的从容和高明之处，他将那种传统作为他创作“江南三部曲”的巨大动力，花了10年之功，完成了长篇小说《人面桃花》《山河入梦》和《春尽江南》，再度解构了20世纪纷纭变幻的中国历史。

这三部系列小说，总字数在 90 万字左右，是格非最雄心勃勃的作品，也是他集大成的长篇力作。格非说，几年前，他曾受邀旅居在法国南部一个小村庄，专心写作《人面桃花》。那是一个非常偏僻的小村庄，但令格非惊讶的是，那里的农民都非常尊崇自己国家的文化，绝大多数农民对福楼拜、普鲁斯特等本土小说家的经典文学作品津津乐道。

格非非常羡慕这种发自内心的文化自信，他感觉迫切需要走出西方小说和文化的影响，进入真正“中国化”的写作。格非的这种变化，让我想起来莫言开始创作长篇小说《檀香刑》的时候的决定：要大踏步地后撤到中国传统的文学叙事模式和方法里。这两个杰出的小说家，在这一点上，是高度地一致。

《人面桃花》是“江南三部曲”的第一部，小说的开局在清末民初，讲述的是江南某个大户人家的小姐陆秀米的人生传奇。他的父亲带着对桃花源的梦想突然离家出走，而寄居她家的，则是当时的革命党人张季元，陆秀米由开始对张季元的不解到喜欢上他，再到他被保守的政权杀害，通过他留下来的一本日记，陆秀米才感受到了张季元对她的情愫和他想建立一个大同世界的革命梦想。于是，这本日记也改变了陆秀米的命运，她后来也成了一个革命党人，被抓获，进了监狱。陆秀米的人生命运与时代巨变紧密相连，她的生命成了那个年代的个体脚注。

《山河入梦》将小说的时间背景放在了 20 世纪 50 年代之后，《人面桃花》中的陆秀米已经去世，她留下了一个儿子谭功达，谭功达成了县长，在当时的“人民公社”和“大跃进”以及“文革”当中，谭功达的命运不断地受到了冲击。他与一个叫姚佩佩的流落女子相爱，但是姚佩佩又再度成为逃亡的嫌犯。后来姚佩佩被抓获并处决，谭功达也被下放劳动改造，历经了人间的磨难。小说的结尾到了 1976 年，新的时代要开启了，谭功达却因为肝腹水而死去。

《春尽江南》讲述的是谭功达的小儿子谭端午的故事。小说的主体叙述事件只有一年，但是在插叙和回忆中，则将最近20多年的当代历程囊括其中。谭端午是一个诗人，而他的妻子庞家玉是一名律师，渐近中年之后，两个人的婚姻出现了危机。小说在他们两个人的周围，书写了其他一系列人物形象，将这个年代的社会变革在一对夫妇之间的生活中的投影，刻画了出来，并且意在描述时代的精神境遇。

这三部曲的叙述扎实有力，很多地方的对话精确而具体，从中国传统小说那里，他找到了叙事的方式，格非多次动用了白描手法，人物也是丰满的，非符号化的，小说也一反他在20世纪90年代那三部小说的神秘和玄学气质，没有了冥想和故弄玄虚，有的是细节、故事、人物、场景、对话，以及更为深入的对20世纪中国历史的打量和深入批判。这可能是格非返璞归真的真面目，是他去伪存真，去掉那些外在影响，发现了属于和适合自己的真正的叙述方式的结果，这就是他所理解的现实主义的回归，也是格非最重要的一次尝试，等于他从两个方向上，接续起了欧美和拉美现代主义潮流与中国古典小说的叙事传统，并且结出了新的文学果实。格非还人在半途，他前程远大。

注解1：格非在另外一篇文章里，也谈到了博尔赫斯的小说，他详细地分析了博尔赫斯的一篇短篇小说《一个无可奈何的奇迹》：

在《一个无可奈何的奇迹》中，博尔赫斯笔下的主人公因为自己的苦恼得不到解脱而走进了齐瓦汗清真寺的大门。他祈求安拉替他解脱重负，同时又想到，安拉或上帝不过是一个无法想象的事物的两种不同的名称。最后，一个乞丐来到了他的身边（他把让他烦恼的蓝色小石片全部给了那个乞丐），那个乞丐说："我不知道你的施舍是什么。可是我的施舍才真是可怕。它留在你的身边，跟白天、黑夜、智慧、习惯、世界，一起留在你的身边。"我以为，在这段文字里，已经包含了博尔赫斯叙事的大部分信息。通常，在传统的小说中，故事的情节大多以行动的目的、实现目的的过程中遇到的障碍、目的的完成三部分构成。博尔赫斯在他的大部分小说中都沿用这一叙事模式，但这一模式的三个构成部分都一一被加以彻底的改造。

首先，目的本身缺乏明确的指向性。一本书，一个传说，甚至是一个意念都会引发主人公一连串的行动。在上述引文中，蓝色的小石片为何使主人公陷入濒临疯狂的境地，充其量也只是一个哲学和玄学的命题。其次，在实现目的的过程中，原初的动机往往在事件的发展中为另一个更大的动机所取代。所谓的障碍往往只是对目的的修正。实现目的的过程并不意味着"问题"的解决，而是恰恰相反，只是为了使新的问题凸显出来，这样层层递进，循环往复，构成了头尾相接的叙事圆环。在《一个无可奈何地奇迹》中，对老虎的渴望源于布莱克和切斯特顿对老虎的描述，而他在恒河三角洲并没有见到梦想中的老虎，只是得到了一些蓝色的小石片，而小石片的无限繁殖又引发了他新的苦恼。用卡夫卡的话来说，我们确信已经拥有的东西，最终只有丢弃。他最终将这些石片交给了一个乞丐。

再次，目的的完成或问题的解决总是在另一个层次上实现。主人公给了乞丐所有的石片，而乞丐认为他什么也没给。乞丐什么也没有"施舍"给他，却给了他（他本来就拥有的）一切，就是跟白天、黑夜、智慧、习惯、世界一起留在他身边的日常生活。在这里，原始的动机——去旁遮普邦寻找老虎的冲动已经没有什么意义了。

作家史铁生曾经打过这样一个比方：博尔赫斯相对于20世纪的叙事文学，就类似爱因斯坦相对于现代物理学所作出的贡献。博尔赫斯是在语言的领域内创造另一个宇宙，他发现并记述了一个个奇迹，但却是无可奈何的奇迹，只有在想象中才有意义。他的喜悦和悲观同样透明、美好，他的“游戏”寂寞而自由，洋溢着启示的力量。（见《塞壬的歌声》，第83~86页，上海文艺出版社，2001年11月版）

注解2：格非谈到加西亚·马尔克斯的文字，比较集中地体现在一篇文章里：《加西亚·马尔克斯：回归种子的道路》，其中，对格非启发很大、我觉得能够引发研究者注意的，有如下的多个段落值得关注：

（1）所有的事物都有生命，问题是如何唤起它的灵性。这是加西亚·马尔克斯在《百年孤独》中最令人难忘的句子之一。……很少有一个地区的作家像拉美那样，在短时间内如此集中地展现同一个主题，或者说作家与作家、作品与作品之间在题材、风格和创作方法上显示出如此多的经验的相通性。阿莱霍·卡彭铁尔似乎不太喜欢“文学爆炸”这个概念，他认为把当代拉丁美洲文学说成是“爆炸”是对它的诅咒。不过，拉美文学在20世纪60年代以后的迅速崛起，并在世界范围内产生了巨大的影响毕竟是一个事实。在对这样一个令人惊异的事实进行解释的过程中，“魔幻”一词往往就成了论述的中心，但它在很多场合被作为一种创作方式或风格的代名词加以使用，魔幻现实主义在20世纪80年代被大量介绍到中国之后，一些写作者将文本本身的神奇魅力归因于作家卓越的想象力。想象力固然没错，通常是以经验的与众不同为基础的。那么，拉美作家带有普遍性的个人经验、他们眼中的现实究竟怎样、它与“虚构现实”的关系如何？这是一个首要问题。

巴尔加斯•略萨在他的（博士论文）《加西亚•马尔克斯：一个弑神者的故事》一书中，将马尔克斯个人经历的资料与他的大部分作品作了细致的对比分析。通过“实际的现实”和“虚构的现实”两个部分组成的评传给我们勾勒出了加西亚•马尔克斯文学资源宝藏的大致轮廓，得出的结论也简单得惊人：所谓的‘魔幻’从表面上看也许神奇、虚幻，实际上它却是哥伦比亚乃至整个拉丁美洲的基本现实。（见《塞壬的歌声》，第 92~95 页，载《加西亚•马尔克斯：回归种子的道路》。上海文艺出版社，2001 年 11 月版）

（2）在《百年孤独》中，当马尔克斯将火车描述成一个‘行进中的村庄’，电影演员主演不同的电影被描述成‘死人复活’，用‘凉得烫手’来形容机器制作的冰块时，他只不过是说出了一种拉丁美洲人司空见惯的真实而已。因为西方现代文明的介入不是渐进的，而是像刀子一样直接切入的，欧洲发达现代的科技文明与印第安部落古老的认知能力陈杂一处，所谓的荒诞或者马尔克斯说的那‘拉丁美洲的孤独’就自然产生了。加西亚•马尔克斯曾说：‘现实是最伟大的作家。我们的任务，也许可以说是如何努力地以谦卑的态度和尽可能完美的方法去贴近现实。’客观地说，拉美作家在借鉴西方的现代主义叙事系统的同时，也极大地丰富甚至是改造了这一系统。无论是魔幻现实主义，还是结构现实主义，实际上与欧洲 20 世纪初的现代主义小说叙事相比，已经有了极大的不同。（见《塞壬的歌声》，第 99 页，载《加西亚•马尔克斯：回归种子的道路》。上海文艺出版社，2001 年 11 月版）

（3）加西亚•马尔克斯是一个贪婪的读者，一切文学经典都成了他学习、借鉴甚至是模仿的对象。如果说游历使他获得了一个重新审视拉丁美洲的地理上的视角，那么与异域文化的相遇则帮助他进一步地确定了自身的特性。殖民地文化也好，欧洲强势语言也罢，马尔克斯的准则，首先是了解和学习，然后才谈得上击败、摧毁和重建。在文学上，他有着数不清的先驱者和导师，却没有顶礼膜拜的偶像。巴尔加斯说他是“拉丁美洲的弑神者”，所指的不仅是马尔克斯介入现实的政治热情，也许还有蔑视一切权威与定规的勇气。

T.S. 艾略特曾说，我们所有探寻的终点，将来到我们的出发之地。卡彭铁尔在临终时也留下了“回归种子”的神秘遗言。马尔克斯的文学经历似乎也向我们勾勒出了“向外探寻”和“回归种子”的过程。然而，僵死的、一成不变的、纯粹的传统，只是一个神话。因为现实本身就是传统的变异和延伸。我们既不能复制一个传统，也不可能回到传统的母腹。回到种子，首先意味着创造，只有在不断的创造中，传统的精髓才能够在发展中得以保留，并被重新赋予生命。（见《塞壬的歌声》，第 101~102 页，载《加西亚•马尔克斯：回归种子的道路》。上海文艺出版社，2001 年 11 月版）

第三节　自我内视与语言的炼金术：以残雪、孙甘露为例

一　残雪：自我内视的小宇宙

我不大同意残雪是一个当代小说家中的异类的说法，实际上，每个独特的作家不都是一个异类吗？如果在艺术上没有特点，还怎么成为一个小说家？只能说，可能我们的观念是保守僵硬和故步自封的。实际上，残雪不过是一个具有自己鲜明特点的小说家。

残雪原名邓小华，1953 年生于湖南。据说，残雪从小由外祖母抚养，她的外祖母多少有些神叨叨的，喜欢编故事给小残雪听，她还以唾沫代药，替孩子们搽伤痛处治病等。就如同加西亚·马尔克斯有一个会讲故事的祖母一样，残雪的外祖母看来对残雪后来走上文学道路，也起了决定性的影响。残雪小学毕业，1970 年进入一家街道工厂工作，做过铣工、装配工、车工，她经历丰富，还当过赤脚医生，后来与丈夫一起，开过很长时间的裁缝店。因为她有神经性呼吸疾病，所以后来长期居住在干燥的北京，据说，这对她的病很有疗效。

一般文学界都认为，残雪是一个艺术特点十分鲜明的作家。的确，无论是言谈和作品，残雪都显示出某种“不合群”。我觉得，残雪属于那种自我内视的内倾性小说家，她着眼于一个人深层的精神世界，是女性文学和先锋实验小说的结合体。这样的作家在当代中国的确不多见，因此残雪也有更多可以骄傲的理由——也许她走的是一条文学的绝路，在这条路上，只有她一个人独自行走。残雪甚至因此显示出某种激愤来，觉得自己受到了不公正的评价和冷遇。实际上，她的反应往往夸大，包括她对美国华裔作家哈金的“伟大的中国小说”观点的攻击，对同行王安忆等人的批判，等等，既是她某种文学理念的对峙，也是她对他们获得的较高评价感到不忿的原因。

残雪是一个创作十分勤勉的作家，迄今为止，残雪一共出版了 5 部长篇小说：《突围表演》《最后的情人》《边疆》《吕芳诗小姐》和《新世纪爱情故事》，一部长篇散文体自传《趋光运动：回溯童年的精神图景》，另外，她还发表了《黄泥街》《思想汇报》《苍老的浮云》等 20 多部中篇小说，《山上的小屋》《苍老的浮云》《污水上的肥皂泡》《阿梅在一个太阳天里的愁思》《旷野里》《公牛》《山上的小屋》《我在那个世界里的事情》《天堂里的对话》《天窗》等130多篇短篇小说。此外，她还出版了关于伊塔洛·卡尔维诺、博尔赫斯、弗兰茨·卡夫卡等人的读书笔记专著，还有与她的哥哥、著名康德哲学研究专家、当代哲学家邓晓芒教授的关于文学和哲学的对话集，以及访谈、随笔集等多部。

由此来看，残雪的确是一个特立独行的、多产的作家。而且，从她写下的关于卡夫卡、博尔赫斯、伊塔洛卡尔维诺的研究专著来看，她也明确地表达了自己的师承是谁，她受到的影响来自哪里。显然，拉美文学中，博尔赫斯是她最心仪的作家了。对此，她有很明确的说法：

> 就我个人的划分，博尔赫斯的才应该叫魔幻现实主义。他的所有作品都与大众公认的现实无关，他描写了一个内在的世界，他自己的现实，灵魂的现实，那个现实魔幻得不得了。他太怪了，我想，即使在其他国家，真正懂得他的作品的人也不多。比如巴尔加斯·略萨，就是一个读不懂博尔赫斯的二流作家，所以他才得了诺贝尔奖。这也是我决心写博尔赫斯的评论的原因。当然即使写了，还是没多少人懂。但不是已经造成影响了吗？我高兴做这种事。
>
> 至于加西亚·马尔克斯，我只喜欢他的几个中短篇，他的长篇不太好，基本上是观念写作。马尔克斯的大部分作品是关于那个表面的“外界”的，我不是那种作家。我只对内在的世界有兴趣，我要在我所有的作品中排除表面世界的干扰。现在中国文学界有种说法，叫“世俗关怀”，什么是世俗关怀呢？那就是关怀表面的东西，很多人认为表面的东西能使他们充分满足，中国人不重精神。我要搞的是“深层关怀”，现在知音还不够多，将来会多起来的。（见《为了报仇写小说：残雪访谈录》，第149~150页，湖南文艺出版社，2003年8月版）

残雪一向喜欢把话说得绝对，比如上述这段话中对加西亚•马尔克斯的所谓“外界”的批评。她对巴尔加斯•略萨的批评，也是非常武断和肤浅的，因为巴尔加斯•略萨绝对不是“二流作家”，恰恰是因为他对现实政治的关心那么的“外界”，使残雪看不上他。实际上，这正是残雪的短板。批评残雪的人，一向认为她是一个只会待在屋子里写作的人，而她写下的所有作品，都是关于“屋内人”的。这是不无道理的。当然，她对博尔赫斯的盛赞，却大部分的时候都是准确的：

> 博尔赫斯和鲁迅的《野草》写的就是灵魂的东西。就拿鲁迅的《与影子告别》与博尔赫斯的“两个博尔赫斯”对照吧。小博尔赫斯是艺术家的本体，老博尔赫斯是艺术家的灵魂，灵魂是有预见性的。小博尔赫斯告诉老博尔赫斯说：你是我的梦，你是没有实体的。小博尔赫斯指出了老博尔赫斯本质的虚无的魅力。但老博尔赫斯又无法证实自己，他只是小博尔赫斯的一个梦。接下来，他们的冲突开始了。这与鲁迅的“影子”出来与“他”告别有相似之处。（见《为了报仇写小说：残雪访谈录》，第 105 页，湖南文艺出版社，2003 年 8 月版）

这多少让我感到了奇怪，为什么她表扬一个作家的时候显得那么的准确和生动，而她批评一些作家的时候，显得那么的武断、荒谬和肤浅呢？很简单，就是因为那些作家是和她不一样的物种，文学观念的取向，是不一样的，是介入的和外在的，是关系现实政治和进行历史批判的，而这个取向，是文学多么重要的取向啊，是需要勇气、判断力和道德高度的，是需要人道主义的理想和关系他人而不是只是内视自我的小宇宙的。有时候，我也觉得，残雪在批评与她不一路作家的时候的党同伐异，有些小孩子式的无理取闹，因为，实际上，她自己的小说也从内视自我的小宇宙的层面，向外界发起了反攻。

我们先来看看她的几部长篇小说。长篇小说《突围表演》写于1988年，那时残雪35岁，这部小说后来她以《五香街》为名，又出版了一次，我不知道她今后到底喜欢哪个书名，总之，这两个书名是同一部小说。这部小说在今天看来，也是一部不折不扣的女性主义悬疑小说，它淋漓尽致地描写了在“五香街”这个寻常街巷中的一次“莫须有的奸情”。小时候的女主人公是X女士，这个名字，让我想起“雪”这个残雪笔名中的字，也是“X”的拼音第一个字母。小说描写了特立独行的X女士在五香街上引起的轩然大波。X女士就像是卡夫卡笔下的“K”那样，感到自己被一种势力所包围，所窥视，所制约，所打击。当她不与众人同流合污，想过一种独立的隐秘的生活的时候，就被人泼上了传言的脏水，于是，她搞的“迷信活动”和传言中的奸情，成为周边人对她的指认。在X女士看来，周围人对她的警惕、不满、嘲弄、意淫、偷窥、追随、恐惧不安、幸灾乐祸等各类情绪和行为表现，恰恰使病态社会对一个像拥有自己空间、自我生活、自身价值的女性的不宽容、不接受。而X女士做出的反应，就是进行反击。面对她的不理不睬和强势蔑视，最后，周围的人试图通过选举她为五香街的“代表”，以期达到与她妥协的目的。

我认为，这部小说今天看来，都应该是残雪长篇小说的代表作。这是一部心理小说，一部有着悬疑气氛的精神分析小说，讲述的其实是X女士和她周围的人的性心理。小说的故事是支离破碎的，需要读者去拼合，小说的叙事部分是次要的，残雪在几乎每一页都有关于X女士极其对立面的境遇的精彩的议论和推理，判断和揣测，归纳和演绎。可以说，残雪在《突围表演》中，将中国人这个男权社会的黑暗和变态，进行了无情的讽刺和戏仿，反讽和戏谑。那个每天都在演出一出滑稽、庄重、正确的，其实都是腐败、乏味和罪恶、凶残的男权社会——“五香街”，成了X女士反抗的战场。残雪将她向外的批判性表现得十分透彻，但她的表现方式，则是卡夫卡式的寓言的方式，采取抽象的观念附着于具体但是却变形的人物身上，以投射出人的精神深层次的状态来。由于这部作品深受卡夫卡的影响，我在这里再引用一段她关于卡夫卡的谈话：

博尔赫斯和卡夫卡创造的都是纯而又纯的尖端艺术，他们对作品的要求极其苛刻，不求读者多，只求同终极之美靠得近。写关于他们的评论既是为了我自己的创作，也是出于对国内文坛现状的不满。谈到影响，我一九九八年才开始读博尔赫斯，卡夫卡倒是对我有过决定性的影响。我喜欢他那种高超的精神舞蹈，还有那种奇异的爆发性的生命力。可惜国内真正读懂他的人少而又少，为此我写了一本书，书名叫作《灵魂的城堡》。（见《为了报仇写小说：残雪访谈录》，第132页，湖南文艺出版社，2003年8月版）

因此，《突围表演》何尝不是一部“高超的精神舞蹈”呢？残雪以自己的方式，回应了卡夫卡那艰苦卓绝的精神探险。

此后，残雪一直没有创作出版长篇小说这种费时费力的小说体裁，一直到2005年她才出版了自己的第二部长篇小说《最后的情人》。假如我们隐去作者的姓名，那么，读者完全会认为这是一部外国人写的小说。因为，小说内的地理背景是虚化的，像是某个有庄园、牧场和橡胶园的地方，小说中的主人公有男有女，但他们的名字叫作乔、里根、金、玛丽亚、丽莎、丹尼尔、埃达、文森特等。残雪通过这些符号化的男人和女人，将他们的夫妻之间、情人之间关系的纠缠搞得像是一张网，实际上，残雪探讨的，是人人内心的关于“情人”的隐秘的情结。之所以将小说主人公设定为西方人的名字，就在于残雪认为这是一种普遍的人类现象。另外，这还是一部关于小说的小说——元小说，在这部小说中，人物像梦中的影子一样，漂浮在非中非西的社会环境中、家庭中和隐秘的个人空间里，自我构成，又自我消解了。我还注意到，这部小说是残雪在北京居住之后，于2004年底完稿的，因此，小说中的某些场景和城市符号，多少还带有了一点北京的影子，比如宫墙、广场等，这是需要注意的，残雪笔下的小说意象和符号，所具有的北京元素。

2008年，残雪出版了第三部长篇小说《边疆》，这部作品依旧带有着鲜明的残雪风格，那就是内向式的，想象的，超现实和荒诞的。但细节却又带有现实主义风格的精确描写。小说的背景是一个叫作小石城的边疆小城，讲述六瑾的父母是如何在那座小城市里寻找生活的。多年以后，六瑾前往小石城，去寻找父母亲和与父母有关的一些异乡客的生活痕迹，她动用了超感觉，跨越时空地与父母和他们那些人产生了联系。于是，边疆的雪上、雪豹、小鸟、石头和壁虎、荒野等景观，在六瑾的内心里产生了别样的认识。小说对于边疆的想象，实际上是残雪进一步开拓内心生活的努力。小说的章节都是按照篇章中出现的人名构成，有六瑾、胡闪、年思、石淼、蕊、周小里、周小贵、小叶儿、麻哥儿、启明、樱、雪，以及红衣女郎和无头人等。这些名字古怪的人物在时间里穿梭，在六瑾的想象和现实生活中构成了一张蛛网，将她网络进去，并且有种边疆生活和边缘生活想象。因此，这部小说是一种"心理历史小说"，是残雪自身的发明，就是将一种心理的映射投射到了对过去历史的追寻，是残雪的另外一种"追忆逝水年华"。小说的语言摆脱了残雪过去的那种黏稠，推理和议论，变得明澈、简洁和生动。

与《边疆》同时出版的，还有她的一本自传《趋光运动：回溯童年的精神图景》，可以和《边疆》套读。因为两部书都与童年和回忆有关，前者是小说的虚构，后者则直接以残雪的童年作为分析时段，考察了艺术和童年的关系，以写实的风格，以“我”的与残雪同体的叙述，将童年成长和艺术的关系做了深入描述。

2011 年，残雪出版了第四部长篇小说《吕芳诗小街》，这部小说的题材是当代都市小说，背景是当代的北京。小说的主人公吕芳诗是夜总会的小姐，而她和地毯商人曾老六有着情爱的关系。这部小说中写实的成分是残雪小说中最多的，几乎可以说是当下欲望横流的社会世相在残雪的笔下的反映。因此，从 20 年前的《突围表演》到完成于 2010 年 9 月 15 日的《吕芳诗小姐》，这两部都是以女性为主角的小说，构成了一种奇特的景象，女人形象由被观看、窥视、压抑的 X 女士，到能够主宰自身命运、拥有使用身体和爱情的自由的吕芳诗小姐，残雪笔下的女人发生了很大的变化。这部小说因此也以轻巧的手法，更为具体的人物形象，逐渐改变了残雪作品难以卒读的印象，使她的作品获得了更多的读者。

我想，考察残雪这创作时间长达 20 年的 4 部长篇小说和 1 部自传，可以看到残雪由卡夫卡、博尔赫斯的巨大影响中逐渐走了出来，她在走向一种更为澄明、简洁的表达，在文体上和人物形象的塑造上，也有着更为当下的表达。

因此，再来分析残雪的中篇和短篇小说，她的早期作品和晚近的作品，也都有着这样的一种变化。像早期的中篇小说代表作《苍老的浮云》里面各类人物都有着荒唐的举动，呓语一样的胡言乱语，是一个压抑和变态社会的扭曲的反映。残雪很善于将非理性状态下人的丑恶、卑陋、缺陷表现出来。在她的早期作品中，都有一个“屋中人”的形象，而这个“屋中人”受到了社会上各类人的围剿，比如街坊邻居、同事、下属、丈夫、父母孩子亲戚等，都带有敌意，简直是卡夫卡的 K 的中国翻版。不同的是，残雪的这些人物形象，还带有女性主义的特点，是对男权社会的反抗和讽刺。

残雪的短篇小说有 130 多篇，数量大，质量高，特点明显。残雪的小说往往聚焦于人性的“恶”，小说的调子显得阴冷和黑暗，怪异和扭曲。可能对这些东西的表达，恰恰是对这些东西的正视。残雪通过写作，将身体里的恶的毒素、阴冷的感觉、黑暗的想象、恶心的记忆片段全部驱除了，她因此给我们创造了一个光明的世界。残雪也是一个深受潜意识、下意识和无意识来写作的作家，她很重视写作的那个时刻，脑子里的无意识、潜意识和下意识的喷涌。但是，这些人物、意念、构思和故事情节，其实又都是经过了理性的过滤的，因此，残雪又是一个理性的作家，她怀疑外部世界，也尖锐地质疑自身。

最近 10 多年，残雪的小说创作慢下来了脚步，她把更多的时间花在了对现代派作家卡夫卡、博尔赫斯和卡尔维诺和古典大师但丁《神曲》的解读上，写下了关于他们的专著。残雪认为，创作是反省自己，评论同样是反省自己，于是，残雪从《古希腊神话》《圣经》《神曲》《堂吉诃德》、莎士比亚、《浮士德》，到卡夫卡、博尔赫斯、卡尔维诺，再到中国的鲁迅、余华，她就这么梳理了下来，写下了关于他们的阅读笔记，从西方传统和中国文学中吸取双重的影响。我在这里引用一段残雪谈博尔赫斯的话，看看她是多么崇拜这个现代派的小说大师：

> 对于博尔赫斯的每一篇文章，我都认真读，每篇最少读四五遍。比如《另一次死亡》一文是博尔赫斯描写了一个在战斗中当了逃兵的人，后来到乡下当农民，隐居起来。干什么呢？他去“做梦”，每次醒来都是噩梦一场，在大脑中，他重演那次战斗，在梦中他把自己的形象改过来，不是当逃兵，而是冲锋在前。这个“梦”他做了三十多年，因为每次做完梦醒来，又不能证实他的勇敢，他还是个逃兵。这个铁的事实是无法改变的。艺术家也如此，他要改变日常的自我形象，而

日常的自我形象是注定了的，是改变不了的。有人说残雪就是这种孤僻、怪异的一个人，但艺术家自己不服气，只好去搞艺术创造，像“逃兵”一样，甚至生命的最后一刻。通过艺术家的想象和塑造，他得到了回报。他冲锋在前，一颗子弹打中了他的胸膛，他（英勇地）死了。（《为了报仇写小说：残雪访谈录》，第 108~109 页，湖南文艺出版社，2003 年 8 月版）

由此来看，残雪的大量小说，都是现代主义文学在中国的影响的产物，也是现代主义文学在当代作家这里所产生的回响。但残雪勇敢地和西方小说大师产生了对话的关系，她不简单地模仿，也不顶礼膜拜，她通过那些大师们，去发现自我，创造出一个新的文学世界。从她已经完成的作品来看，残雪已然成了一个能够引领当代文学和西方的现代派文学潮流发生关系的小说家。这也难怪欧美日等国家，尤其是学院派的研究者，那么的喜欢残雪的作品。她在她的作品里写了他们熟悉的东西，但她的东方身份和想象，笔下那独特的、怪异的、极端个人的、女性的、荒诞的、复杂的文学世界，又是那么的陌生和充满了吸引力。（见残雪著，《解读博尔赫斯》，人民文学出版社，2000 年 6 月版）

二　孙甘露：语言的炼金术师

中国 20 世纪晚期的小说，呈现出爆炸性的多元辐射状态，每个作家都是这个呈现扇面状态发散的一根“扇骨”，指向了某个具体的创作方向。在这个角度上来观察孙甘露，我觉得他的最大的贡献和特点，一是在小说的语言，二是他自身的上海体验给他带来的独特的感受和想象。孙甘露因此成为一个极其痴迷于语言的炼金术的小说家。

现代汉语是一种还在发展和生长的“未完成”的语言，这一点，从白话文运动开始，就留下了重要的缺陷。由于当年鲁迅、陈独秀和胡适他们搞的“新文化运动”的之流“白话文运动”过于激进，致使古代汉语，特别是中国文学的精髓所附着的古代书面语言，被砸了一个稀巴烂，古代汉语的雅驯、简洁、具体、生动、高度概括性，精微、华美、质朴和氤氲，在现代汉语的白话中，丧失了不少。现代汉语吸收了大量来自日本汉字对西方典籍的翻译介绍所使用的词汇。后来，经过了 1949 年之后海峡两岸的不同的政治、历史运动的多次冲击——如大陆的汉语简化字，以及政治运动给汉语本身带来的粗鄙化、简单化的伤害是巨大的，使用现代汉语写作的作家们，首先就面临了一个汉语的创造性再生的问题。而作家在语言上显示出个性，就非常必要，而且是一大成就了。

比如，莫言小说语言的泥沙俱下，苏童小说语言的水汽和灵气，意象和感觉，余华小说语言的锋利、简洁，言之而无尽感和白描手法结合起来，非常有个性。但是，上述几位杰出的小说家，他们使用语言的时候，语言不过是承载他们要塑造的人物、要讲述的故事、要呈现的关系、要表达的意念的工具，到了孙甘露这里，就变成了以语言为目的，到语言为止了。孙甘露的此一点绝对性，也阻碍了他的小说的流布，使爱好他的小说的读者，长期以来局限在小范围里面，就是因为他的小说既不是讲故事的，也不是塑造人物的，他的小说里虽然有人物、故事、城市、时间，但是，语言是他第一位要锤炼的，甚至，语言就是他的目的。

我这么说多少有点绝对，但是，这对指认孙甘露的文学贡献至关重要。如果不指出他的这一取向，我们对孙甘露的意义就缺乏认识。

孙甘露，1959 年生于上海。1977 年到邮政局工作，担任了多年的邮递员，这一点令很多读者惊奇。我们可以试想，他为投递那些收信人或者发件人不详的信件的时候，内心里会激荡起多少关于人的命运和故事的想象？孙甘露29岁的时候，也就是在1986年，发表了小说成名作《访问梦境》，引起了当时对“先锋派文学”的巨大关注，人们立即将他和当时的马原、格非、苏童等作家并列在一起。随后，他接连发表了中短篇小说《我是少年酒坛子》《信使之函》《请女人猜谜》《仿佛》《岛屿》《音叉、沙漏和节拍器》《夜晚的语言》等，在小说语言的探索和叙述的实验方面，走了很远。这些小说使他成为一个被广泛认定的“先锋派”小说家，由于其小说的极端性，他的作品还被称为是“反小说”。但是，孙甘露的小说创作量非常小，迄今为止，只发表出版了长篇小说一部，名为《呼吸》，中短篇小说20多篇，散文随笔对话等五六种。这就是孙甘露的全部作品了。也就是说，近30年的时间里，孙甘露出版和发表的作品，加起来也就100多万字。

孙甘露是惜墨如金吗？不知道，但他的稀少的小说产量，却在文学界产生了不小的、持续的影响，还在于其独特性和在特定时期出现的文学史意义。有评论者把孙甘露的创作分为三个阶段：第一阶段，是1986—1988年，其间有《访问梦境》《信使之函》和《请女人猜谜》；第二阶段，是1989—2000年，这一时期他出版了长篇小说《呼吸》，然后缓慢地停止了小说写作。第三个阶段，是2001年，这一阶段大都是关于上海记忆与文化地理、关于文学艺术的随笔书写阶段。

我们先来具体分析他的一些作品的情况。长篇小时候《呼吸》出版于1993年，这是孙甘露迄今为止唯一的一部长篇小说，对了解他的创作风格十分重要。这部小说写作于20世纪80年代末期到90年代初期那个转换的时期，因此，作品中的气氛也兼顾了时代的某种压抑、转换的气氛。

小说中的故事发生在20世纪80年代末期，地点在南方一个沿海城市，我觉得你可以把这座城市看成是上海。小说的男主人公叫作罗克，他在一段时间里，与五位女性的情感纠缠，是最主要的情节。那五个女性，分别是女大学生尹芒和尹楚、女演员区小临、美术教师刘亚之、女工项安。这5个女性年龄、职业、个性都不一样，但是她们像绿叶一样，衬托着男主人公罗克，使罗克的隐秘的私生活充满了跌宕起伏。罗克的身份是一个美术设计师，我觉得某种程度，就是孙甘露对男性的理想的化身。他不坐班，性情慵懒，气质忧郁，整天周旋于这几个女人之间，也不知道应该选择谁，或者，他就是要品尝不同女性给他带来的欲望的果实。我觉得女性主义者阅读这部小说，一定心理不痛快，会把这部小说当成是男权主义小说在都市文学中的一朵奇葩。过了20年，再来阅读这部小说，在主人公罗克的行为和观念中，我们的确可以看到某种慵懒和腐朽，是如何在自称艺术家的伪艺术家的生活中被呈现的。

如果说罗克不是一个物欲的人，他追求的是精神层面的东西，那纯粹是扯淡。罗克就是不想负责任，对他自己也不负责任，带有存在主义者的那种自私、自我和自毁感。这是在特定的时期产生的独特的人物。当然，我也不想在这里做简单的道德评判来宣判一个小说人物的徒刑，我只是对罗克这个形象在孙甘露笔下的出现时机，感到了好奇。

毫无疑问，1993年出现了罗克这么一个文学人物，是独特的、边缘的、叛逆的。《呼吸》给读者最大的感受，不是男主人公的迷惘和混乱的男女关系，而是小说语言所散发出的氤氲的魅力。这才是孙甘露这部小说今天读起来仍旧不过时的原因。而他所塑造的罗克，早就进入时间的垃圾桶里了。罗克这个20年前的中国版的“都市波希米亚人”，在今天显得非常具有合理性，也更加的不合时宜了。最值得关注的，就是这部小说的语调——舒缓，忧郁，稠密但氤氲，像是一场咖啡屋的绝望的告别谈话，像是夜晚的城市角落里的恋人的独自言语，带有着感伤的气氛，和颓废的情绪。小说也设置了一些人物命运的谜语，也对时间的流逝做了迷宫般的探讨，在这一点上，孙甘露找到了和博尔赫斯的联系。孙甘露谈到博尔赫斯时，是这样说的：

孙甘露谈博尔赫斯：

与书籍、书中人物、图书馆有着密不可分的神秘联系的现代作家，无疑是我喜爱的阿根廷人豪尔豪•路易斯•博尔赫斯。这位古军人的后裔，律师的儿子，杰出的幻想家，始终如一的短篇小说作家，在20世纪末来到我们这个表面寂寞寒冷的星球，他花了大约半个世纪的时间，使他的同胞和他所居住的大陆之外的人接受了他的奇异的写作。

博尔赫斯25岁出版第一部诗集，37岁出版第一部小说集，43岁才以著名的《交叉小径的花园》的问世引起了拉美文坛的重视。这位生于布宜诺斯艾利斯的智者十年前（1986年6月）在日内瓦逝世。他以堪称楷模的《莎士比亚的记忆》等作品谢绝人世。（见孙甘露著，《在天花板上跳舞》，第58~59页，文汇出版社，1997年1月版）

对博尔赫斯的迷恋，使孙甘露从一开始就表现出了怀疑主义气质，他并不信奉确定无疑的东西，因此，他笔下的人物的脸在我看来都是模糊的，故事也是支离破碎的，细节充满了暗示，但是对情节的支撑作用并不大。唯一让人留下深刻印象的，就是他小说的语言，将我们带到了一种奇特的范围里。关于男人，关于女人，关于欲望，关于记忆，关于城市，甚至，关于一个个的迷局。他对自己的写作，也有着进一步的解释：

我对文学的感情可能是与生俱来的，也可能是出于一种对冥想的热爱。在被介绍过来的有限的博尔赫斯的著作中，玄想几乎是首次以它自身的面具不加掩饰地凸现到我们面前。博尔赫斯故意混淆了传统

> 小说所精心构筑的“现实世界和力图模仿它的想象世界”的界限，“像卡夫卡的作品一样，用一种貌似认真明晰和实事求是的风格掩盖了其中的秘密”。他使我们又一次止步于我们的理智之前，并且深感怀疑地将我们的心灵和我们的思想拆散开来，分别予以考虑。这样博尔赫斯又将我的平凡的探索重新领回到感觉的空旷地带，迫使我再一次艰难地面对自己的整个阅历，而此刻情感的因素因为有意地忽略反而被更复杂地强化了。（见孙甘露著，《在天花板上跳舞》，第 49 页，文汇出版社，1997 年 1 月版）

除了博尔赫斯，他也谈论到加西亚·马尔克斯，而这正是我关心的。对于加西亚·马尔克斯的对历史和现实的强烈批判性，魔幻现实主义的细节和文本，孙甘露又是怎么看的呢？孙甘露说：

> 马尔克斯的《百年孤独》（不是他的短篇小说）给所有不及卡夫卡独特的作家辟通了道路。它揭示了怎样把个别的经历直接还原为类似的经历的可能性，令人联想到希伯来先知写作《圣经》。他试图把一个种族的历史固定下来，他成功地使一部很个人化的小说（它的基本原型就是马尔克斯的家事）和一个民族的野蛮的历史重叠起来，使我们得以从最广阔的区域进入他的内心故乡。（见孙甘露著，《在天花板上跳舞》，第 48 页，文汇出版社，1997 年 1 月版）

假如把孙甘露的 20 多篇中短篇小说，和加西亚·马尔克斯的早期中短篇小说来对比，还是有一些收获。《访问梦境》《信使之函》《仿佛》《请女人猜谜》《我是少年酒坛子》《岛屿》《边境》《大师的学生》《海与街景》《剧院》《庭院》《相同的另一把钥匙》《夜晚的语言》《境遇》《影子》《忆秦娥》《天净沙》《镜花缘》《此地是他乡》《身旁的某个地方》，他写下的小说上，基本都在这里了。幻想性，离奇和夸张，对时间的模糊处理，诗性，都是孙甘露和早期的加西亚•马尔克斯所追求的。

从小说的题目上，我们就可以看出其内容的修辞游戏和幻想性。他不是依靠经验写作的作家，对讲述完整的、离奇的故事没有兴趣，他对社会批判也没有多大的兴趣，那么他还剩下了什么呢？我觉得，就是对语言的探索，对叙述语调的追求，对时间的刻画，对存在的思考。他的小说也不追求道德判断，只是追求语言本身所能达到的效果，人物绝不是决定性的因素。这使他陷身于一种悖论，那就是，任何小说，都是需要依靠人物和故事来支撑的，即使是博尔赫斯也不例外。他又无法放弃人物，因为，他笔下的人物，就多少变得符号化了。

在这些中短篇小说中，孙甘露创造了自己的词语的迷宫。他的小说都带有“梦态抒情”——这个米兰•昆德拉所创造的形容词，也带有梦游色彩。那么，阅读孙甘露，基本上就是在梦游中恍惚了，在恍惚中，收获了汉语微暗和优美的华丽的碎片。在《访问梦境》中有这样的句子：“我行走着，犹如我的想象行走着。我前方的街道以一种透视的方式向深处延伸。”看上去，简直就是深处迷宫中的人的自言自语。

我感觉孙甘露非常欣赏博尔赫斯式的迷宫。迷宫，意味着没有开始，也没有结果，只有路途中的迷失。意味着标记的无效，意味着象征物的混淆。但是，我们所依附的世界又是具象的，是存在着现实感的。孙甘露也营造迷宫，但他营造的，是词语的迷宫，是符号的迷宫。博尔赫斯的迷宫十分抽象，有的就是哲学观念的外化。博尔赫斯的迷宫一般都与阴影和死亡有关；但在孙甘露那里，迷宫却是一堆记忆，一些场景的印象，一些关于语言的意象,死亡和睡眠这两个词汇让孙甘露来挑选的话,他会选择睡眠，而博尔赫斯则自然地钟情于死亡——这最终的睡眠，这也是我们进入孙甘露的小说迷宫里，感到不那么刺激的原因。因此，孙甘露文体就变得华丽而繁复，到处都是奇思妙想，语调缓慢而游移。这就带来了孙甘露小说的超现实性和幻想性，如同博尔赫斯的幻想性是一样的。孙甘露说：

> 博尔赫斯的身世是我无限缅怀的对象之一。他对古籍的爱好，对异域的向往，对迷宫的神秘注释，对故乡加乌乔的隐秘感情，对诞生地布宜诺斯艾利斯的不厌其烦的评论，对形而上学的终身爱好，对死亡和梦的无穷无尽的阐发是我迷恋的中心。可以说这位晚年双目失明仍持续写作的老人本身就是“一个无可奈何的奇迹”。
>
> 博尔赫斯终其一生也没有放弃他作为一名短篇小说作家的实验冲动，作为榜样他影响了20世纪几乎所有的先锋派作家。他的“启示录式的个人抒怀”使他与任何传统相异其趣。他的故事“几乎完全不像故事；其中的一些最佳作品乔装成散文，对并不存在的国家的矫揉造作的研究文章和对并不存在的书籍的别出心裁的评论，这一切都与有关真的书籍的最冷僻的知识异想天开地混成一体。他的创作与其说是现实的反应，不如说是对现实的颠覆性的质询。”1962年当博尔赫斯的作品集在美国与读者见面时，情形与近三十年后的中国作家面临的状况有相似之处。（见孙甘露著，《在天花板上跳舞》，第58~59页，文汇出版社，1997年1月版）

孙甘露喜欢使用破坏性的陈述句，带有着诗歌语言的穿透力，这一点，在他的小说《信使之函》中表现得十分强烈。小说中到处都是这样的句子：“一枚针用净水缝着时间”“信使看见他们确实是一些梳理晚风的能手”等，这样的玩花活的句子，没有现实具体可以依靠的东西，只是比喻和意象，只是一种状态。咱们谁可以拿一根针来用净水去缝着时间呢？没有人，不过是孙甘露对时间的另外一种解释罢了。这与滴水石穿是一个意思，就是时间在无穷无尽地流逝。

这些句子不符合传统的现代汉语的语法规范，但却带来了奇异的效果，使汉语本身充满了穿透力，这样的句子是非逻辑的，但是却以语言的炼金术——诗的语言为最高原则的。有人统计过孙甘露小说中经常出现的词，大概有这些：信，季节，情怀，感伤，场景，回忆，街道，迷宫，南方，夜，傍晚，空气，书，瞬间，延伸，等等。这些词，大都是一种状态和情绪的指向，与他的小说的梦幻气质息息相关。在对语言的把握上，孙甘露是十分精微地扩展了现代汉语的丰富性，他仿佛拿着一个炼金的坩埚，不断地烧煮着汉语的词汇，混合了个人的经验和记忆，欲望和挫折，然后还放入了模糊的人的脸面和故事，烧煮出来一种奇怪的东西，这些东西就是他的小说，既向所有的 20 世纪第一次世界大战之后勃兴的现代主义小说大师的主题靠近，也是向他们的致敬。

进入 21 世纪的 10 多年间，孙甘露更多地参与到一些大众媒体的文化活动中，他写下了《上海流水》《在天花板上跳舞》《被折叠的时间》《今日无事》《上海的时间玩偶》等多部散文随笔集。阅读他的这几部书，我们照样可以获得阅读他的小说时的那种丰富的和欣喜的感觉，而且，孙甘露的这些随笔，不像他的小说那么的模糊，幽暗，不确定，这些随笔都是确定的，可以触摸的。有的集子，比如《上海的时间玩偶》中，还带有上海的很多图片，这样给读者带来了视觉上的愉悦，在文字和图片之间还有着一种有趣的关系，有互文性。图片不再是插图，而是两个并行的符号系统，彼此映照，互相辉映。

这又引出来另外一个词汇：上海。孙甘露是上海人，上海这样一个地球上的特大城市，2000 多万人在她的楼厦和灯光中漂浮和做梦，这肯定是孙甘露所有写作的依凭，也是他不断地出发和抵达的地方。就像他一直宣告要完成的一部关于上海的新长篇小说《此地是他乡》一样，此地，上海，同时也是展开了无尽想象的永远要前往的一个他乡。

第四节　意象、想象和声音腔调：以苏童、李洱为例

一　苏童小说里的意象和想象——简评他的短篇小说《仪式的完成》

苏童是中国20世纪晚期出现的最重要的小说家之一。他的短篇小说创作尤其引人注目。苏童原名童中贵，1963年生于江苏苏州，后毕业于北京师范大学中文系，先开始在南京艺术学院教书，后来调到了江苏省作家协会从事专业写作。苏童属于南方作家，因此，他的创作带有着南方的气韵和灵动，他的小说里总是有着类似诗歌意象的东西，也有独特的语调，就是那种透明的、带着雾气和水气的语调。

苏童的小说产量比较高，到2013年为止，50岁的苏童一共发表和出版了10部长篇小说，20多部中篇小说，120多篇短篇小说。苏童属于广义的新时期的学院派小说家，他的创作深受国外作家的影响，又在自身的体验和文化经验里，找到了相应的表达方式。他阅读广泛，深受美洲作家、具体来说主要是美国和拉美作家的影响。我在阅读苏童的作品的时候，常常把他和美国的南方作家相比，诸如奥康纳、麦卡勒斯、威廉•福克纳、安妮•贝蒂、尤多拉•韦尔蒂等作家的作品气质，还有雷蒙德•卡佛和约翰•厄普代克、约翰•契佛在他的作品中，都有回声。那种幽暗、神秘、残酷、病态、潮湿、诡异的感觉，在苏童的笔下比比皆是。而对拉美文学的阅读也是苏童十分重要的影响，只不过他很少公开谈论拉丁美洲作家对他的影响。根

据我对他作品的研读，我想拉丁美洲作家在他的心目中，还是博尔赫斯排第一位。对于博尔赫斯这个拉美短篇小说大师，他是这么看的：

> ……现在说一说博尔赫斯。大概是1984年，我在北师大图书馆的新书卡片盒里翻到《博尔赫斯短篇小说集》，我借了出来，从而深深陷入博尔赫斯的迷宫和陷阱里。一种特殊的立体几何般的小说思维，一种简单而优雅的叙述语言，一种黑洞式的深邃无际的艺术魅力。坦率地说，我不能理解博尔赫斯，但我感觉到了博尔赫斯。我为此迷惑。我无法忘记博尔赫斯对我的冲击。几年以后，我在《钟山》编辑部收到一位陌生的四川诗人肖开愚的一篇散文，题目叫《博尔赫斯的光明》。散文记叙了一个博尔赫斯迷为他的朋友买书、寄书的小故事，并描述了博尔赫斯的死给他们带来的哀伤。我非常喜欢那篇散文，也许它替我寄托了对博尔赫斯的一片深情。虽然我没能够把那篇文章发表出来，但我同开愚一样，相信博尔赫斯给我们带来了光明，他照亮了一篇幽暗的未曾开拓的文学空间，启发了一批心有灵犀的青年作家，使他们得以一显身手。（见苏童散文集《河流的秘密》中之《阅读》片段，第164~165页，作家出版社，2009年8月版）

对博尔赫斯这么的亲近感的阅读和表达，在苏童来说是罕见的。在他的散文随笔和访谈中，他并不情愿过多地谈到自己所受到的外国作家的影响。不过，他还是多次谈到了博尔赫斯的影响。在另外一篇文章中，他还简单地概括了博尔赫斯的风格：

> 博尔赫斯——迷宫风格——智慧的哲学和虚拟的现实。（见苏童的散文集《河流的秘密》，第187页，作家出版社，2009年8月版）

阎连科也提到了包括苏童在内的当时的“先锋派小说家”所受到的博尔赫斯的影响。他说：

> 博尔赫斯比起卡夫卡和加西亚·马尔克斯，我以为并没有那么伟大，但是他对中国当代文学的影响却丝毫不逊于他们。因为20世纪80年代之初的文学黄金时期不期而遇地掀起了一场所谓的文学革命。在小说的形式和语言上，开始了大胆的借鉴与学习。而博尔赫斯的小说恰恰充满了诗意和神秘，没有丝毫的社会（现实）意识的影响，完全是个人化的文学情思和语言叙述，这正契合了当时中国文学急求变化的需要。因此，也就顺理成章地成了那时中国新探索小说（先锋小说）的模本。我们去看那时余华的《现实一种》《世事如烟》《鲜血梅花》等，去看格非的《褐色鸟群》《青黄》，去看苏童的《一九三四年的逃亡》和《罂粟之家》，去看孙甘露的《信使之函》《访问梦境》等，就是文学发展到了今天，已经千变万化，丰富多彩，他们那时的小说仍然给我们在语言上带来一种神秘和美，带来如梦境般的诗意，犹如我们阅读博尔赫斯的小说，也许我们不明白他迷宫般的情境设置，不懂他镜子的那种意象的必然性与合理性，但他语言的魅力却依旧使我们可以痴迷和沉醉。（见阎连科著，《我的现实，我的主义》，第267~268页，载《当代文学中的中外关系》，中国人民大学出版社，2011年3月版）

因此，分析苏童小说中的博尔赫斯的影响，是我的重点。但在谈论苏童的短篇小说之前，让我先将他的10部长篇小说做一个简单的分析和回顾。苏童在1991年出版了第一部长篇小说《米》，这部篇幅只有15万字的小说更像是一部放大的中篇，这在苏童的很多长篇小说中都类似——他的多部长篇，看上去都像是放大的中篇，并不复杂，依靠精美的语言和舒服舒缓的语调来推动情节，而他的 20 多部中篇，在我看来，又像是放大了的短篇小说。《米》的故事背景是在民国的战乱时期，兵荒马乱的年代里，匪盗横行，而大米这样的粮食，则成了小说主人公五龙最看重的东西。他逃荒进入城市，在米店里扛活儿，后来老板死了，他成了老板，还娶了老板的女儿，成为横行乡里的黑社会头子。最终在日本人入侵中国的时候死于花柳病，嘴里的金牙还咬噬着大米的颗粒。

他在 1992 年出版的长篇小说《我的帝王生涯》只有 12 万字，完全以超强的想象力，虚构了一个叫作燮国的王子在 14 岁即位，由此经历的外忧内患，天灾人祸，灾民暴动，兄弟仇杀，贬为庶民，历史循环。小说的语调缓慢、清丽、忧伤、华美，将中国历代的帝王故事，尤其是那种比较衰的弱势帝王的故事抽象地演绎了一遍，是当时的先锋派小说中的代表作。

那几年，苏童的创作势头实在是太好了，1993 年，他出版了长篇小说《武则天》（在《大家》杂志发表的时候，题为《紫檀木球》，而我也认为这个书名要更好），这是一部受到了著名导演张艺谋的邀请而创作的历史小说，武则天这个稀有的女帝王的一生的关键生平，在苏童那无与伦比的想象力之下，活色生香。残忍无情，而又风姿绰约，仪态万方。

1995 年，苏童出版了描绘少年时期的青春冲动和暴力、混乱的小说《城北地带》，小说中塑造的人物，可以看作是“文革”武斗在孩子们的生活中发生的影响。1998 年，他的长篇小说《菩萨蛮》出版，这部小说发表的时候叫作《碎瓦》，小说通过了一个鬼魂的叙述，将他在特定年代里，也就是文革时期那个黑暗的年代进行了有力地批判。小说的背景是在苏童一贯喜欢的香椿树街上发生的。香椿树街对于苏童来说，就是威廉福克纳的约克那帕塔法县，就是莫言的高密东北乡，就是贾平凹的商州。

2001 年，他将自己的一系列关于故乡“枫杨树”的小说，具体说是10篇中短篇小说，合起来出版了一部长篇小说《枫杨树山歌》。在那条街上，民国时期的纷乱景象跨越了时间来到了我们的面前，家族人物的命运让我想起来了《百年孤独》的某些特征。

2002 年，他出版了长篇小说《蛇为什么会飞》，这部小说描述了一群社会边缘人是如何在被遗忘的状态下的命运。

几年之后的 2006 年，应英国某出版社的全球“重述神话”习作项目的邀请，苏童写作并出版了长篇小说《碧奴》。这部小说取材于秦朝的孟姜女哭倒长城的神话传说。在这部小说里，苏童再次展开了他在《我的帝王生涯》里那惊人的想象力，将我们带到了 2000 年之前的时空中，去看到了秦朝修建长城过程中的万端景象。

2010 年，他的长篇小说《河岸》出版。这部小说可以说是他的长篇小说里，比较厚重的，也才只有 22 万字。小说里塑造了一些在河流之上生活的近乎病态的一家人，叙述人是儿子，通过他的视线来讲述河上人家和其他人的复杂的纠葛。

2013 年，他出版了最新的长篇小说《黄雀记》，这部小说分为三个部分，分别是《保润的春天》《柳生的秋天》和《白小姐的夏天》，全书 26 万字，是他的小说中篇幅最长的。通过这三个少年男女的纠葛，再次演绎了人性的复杂性。小说的背景，还是香椿树街，那个苏童所创造的大世界里。

苏童的 20 多部中篇小说，从题材上看，和他的上述长篇小说大致接近，一部分是民国时期为背景的南方民间生活，比如《1934 年的逃亡》，这是一个中篇小说，小说的语调使读者恍惚间进入 1934 年那个幽暗岁月的深处，类似梦境般的水下世界折射出来的苍白而缤纷的光亮在不断闪烁。另外一部分，是他的少年记忆和小地方的民俗生活，这一特点，在他的短篇小说中尤其突出，比如他的短篇小说《乘滑轮车远去》，带给读者无尽的对失去的刺青时代的怀念。他用自己独特的语调讲述的一切，对读者来说都是那么的亲切和熟悉。不过，翻阅了手头他的各个版本的短篇小说集，我发现在新近出版的两种三卷本的短篇小说集——广西师大版和上海文艺版的小说集里，这篇小说都没有被他收入，显然，作为一篇早期的小说，它已经不被他所看重了。

下面，我将从苏童的一百多篇短篇小说中，挑出来一篇进行分析。在我看来，他的几乎所有短篇小说都是高水准的，且大都形成了一个个系列，比如，他的枫杨树乡系列，香椿树街系列，由此形成了一串串优美、幽暗而又华丽的珠子，被一个个的意象所烘托，在其南方才子所特有的那种极其润滑和精巧的叙述语调中，完成了一个个的玄思妙构。而他晚近创作的短篇小说，更是几乎都挑不出来一个废字，其叙述语言的干净透明，到了炉火纯青的地步。

《仪式的完成》这篇短篇小说，在苏童的短篇小说当中算是很独特的，它和他的枫杨树乡系列、香椿树街系列小说毫不相干，和他晚近干净如稻草的对当下生活的描绘与把握的那些小说也没有关系，这篇小说在他的整个短篇小说当中，是一个异数。这篇小说可以说是一篇寓言小说，一篇预先设定结局的深度意象小说。尽管他的很多小说中都有诗歌所具有的一个核心的意象深藏期间，但是，这篇小说还具有寓言的性质，是非常罕见的。这固然和当时所谓的先锋派的崇尚空幻和玄虚的文学潮流多少有些关系，但是，苏童个人强烈的气质仍旧贯穿在小说当中。小说的叙述由一个民俗学家从省城出发，抵达八棵松村搜集民间故事，调查当地的民俗——拈鬼开始。他在村口，就碰见了一个神秘的老人，正在锔一口破裂的龙凤大缸，这个大缸作为道具将被后来的情节认真使用。其实，开头即预设了结局，即这个民俗学家将死于自己的调查——刚开始读到这篇小说的第一段的时候，聪明的读者就感觉到，这个民俗学家活不成了。果然，后来，这个民俗学家死于自己的民俗调查了。

首先，这篇小说是有一个明显的叙述者存在的，就是“我”。在这里可以把这个“我”当成作家本人，这个神秘的叙述人是整个事件、也就是民俗学家死于自己的民俗调查的事件的旁观者。这个叙述人的视线很确定，就是旁观者，洞察一切，但是从来也不施加援助，就仿佛新小说派干将阿兰•罗布•格里耶的《窥视者》中的窥视自己妻子是不是在和别的男人通奸与调情那样。有一个人，也在远远地打量和观看这个民俗学家，最后不可避免地滑向无法被他掌握和预知的死亡的结局。所以，这个叙述人和民俗学家是共时空的，他的冷酷和不动声色，是作家本人独特的抽空了情感色彩的无情语调所决定的。但这个叙述人又非常隐晦，他在小说当中一共只出现了三次，而且，不完全是全知全能的，他看见了民俗学家的抵达，但是并不参与民俗学家调查的全部过程，只是凭借一些道听途说，解构了民俗学家最终死亡的这个事件。在小说的第一段中，叙述人“我”就出现了，“民俗学家朝八棵松村走着，实际上他也成了我记忆中的风景”，这就明确地告诉你，这个叙事人就是在场者。

到了小说的中后部分，叙述人再次出现了：“我听说事情发生在民俗学家离开八棵松那一天”。在这个时候，小说中的民俗学家已经完全地模拟了、复活了当地拈鬼民俗的全部过程，最后，是他自己，成了抓到了有“鬼”字样的箔纸，而60年前就死掉了的一个叫五林的人的鬼魂，依然附体在民俗学家身上，使他成了人鬼——民俗学家弄假成真了，他本来要复原一个残酷民俗仪式的过程，但是他最后成了要被处死的人鬼。所以，小说在这里显现了一个寓言的悖论。

但是，毕竟，这个残酷的民俗似乎已经在当下死去，民俗学家即使是五林附体的人鬼，他不可能按照民俗被当地人用乱棍打死在一个大缸里。否则，村子里的人会被当成刑事犯罪分子给逮捕的。按说，这个民俗调查与游戏，到这个时候就可以结束了，民俗学家自己也不敢往下玩了，可是，民俗的隐秘力量是无比巨大的，它将像魔鬼被放出来了一样将完成整个过程。它那不可低估的毁灭力量仍旧存在，仍旧需要喝人的鲜血。最终，叙述人听说，民俗学家在离开村子的时候，因为要追赶早先他碰到的那个村口神秘的锔缸老人，被一辆卡车撞死了。最后，他奇怪地出现在了那口巨大的龙凤缸中，用他自己的死亡，完成了他自己进行的这个民俗调查仪式的最后部分，不同的是，他不是被乱棍打死的，而是被一种神秘的力量所裹胁的。没有人需要为他的死真正负全责。

于是，在最后一段，小说的叙述人又出现了："我认识那位民俗学家……在他的追悼会上，我听见另外一个民俗学家像自言自语说，这只是仪式的完成。"到了最后，点题了，这就是仪式的完成——我们也许可以确定，这个诡异的叙述者，就是造物者和命运的掌握者本人，尽管他和民俗学家认识，甚至还是朋友，但是，他知道民俗学家的命运，而民俗学家对此却茫然无知。这篇小说结构精巧，气氛诡异，前后呼应，所有的细节都是那样的生动和吻合，叙述语调诡异而平静，在里面深藏着一个意象，就是拈鬼的仪式，具有哥特式小说的气质，最终，小说上升到了寓言的高度——我们绝对不能低估民俗所具有的恶魔般的性质与它巨大的破坏性力量，一旦你不尊重它，他就要喝你的血，要你的命。

可能这篇小说在苏童的短篇小说里，是最接近博尔赫斯风格的小说了。小说的诡异、神秘、文化仪式与宗教暗示，都很怪异。也可能就是为了向博尔赫斯致敬，他才写下了它。关于博尔赫斯，他又谈道：

> 孤独的不可摆脱和心灵的自救是人们必须面对的现实，我们和文学大师们关注这样的现实。博尔赫斯的《第三者》不像他的其他作品那样布满了圈套，这个故事简单而富于冲击力，这也是我在他的无数精美之作中左顾右盼最后选定此篇的理由。《第三者》叙述的是相依为命的贫苦兄弟爱上同一个风尘女子的故事，所以我说它简单。但此篇的冲击力在于结尾，为了免予不坚固的爱情对坚固的兄弟之情的破坏，哥哥的选择是彻底摆脱爱情，守住亲情，他动手结果了女人的生命。让我们感到震惊的就是这种疯狂和理性，它有时候成为统一的岩浆喷发出来，你怎能不感到震惊？令人发指的暴行竟然顺理成章，成为兄弟最好的出路！我想博尔赫斯之所以让暴力也成为他优雅精致的作品中的元素，是因为最优秀的作家无须回避什么，因为他从不宣扬什么，他所关心的仍然只是人的困境，种种的孤独和种种艰难却又无效的自救方法，也是人类生活中最重要的细节。（见苏童散文集，《河流的秘密》，第 226~227 页，作家出版社，2009 年 8 月版）

二　李洱：对知识分子进行精神分析的小说家

出生于 1966 年的小说家李洱是新生代作家中的佼佼者，也是一个学者化的小说家。他的作品不算很多，迄今为止，一共出版了两部长篇，17 部中篇小说，30 多篇短篇小说，他的长篇小说《花腔》获得了很高的评价，这是一部多声部的小说，触及了中国现代史非常惊心动魄的一部分。

而他那篇幅并不很长的小说《石榴树上结樱桃》在德国获得了很好的影响，据说还得到了德国总理默克尔的大力推荐，她在访问中国的时候还带着这本书，推荐给中国的官员，就因为这本书写到了中国农村里基层政权艰难的民主选举。

李洱读书很多，不轻易下笔，第三部长篇小说是关于当代知识分子的题材的，他属于厚积薄发型，因此这部小说前后写了近 10 年了，还没有出版。在接受笔者的采访中，李洱告诉我，他有一个不好的习惯，就是一遍遍地重写一部小说。《花腔》就是这样，他前后写了几遍，一共写了一百多万字。定稿的时候，只有一个版本，30 多万字。而手中的这部小说则写了 4 遍，还没有停止下来。他重写并不是像别的作家那样以一个版本的修改为主，他是以第一人称写一遍，用第二人称再写一遍，然后用全知全能的视角再写一遍。最后来比较哪个版本好，甚至又都放弃了，综合起来，以各种人称叙述再写一遍。如此这般，他的小说的出版就变得遥遥无期了。但这并不耽误他在文学界积累名声，因为，李洱是一个对各类文学现象了然于心的学院派作家，他身在中国现代文学馆，因此有很多机会参加各类文学活动和文化交流。他的长篇和中短篇小说有多个西方语言的译本，因此，在欧美国家也小有知名度，特别是在德国的影响要稍微大一点。

和比他大的那一代“营养不良”或者“营养偏颇”型的作家不一样，李洱受到的西方文学是全面的，他不仅谈拉美文学，他也广受欧美文学、苏俄文学和非洲文学的影响。对于拉美文学，他说道：

> 在 20 世纪 80 年代，西方的文学艺术开始大量地进入中国。它本来属于“他者”，但当它影响到中国作家的写作的时候，它就不再是“他者”，而成了 20 世纪 80 年代以后中国文学传统的一部分。我本人是在 20 世纪 80 年代完成大学教育的，我还记得自己当时如饥似渴地阅读西方小说和拉美小说的情景。我也是在那个时代熟读塞万提斯

的《堂吉诃德》，熟读加西亚•马尔克斯的《百年孤独》，熟读塞拉的《蜂巢》以及今年刚刚获得诺贝尔文学奖的巴尔加斯•略萨的作品。这些西班牙语的作家作品，毫无疑问，也深深影响到中国作家的写作，中国作家从中体会到了西班牙语作家处理现实的方法。在接受西方文学影响的过程中，因为现实主义的文学传统在中国具有强大的生命力，所以中国作家和中国读者，总是习惯于将更多的注意力投向那些具有批判现实主义精神的作品。（见李洱著，《问答录》，第370页，上海文艺出版社，2013年1月版）

长篇小说《花腔》是李洱最具代表性的作品历史批判性小说，厚重，结实，内部充满了有声音和细节的丰盈的小说。这部2001年出版的小说，在结构上，我觉得受到了拉美结构现实主义小说的很大的影响，也就是说，李洱很重视小说的叙述者的多样，叙事者的声音。他对确定无疑的叙述者讲的故事，是持有怀疑态度的，这正像他对历史的态度那样：历史就是一个任人打扮的小姑娘，根据需要你可以随意地打扮。这部小说的主人公是一个叫葛任的人，他曾经参加了20世纪三四十年代的中国革命，但在历史中奇怪地消失了。对于这样一个人的短暂生命的挖掘和打量，成了这部小说的情节构成。

于是，小说在四个叙述者的叙述下展开。第一个叙述者写了前言和尾声，他可以被看成是作者本人，但这个叙述者又自称是葛任的后人。他同时还是采访另外三个讲述葛任的生平的人：医生白圣韬、人犯赵耀庆、法学家范继槐。这三个人对于葛任的回忆和讲述，是不一样的，使历史中的、记忆中的葛任发生了错位、游移和不确定，葛任由于这三个人的不同视角和身份的讲述，变得更加的模糊。从而显示出历史的荒诞，人的命运吊诡。但这部多声部的小说，实际上不限于这一个主要的叙述者也就是采访者和三个主体叙述者的讲述，小说还通过引文，谈话和回忆，又引入了十多位共见证过葛任的国内外人士的一些印象，使这部小说本身既扑朔迷离，又逐渐地显得清晰了。于是，我们看到了葛任仿佛是在迷雾中向我们走来，他由远及近，眼看着清晰地来到了我们的面前，但是忽然，又被迷雾所漫卷了，看不清了。然后他再度出现，再度消失。如此反复，最终，我们也感受到了葛任作为一个历史人物的丰富性，以及中国当代史本身的丰富性和复杂性。

可以说，《花腔》就是这样一部不确定的作品。在阅读的时候，主叙述者在卷首语中就说了，可以从三个部分，也就是医生白圣韬、人犯赵耀庆、法学家范继槐的讲述中的任何一个部分开始阅读。这使我想起了科塔萨尔的《跳房子》的阅读方法，那也是一部可以跳跃阅读的作品，使我想起了巴尔加斯•略萨的长篇小说《绿房子》和《酒吧长谈》的多角度多线索的叙事结构，也使我想起了帕维奇的《哈扎尔词典》的三个部分历史文献对哈扎尔这个民族的多角度的阐释。

我曾经觉得李洱受到了巴尔加斯•略萨在叙事上的影响，对此，我查到了在 2011 年巴尔加斯•略萨来北京的一次座谈会上李洱的发言，他说：

> 1985 年我第一次看到略萨的小说。略萨增加我们对文学的理解。但我更喜欢略萨关于小说的评论。我几乎看了他所有的翻译成中文的评论，比如《给青年小说家的信》《谎言中的真实》等，你很难相信略萨很喜欢雨果、喜欢帕斯捷尔纳克，很难相信，巴尔加斯•略萨对俄国的革命小说有那么深入的了解。

从这段话可以看出来，李洱并不觉得自己受到了巴尔加斯•略萨的小说有多大的影响，他只是对巴尔加斯•略萨作为学者化的作家推崇备至，因为巴尔加斯•略萨对拉美文学和西方文学的研究非常深入和广泛，对小说技术、艺术本身的思考，要更为丰富。因此，直接地从李洱的作品中搜寻到确定无疑的拉美小说大师们的影响，稍微困难一点，因为李洱太“狡猾”了，他在写小说的时候，既吸取了那些大师的经验，又不动声色地抹去了他们。

不过，还是有些马脚的，这在他的一些谈话中，流露了出来。比如，李洱是这么谈论加西亚•马尔克斯的：

> 你看过马尔克斯的《番石榴飘香》吗？那是他的文学对话集，里面大量地谈到他早年生活的经历，说得有鼻子有眼的。可实际上，其中很多都是虚构。文学，当然还有音乐，有一种奇妙的功能，它会让人产生从未有过的记忆。（见李洱著，《问答录》，第169页，上海文艺出版社，2013年1月版）

李洱最喜欢谈到博尔赫斯的影响。我觉得可能博尔赫斯对迷宫的设计和追寻，对时间的理解，对谜语的解读，都使李洱心有余而力不足的吧，因此，他更喜欢谈论的是博尔赫斯。比如下面这段：

> 20世纪80年代中后期，我喜欢博尔赫斯并入迷，但后来不喜欢了。但至少我不能否认，博尔赫斯不光是一位技艺超群的作家，还是一位有思想的作家。他的很多短篇小说确实了不起，比如《南方》《马可福音》《第三者》。我说我现在不喜欢他，一是因为我不敢再喜欢他了，就像一个穷汉不敢喜欢一个公主一样，时间、经历都耗不起；二是我不愿意再喜欢他了，我更愿意去写历史，写日常生活中的人和事，离他的小说越来越远了。（见李洱著，《问答录》，第239页，上海

文艺出版社，2013 年 1 月版）

而在谈论他心仪和崇拜的博尔赫斯的时候，他还不忘记拉上加西亚·马尔克斯对博尔赫斯的迷恋来作为佐证：

据说，加西亚·马尔克斯不管走到哪里都要带上博尔赫斯的小说。马尔克斯是用文学介入现实的代表，而博尔赫斯是用文学逃避现实的象征。但无论是介入还是逃避，他们和现实的紧张关系都是昭然若揭的。在这一点上，中国读书界或许存在着普遍的误读。马尔克斯和博尔赫斯，对 20 世纪八十年代中期以后的中国文学产生了巨大的影响。对知青文学和稍后的先锋文学来说，它们是两尊现代和后现代之神。但这种影响主要是叙述技巧上的，令人遗憾的是，马尔克斯和博尔赫斯与现实的紧张关系，即他们作品中的那种反抗性，并没有在模仿者的作品中得到充分的表现。（见李洱著，《问答录》，第 307~309 页，上海文艺出版社，2013 年 1 月版）

如此说来，对博尔赫斯的心仪，最终导致了他对历史迷宫的痴迷，也使他最终塑造出葛任这个在中国 20 世纪历史的旋涡和迷雾中消失的人物的众说纷纭的谜语，这就是李洱对拉美文学的消化式的吸收。不过，在谈到博尔赫斯的时候，李洱流露出了羡慕和崇拜的情绪，但是他深深地知道博尔赫斯那巨大的魅力之下，还有着一个陷阱。这个陷阱是可怕的，他清醒地谈到了这一点：

但是，对于没有博尔赫斯那样的智力的人来说，他的成功也可能为你设下一个万劫不复的陷阱，使你在误读他的同时放弃跟当代复杂的精神生活的联系，在行动和玄想之间不由自主地选择不着边际的玄想，从而使你成为一个不伦不类的人。我有时候想，博尔赫斯其实是不可模仿的，博尔赫斯只有一个。你读了他的书，然后离开，只是偶尔回头再看他一眼，就是对他最大的尊重。我还时常想起，在1986年秋天发生的一件小事。先锋派作家的代表马原来上海讲课，当时我还是一个在校学生，我小心翼翼地提了一个问题：博尔赫斯在何种程度上影响了他的写作，他对博尔赫斯怎么看。马原说，他从来没有听说过博尔赫斯这个人。当时小说家格非已经留校任教，几天后告诉我，马原在课下承认自己说了谎。或许在那个时候，博览群书的马原已经意识到，博尔赫斯可能是一个巨大的陷阱？（见李洱著，《问答录》，第307~309页，上海文艺出版社，2013年1月版）

相对篇幅较小的长篇小说《石榴树上结樱桃》，只有16万字，第一版并不分章节，而是紧密地叙事，将农村基层民主选举的走样和扭曲，呈现得十分真切。我注意到，这部小说在上海文艺出版社出版的新版本，则分为了25个小章节，版权页码上的字数也变成了20万字，不知道是因为排版的原因，还是因为李洱的确修订了这本书。按照他的修改习惯，他是完全有可能这么干的。但我对比了前三节，没有发现修改的痕迹。非常重视叙事手法的李洱，在这部小说完全直面了现实农村的景象，他生于河南济源，那里曾经有一条叫作济水的大河，但是后来干涸了，河谷里长满了一人高的草。在他的老家，还出产一种据说很壮阳的铁棍山药。他是这么谈到他的家乡的：

我的老家济源，常使我想起《百年孤独》开头时提到的场景。在我家祖居的村边有一条叫沁水的河流，河心的那些巨石当然也“如同史前动物的巨蛋”。每年夏天涨水的时候，河面上就会有成群的牲畜和人的尸体。而那些死人也常常突然（在水面上）站起，仿佛正在水田里劳作。我在中国的小说中并没有看到过关于此类情景的描述，也就是说，我从《百年孤独》中找到了类似的经验。……在漫长的假期里，我真的雄心勃勃地以《百年孤独》为摹本，写下了几万字的小说。我虚构了一支船队顺河漂流，它穿越时空，从宋朝一直来到20世纪80年代，有如我后来看到的卡尔维诺的小说《恐龙》一样——一只恐龙穿越时空，穿越了那么多的平原和山谷来到了20世纪的一个小火车站。（见李洱著，《问答录》，第303~305页，上海文艺出版社，2013年1月版）

作为新生代作家群中的具有学院派作家特点的小说家，李洱的中短篇小说写作，更显示出某种学院、知识谱系和对知识分子精神状态和境况的把握，这也是他的最新长篇小说的主题。如果说莫言、刘震云、阎连科、余华他们更像是福克纳、海明威的话，那么，李洱等出生于20世纪60年代后期的作家，则与索尔贝娄、约翰厄普代克、菲利普罗斯有着某种呼应关系。后者都是美国当代写中产阶级知识分子最为得力的小说大师。

李洱的中篇小说有近20部，短篇小说有30多篇，所涉及的，大都是知识分子题材的，其中，《午后的诗学》《导师死了》《悬浮》《加歇医生》《缝隙》《破镜而出》《抒情时代》，短篇小说《喑哑的声音》《堕胎记》《错误》《遭遇》《威胁》《秩序的调换》《惘城》《白色的乌鸦》等，大都是以大学教授、博士、作家、诗人、医生等中产阶层的知识分子和小知识分子作为描写的对象。

李洱在这些小说中，并不着意于编造某些故事，而是通过日常生活的呈现，通过对这些人的精神状态的把握，描绘了当下社会中知识分子和小知识分子的精神境遇，也就是今天的中国人的精神分析。这是李洱最具贡献的地方。如果说《花腔》是对20世纪上半叶中国知识分子境遇的精神分析的话，那么他的很多中短篇小说，则是 20 世纪晚期的中国当代知识分子的精神分析。阅读这些几乎就发生在我们身边的人的故事，我们除了会心的微笑，还有对自身境遇和精神状况的了悟。

李洱是一个学院派小说家，还在与他对小说文本的形式追求，以及叙事艺术的精心设计。他的有些作品还具有后现代的解构特征，比如中篇小说《遗忘》，将嫦娥奔月和下凡的故事，与现实生活中的人相并置，产生了有趣的重述神话和消解神话的效果。中篇小说《国道》则有着元小说——关于小说的小说的特点，小说叙事人本身一边写小说，一边参与到了小说的故事中，这都是以虚构当作真实世界的前辈作家所无法做到的。

因此，李洱受到的外国作家的影响并不局限于拉美文学，他是全方位地吸取了外国作家的影响，并将哪些影响作为触媒，来唤醒自我的创作经验和生活体验，将他对当代生活和历史情境的写作资源唤醒，从而创造出一个独特的文学世界。

尽管如此，我还是觉得，由于李洱出生于河南这样一个乡土经验非常丰富的省份，他的创作的起点就是受到了拉美文学爆炸那批作家的影响，他也多次谈到了这些影响，后来，他继续前进，扩展了视野，逐渐地摆脱了那些影响，既寻找到了写作的新方向——知识分子群的精神分析，也找到了自己的叙述艺术的形式，并对各类叙事形式运用自如，得心应手，成了一个兼具广度和深度的杰出当代中国小说家。

注解 1：李洱谈到过拉美文学对寻根文学的影响时说：

寻根小说主要受拉美魔幻小说的影响，先锋文学主要受法国作家的影响，比如法国新小说，等等。当然，其中也包括阿根廷的博尔赫斯的影响。这与他们自身的经历不一样。寻根文学之所以接受拉美小说，是因为他们的知青生活要求他们找到一种根的存在，希望找到民族风格、民族气派的作品。先锋作家稍晚一些，没有广阔的生活，主要依靠幻想性来写作比如罗伯•格里耶和博尔赫斯都不需要广阔的生活，只要有一点对生活的感受就可以了。当先锋作家生活经历越来越丰富的时候，他们对那种幻想性的小说就远远不满足了。当他们回到生活中，和早年的幻想性结合在一起，就会产生非常奇怪的文学，类似《许三观卖血记》。一半是幻想，一半是现实，这使他们大获成功。格非也是如此，如《边缘》《欲望的旗帜》。当他们具备对中国历史的了解，对现实有感受和看法的时候，就会产生变化。表现为加强故事性。（见李洱著，《问答录》，第 120 页，上海文艺出版社，2013 年 1 月版）

注解 2：李洱谈马尔克斯：

1985 年的暑假，我带着一本《百年孤独》从上海返回中原老家。它奇异的叙述方式一方面引起我强烈的兴趣，另一方面又使我昏昏欲睡。在返乡的硬座车厢里，我再一次地将它打开，再一次地从头读起。马孔多镇边的那条清澈的河流，河心的那些犹如史前动物留下的巨蛋似的卵石，给人一种天地初开的清新之感。但马尔克斯的叙述的速度是如此之快，有如飓风将尘土吹成天上的云团，他很快就把吉普赛人带进了村子，各种现代化设施迅疾地布满了大街小巷，民族国家的神话与后殖民理论转眼间就展开了一场拉锯战。《裸者与死者》的作者诺曼•梅勒曾经感叹，他费了几十页的笔墨才让尼罗河转了一个弯，而马尔克斯只用一段文字就可以写出一个家族的兴衰，并让它的子嗣长上了尾巴。当时我并不知道，一场文学上的“寻根革命”因为这本书的启发正在酝酿，并在当年稍晚一些时候蔚成大观。

捧读这《百年孤独》，窗外是细雨霏霏的南方水乡，我再次感到了昏昏欲睡。我被马尔克斯的速度拖垮了，被那些需要换上第二口气才能读完的长句子累倒了。多天以后，当我读到韩少功的《爸爸爸》的时候，我甚至觉得它比《百年孤独》还要好看，那是因为韩少功的句子很短，速度很慢，掺杂了东方的智慧。可能正是由于这个原因，当时有些最激进的批评家甚至认为，《爸爸爸》可以与《百年孤独》比肩，如果稍矮了一头，那也只是因为《爸爸爸》是个中篇小说。我还记得，芝加哥大学的李欧梵先生来华东师大演讲的时候，有人就是这么问他，他的回答非常干脆：不，它们还不能相提并论。如果《百年孤独》是受《爸爸爸》的影响写出来的，那就可以说《爸爸爸》足以和《百年孤独》比肩。（见李洱著，《问答录》，第 303~305 页，上海文艺出版社，2013 年 1 月版）

注解 3：李洱谈到博尔赫斯时还说：

当博尔赫斯说，玫瑰就存在于玫瑰的字母之内，而尼罗河就在这个词语里滚滚流淌的时候，“玫瑰”就在舟楫上开放，沉舟侧畔病树枯死。而说博尔赫斯的小说具有反抗性，这似乎让人难以理解，但是，那一尘不染的文字未尝不是出于对现实的拒绝和反抗，那精心构筑的迷宫未尝不是出于对现实的绝望。它是否定的启示，是从迷宫的窗户中伸向黑夜的一只手，是薄暮中从一炷香的顶端袅袅升起的烟雾。也就是说，在博尔赫斯的笔下，“玫瑰”这个词语如同里尔克的墓志铭里所提到的那样，是“纯粹的矛盾”，是用介入的形式逃避，是用逃避的形式介入。这也就可以理解，博尔赫斯为什么向往边界生活？经常在博尔赫斯的玫瑰街角出现的，为什么会是捉对厮杀的硬汉？硬汉手中舞动的为什么会是带着血槽的匕首。我非常喜欢的诗人帕斯也曾说过，“博尔赫斯”以炉火纯青的技巧，清晰明白的结构，对拉丁美洲的分散、暴力和动乱提出了强烈的谴责。如果博尔赫斯的小说是当代文学史上的第一只陶罐，那么它本来也是用来装粮食的，但后来者往往把这只陶罐当成了手工艺品。我曾经是博尔赫斯的忠实信徒，并模仿博尔赫斯写过一些小说。除了一篇小说，别的都没能发表出来。虽然我后来的写作与博尔赫斯几乎没有更多的关系，但我还是乐于承认自己从博尔赫斯的小说里学到了一些基本的小说技巧。对初学者来说，博尔赫斯有可能为你铺就一条光明大道。他朴实而奇崛的写作风格，他那极强的属于小说的逻辑思维能力，都可以增加你对小说的认识，并使你的语言尽可能的简洁有力，故事尽可能的有条不紊。

第五节　新历史与新类型小说：以范稳、麦家为例

一　范稳：描绘蕴涵史诗梦想的高地

范稳是一个深受拉美文学影响的云南作家。他 1962 年生于四川，毕业于西南师范大学，后来到云南工作。范稳的文学创作开始于 1986 年，早期的作品以文化散文和城市题材与历史题材的长篇小说和中短篇小说为主，出版了《苍茫古道：挥不去的历史背影》《人类的双面书架》《藏东探险手记》等散文集，《清官海瑞》等近 10 部长篇小说，但这些作品由于表达的经验显得不那么的特别，比如，他写的历史小说《清官海瑞》无法与同时期的其他通俗历史小说相比，而他那些都市题材的小说，也因为地处偏僻的云南，在经验上都输于北京、上海、广东的作家，所以这些作品

都没有引起很大的反响。

我知道，范稳早年写过一些城市题材的小说，甚至还写了一部关于海瑞的传记小说，不算成功，这说明，过去他一直在寻找着自己的写作资源和方向。每个作家其实都拥有自己独特的、别人根本就无法替代的写作资源。范稳走过了一条弯路，但是，当他真正把目光投到了云贵高原和西藏大地上的时候，他好像得到了某种天启，豁然开朗，他只是需要把那片土地上像果实一样悬挂的传说和本土民俗宗教文化，轻轻地用手摘下来结构起来就可以了。

但一个好的作家，必定会逐渐地发现自己的优势。当他在 20 世纪 80 年代中期接触到拉美文学之后，他的创作发生了质的改变。2004 年，他的“藏地三部曲”第一部《水乳大地》由人民文学出版社出版，立即引起了文学界和广大读者的注意，认为这是一部非常难得的长篇小说杰作。随后，2006 年出版了《悲悯大地》，2010 年出版了《大地雅歌》，从而完成了他的这个以西藏为背景的长篇小说系列，成为当代中国描绘云南和西藏地区历史、现实、民俗、宗教、人性纠葛的最重要的小说家。2011 年，他又出版了长篇小说《碧色寨》，继续他的藏地文化和历史的小说书写。

范稳的历经十年创作出的长篇小说《水乳大地》《悲悯大地》和《大地雅歌》三部曲，再加上他后来出版的长篇小说《碧色寨》，共同构成了难得一见的本土出产的神奇文化小说。说这是一套本土的地域文化小说，和早年那些模仿拉美魔幻现实主义的作家作品完全不一样，他的小说是在云南和西藏接壤的地方十分自然地生长出来的，作者根据那片神奇的土地上的历史和传说来写作，成就了一部部神奇的作品。于是，范稳写出了我们土地自己的神奇，写出了似乎在衰朽的小说新的生命复苏的迹象，也显示了范稳的雄心壮志和史诗梦想。

在《百年孤独》当中，加西亚·马尔克斯讲述了两百年来拉丁美洲的孤独与温柔，奋斗与挫折，甜蜜与神奇的历史和现实。不仅如此，《百年孤独》还树立了一个新的榜样，就是在今天这个消费、解构、碎片的时代，史诗并没有死去，它依旧是一些雄心勃勃的作家的梦想，同时也是读者内心热切期待的作品，关键是如何去发现本土的神奇、去创造小说本身的神奇。但是，这对所有作家都意味着难度、折磨、雄心和孤独的深重考验。

对于他所受到的加西亚·马尔克斯的影响，范稳在他的创作谈《我的“圣经”片段》一文中说：

> 我的枕边书是《百年孤独》，尽管这部经典已经出版了近三十年了，尽管马尔克斯的魔幻现实主义在中国已经不是个热门话题了，但我还是固执地把《百年孤独》当《圣经》来读。手上没有什么紧要事情时，就随手翻翻，可能是从头看起，也可能是随便翻到某一个章节，人物、情节、结构从不会搞乱，就像不定期地去拜会一个老朋友，你总不会连他生活中的某些习惯和个性都忘了。而到一些关键时刻，比如当我要动笔写一部书时，我会在做完所有的案头工作后，先抽几天时间把《百年孤独》完整地读一遍。
>
> 至今我仍然记得在上大三时第一次买到《百年孤独》时的情景，那时我们已经知道马尔克斯是诺贝尔文学奖的“新科状元”，可是读完全篇依然看得云遮雾障。那时读这样的书只是为了在漂亮女生面前秀一秀肤浅的“深层”，仅此而已。至于雷梅苔丝为什么会被一张神奇的飞毯接走，布恩迪亚老人为什么在院子里的栗树下老是不死，乌苏拉为什么可以和亡灵对话，走遍世界的吉普赛人墨尔基阿德斯为什么能死而复活，奥雷良诺上校为什么永远走不出自己的孤独，一概看不懂。只有一点隐隐约约的悲哀和巨大的震撼：看人家竟然能如此写

小说！而那时，我们正在大学校园里接受革命现实主义作品的教育。

多年以后我到了社会，才慢慢明白现实主义不仅有革命的、浪漫的，还有荒诞的、魔幻的；也不仅资本主义社会才会有荒诞和魔幻，社会主义体制才有革命和浪漫。真正的文学不分体制，真正的经典超越了主义。一部好书的终极价值应该是涵盖人类文明的某一个方面，要么是社会形态，要么是历史风云，甚或是一个人卑微却高尚的心灵。（《我的“圣经”片段》一文，是范稳给我发来的创作谈，未发表，我得到了范稳的许可，在这里直接引用）

因此，与伟大的文学心灵的碰撞和相遇，必将造就另外一个丰沛的心灵去创造宏伟的史诗。范稳就是从这个时候，开始了自己的史诗般的小说创作。他坦承加西亚•马尔克斯对他的影响。

在范稳的《水乳大地》这部长达38万字的小说中，蕴涵着范稳的小说史诗的伟大梦想，超过百年以上的小说内部时间跨度的小说，一般总是被称为史诗。在这部小说当中，西藏和云南那里神奇的传说和在灵界和生界游走的灵魂完全是共生的，小说的主线是讲述藏传佛教、天主教和纳西人的东巴教，在一百年的时间里，彼此之间的相当复杂的纠缠与争斗。范稳为写这部小说，深入研究了一百多年以来，在云南和西藏交界地区，藏族、汉族、纳西族以及来华的传教士的历史与文化纠葛，将地域文化小说上升到一种新历史小说的独特表达。

范稳在这部小说中，可以说处处都显示了他过人的想象力和对民俗传说以及宗教神迹的消化再造能力。在这部小说当中，骑鼓飞行的法师、天主教企求上帝显灵，结果上帝果然显灵的神迹等比比皆是，带有着独特的魔幻现实主义的味道，只不过，范稳的这种“魔幻现实主义”，也是一种本土化的魔幻现实主义，甚至还带有着地域文化、民俗、宗教文化相交汇的而更为复杂的一种魔幻现实主义作品。小说中，尤其动人的，是天主教和藏传佛教百年争斗的场景，都充满了扣人心弦的描绘。这也暗合了中国作为一个第三世界国家，追求现代化、走向现代性的艰难的过程，这个艰难的、痛苦的过程，在中西之间，在中国内部中不同的民族和文化、宗教经验之间，都是有着惊心动魄的碰撞和交锋，撕裂感和重生感是混合在一起的。最终，各种宗教、文化、人心，在互相的厮杀、争斗、背离、冲突中逐渐地找到了一个和谐相处的方式，在 20 世纪末期，在澜沧江的大峡谷里，和平相处了。

范稳驾驭这样的题材似乎心中有数，这是一个举重若轻的写作过程，它确实超越了大部分当代人的经验，将我们带到了一种独特的时空之中、文化经验之中、想象的氛围之中。小说是波澜壮阔的，小说中，瘟疫、洪灾、干旱、雪崩、泥石流等自然灾害，还有族群之间的仇杀、背叛、纷争，仿佛是造物主考验人类生存的一场场磨难，但是，在澜沧江的大峡谷里面，最终迎来的，是宁静和安详，是文化的交融与互相的理解和包容。

而且，范稳在写这部小说的时候，在小说的结构方面别具匠心，相当考究。小说不是线性叙事，不是按照时间的线索来叙述，而是采取了一种向心的结构，交叉进行，将小说内部要叙述的时间分割成几大块，从世纪初开始，第二章则讲述世纪末，然后是第一个十年和八十年代，最后回到了西藏的一个新起点：五十年代，在那个年代里，西藏和平解放，进入了新的历史时期。小说这种向心结构，似乎把复杂多变的历史本身有条不紊地梳理了，使那片神奇的土地成了可以被语言和记忆讲述的母体。在年轻作家趋向于一种时尚化写作的情况下，阅读和重视这部厚重博大的小说，可以让我们领悟到文学为什么会存在的理由和价值。《水乳大地》也因此让人眼前一亮，吸引了很多眼球，一些人甚至都不相信这是那个写了很多都市小说和历史小说的范稳的作品，因为这部作品实在是跃升到了一个惊人的地步。

范稳在推出长篇小说《水乳大地》三年之后，又出版了他的藏地三部曲的《悲悯大地》和《大地雅歌》，继续着他对云贵高原和西藏地区的神奇描绘。可以说，《悲悯大地》《大地雅歌》与《水乳大地》有着血肉联系，《悲悯大地》和《大地雅歌》的线条相对单纯一些，但是对藏地文化和历史的关注和书写是统一的。

《悲悯大地》缩小了小说的视野，将小说的主线放在了两个家族之间的纷争。小说的地理背景还是在西藏东部的澜沧江两岸，两个藏族家族朗萨家族和都吉家族之间因为上一代的杀父之仇，延续到了下一代，于是，两个年轻人达波多杰和阿拉西，分头去寻找藏族人传说中的三宝，来向对方进行报复。达波多杰寻找的是“快刀、快马和快枪”，而阿拉西却因为一个机缘而皈依了佛门，他寻找的三宝，则是佛、法、僧。最终，佛教的力量改变了阿拉西，让他化解了和仇家的恩怨，也化解了对后来进入这片地区的“红汉人”的仇视。小说的主人公是藏族人，范稳深入到藏族文化的内部，窥探到了藏族人的心灵世界，将他们对宗教的理解，以寻找“三宝”的方式，呈现了出来。

小说通过两个藏族青年分别成长的历程，讲述了一个人朝向物质的世界，而另外一个人朝向精神世界奋进的艰难和百折不挠的精神状态。于是，在非常宏大的自然和人的想象力的背景下，善与恶、人与自然、人与人以及人性内部的挣扎，显现了一个复杂刚强的世界。在寻找传说中的男人应该拥有三件宝物的过程中，在几十年的时间里，个体生命被严酷的自然和复杂的精神环境所引导的相当复杂的纠缠与争斗，充满了扣人心弦的情节。

范稳每写一部小说，在结构上都有着清晰的设计。这部小说的结构很明晰，每个章节都有小标题，那些小标题是最好的提示，把复杂多变的历史本身给有条不紊地凝练了，使那片神奇的土地，成了可以被语言和记忆讲述的母体。阅读和凝视这部厚重的小说，可以让我们领悟到文学为什么会存在的原始理由，那就是，记录并复活一个地区的文化记忆，并且呈现出一个地区的人的精神状况。正如《悲悯大地》这个书名所暗示的——悲悯——作为一种最软的力量，作用到人心中又是无比强大的。正是依靠了佛教中悲悯的力量，才化解了要解决人与人、家与家、族与族之间的仇恨。这正是这部小说的着眼点。而宗教的力量依旧是大地上短暂者人类的精神主宰。在严酷的生存现实面前，人只有朝向比自己博大和精深的宗教神主，才可以获得神性的力量。但是，这个世界上，土神，原始神，外来的神，那么多的神有时候形成了一种对抗和排他的关系，当这种人神关系投射到大地上的社会关系，宗族关系、血缘关系、村社关系、权力关系的时候，就演变出来无数的人物命运。

接下来，范稳又出版了长篇小说《大地雅歌》。《大地雅歌》中“雅歌”这个词汇，很容易让我们想到了《圣经》。是的，在这部小说中，主要涉及的，就是藏传佛教和外来的天主教之间的冲突。小说的地理背景还是在澜沧江大峡谷之中，小说的故事主线却是一个三角恋的案情故事：流浪藏族艺人扎西嘉措爱上了央金玛，强盗格桑多吉也爱上了央金玛，后来，这三个人都加入到天主教里成了教徒，并且取了教名史蒂文、玛丽亚和奥古斯丁，不过，他们的爱情继续在风云变幻的历史中发展，西藏解放、“文化大革命”、改革开放这三个重要历史时期在他们三个人的生命中打下了重要的印迹。三个人的爱情纠葛控诉了政治、历史的野蛮对人性的摧残，描绘了更为博大的宗教和人性的爱。小说中，浪漫的气息盖过了魔幻和神奇的气氛。这就是《大地雅歌》所要吟唱的，也是这部作品所投射出来的内在的神性和音乐性。

接着，范稳又出版了长篇小说《碧色寨》，在这部小说中，以一个寨子的文化历史，继续他对地域文化的神奇书写，对人神共居社会的观察，让我们看到了他轻巧的一面，浑厚的一面，以及博大和亲切的一面。这部小说着眼点更为细微，描写的人却依旧众多。传教士、乡民、僧侣以及爱情，都是小说动人之处。

从范稳的大地三部曲《水乳大地》《悲悯大地》《大地雅歌》，再到《碧色寨》，范稳的写作由宽阔走向了澄明，由史诗走向了地域文化小说的圆满确定。我特别欣赏那些极具生长性的作家，范稳就是这样一个作家，根据他现在完成的这几部长篇小说，我可以说，范稳顽强地从拉美文学特别是加西亚·马尔克斯的影响下摆脱了出来，创造了他自己独有的文学世界，成了独特和厚重的小说家之一。

注解 1：《我的“圣经”》中，范稳说道：“马尔克斯说过：‘现实是比我们更好的作家，我们的天职，也许是我们的光荣，在于设法谦卑地模仿它，尽我们的可能地模仿好。’作为一个汉族写作者，纵然文化背景与表现对象迥异，但我可以学习、借鉴和模仿。在西藏这片生长着神灵的土地上，神奇的传说俯首即拾，它们和现代文明交融碰撞，它的现实不是魔幻的，而是某种神灵之光浸淫的现实。这种独特神奇的现实你可以信，也可以不信，但在文学创作中，便给你的想象插上了翱翔的翅膀，它的存在是绝对符合任何文学创作规律的。这就是一个作家机会。一个大师级的作家伟大之处有很多，而我认为像马尔克斯这样的作家，他不仅让你绝望，还拯救了你的绝望。”)

注解 2：关于他阅读《百年孤独》的感受，他在同一篇文章里继续回忆道：

我是在西藏的一所教堂里彻底读懂《百年孤独》的。那是2000年的夏天，我一个人跑到这座隐藏在澜沧江峡谷深处的教堂里，不是去寻找一种孤独，而是想去学习一种文化。在全民信仰藏传佛教的西藏，只有这个村庄的人们信仰天主教，他们是19世纪末期外国传教士到此传教留下来的信仰遗产。这是一群坚守自己的信仰并彼此分享孤独的人群，他们为了这异邦的信仰曾经付出了沉重的代价，饱尝了孤独的滋味，但是他们默默地忍受，并且内心充实而幸福，这让我这个那时还没有信仰的人深感震撼。在西藏这片生长神灵的土地上，神话就是现实，至少是被诗意了的现实，每一个传说都充满魔幻空灵的色彩，都和这片土地隐秘的历史有关，和人们的心灵世界有关。马尔克斯笔下的那些魔幻因素，在这里都幻化为神灵世界的真实历史，拉美本地土著类似于人类童真年代的丰富想象力，在西藏则是不同信仰的根源。雪山是神山，湖泊是圣湖，神山既护佑着苍生，又有自己的七情六欲；圣湖隐藏着动人的传说，又是人们顶礼膜拜的对象。人们对自然的态度，很大程度上就是对神的态度，人们对神的祭祀膜拜，又绝对表现在对自然的谦卑和尊崇。万物有灵，万物庇佑众生。在人与自然、人与神祇之间，其实并没有一条泾渭分明的界线。如果神就在人们的灵魂深处，信仰就成为一种必然；如果信仰成为生活的一部分，人就自然具备神性了。因此，在有信仰的人群里，一切神奇皆有可能。即便没有信仰的人不相信，但至少在文学作品中，它是有存在的理由的。人们为什么从不质疑孙悟空一个筋斗可以翻出去十万八千里？为什么会对哈里•波特骑着扫帚飞行津津乐道？

这就是我在西藏重读《百年孤独》的启示，我方明白马尔克斯的良苦用心以及超凡脱俗的大智慧。他的创作源泉来自于拉美那片神奇土地上的神秘文化，他的灵感来自于民俗、传统的滋养，他的成功之处更在于：用一种现代的眼光，去重新审视本民族的传统文化，并在尊重传统的基础上，指出打破传统屏障的道路——一个民族不能永远孤独封闭下去。

二　麦家的密码解锁式新类型小说写作

将小说家麦家的作品和拉美文学联系起来，也是很容易的。在麦家发给我本人的关于他是否受到了拉美小说的影响的提问之后，他给我发来了如下的几段话：

> 谈起加西亚•马尔克斯，我更喜欢他的《一桩事先张扬的凶杀案》，我是1992年才看到这本书，好像碰到一个美食，饥饿状态下的一个美食，我不忍心吃。我大概看到两千字的时候，不忍心看下去，我就把它藏在抽屉里，但是，我忍不住的时候，又拿出来看。就这样一个礼拜才把这本书看完。我那时候还没有认认真真开始写小说，或者说已经写了一些，其实都是习作，人在写习作的时候总是觉得自己很了不起，但是，我看了《一桩事先张扬的凶杀案》，我真觉得自己还差得远。

麦家认为《一桩事先张扬的凶杀案》是一个非常简单的故事怎么复杂化的范本。“一般的人无话可说或者写得很寡淡，但是马尔克斯就是滔滔不绝地说，而且他说到哲学高度上。看完《一件事先张扬的凶杀案》，我马上想到了加缪的《局外人》这部小说，《局外人》透露出一种文本精神，写人对这个世界的冷漠、麻木，人与人之间的隔阂。《一件事先张扬的凶杀案》中造成悲剧的原因里有很多人为的因素，没有人告诉圣地亚哥有人要杀他，有的人没有告诉他是觉得杀手兄弟俩不会去杀，是说醉话；有的人觉得他们把圣地亚哥杀了跟自己没有什么关系；有的人不希望圣地亚哥被杀，但是要忙着做自己的事，不愿耽误自己的事情。”

麦家还说：《一件事先张扬的凶杀案》完全可以作为一个写作范本去教，也就是说，一个非常简单的故事你怎么把它复杂化。写作有时候是非常简单的事情，简单到了只要关注自己，关注自己的内心就可以了。我们很多人的内心是被遮蔽的，能把内心打开，说一点自己想说的真话，说一个别人不可能说出来的别致的故事，提供一个崭新的人物，做到这一点就可以了。我曾经说过，文学就是我的宗教。如果能讲一个像《一件事先张扬的凶杀案》这样的故事出来，我的此生也就是非常饱满的了。也就是说，期待一个故事，就是我守护的价值。”可见麦家对加西亚•马尔克斯的推崇。

麦家还说：“我一直有意不去读《没有人给他写信的上校》，因为，有很多人告诉我《没有人给他写信的上校》写得最好，而我希望自己不把马尔克斯的书全看完，希望马尔克斯有一个作品一直像一个传说一样存在，自己从来没有看到、没有摸过。但最近看了《没有人给他写信的上校》之后，我依旧觉得，《一件事先张扬的凶杀案》比《没有人给他写信的上校》好。为什么？因为《一件事先张扬的凶杀案》的故事非常简单，简单到可以用两百字来叙述，马尔克斯却写成了几万字的小长篇。

麦家还在随笔集《非虚构的我》（花城出版社，2013 年 6 月版，第221~272 页）中，收录了三篇与博尔赫斯有关的文章:《博尔赫斯》(2000 年）《博尔赫斯与我》（1996 年）《博尔赫斯与庞隆》（2001 年），详细地谈论到博尔赫斯对他的影响。文章较长，我在这里不引用了，读者可以参阅。

1991 年之后，他曾在西藏生活了三年，其中有一年的时间，他都在阅读《博尔赫斯短篇小说集》，可见博尔赫斯是如何的深入到了他的精神领域里。他的个人经历也充分地体现出了某种和博尔赫斯的联系，因为，这两个人都是凭借智力和某种高级的游戏精神来写作的。特别是在《博尔赫斯与我》这篇 15000 字的文章里，麦家详细地解说了他对博尔赫斯的阅读感受，博尔赫斯的中译本与他的故事，以及博尔赫斯一些篇章的细读。麦家在谈论博尔赫斯时，完全把自己当作了一个小学生，这是难能可贵的。而在《博尔赫斯与庇隆》中，他又分析了一个作家和政治与政权的关系，这也形成了麦家自己在这方面的观点。

1964 年，麦家生于浙江富阳，在四川成都生活了多年，又回到了浙江，担任了浙江作家协会的主席。他曾经在中国军队里待了 17 年，辗转了六个省市，担任过军校学员、技术侦察员、宣传干事、处长等职务。由于他主要在总参的情报系统工作，因此，转业之后，必须要过至少 5 年之上的保密期，才可以从事写作。他将多年积累的素材写成了第一部作品《私人笔记本》，投到解放军文艺出版社主办的文学刊物《昆仑》。编辑部主任海波将其改名为《变调》发表。小说发表之后，在军队内外都产生了较大的影响。1991 年，麦家毕业于解放军艺术学院文学创作系。1997 年，转业，定居成都，供职于成都电视台电视剧部，担任编剧。

2002 年，麦家经历了 10 年的艰苦写作，将短篇扩展成中篇，最终又扩展成长篇小说《解密》，终于出版了，但书刚刚出来，出版社和麦家就接到保密委员会的通知，说这本书不能再版，也不能宣传，现有的书要下架。最终，通过了再审程序，这本书获准发行。

麦家的《解密》在中国青年出版社 2006 年 5 月版的封底上，是这么介绍的："他没名字只有代号，他没有声音只有行动，他没有眼泪只有悲伤，他没有日常只有非常，他的天才可以炼成金，他的故事可以传天下……

破译密码，是一位天才努力揣摩另一位天才的心。这项孤独而阴暗的事业，把人类众多精英纠集在一起，为的不是什么，而只是为了猜想由几个简单的阿拉伯数字演绎的谜密。这听来似乎很好玩，像出游戏。然而，人类众多精英却被这场游戏折磨得死去活来……本书是第六届茅盾文学奖入围作品，既好看又耐读，作者为此呕心十余年，可谓是心血之作。”

2003 年，麦家出版了长篇小说《暗算》。这部作品是麦家的智力谍战悬疑小说的代表作，小说的故事发生的时代背景从 20 世纪 30 年代的国共对垒，一直到 20 世纪 60 年代的间谍大战，麦家巧妙地将间谍战、密码战、无线电侦听熔于一炉，叙述了一些在隐秘战线工作的那些默默奉献的人们。麦家的《解密》和《暗算》的出版，给当代中国文学带来了一种新的文学品种和风气，将主流价值、智力游戏、间谍暗战、知识悬疑、解密答疑融合在一起。

《暗算》这本书依然讲述了那个神秘之地——“701”的故事，依然是一些迷而不宣的天才人才粉墨登场、绝地厮杀。依然充满了与秘密、神秘相纠缠的悬疑情节，以及与偶然、未知相关联的无常命运。小说讲述特殊历史时期国家特情工作者事业和生活的故事，是反映反间谍部门核心机关无线电侦听与密码破译的小说。该书横跨 20 世纪 30 年代至 60 年代，在间谍战、密码战中穿插亲情、爱情、革命事业情，超能力者、数学天才、革命志士轮番登场，风格朴实、细腻、神秘。小说分为三个部分，既独立成篇，又丝缕相连，情节悬疑，人物命运跌宕起伏。小说充满了与秘密、神秘相纠缠的悬疑情节及与偶然、未知相关联的无常命运；又带着浓郁的朴实、细腻及神秘的中国特征。小说叙述了钱之江、安在天父子可歌可泣的一生。父亲钱之江是中共地下党员，他深入国民党内部，在敌人的刀尖上跳舞，最后用生命把情报送了出去。多年后儿子是共和国一个负责无线电侦听和破译的情报机构——特别单位701的干部，为破译台湾特务的密码，先后找来两位异人，一位盲人阿炳，一位数学天才黄依依，同样完成了“不可能完成的任务”。

接着，麦家又出版了《风声》（2007年）、《风语》（2010年）、《风语2》（2011）、《刀尖》（2011年）等多部长篇小说，和《让蒙面人说话》《陈华南笔记本》《两个富阳姑娘》等多部中短篇小说集，并获得了中国当代文学的最高奖项：2008年的茅盾文学奖。

长篇小说《风声》讲述了代号“老鬼”的我地下工作者李宁玉，依靠自身高超的破译电报的能力，打入日伪情报组织内部，创造性地开展工作，不断为我党提供敌方重要情报。但在紧要关头，一份情报在继续传递过程中被日伪截获，秘密传送路线被切断，不仅接下来的情报传送出现困难，“老鬼”也被监控，面临身份暴露的危险。为了将更重要的、关乎我党在杭州的地下组织之存亡的情报传递出去，“老鬼”机智地与日伪以及同样打入该组织内部的国民党军统特务周旋，最后关头“老鬼”不得不牺牲生命，设法将情报成功传递出去。

长篇小说《风语》分为两部，一共有63万字，讲述了一个数学家在谍报世界里的沉溺，与谍战故事里的命运。

加之他的多部作品诸如《暗算》《风声》被改编成了影视作品，引起了海内外文坛广泛的注意。2013年8月，麦家的《暗算》西班牙文版由五洲传播出版社和全球第八大出版集团、西班牙语世界第一大出版集团——普拉内塔集团合作出版，这也是普拉内塔集团从中国直接引进的第一本当代文学作品。

2014年2月21日，关于麦家的3000字的报道更是登上了《纽约时报》，这是一向对当代中国文学十分漠然的美国主流报纸，较为大篇幅地对当代中国新生代作家的报道。在文章中详细分析了麦家的写作如何具有现实意义和世界性，对他给予了不带政治偏见的高度评价。这是继《华尔街日报》、英国《卫报》《独立报》、伦敦《泰晤士报文学增刊》对麦家的大幅正面报道之后的一次最吸引眼球的采访，让很多人觉得真是“太阳从西边出来了”。

《纽约时报》的这篇报道，题为《中国小说家笔下的隐秘世界》，详细分析了麦家在英语世界里翻译出版的长篇小说《暗算》《解密》等作品中的“隐秘气质”，而且，美国记者还将斯诺登泄密事件和他的写作联系起来，认为麦家的创作具有强烈的现实意义，并且，还引用了麦家的话：“文学的意义永远高于政治。”《纽约时报》还报道了麦家的“文学理想谷”的方案设想，并且盛赞麦家既是主流的，又是商业的；既是公益的，又是诗意的。

此前的《华尔街日报》在 2014 年 2 月 14 日对麦家的报道中，评价麦家的《解密》：“可读性文学性兼容并包，从一种类似寓言的虚构故事，延伸到了对真实谍报世界的猜测中，结局是全文最梦幻并令人称奇的一部分。这本书有一种特别微妙的奇异气质，并从故事的开始一直延伸到结束，暗含诸如切斯特顿、博尔赫斯、意象派诗人、希伯来和基督教经文、纳博科夫和尼采的回声之感。”

我觉得“暗含诸如切斯特顿、博尔赫斯、意象派诗人、希伯来和基督教经文、纳博科夫和尼采的回声之感”实在是解读得精妙——麦家小说之内的元素，的确有上述这些作家的经典的某种回声。的确，麦家的小说提升了推理、谍战、悬疑、解密小说这种类型小说在当代汉语小说中的地位。麦家在中国当代文学的意义应该是对一个湮没的传统的打捞和再造，他弥合了纯文学和普通大众之间的裂缝，使得当代小说的趣味性得到了很大程度的增加，他的小说也得到了广泛的阅读。

麦家宣布将在自己的故乡浙江富阳创建“麦家理想谷”，每年由他亲自挑选出八到十二名“理想谷客居创作人”，免费在天然山水中享受三个月的自由文学创作。

麦家说：

> 写作吸引我的，不是为了表达政治立场，而是对人本身的感情的关注，因为文学说到底连通的是人心。为什么我们可以看加西亚·马尔克斯的小说，也可以看几百年前的古典小说？连通于其中的肯定不是政治，而是人心，总有一种感情、一种记忆，这种东西在连通我们。所以，你如果想为了政治去介入文学，我觉得你大可不必搞文学工作。（摘自麦家给本人的一些提问的回答）

结语　一个斑驳的世界——全球化时代的文学景观：混搭、融会与合流

——21世纪第一个十年拉丁美洲小说与当代中国文学

进入21世纪这十多年，拉丁美洲文学继续对中国当代文学发生着碰撞和影响，在更为年轻的作家那里也有回应。不过，由于全球化的日益加深，电子媒介和网络媒体的迅速发展，世界文学呈现出一种前所未有的便捷交流的状态。任何国家的重要文学作品，只要是在西方获得了影响的，都可能被迅速地翻译和介绍到中国来，这也包括了一些拉美作家的作品。而中国作家面对包括拉美文学在内的外国文学的借鉴、学习和影响，心态也更加的正常、平和与自然了。

在21世纪初期这十多年里，拉美文学在中国影响较大的文学翻译和文学交流活动中，有这么几个重要的事件。第一是罗贝托波拉尼奥的作品在中国的翻译出版。第二是2011年巴尔加斯•略萨在2010年获得了诺贝尔文学奖之后，在中国的一次历时9天的来访活动，第三是加西亚•马尔克

斯的作品系列，终于被中国的一家出版机构正式买下了版权，《百年孤独》等小说不仅有了版权，而且还有了新的译本，新译本的出版发行，继续在中国掀起了加西亚·马尔克斯作品热，《百年孤独》《霍乱时期的爱情》不仅一直畅销，而且继续对更为年轻的作家发生了持续影响，这就是本章所要概括的内容。

第一节　罗贝托·波拉尼奥对当代中国文学的启示

在2008年之后，不少喜欢外国文学的中国读者都有一种感受，那就是，拉丁美洲文学卷土重来了，至少，从我的由出版角度的观察和个人阅读感觉上来说，也是这样的。比如，一些拉美文学爆炸时期的经典小说家的作品不断被继续翻译出版，在品种和数量上，都呈现出一种卷土重来的繁荣。

这其中标志性的事件，就是秘鲁—西班牙小说家马里奥·巴尔加斯·略萨在2010年获得了诺贝尔文学奖，他的系列作品于是再度在中国大陆出版。与此同时，他本人也于2011年6月时隔15年之后再度来到中国，与中国文学同行一起对话，并参加了一系列的文学交流活动。而且，在2011年的6月，由青年翻译家范晔翻译的《百年孤独》的新译本出版，掀起了继20世纪80年代初期对加西亚·马尔克斯的阅读热潮之后的又一波针对他的作品的热潮。而20世纪80年代初期的那次对加西亚·马尔克斯的阅读，实际上主要是在作家圈里和部分文学爱好者那里，到了2011年，新译本以短时间发行上百万册的销量，成了一种大众阅读现象，中国对加西亚·马尔克斯的接受变成了一种大众文化现象。

其他比如阿根廷作家科塔萨尔的小说集《动物寓言集》《游戏的终结》等多部作品被翻译出版，萨瓦托的小说《隧道》、阿斯图里亚斯的《玉米人》《总统先生》，伊莎贝尔阿连德的《幽灵之家》等多部作品，卡彭铁尔的《光明世纪》等作家作品都有了新的修订版本，再度掀起了拉丁美洲文学翻译和阅读的小高潮。在报纸上，你可以看到《百年孤独》新旧译本之间比较的论战，可以看到巴尔加斯·略萨来到中国，和同行、读者交流的新闻，这些情况都说明，自20世纪60年代以来的拉丁美洲文学爆炸的余波还在荡漾。

而且，一些拉丁美洲“后爆炸”时期的作家作品，也不断地被介绍到中国来，其中最引人注意的，应当是智利小说家罗贝托·波拉尼奥的作品的被发掘、翻译和出版。这个智利小说家出生于1953年，“拉美文学”爆炸的20世纪60年代，他还只有10多岁。但是，2003年年仅50岁的罗贝托波拉尼奥去世之后，他的遗作首先在欧洲和美洲获得了影响，一时间成了继加西亚·马尔克斯、巴尔加斯·略萨等人当年掀起热潮之后的新热潮。

罗贝托·波拉尼奥这个智利作家，对于很多中国读者来说，肯定是陌生的。他出生于1953年，死于2003年，只活了50岁。生前只出版了《护身符》和《荒野侦探》两部小说，但他死后，声名却陡然地增高了。

罗贝托·波拉尼奥是一个奇才，他早年在拉丁美洲参与过一些政治活动和文学活动，被政权迫害和追杀过。后来，他来到了西班牙，在西班牙的海滨城市定居下来，从1993年40岁的时候才开始写作，短短十年的时间里，就写了10部长篇小说，4部短篇小说集、3本诗集。这些作品在他死后，才更多地在欧美出版界，并引发了热烈的追捧。如今，他的遗作一本接一本地由大出版社出版，尤其是长达近百万字的长篇小说《2666》的出版，更是被欧美主流文学评论家认为是21世纪初期这十多年里所有语种中出现的、最值得关注的长篇小说。他的小说遗作《第三帝国》近期也被翻译成英语出版，继续掀起着热潮。

上海世纪文景出版公司抢先买下了罗贝托·波拉尼奥的主要作品的版权，2009年，世纪文景推出了杨向荣翻译的、罗贝托·波拉尼奥的长篇《荒野侦探》。《荒野侦探》这本书乍一听，你以为是一部通俗侦探小说，小说中一定会出现一个侦探在荒野上寻找案件的蛛丝马迹。可实际上，这本书里既“没有荒野，也没有侦探”，完全是一部文艺青年的成长和追寻式的小说。

《荒野侦探》翻译成中文，在47万字。小说的叙述密度很大，一共分为三部，第一部“迷失在墨西哥的墨西哥人”，是17岁的少年诗人胡安·加西亚·马德罗的日记，日记记载了1975年11月到12月底两个月的事情，讲述了他和两个文学青年满怀热情，像侦探那样去寻找一个他们喜欢的教母级的老女诗人的故事。第二部是“荒野侦探”，以某个不知名的人采访第一部分出现的两个诗人贝拉诺和利马的事迹构成。这个不知名的采访者，在长达20年的时间里，采访到了对贝拉诺和利马有印象和有交往的很多人，而且每次采访访谈，都有时间地点，遍布欧洲和拉美各个城市，时间的跨度也有讲述了这些拉丁美洲文学青年在1976年到1996年，在墨西哥、智利和欧洲一些国家和城市的游荡。期间，这些人分分合合，聚聚散散，最终分道扬镳。这些被采访的对象构成了众声喧哗的景象，他们的眼睛里，那两个掀起了“本能现实主义诗歌运动”的诗人贝拉诺和利马，呈现出众说纷纭、真假难辨的人格模糊状态，而在这些人的背后，拉美在20世纪70年代到90年代20年间的一些社会和政治、文化信息，作为一种广大而隐晦的背景，在小说中若隐若现，这也是罗贝托•波拉尼奥高明的地方。他以写文学人物的方式，呈现了拉丁美洲的当代境况与面貌。小说的第三部“索诺拉沙漠”，忽然又重新接续了诗人胡安•加西亚•马德罗的日记，再度回到了 1976 年的时间段里，讲述了第一部分结束的 1975 年 12 月 31 日之后的 1976 年 1 月 1 日到 2 月 15 日，这一个半月的事情。在这个部分，三个年轻的诗人带着一个小妓女，继续在墨西哥北方的沙漠里去寻找那个教母老女诗人的经历，这个部分有控制小妓女的皮条客的死亡，也有结局——他们终于找到了那个年迈的女诗人，但是她也死了。

《荒野侦探》是驳杂的、喧哗的、躁动的和波澜壮阔的。小说的气息中，夹杂着类似美国作家凯鲁亚克的《在路上》的激情，和墨西哥大地带来的那种荒野的气息，而这种气息又和对文学梦想的追寻密切相关。小说切割了 20 年的内部时间，有时候，叙述停顿在一个多月的时间里，有时候又在 20 年的时间里来回穿梭，将主人公的经历切碎，放在了小说里的各个部分里。《荒野侦探》可以成为接近罗贝托•波拉尼奥的作品的入门书，基本上代表了他的风格。

而在推出了《荒野侦探》一年多之后，2012 年的 1 月，世纪文景又翻译出版了罗贝托•波拉尼奥篇幅最浩大的长篇小说《2666》，立即在文学爱好者那里引起了巨大的关注，使我们对这个智利作家的阅读关注在持续地升温。

在进入大众传媒电子媒介时代里，从 20 世纪 60 年代开始，就有诸如美国作家约翰巴斯提出来的“小说即将死亡”的论断，因为大众传媒将人们的视线吸引到了一些碎片式样的东西上，注意力不会再集中到需要凝视、默想和耐心阅读的小说种了。但后来，现实的发展使他修正了自己的判断。但是，在 20 世纪晚期和 21 世纪的初期，全球互联网的诞生和电子媒介的迅速发展，不仅影响了纸媒的生存和发展，而且也引发了读者阅读形态的变化。与之相对应的，就是对借助纸媒传播的小说的命运的担忧。博客、微博、短信、微信等，使人们的生活和关注点再度碎片化，小说这样叙述完整时间段的艺术形式的命运，再度引发了一些关于小说命运不佳的说法。

比如，我也常听到一些人说，现在的小说一定不要写那么厚，否则，读者一定不会多。但实际上，在欧美国家，我注意到几乎每年都会有一些大厚本的、长达一千页以上的小说出版，并引起了关注。这种现象恰恰和纸媒报纸类的新闻媒介的衰落形成了对比。而书到底会不会死，就有人采取了截然相反的论点。比如意大利大作家翁贝托艾柯就提出，书籍一经诞生，就是完美的艺术形态，是不会在电子媒体时代里死亡的。因为，读书是凝视，是静思，是对话，是需要静心的。

所以，在这种意义上说，小说的长度和厚度构成了一种难度，阅读和写作都有了难度，恰恰表明了一个作家的创造力和驾驭能力。罗贝托·波拉尼奥的长篇巨著《2666》就是这样的一部作品。这部小说仿佛是横空出世一样，很难来形容它的基本面貌和气质，总之，是一种全新的结构、形式和内容完美结合的一部作品，是拉丁美洲文学在 21 世纪里的新贡献，显示了人类文学新气象的小说。

简单地说，这部小说很像是由彼此相互联系的五个文件夹构成的，五个部分，非常类似于墨西哥一度影响巨大的大壁画式的风格。我在阅读这部小说的时候，眼前不知道为什么，出现了墨西哥壁画家迭戈和他的妻子，那个更为著名的残疾人画家弗丽达来。迭戈受邀请在美国汽车城底特律画下的震撼人心的大壁画，是时代的见证和人群的集体记忆。而弗里达的与自己生命有关的绘画，则像是这部小说的内在精神一样，造成了一种精神的深渊，让我们内视自己残缺不全的生命。

在翻译成中文长达 80 多万字的篇幅里，基本上均匀地分布在 5 个部分里。小说的第一个部分 15 万字，写了四个欧洲的学者来到墨西哥，研究探讨一个德国犹太作家的生平的故事。第二个部分 8 万字，讲一个智利的教授来到墨西哥的艰难生存，第三个部分 12 万字，讲述一个美国记者来到墨西哥，对边境城市贩毒集团残杀女性案件进行调查的故事，第四个部分 25 万字，则直接书写了近二百个女性在那座城市被杀的案例。第五个部分 25 万字，回到了那个“二战”期间的德国犹太作家的生平描述。

小说这五个部分，将 20 世纪到二十一世纪重大的历史事件都串了起来，场面宏大。小说对暴力的描述尤其令人惊心动魄，让我们看到了人类的残暴和血腥。这样的小说，有些像五幅巨大的壁画那样拼贴起来，展现给我们一个被暴力笼罩的、从纳粹大屠杀到墨西哥华雷斯市贩毒集团屠杀的末世景象。实际上，这部小说的主题也是人类在 20 世纪中发生的各种悲惨历史事件的反映，比如“二战”纳粹的暴行，斯大林的大清洗和各类独裁国家的残酷杀戮，以及战争、恐怖事件造成的影响，在罗贝托•波拉尼奥的内心里留下的创伤。这样的创伤，经过了改头换面，以墨西哥贩毒集团的暴行事件来呈现了一小部分。可能早逝的罗贝托•波拉尼奥对人类的前途是悲观的，正如他短暂的生命一样不可预料，这部小说却以其完美对称和内部宏伟的山峰式的结构，带给了我们惊叹和痴迷。

在电子媒体的碎片时代里，出现了大壁画一样的小说，这就是罗贝托•波拉尼奥带给我们的《2666》的令人惊异的感觉。

世纪文景在 2013 年又出版了他的短篇小说集《地球上最后一个夜晚》，和一部只有中篇小说规模的单行本《护身符》，前者收录了 14 个短篇小说，后者是第一人称叙事，主人公正是一个资深的先锋派老女诗人。因此，这两本书，更像是罗贝托•波拉尼奥为了写作《荒野侦探》和《2666》所写的习作集。在内容和风格上，后者都与前者有着密切的联系。而他其他的作品，无论在英语和法语的世界里，还是在中文世界，都还在陆续地翻译出版中。

罗贝托•波拉尼奥写作的风格是天马行空的，但他又不是无源之水，无本之木，他接续了现代主义以来，一直到“拉美文学爆炸”所形成的对形式、语言、时间和历史的态度的继承，是另类的先锋文学形式。在《2666》这样的文学大壁画式样的写作成绩下，罗贝托•波拉尼奥如此的文学雄心，的确让我们看到了拉丁美洲作家的巨大创造力，这样的文学的持续的“卷土重来”，我们的读者是有福了。而对拉丁美洲作家的持续的创新能力，我们也就不再怀疑了。

第二节　巴尔加斯·略萨的访华与《百年孤独》新译本的出版

与罗贝托·波拉尼奥在全世界和中国的被重视一样重要的、与拉美文学有关系的事件，是 2010 年马里奥·巴尔加斯·略萨获得诺贝尔文学奖。巴尔加斯·略萨的获奖理由是：“对权力的制图学般的细腻描述和个人的抵制、反抗与挫败形象的尖锐刻画”。这一迟到的奖赏，使巴尔加斯·略萨完全和加西亚·马尔克斯平起平坐了。尽管他多次表示，博尔赫斯没有获得诺贝尔文学奖，那么他获得了这个奖，内心里感到羞愧的。由此来看，1967 年阿斯图里亚斯获奖，1982 年加西亚·马尔克斯获奖，1990 年帕斯获奖，2010 年巴尔加斯·略萨获奖，诺贝尔文学奖等于说为拉美文学爆炸做了一个很好的授奖总结。

2011 年 6 月，巴尔加斯·略萨访问了中国。此行是他自 2010 年获得了诺贝尔文学奖之后的首次访华，为期 9 天。此前，在 1999 年，他曾经来到过中国，并在北京与译者之一的赵德明先生有着愉快的见面。这一次，由于有诺贝尔新科获奖者的身份，巴尔加斯•略萨在中国所到之处，都受到了热烈的欢迎，他在上海和北京进行了多场演讲会、作家对谈、记者见面会等，非常忙碌，掀起了一股巴尔加斯•略萨的小旋风。

这次巴尔加斯•略萨来到中国，首先在上海登陆。从浦东机场前往下榻的酒店，沿途的上海城市景观让巴尔加斯•略萨十分感叹，因为上海作为一个国际化大都市，实在是非常新颖、现代和广大了，毕竟这是世界上最大的城市之一。邀请他前来访问的，是“久久图书公司”。他们已经为他准备了上好的杭州狮峰龙井，因为巴尔加斯•略萨和太太平时最喜欢喝的，就是中国的绿茶。

6 月 13 日下午，简单的欢迎会过后，接待方邀请巴尔加斯•略萨夫妇以及随员，一起观摩了上海马戏城的多媒体梦幻剧《ERA——时空之旅》，之后，略萨夫妇们就回酒店休息了。次日上午，巴尔加斯•略萨才开始了他连续的文学交流活动。这一天上午，他首先在上海外国语大学的逸夫会堂，发表了一场演讲，演讲的题目是：“一个作家的证词”。他演讲的内容十分丰富，着重谈到了“拉丁美洲文学爆炸”的情况，也谈到了拉美文学是如何在欧洲率先获得了影响，然后才在世界其他地方继续流布的。早年，巴尔加斯•略萨选择在巴黎和伦敦客居，是因为秘鲁的军政府可能会伤害他。，于是，他在巴黎写下了第一部长篇小说《城市与狗》和第二部小说《绿房子》等作品。在演讲中，他说：

巴黎对我很重要，正是在巴黎，我才发现了拉丁美洲。很多拉丁美洲的作家都在欧洲进行生活和创作，就是他们让我开始感觉到了拉丁美洲新文学的存在。我不知道是谁最先提出“拉美文学大爆炸”这个生动的词汇的，在我看来，我们是被“爆炸”的，当时，被称为“爆炸”主将的几个人我们之间并不认识，但有一个共同点，那就是我们都在巴黎。在今天看来，巴黎就是拉美新文学的“首都”。我这才发现，秘鲁只是广大的拉丁美洲的一个省，我那时认识了许多拉丁美洲作家，在巴黎我开始感觉自己是个拉丁美洲作家了。因为我们之间不仅拥有文化、语言上的共同点，还有共同的历史、共同的问题。拉美作家们在欧洲重新认识自己，文学的叙述方式，也开始发生了很大变化。

这是巴尔加斯•略萨生动地谈到“拉美文学爆炸”现在是如何在欧洲“被爆炸”的，实际上，就像鲁迅先生说的那样，只有离开了故乡，才可以写好故乡一样，巴尔加斯•略萨他们身在巴黎，隔着大洋来观察和思考拉丁美洲的母国，一定会获得不一样的灵感。

6月14日上午的《一个作家的证词》的演讲很成功，下午，他又马不停蹄地来到了上海戏剧学院，与学习戏剧表演和创作的学生们侃侃而谈，还朗读了他的代表作、长篇小说《酒吧长谈》的片段。在能容纳一百多人的上海戏剧学院新空间剧场里，已经是座无虚席，上海作家协会的主席、复旦大学教授王安忆甚至提前1个多小时到来这里等候巴尔加斯•略萨的到来。宾主落座，活动开始，巴尔加斯•略萨用抑扬顿挫的语言诵读其第三部长篇小说《酒吧长谈》的片段。那是一部翻译成中文有近60万字的巨著。在他朗诵的短短的5分钟时间里，现场听众仿佛看见了书中的两位男主人公，在秘鲁的一个小酒吧里的长谈时如何进行的。西班牙语的脆亮、流利和生动，使在场的听众着迷。最后，在读者提问环节，巴尔加斯•略萨说到自己获得了诺贝尔文学奖之后，众多的采访者让他成了“受难者”。他说，他真想逃到一个没有记者的地方去。他还认为，诺贝尔文学奖也有评错的时候，比如，博尔赫斯没有得奖就是个错误。（巴尔加斯•略萨的演讲《一

个作家的证词》全文，和下午与中国作家的交流活动现场记录，可见《延河》杂志 2011 年第 7 期，4~27 页）

这天下午这场活动，朗诵之后还有与中国作家孙甘露和叶兆言的对话。叶兆言第一个发言。他回忆了发生在 20 世纪 60 年代的“拉美文学爆炸”现象，是如何最终影响了 20 世纪 80 年代的中国当代小说家的。20 世纪 80 年代初期，由于加西亚 • 马尔克斯、巴尔加斯 • 略萨等人的重要作品在中国接连被翻译出版，很多作家都受到了他们的影响。至今让叶兆言印象深刻的，是巴尔加斯 • 略萨的《胡利娅姨妈与作家》。

叶兆言还表达了他的感谢之情。叶兆言说，他是从 20 世纪 80 年代初开始写作的。他认为，巴尔加斯 • 略萨是一个非常幸运的作家，因为读他的作品的时候，列夫托尔斯泰、海明威、福克纳那些大师们已经不在世界上了。“巴尔加斯 • 略萨先生对于我来说，是一个活生生的当代作家，和我非常近。当时非常流行的词汇，就是‘拉美文学大爆炸’。‘爆炸’这个词对以巴尔加斯 • 略萨为代表的拉美作家来说，是很真实的。这样的爆炸十分醒目，是他们自身的文学的大爆炸。对当时的中国文坛，或者对于像我这样刚走上文学创作道路的人来说，也可以用‘爆炸’来形容。因为拉美作家无论是题材还是语言和表现形式，都是石破天惊的。”（见《扬子晚报》2011 年 6 月 15 日版，记者蔡震）

先锋派小说家孙甘露问巴尔加斯 • 略萨，他的祖国秘鲁的历史、传统、文学，给年轻时代的他，带来的影响是什么？

巴尔加斯 • 略萨回答说，拉丁美洲没有遗存下来太多的文学历史，作家们看的书主要是欧美作家的作品。这使得拉丁美洲作家必须要寻找一种写作风格，一种没有疆界的风格。拉美作家也到处游走。比如，一位墨西哥作家会在很多国家里游历、学习，懂得很多种国家的语言，他的文化完全是国际背景的，从这一点看，对拉丁美洲当代文学的影响，并不是拉丁美洲本身产生的，而是从外部来的。毕竟，说西班牙语的拉美作家，本身就是欧洲文化的延伸。

“从巴尔加斯•略萨这样的作家身上，可以看到欧洲为代表的西方文明的影响。他们将拉美地区性的经验提升为普遍性的东西，其他语言的作者，也能学习到一个作家如何处理他自身的经历和他族群的经历。”作家孙甘露当天在接受上海《第一财经日报》采访时说。尽管评论界一直特别关注巴尔加斯•略萨小说中的“结构”，但孙甘露仍认为，“形式是第一个让读者产生印象、受到冲击的因素，但他要反映的，是那个时代的状况和人的思想感情。语言不同、解构方式不同，但根本子仍是写他们身处的时代，这在巴尔加斯•略萨这批作家身上，特别明显。”（见上海《第一财经日报》2011 年 6 月 15 日版）

在上海的交流、参观活动结束后，2011 年 6 月 16 日，巴尔加斯•略萨飞抵北京，继续开展文学交流活动。2011 年 6 月 17 日上午，他首先来到了中国社会科学院，在这里，接受了中国最高社会科学研究机构给他颁发的外籍“荣誉研究员”证书。接着，他以《一个作家的证词》为题，继续进行演讲，演讲室在可以容纳近千人的社科院社科会堂里举行。演讲得内容与他在上海讲的差不多。倾听演讲的人，既有从事西班牙语文学的研究者，也有不少教授西班牙语的老师和学生。而中国众多作家、评论家和翻译家，也出现在了观众席中。

当天的活动由社科院外文所所长陈众议主持。陈众议说，巴尔加斯•略萨前一天晚上从上海到北京，由于飞机晚点，导致他后半夜才到达。巴尔加斯•略萨此次是第二次到中国，与他同行的，还有他的妻子帕特里西娅和儿子阿尔瓦罗。

巴尔加斯•略萨说，中国是一个令人着迷的国家。相隔 15 年他再来到中国，发现中国已经发生了沧海桑田的变化。现在，他已成为社科院的一名成员，会尽一切努力来做到大家所给予他的期望。在随后的演讲中，巴尔加斯•略萨像在上海演讲的时候那样，讲述了自己的创作生涯，他还谈到萨特、福克纳、福楼拜等人对他产生的深远影响。其中，他介绍了《酒吧长谈》《胡利娅姨妈与作家》《世界末日之战》等他的代表性长篇小说的创作过程。最后，他说，目前他有很多小说创作计划，但他缺的是时间。他希望自己有足够长的寿命，来实现这些写作计划。

中午没有休息，吃过了午饭，2011 年 6 月 17 日下午，巴尔加斯•略萨与中国作家莫言、刘震云、阎连科、张抗抗等人，还有一些翻译家举行了座谈会。

作家莫言第一个发言。他笑着说，听到巴尔加斯•略萨要来中国的消息后，他夜里常常做梦，梦见与略萨会面，自己拿本书请他签名，结果他没签。“事实上呢，他刚给我签了。现实才是真的啊。”莫言说。莫言说自己读过巴尔加斯•略萨的很多书，也买了他很多书。前几天读《潘达雷昂上尉与劳军女郎》，一边看，一边笑。太太不知道自己在笑什么，拿过书一看，看到书扉页上的巴尔加斯•略萨英俊潇洒，“又看了我一眼，带着无限遗憾的表情，扬长而去，晚饭都不做了。”莫言笑称：“您长得太好看了，不仅是对中国作家的伤害，也是对中国妇女的伤害”。莫言表示，幸亏略萨没有选上总统，“所以，我们伟大的作家还在为我们写作。”莫言的诙谐引来了全场大笑。

在莫言看来，略萨的小说里有强烈的政治性，把政治和文学的关系处理得非常好。他没有让政治湮没文学性，他让他的小说里的每个人，都表现自己的政治观点，却对他们不做评判，而是让读者评判，让历史评判。这是中国作家需要好好学习的。

莫言还说，巴尔加斯•略萨似乎有无限的创造力，有非常高超的小说结构技巧，他被中国的评论家评为“结构现实主义小说大师”，这个称号确实当之无愧。

刘震云说，我很早就知道巴尔加斯•略萨先生了，那还是在我就读北大期间。因为，他的作品是我的老师赵振江、赵德明先生翻译的。大约20年前，有一次我去赵德明老师家里，他一下午都在说巴尔加斯•略萨，说得我脑仁都疼了。其实，巴尔加斯•略萨如果生活在中国也很适合，因为他主张文学跟现实、跟政治要紧密地联系。中国从孔子开始，就讲文以载道；毛泽东在延安文艺座谈会上也说过，文艺要为现实、为人民、为政治服务；鲁迅先生也是主张文学跟现实、政治连在一起的。所以，巴尔加斯•略萨在中国的话也能找到很多写作素材。

阎连科说，为了和略萨见面，我三年前就准备了一套西装，可见我对与巴尔加斯•略萨的见面是多么期待。我的写作，曾经从巴尔加斯•略萨的作品中学到很多方法。比如，在《潘达雷昂上校与劳军女郎》中，有三个地方的三个人在对话的情节，这种方式曾被我学到我的小说中。巴尔加斯•略萨应该是外国当代作家在中国出版翻译作品最多的作家之一，他的小说我读了至少有六七本。今天，坐在这里的，是一个成功的巴尔加斯•略萨，过去我读他的小说时，他还没有那么成功。这里边有一个艰辛的过程。这也启发了我：写作是一个漫长的道路，我们永远不要奢望做一个写作的骄子，我们永远要做写作的孤儿，默默地去持续写作。

女作家张抗抗说，巴尔加斯•略萨先生的作品对我们整个这一代的作家都非常重要，非常有影响。因为他给我们打开了一扇窗口。其实，无论他是否当上秘鲁总统、是否获得了诺贝尔文学奖，对我来讲，都不重要，因为他在我心目中的地位，在20多年前就确定了。巴尔加斯•略萨先生带给我们的，一方面是对幽默和荒诞的重新认识。幽默和荒诞，在我们过去的观念里，是可能构成犯罪的。我们是从巴尔加斯•略萨和一部分拉美作家那里开悟的：原来，作家还可以这样去认识生活！原来，我们的生活同样荒诞！他带给我的另一方面是如何处理文学和政治的关系。因为到今天这个问题依然困扰着中国作家。曾经有一段时间的中国当代文学很政治，但是一点都不文学。后来当我们认识到文学是什么的时候，我们又开始逃避政治，一方面，是由于我们无法真正去把握政治，另一方面，是我们无法用文学去把握政治，所以，巴尔加斯•略萨的作品对我有非常大的启发。

李洱说，我1985年第一次读到巴尔加斯•略萨的小说。巴尔加斯•略萨增加了我们对文学的理解。但我本人更喜欢他关于小说的评论。我几乎看了他所有的翻译成中文的文学评论，比如《给青年小说家的信》《谎言中的真实》等，没读这些书，你很难相信，巴尔加斯•略萨很喜欢雨果、喜欢帕斯捷尔纳克，很难相信略萨对俄国的革命小说有那么深入的了解。因此，巴尔加斯•略萨的阅读之广泛，是我们要学习的。

以上是2011年6月17日下午，在中国社会科学院，中国作家与巴尔加斯•略萨会面时的一些基本情况。（关于巴尔加斯•略萨这天在北京的演讲和交流活动，可参见《出版人》杂志，2011年7月第13、14期合刊号，第41~43页）

这次巴尔加斯来到了中国，体会非常深。他结束访问，回到了西班牙之后，在西班牙最大的报纸《国家报》的7月5日这一天，发表了访华之行的感受，文章标题为：《新鲜空气和苍蝇》。在文章中，他说：

我在15年后回到中国，这里看上去像是另外一个国家。虽然我听到和读到过很多关于其惊人经济增长的消息，但与现实相比仍然有很大差距。20年前上海浦东还是一片稻田，现在变成了扩大了四倍的华尔街，摩天大楼也是华尔街的两到三倍。北京和上海的城市变化令人惊讶：立交桥、高速路、隧道、写字楼和住宅区、商场、美术馆、公园……一切都展示着现代化、繁荣与活力。到处都可感受到张扬的财富，大商场、豪华酒店，巨大的橱窗里摆着全世界最知名的品牌服装、手袋、珠宝、名表、皮鞋和汽车。到处都是饭店，坐满了穿着入时的顾客，他们手机不离手，戴着古奇、雷朋、菲拉格慕和朗万等名牌眼镜。这让人误以为自己身处纽约或伦敦的邦德街，但规模要大5倍或10倍。邓小平时代中国就喊出了"致富光荣"的口号，如今14亿中国人已经开始疯狂地生产和赚钱。（见《参考消息》，2011年7月7日第14版，下同）

这些景象，我想巴尔加斯•略萨的确是亲眼看到了，亲耳听到了中国的诸多变化。为此，巴尔加斯•略萨的确产生了疑问，他说：

这是一个马克思列宁主义的国家吗？中国共产党指出，现在比任何时候更像是一个马列主义的国家。改革和市场社会主义政策使中国成为仅次于美国的世界第二大经济体，现在中国正生活在一个富有的时期，在不远的将来将发展发展为一个完美的社会，合理分配将占主导，所有人都按需分配，届时平等的集体乌托邦将得以实现。

但是他笔锋一转，又写道：

但目前中国是世界上最不平等的社会，贫富差距超过了其他任何一个国家，而中国也许是唯一接受百万富翁和亿万富翁加入共产党的国家。如果你在其中看到了一些矛盾和不解之处，那么我建议你读一读欧亨尼奥•布雷格拉特（西班牙资深外交官）的《中国的第二次革命》一书，他在书中用详尽的细节和有趣的事例描写解读了邓小平推行的中国经济改革……也许他是有道理的，像我这样不敢苟同其乐观主义的人也许搞错了。不过，我的悲观是因为，除了民族主义以外，物质消费主义似乎已经成为现代中国社会大部分人的第二大特性，这也正是亚当•斯密和卡尔波普尔等自由主义思想家所担心的：人类活动过度集中于创造财富会削弱精神和文化生活，使理想、团结互助与慷慨等价值观变得贫瘠。

你不能不佩服巴尔加斯•略萨在短短的9天访问中国，就看到了繁华背后的巨大社会危机和问题的能力。而且，巴尔加斯•略萨也谈到了他和中国的作家同行们见面交流时，他的心态和感受：

虽然出于显而易见的原因，我在同中国的知识分子、学者、作家对话时都很谨慎，不用一些不慎重的问题去刺激他们，但我还是听到他们当中的很多人抱怨年轻人对公民生活和文化，以及哲学、艺术和宗教等问题很少或者根本没有兴趣。所有人似乎都热衷于获得很好的技术培训和专业培训，为他们进入跨国企业、获得高薪或管理职位打开大门。大部分人只关心赚钱，赚很多的钱，生活得更好。

显然，巴尔加斯敏感地感觉到，在与中国的作家同行见面的时候，大家只是互相礼节性的打着哈哈，没有深入地探讨一些本该谈论的问题。回过头再仔细地看看莫言、阎连科、刘震云、张抗抗、李洱等在与巴尔加斯•

略萨见面的时候所谈的内容，就知道对话都是在表面，而根本就没有进入深层次。当然，在极短的时间里，能谈出什么严肃、认真、深沉的内容来，也是不可能的，这也就是为什么莫言和阎连科喜欢夸奖巴尔加斯·略萨的英俊，而刘震云和张抗抗则触及了巴尔加斯·略萨的文学与政治的关系的写作的特点问题，李洱则谈到了巴尔加斯的读书随笔，是比较有趣的话题。最后，巴尔加斯·略萨总结道：

> 邓小平说过，打开窗户，新鲜空气和苍蝇就会一起进来。这句话总结了这一政权的哲学思想：经济和社会开放可以，但只能是在不质疑共产党对国家政治生活的绝对控制的前提下进行。接受这一点的人，可以在个人生活、出国旅行、使用互联网等方面拥有相对宽松的个人自由。如果你是一个想要出版资本主义杂志和出版物的作家或专业人士，只要不批评中国政治就行。与过去不同的是，现在的死刑很少，而且一般都是因为经济犯罪（这一点，巴尔加斯·略萨说得不对，经济犯罪现在较少被判死刑，而杀人等重大刑事犯才是主要的死刑被判决者——作者注），而不是政治罪。对于持不同政见者，现在将他们关进监狱而不是枪毙，有时只是软禁。有人对我说："不管怎么样，这跟过去相比，都是一个进步。"（见《参考消息》，2011 年 7 月 7 日第 14 版）

我们可以看到，这次在中国的 9 天的旅行和交流对话，巴尔加斯·略萨对中国的敏锐观察，他同时看到了中国的好的和坏的，他依旧保持着一种犀利的眼光和批判态度。

2010 年，还发生了一件重要的拉美文学出版大事：一直未对在中国出版作品而授予版权的加西亚·马尔克斯，终于松了口，他的经纪人将他包括了《百年孤独》在内的十多部作品的版权，授予了新经典文化公司。具体金额没有透露，也有一种说法是新经典为加西亚•马尔克斯支付的版权费在100万美元之上。但100万美元只是《百年孤独》这一本，还是全部授权的十多部作品，就不得而知了。

此前，从20世纪90年代中国正式加入了瑞士伯尔尼版权公约之后起，先后有多家中国的出版社去与加西亚•马尔克斯的版权代理人谈判，希望获取他的作品在中国的正式出版权。因为20世纪80年代出版的大量加西亚•马尔克斯都是未经授权的，这也因此使加西亚•马尔克斯对中国的出版业印象极差，认为中国是一个“海盗国家”。据说，20世纪90年代里有一次他专门悄悄地在上海转了一圈，只是为了搜集他的作品在中国的各类非法盗印本。也不知道他找到了多少他的作品的“盗印本”，在我的手里，应该是有十多种的。我手里还有一本某个生产“百年孤独”白酒的酒厂，自行印刷的《百年孤独》随酒赠送——这当然侵害了加西亚•马尔克斯的版权，但没有人追究，也无法追究。所以，当中国的某个出版社的编辑找到了他的版权代理人——据说是一个很厉害的老年女性，洽谈购买加西亚•马尔克斯的版权时，她代表加西亚•马尔克斯提出要求：补足过去在中国“非法盗印”的他的著作的全部版税。这显然是不可能的，没有一家出版社愿意这么干，20世纪80年代我们又没有加入版权公约。而且，根据历史情况观察，日本、韩国、越南等国家和地区，都有过盗版的历史。往前追溯，欧美不少国家也是有盗版时期，于是事情就僵下来了。

2011年，《百年孤独》的新译本，由青年翻译家范晔翻译完成，于这一年的6月出版，在此后的数年里，这个版本卖了一百多万册。这就是加西亚•马尔克斯作品的巨大魅力。但也有资深翻译家比如林一安教授，对范晔的这个译本提出了很多值得商榷的地方，并且在《中华读书报》2011

年 8 月 3 日的第 19 版，专门刊登文章《精品尚未成功，同志仍需努力——读新中文版<百年孤独>随想》。在这篇文章里，研究拉美文学几十年并且有很多翻译精品著作的林一安教授，以 6000 多字的篇幅，从这部小说那个著名的开头的不同翻译法谈起，找到了这个汉语新译本的一些瑕疵。这对拉美文学翻译的精益求精，是非常有帮助的事。不过，笔者没有找到范晔对此文的回应文章。

此后的几年间，南海出版公司陆续推出了加西亚·马尔克斯的《霍乱时期的爱情》《枯枝败叶》《没有人写信的上校》《我不是来演讲的》《恶时辰》《一件事先张扬的凶杀案》等多部作品的新译本，持续地获得了销售佳绩，在中国读者那里获得了回响。不过，这些译本的销量加起来，也不到《百年孤独》的总销量。销量仅次于《百年孤独》的，就是《霍乱时期的爱情》，这部伟大的爱情小说，常常和《百年孤独》一起雄踞于中国的一些图书销售的排行榜上。

加西亚·马尔克斯的这个作品新中文译本的系列一共有近 20 种，到 2014 年尚未出齐，还在陆续翻译中。这套丛书的热销说明了加西亚·马尔克斯等缔造的“拉美文学爆炸”的神话，还在继续产生了持久的效应。

第三节　寻找汉语小说的边界

进入 21 世纪这 10 多年里，更多的青年作家，也继续受到了拉美文学爆炸的影响。我这里仅举一些作家作品的例子，来说明“拉美文学爆炸”与中国当代文学之间的关系，是多么的持久和影响深远。

2014 年，出生于 1978 年的小说家徐则臣，出版了他的第 5 部长篇小说《耶路撒冷》，这部小说在结构上，以环状的叙事，将 6 个人的成长、时代的变化和与犹太教授的奇妙联系，以时间切割和分头讲述的结构方式，呈献给了我们。这部小说可以看作是更年轻一代作家，在全球化时代里，从包括拉美文学在内的世界文学那里获得了各种影响之后，所做出的新的一种回应。其结构、内部时间的处理，让我想起来诸如巴尔加斯 • 略萨、科塔萨尔等多人的影响。徐则臣也承认自己是一个深受拉美文学影响的青年作家，他专门写了《拉美文学的遗产》和分析加西亚 • 马尔克斯的《一件事先张扬的凶杀案》的分析文章《一部值得张扬的伟大小说》。（见徐

则臣著，《把大师挂在嘴上》，第 45~47 页，第 60~68 页，上海文艺出版社，2011 年 6 月版）

还有其他很多作家，也在创作中受到了拉美作家的影响，几乎是不胜枚举的。山东作家李玉文的长篇小说《河父海母》（刊发于《十月》杂志 2006 年长篇小说第 4 期），就是一部深受《百年孤独》的影响，产生出的作品。从小说的题目来看，就给我们提供了一把打开小说之门的钥匙——“河父海母”，这个词汇描述的类似性交时刻的那种河流滚滚入海的情景。这个题目会让我们的眼前会出现这样一幅壮阔的图景：在苍茫大地上，蜿蜒伸展过来的一条泥沙俱下的父亲般野性的河流，带着咆哮和呼啸以及无数的旋涡，注入更加包容和宽阔的女性的海洋。这是整部小说的象征，也是小说的基调。小说里面有原始生殖崇拜——河如同父亲，如同雄性生殖器，汇入、融入、插入海这个母亲的体内，并且最终融为一体。很显然，生活在山东境内的黄河入海地区的李玉文，有着对大地和大地叙事的神秘经验与历史叙说的激情。小说也将在人类和种族、家族的繁衍生息、连绵不绝的传递中伸展。这是一部历史时间跨度大，出场人物众多的小说。作者在开始下笔的时候，就想实现自己的勃勃雄心，将时间和家族血脉互相纠缠，将爱恨情仇中混合着人性的复杂与温柔，单纯和激烈一并呈现。

小说的开头也很容易让我联想起《百年孤独》来：

> 邓吉昌一家人落户河父海母之地，就像河流中的浮萍某时某地被藤蔓挂住似的身不由己。

在这部小说开头的一句话中间，就蕴涵了小说即将铺展开来的全部色彩、语调和画面。接下来的叙事，就带有类似《百年孤独》讲述马孔多镇哪个蛮荒时代的神奇叙述了：

……随行的孩子们已疲惫不堪，完全失去了初入荒原时哪怕见着一只兔子也兴奋地大呼小叫的兴致，甚至再也无法在齐腰深的杂草中拖动双腿。女主人刘氏清楚地记得时值初春时节，天已日落，地老鼠直立着身子发出的“啾”声格外刺耳，深可齐腰的枯草丛中各种生灵蠢蠢欲动。蔚蓝的天空无云，一群大雁自南天徐徐飞过。一家人正整理行李准备支锅做饭时，十五岁的青梅突然发出一声尖叫。大家看时，见一条足有一根锹杆长的白花蛇正冲青梅吐着红蕊。大儿子兆喜嘿嘿笑了两声，顺手抄起一把铁锹，抡起一下便将蛇截为两段。蛇的两截身子翻滚着、扭动着，但很有目标地朝一起聚集。眨眼间，两截蛇身完好地连接在一起，并再次高扬头颅，朝兆喜骄傲地吐着血红的舌蕊。小伙子再次一锹铲下，蛇身再成两截。但很快，那蛇又如前一样将身子接起。兆喜显然被激怒了，由于兴奋方正的脸上闪着红光，独眼睁得溜圆，第三次挥锹铲去。蛇又被铲为两段。未等它做出反应，兆喜俯身抓起尾部的一截，甩手扔出老远，而后挥锹一通乱铲，将头部一截铲为了肉泥。蛇血染红了锹头，他飞快地刨个小坑，把蛇肉巴拉进坑，填上土，用脚使劲踩踩，嘴里嘟囔着“还治不了你了”和“操”、“日”之类的粗话。他正待仍下铁锹收拾家什时，却见两只地狗从草丛中跑来，向一家人狂吠不止。这两只畜物要比家狗小一圈，吠声尖厉骇人。在几个孩子的惊叫声中，兆喜怒不可遏挥锹向它们打去。地狗轻轻一跃躲开锹头，但并不逃走。兆喜一番追打后，两只地狗冲到离一家人几米远的一堆浓密草丛中，一先一后口衔两只小地狗窜出，飞也似的向荒草丛中逃去……（见《河父海母》，第 1 页，《十月》杂志，2006 年长篇小说，第 4 期）

李玉文的这部小说，在一种中国式样的魔幻、奇幻和神奇的氛围里推动着，带给了我们阅读的惊喜和快感，也带来了一种河流波涛涌动时的韵律。

当小说像一条大河一样波涛汹涌地向大海奔去的时候，在岸边，我们将在震惊中战栗，在震撼中欣喜，这就是这部小说的厚重、博大、神奇的力量。而这种力量，也是苍天、大地、河流和大海所赋予作者的。这部小说就是这样，从荒野之上破空而来，将绚丽的历史和人生景象，雄浑和苍茫地带给了我们，也是他向加西亚·马尔克斯的致敬之作。

还有更多的青年作家，对拉美文学都做出了悉心的学习和借鉴，并且能够巧妙地消化于无形。尤其是一些致力于小说写作的实验的作家。青年作家孟繁勇出版的长篇小说《庄周睡了，庄周醒了》，就是这样一部作品。孟繁勇的《庄周睡了，庄周醒了》是一部少见的实验小说，它和常见的传统小说叙事策略不同，小说是双线的、复调的，在第一遍阅读时，内容是《十洲死亡之旅》，但同样的文字，在顺序不变的情况下，还出现了第二本书《羽化的蝴蝶》。于是，现实中存在的虚与虚幻中存在的实，交织并置，两本书构成了正向与反向两个维度的双小说文本叙事。小说文本在反复的解构与建构的过程中，以一种双重的方式，即获取应合，又呈现应答的状态，在多样意义上彼此摧毁、诞生、牵制、重叠、应答。将存在于空间里的时间完全消解，进而对立的时间从混沌转向精确、并置，在被解构的文本基础上重新建构叙事，第二本书由此诞生。在这本书中，时间轨迹的存在，主导了叙事策略的发展与建构，和通常意义上传统叙事学中的叙事框架建构、人物结构模式等也不尽相同，更区别于巴赫金"复调理论"中的表现形式。尤其是有别于传统叙事学中常见的叙事视角、聚焦等。传统小说的叙述，一定需要有一个角度，这是叙述策略中观察叙述故事发展所必要的方向，这就是叙事视角。兹韦坦·托多洛夫将此分为三种形态：①全知全能视角。②内视角。③外视角。在小说创作实践中分为四种情况，即第一人称叙述、第二人称叙述、第三人称叙述，人称或视角变换叙述。

这让我想起来了科塔萨尔的一些实验。对于拉美小说家来说，小说的形式是作家要面对的一个首要问题，因为对于长篇小说来讲，形式其实就是内容。所以，所有的拉美小说大家，都在自己的每部作品那里，找到了一个形式之后才写作。长篇小说是处理时间的艺术，处理时间叙事，就需要搭建一个空间，那么，这个空间就成了小说的结构。小说家必须是一个精巧的建筑师，必须要学会建筑小说的房子或者楼厦，很多拉美小说家都有着卓越的叙事与结构方式的探索成果，比如马里奥·巴尔加斯·略萨的结构主义小说《酒吧长谈》，如胡里奥·科塔萨尔的《跳房子》，再比如伊塔洛·卡尔维诺的那部塔罗牌小说《命运交叉的城堡》等，还有法国有个作家干脆就写了一部扑克牌小说，叫作《作品第一号》，随便你怎么翻看，每张扑克牌上叙述的内容，都可以和其他的连接起来，也真是奇观一种。因此，作为汉语文学的当前写作中，出现了孟繁勇的这部实验小说，这是难能可贵的，是他敢于向上述那些小说大师致敬的壮举。我们很缺乏如此独特的作品，这是汉语小说的大胆的试验与创新，进一步探索了小说的创作空间。孟繁勇的这个小说实验实在是值得鼓励。

另外，我一直很遗憾，没有写出博尔赫斯那种风格的长篇小说。我后来想，也许像博尔赫斯式的长篇小说本来就不会存在？因为，博尔赫斯是以时间、观念和想象作为主角的，人，在博尔赫斯的小说里从来都是配角和工具，就如同契诃夫笔下那把挂在墙上的猎枪。

我读到了深圳作家庞贝的长篇小说《无尽藏》后，想法发生了一些变化。这部小说可能就是我期待的那种博尔赫斯才可以写出来的长篇小说。庞贝对很多读者来说，可能还是一个陌生的名字，实际上，他除了供职于深圳一家报社做职业编辑之外，还是默默耕耘并很有收获的剧作者和小说家。尤其是这部《无尽藏》，他写了很多年，修改了很多次。我首先来试图解题，“无尽藏”是什么？因为每部小说的题目就是进入这本小说的钥匙。在小说里，关于“无尽藏”，有这么一段对话：

“无尽藏是一处房舍吗？”

“佛性无穷，妙用无边。岂止是一处房舍……众生无尽，世间无尽，发愿无尽。”

“你说是去了无尽藏……”

“哦……那院子就在湖心岛。那本是佛寺储积财物的处所，积八方施舍，救八方急难。老爷筑园建那无尽藏，每领月俸，就在那儿散分给大家，姬妾有份，门生也有份。”

在小说接下来的讲述中，“无尽藏”也是一个比丘尼的法号，这个叫作无尽藏的尼姑，还是六祖慧能最早的供养人，因此，在这里，“无尽藏”还有一层意思，就是饱含着禅意和禅机。因此可以说，“无尽藏”既是藏存财物的处所，又是一个人名，一个象征，或者是一个虚拟的地方，有着巨大的包容性。但是对于我，阅读这部小说，我感觉到，“无尽藏”就是一个时间的迷宫。《无尽藏》是一本精致的，融合了中国传统文化意蕴和西方现代派文学技巧的小说，一本猜谜小说和新历史小说，一本画中人小说，一本关于心理与声音的小说，一本穿越了当下和南唐的小说，一本时间与反时间小说，一本汉语实验小说，一部传奇，一部关于小说的小说——一部元小说。好吧，我想起来了很多的关于这本书的命名。它都是，又也许，都不是。它就是一部好看的小说，一部现代小说。

小说的一开始，时间点是在当代，一场饭局中，谈话里牵扯出来一本由一个叫小林的人保存下来的古书。这本书就叫作《无尽藏》，有两个版本，一个是古文原著，据说是南唐名将林仁肇儿子所写，另外一本是现代汉语译文，就是林仁肇的第 33 代传人小林所翻译的。两个版木都放在了叙述人“我”的面前。叙述人“我”是出版社的一个副社长，出版人，在编辑、审读这部《无尽藏》的同时，由于自己的拖拉，导致出版行为进展很缓慢。而这时，小林却死于一场强拆老屋子的碾人事件——这样的新闻我们经常看到。这似乎是在暗示，我们的传统文化仍旧在继续地被当代野蛮的权力强行地拆除着，而小林的死，既是保护别人的老宅子，也是抗议这拆除过程中的牺牲品。屋子拆除了，书留下来了，于是，接下来的八个章节，就是小林的译文。小说于是进入叙述主体的八个章节，这八个章节都是有关历史名画《韩熙载夜宴图》中的主要人物。画中人开始讲话了。史虚白、朱紫薇、秦蒻兰、樊若水、大司徒、小长老、耿炼师、李后主，分别出来讲述了和他们有关的事情。这些人的说话声，构成了小说的主体，这是小说最精彩的部分。小说里，那娓娓道来的声音，把我们带入到了南唐那烟雾缭绕的历史迷雾和一个巨大的迷宫里。而这个迷宫，是历史的迷宫，命运的迷宫，时间的迷宫，也是人生和人性的迷宫。这迷宫就存在于“无尽藏”这个象征性的符号里了。

我们都知道，《韩熙载夜宴图》据说是南唐后主李煜为了了解和窥探宰相韩熙载有无异心，就派画家顾闳中前往他家中窥伺，并画下了多幅连续的一轴长卷。画面上，韩熙载很颓废地沉溺于声色、美食、舞蹈和宴饮之中，对时政很没有兴趣。于是，李后主就放心了。这是一些历史学家的解释。但庞贝的这部《无尽藏》，则给了我们更多的解释，甚至是如同叙述迷宫那样，给了我们很多的线索，而他却没有告诉我们最终的答案。在小说的结尾，庞贝令人信服地还有一个模仿明代刻本的文言文后记，记载了这本书的缘起缘灭，记载了这本实际上子虚乌有的书的天机和禅理。

好了，我想大家都明白这是一本什么样的书了。一本向博尔赫斯致敬的、非常有想法、有结构、有悬念、有声音、有色调、有心理、有穿越、有秘密、有宿命、有禅机、有关怀、有期许、有机智、有笨拙、有真实、有虚构、有当下、有愤懑、有抒情、有时空的小说杰作。这就是深受博尔赫斯影响的小说《无尽藏》。

像庞贝这样致力于小说的叙述实验的作家还有一些，比如名不见经传的小说家、剧作家康赫。他曾经出版了向詹姆斯乔伊斯致敬的长篇小说《斯巴达》，那是一部副题为“南方生活样本”的长达 50 多万字的实验小说。最近一些年，康赫在北京郊区，一直在写一部与北京有关的实验性的长篇小说，这部小说分为 9 章，长达 100 万字。我阅读了部分章节的电子文本，深为康赫在小说形式上、叙述上、语言和人物以及地域和文化心理深层的挖掘的努力所折服。这部别具匠心的小说，显然是受到了拉美文学爆炸诸多作家的影响，并且找到了自己的叙事方法。让我们对他抱以期待。

我注意到，那些批评当代文学的人往往都不大读当代文学作品。有人说现在的小说一点实验性和先锋性都没有了，老先锋们比如余华后来擅长白描了，格非则走向了历史宏大叙事，等等。实际上，我们扩大自己的视野，就会发现，有很多青年作家，正在写而且还写出了很漂亮的实验小说。这些年，小说的实验精神一直在汉语写作中，这些新人在写新的小说，只是不大被人注意。新世界出版社在 2011 年和 2013 年，出版了“小说前沿文库”，共两辑十七种，可以说是锐气十足、不容忽视。这些作家大部分都是青年作家，以下是这个实验小说丛书的作品大致的介绍，我们可以从中发现他们所受到的拉美文学的踪迹：

姚伟的长篇小说《尼禄王》，以新历史小说的手法，和内心声音般的刻画，描绘了古罗马暴君尼禄的内心世界。这部作品让我想起来拉美小说家笔下的很多拉美独裁者的形象，而且，加西亚•马尔克斯的《族长的没落》显然对姚伟产生了影响。

1988年出生的刘博智的小说集《双橙记》，收录了三部中篇，他似乎对艺术家的内心世界非常有兴趣，从人的内心探索了种种可能性。

霍香结的《地方性知识》是一册表面上看似乎是一本地理学意义上的地方志书，实际上是作者虚构的关于“中国”的地方志想象，完全是一部虚构小说。三十多万字的篇幅，其表面扎实的学术性，掩藏了内在的小说想象的阔大和锋芒，让人惊喜。

徐淳刚的《树叶全集》，听着不大像一部小说，但这不折不扣是一部由十八个片段构成的小说集，集合了数学知识、生理学、博物学、幻想小说的因素，实在是像“树叶”一样茂密和疏影横陈。

梦亦非的长篇《碧城书》，讲述的是贵州一个鬼师家族的几十年的经历，将人和城镇的历史结合在一起，给我们讲述了边疆和僻壤之地，人和大地与天的关系。

向祚铁的短篇小说集《武皇的汗血宝马》，十三个短篇，从很多个方面，比如现实的，历史的，展开了书写和想象，显示了作家本人锐利的处理材料和现实的能力。

恶鸟的《马口铁注》，是一部关于小说的小说，又叫作“元小说”。这部小说充满了游戏的精神，就像在玩一个沙雕，作者在写作小说的时候，雕刻了它，又顷刻瓦解了它。

侯磊的长篇小说《还阳》，将北京的都城历史和对现实的比喻，以一个太监的生活纠结在一起，给我们描画了一个不存在的城市：北京。

云南已经去世的青年作家余地的小说集《谋杀》，从文本的实验上走得比较远。他在互文性、杂糅、回环叙事、小说的时间上，都做了很好的、精雕细刻的探索。

还有贾平凹隆重推荐的小说《村庄疾病史》，写的是当代中国人，当代“新农村人”的各种慢性疾病——这个民族在表面的高歌猛进中，正在被慢性病缠绕，陷入衰亡的陷阱中。

河西的随笔和小说都写得好，他的《平妖传》，是对古典中国小说的一次致敬，戏仿，在复杂的同构关系中重新确定了小说幻想和想象的魅力。

有些小说显然在我的阅读经验之外，像杨典的《鬼斧集》、人与的《智慧国》，都是跨越文体的很难说是小说、思想随笔还是什么模仿宗教文本的文本，但显示了人所能的，就是他所是的那种无畏的前行。

张松的《景盂遥详细自传》则是一部荒诞和黑色幽默的小说，带有强烈的本土魔幻色彩，在展现人的存在和境遇上有新发现。

《现代派文学辞典》，也是一部怪异的文学辞典。作者选取的词汇，和我们通常理解文学的词汇不一样，但是给我们打开了无数窗户，让我们看到了现代文学的堂奥。同时，新世界出版社还有一册《乌力波》作为了这十七本小说的注解。《乌力波》是欧美少数实验作家和数学家构成的群体给自己起的名字。这本书收录了西方和中国作家对卡尔维诺的各个方面的解读，以及一些新的汉语实验小说。

由此可见，汉语小说的实验精神依然存在，存在于年轻作家那里，存在于很多陌生人那里，存在于中国的大地的缝隙里，有些作家顽强地掘进，从不故步自封，他们将汉语小说的各种可能性，以及其边界都展现出来，并不断地预言着未来。而从“二战”以来的现代主义文学的影响，从欧洲到北美，又从北美到拉丁美洲文学爆炸，再到 20 世纪 80 年代之后所影响的当代中国新时期文学的全面复兴和崛起，我在这本书中描述了这个文学在不同的国家和语言之间的接力般发生的小说的大陆的漂移过程。由此看，文学从来都是互相影响、互相激发的，在一代一代的大作家那里，有着一个标杆和尺度，而大作家们形成了一座座高峰，等着我们通过阅读去靠近他们，在大师的激发下，写出自己的作品，发出自己的声音。

主要参考书目

一　综合部分书目

《拉丁美洲文明》，郝名玮、徐世澄著，中国社会科学出版社，1999 年 10 月版

《神奇的拉丁美洲》，郝名玮、徐世澄著，上海文艺出版社，2002 年 1 月版

《拉丁美洲文学简史》，托雷斯•里奥塞科著，吴健恒译，人民文学出版社，1978 年 4 月版

《拉丁美洲的“爆炸”文学》，徐玉明著，复旦大学出版社，1987 年 10 月版

《魔幻现实主义》，陈光孚著，花城出版社，1986 年 9 月版

《拉美当代小说流派》，陈众议著，社会科学文献出版社，1995 年 2 月版

《拉丁美洲当代文学论评》，陈光孚选编，漓江出版社，1988 年 7 月版

《拉丁美洲文学史》，赵德明、赵振江、孙成敖编著，北京大学出版社，1989 年 1 月版

《20 世纪拉丁美洲小说》，赵德明著，云南人民出版社，2003 年 3 月版

《拉丁美洲思想史述略》，索飒著，云南人民出版社，2003年3月版

《我们看拉美文学》，赵德明主编，云南人民出版社，2000年7月版

《西印度毁灭述略》，巴·德·卡萨斯著，商务印书馆，1988年11月版

《拉丁美洲小说史》，朱景冬、孙成敖著，百花文艺出版社，2004年1月版

《当代拉美文学研究》，朱景冬著，社科文献出版社，2012年3月版

《拉丁美洲“文学爆炸”后小说研究》，郑九书等著，商务印书馆，2013年5月版

《马尔克斯在中国》，曾利君著，中国社科出版社，2012年4月版

《西方现代派500题》，廖星桥主编，辽宁人民出版社，1988年9月版

《西方现代派文学问题论争集》（上、下册），人民文学出版社，1984年9月版

《中国现代文学三十年》，钱理群、温儒敏、吴福辉等著，北京大学出版社，1998年7月版

《中国现代小说史》，夏志清著，香港牛津大学出版社，2001年首版

《现当代文学新论：义理、伦理、地理》，王德威著，三联书店，2014年1月版

《中国当代文学史》，洪子诚著，北京大学出版社，2007年6月版

《中国当代文学概论》，於可训著，武汉大学出版社，2009年3月版

《中国新文学史》（上、下册），丁帆主编，高等教育出版社，2013年4月版

《中国当代文学史新稿》，董健、丁帆、王彬彬主编，北师大出版社，2012年7月版

《中国当代文学史教程》，陈思和主编，复旦大学出版社，2013年1月版

《中国当代文学发展史》，孟繁华、程光炜著，北京大学出版社，2011年10月版

《中国当代文学编年史》（第8、9卷），张健主编，山东文艺出版社，2012年11月版

《20世纪末中国文学现象研究》，曹文轩著，人民文学出版社，2010年1月版

《中华文学通史》之《当代文学编》，张炯等主编，华艺出版社，1999年8月版

《中国当代新潮小说论》，吴义勤著，江苏文艺出版社，1997年6月版

《当代小说艺术论》，程德培著，学林出版社，1990年7月版

《当代作家评论30年文选》（10卷），林建法主编，辽宁人民出版社，2014年1月版

《移动的边界》，陈晓明著，湖北教育出版社，2000年12月版

《活文学之魅》，施战军著，吉林出版集团，2009年10月版

《致理想读者》，李敬泽著，中国人民大学出版社，2014年3月版

GeogleR.McMurray,Critical Essayson Gabriel Garcia Marquez,Bos-ton:G..K.Hall&Co.,1987.

RaymondL.Williams,The Twentieth—century Spanish American Novel,Austin::University Of Texas Press,2003

Jean—pierreDurix,Mimesis,Genres,andpost—Colonial Discourse:Deconstructing Magic Realism,New York:St.Martin's Press.1998

Edward W.Said,TheWord,the Text,and the Critic,Cambride:Harvard University Press,1983

Venti,L.The Translation Studies Reader,London:Rout—Ledge,2000

TejaswiniNiranjanna,Sting,Translation:History,Post—structoralism,and the Colonial Conte,University of California Press,1992

Ariel Dorfman,Some Writet othe Future,Durham:Du ke University press,1991

DouglasRobinson（ed.）,western Translation Theory from Herodotusto Nietzsche, Manchester,UK&Northampton,MA:St.Jerom Publishing,1997

Leslie Bethell（ed.）,A Cultural History of Latin American,Cambridge University press,1998

Daniel Balderston,Mike Gonzalez,2004:Ency clopedia of Latin American and Caribbean Literature,1900—2003,London,Taylor&Francis.

二　绪论部分参考书目

《追忆似水年华》（七卷本），李恒基等多人译，译林出版社，1989 年 6 月版

《普鲁斯特随笔集》，张小鲁译，海天出版社，1995 年 8 月版

《普鲁斯特》，莫里亚克著，许崇山等译，中国社会科学出版社，1989 年 5 月版

《普鲁斯特论》，沈睿等译，社会科学文献出版社，1999 年 1 月版

《一个青年艺术家的画像》，黄雨石译，外国文学出版社，1983 年 5 月版

《都柏林人》，孙梁等译，上海译文出版社，1984 年 10 月版

《尤利西斯》（上下卷），金隄译，人民文学出版社，1994 年 9 月版

《尤利西斯》（一卷精装），金隄译，人民文学出版社，1997 年 12 月版

《尤利西斯》（三卷本），萧乾、文洁若译，译林出版社，1994 年 4 月版

《卡夫卡全集》（十卷本），叶廷芳主编，河北教育出版社，1996 年 12 月版

《卡夫卡短篇小说全集》，叶廷芳主编，文化艺术出版社 2003 年 8 月版

《卡夫卡文集》（增订版），高年生主编，作家出版社，2011 年 3 月版

《远航》，黄宜思译，人民文学出版社，2003 年 4 月版

《夜与日》，唐伊译，人民文学出版社 2003 年 4 月版

《达洛维夫人 \ 到灯塔去 \ 雅各布之屋》，王家湘译，译林出版社，2001 年 9 月版

《奥兰多》，林燕译，人民文学出版社，2003 年 4 月版

《岁月》，金光兰译，敦煌文艺出版社，1997 年 3 月版

《伍尔夫：意识流小说家》，瞿世镜著，上海文艺出版社，1989 年 2 月版

《弗吉尼亚•伍尔夫》，林德尔•戈登著，伍厚恺译，四川人民出版社，2000 年 9 月版

《银鸽》，刘文飞等译，云南人民出版社，1998 年 1 月版

《彼得堡》（节本），靳戈等译，广州出版社，1996 年 11 月版

《彼得堡》（全本），靳戈等译，作家出版社，1998 年 3 月版

《俄罗斯白银时代诗选》，汪剑钊译，云南人民出版社，1998 年 3 月

《西方视野中的白银时代》（两卷本），林精华主编，东方出版社，2001 年 2 月版

《柏林，亚历山大广场》，罗炜译，上海译文出版社，2003 年 6 月版

《没有个性的人》，张荣昌译，作家出版社，2000 年 12 月版

《穆齐尔散文》，徐畅等译，人民文学出版社，2008 年 12 月版

《学生特尔莱斯的困惑》，施显松译，同济大学出版社，2009 年 9 月版

《历代大师——伯恩哈德作品选》，马文韬译，三联书店，2006 年 11 月版

《守门员的焦虑》，彼德•汉特克著，林琦珊译，台湾麦田出版社，2003 年

11月版

《喧哗与骚动》，李文俊译，上海译文出版社，1984年10月版

《我弥留之际》，李文俊等译，漓江出版社，1990年11月版

《福克纳作品精粹》，陶洁选编，河北教育出版社，1990年月版

《福克纳中短篇小说选》，蔡慧等译，中国文联出版公司，1985年7月版

《威廉•福克纳研究》，肖明翰著，外语教学与研究出版社，1997年12月版

《福克纳评论集》，李文俊编，中国社会科学出版社，1980年5月版

《福克纳传》，杰伊•帕里尼著，吴海云译，中信出版社，2007年7月版

《老人与海》，董衡巽译，漓江出版社，1987年7月版

《春潮、老人与海》，吴劳译，上海译文出版社，1999年7月版

《永别了，武器》汤永宽等译，浙江文艺出版社，1991年12月版

《海明威谈创作》，董衡巽编选，三联书店，1985年5月版

《海明威研究》，董衡巽编选，中国社会科学出版社，1980年11月版

《海明威在中国》，杨仁敬编著，厦门大学出版社，2006年5月版

《可食的女人》，蒋立珠等译，中国文联出版公司，1994年6月版

《浮现》，蒋丽珠译，译林出版社，1999年9月版

《使女的故事》，陈小慰译，译林出版社，2001年9月版

《猫眼》，杨昊成译，译林出版社，2002年4月版

《别名格雷斯》，梅江海译，译林出版社，1998年10月版

《盲刺客》，韩忠华译，上海译文出版社，2003年11月版

《羚羊与秧鸡》，韦清琦译，译林出版社，2004年12月版

《珀涅罗珀》，韦清琦译，重庆出版社，2005年11月版

《与死者协商》，严韵译，上海三联书店，2007 年 4 月版

《好奇的追寻》，牟芳芳、夏燕译，江苏人民出版社，2012 年 1 月版

《哈龙和故事海》，田丁译，北京少年儿童出版社，1992 年 6 月版

《哈乐和故事海》，彭桂玲译，台湾皇冠出版社，2001 年 8 月版

《午夜之子》，台湾联经出版公司，2001 年版

《羞耻》，黄灿然译，江苏人民出版社，2009 年 5 月版

《魔鬼诗篇》，佚名译，台湾雅言出版公司，2002 年 10 月版

《摩尔人的最后叹息》，黄斐娟等译，台湾商务印书馆，2003 年 11 月版

《愤怒》，台湾皇冠出版社，2004 年版

《The Sata Nicverses》，（英文版），维京出版社，1988 年版

《The Ground Beneath Hcr Feet》，（英文版），维京出版社，1999 年版

《Shalimar the clown》，（英文版），JOAnthanCape，2005 年出版

《想象故国：1981—1991》，（英文版），企鹅出版社，1992 年版

《跨越这道线：1992—2002》，（英文版），维京出版社，2003 年版

《有只鸽子叫红唇儿》，北京十月文艺出版社，1984 年版

《灵山》，台湾联经出版社，1990 年版

《一个人的圣经》，台湾联经出版社，1999 年版

《给我老爷买鱼竿》，台湾联合文学出版社，1988 年版

《高行健戏剧集》，中国戏剧出版社，1985 年版

《现代小说技巧初探》，花城出版社，1981 年 9 月版

《对一种现代戏剧的追求》，中国戏剧出版社，1988 年版

《没有主义》，香港天地图书公司、台湾联经出版社，1996、2001 年版

《高行健戏剧研究》，许国荣编，中国戏剧出版社，1989 年版

《等待》，湖南文艺出版社，2006 年 8 月版

《等待》，金亮译，台湾时报文化出版公司，2001 年 1 月版

《池塘》，金亮译，台湾时报文化出版公司，2002 年 5 月版

《疯狂》，黄灿然译，台湾时报文化出版公司，2004 年 5 月版

《战废品》，季思聪译，台湾时报文化出版公司，2005 年 11 月版

《南京安魂曲》，季思聪译，江苏文艺出版社，2011 年 10 月版

《错过的时光：哈金诗选》，明迪译，台湾联经出版社，2011 年 10 月版

三　第一编参考书目

《博尔赫斯短篇小说集》，王央乐译，上海译文出版社，1983 年 6 月版

《巴比伦的抽签游戏》，陈凯先等译，花城出版社，1992 年 9 月版

《巴比伦彩票》，王永年译，云南人民出版社，1993 年 9 月版

《作家们的作家》，段若川译，云南人民出版社，1995 年 7 月版

《博尔赫斯文集》（三卷本），陈众议编，海南国际新闻出版中心，1996 年 11 月版

《博尔赫斯诗选》，陈东飚译，河北教育出版社，2003 年 1 月版

《博尔赫斯全集》（五卷本），林一安主编，浙江文艺出版社，1999 年 11 月版

《博尔赫斯谈诗论艺》，陈重仁译，上海译文出版社，2002 年 11 月版

《博尔赫斯小说集》，王永年等译，浙江文艺出版社，2005 年 12 月版

《博尔赫斯谈艺录》，王永年等译，浙江文艺出版社，2005 年 12 月版

《博尔赫斯七席谈》，林一安译，光明日报出版社，2000 年 1 月版

《博尔赫斯与萨瓦托对话》，赵德明译，云南人民出版社，1999 年 7 月版

《博尔赫斯八十忆旧》，西川译，作家出版社，2004 年 1 月版

《博尔赫斯谈话录》，王永年译，上海译文出版社，2008 年 2 月版

《博尔赫斯传》，莫内加尔著，李点等译，东方出版中心，1994 年 4 月版

《博尔赫斯：书镜中人》，詹姆斯著，王纯译，中央编译出版社，1999 年 1 月版

《危地马拉的周末》，佚名译，人民文学出版社，1959 年 4 月版

《总统先生》，黄志良译，外国文学出版社，1980 年 2 月版

《总统先生》，董燕生译，云南人民出版社，1994 年 6 月版

《玉米人》，刘习良等译，漓江出版社，1986 年 3 月版

《波波尔·乌》，梅哲译，漓江出版社，1996 年 8 月版

《危地马拉的周末》，徐鹤林译，载小说集《魔幻仙人掌之女》，敦煌文艺社，1996 年 5 月版

《追击·时间之战》，陈众议等译，花城出版社，1992 年 9 月版

《卡彭铁尔作品集》，刘玉树等译，云南人民出版社，1993 年 11 月版

《小说是一种需要》，陈众议译，云南人民出版社，1995 年 7 月版

《胡安·鲁尔福中短篇小说集》，屠孟超等译。外国文学出版社，1980 年 12 月版

《人鬼之间》，屠孟超译，人民文学出版社，1986 年 8 月版

《胡安·鲁尔福全集》，屠孟超等译，云南人民出版社，1993 年 9 月版

《佩德罗·巴拉莫》，屠孟超译，译林出版社，2007 年 10 月版

《燃烧的原野》，张伟劼译，译林出版社，2010 年 9 月版

《加西亚·马尔克中短篇小说集》，赵德明等译，上海译文出版社，1982年10月版

《百年孤独》，高长荣译，北京十月文艺出版社，1984年9月版

《百年孤独》，黄锦炎等译，上海译文出版社，1989年11月版

《百年孤独》，吴健恒译，云南人民出版社，1993年9月版

《一百年的孤寂》，宋碧云译，台湾远景出版公司，2002年4月版

《百年孤独》，范晔译，南海出版公司，2011年10月版

《族长的没落》，伊信译，山东文艺出版社，1985年7月版

《霍乱时期的爱情》，蒋承曹等译，黑龙江人民出版社，1987年7月版

《霍乱时期的爱情》，徐鹤林等译，漓江出版社，1987年12月版

《将军和他的情妇》，申宝楼等译，南海出版公司，1990年4月版

《一个遇难者的故事》，王银福译，云南人民出版社，1991年10月版

《爱情和其他魔鬼》，朱景冬等译，山东文艺出版社，1999年1月版

《超越爱情的永恒之死》，王银福等译，浙江文艺出版社，2001年8月版

《马尔克斯散文精选》，朱景冬译，人民日报出版社，1999年10月版

《两百年的孤独》，朱景冬译，云南人民出版社，1997年7月版

《电影导演历险记》，蔺家群译，文汇出版社，1988年4月版

《番石榴飘香》，门多萨著，林一安译，三联书店，1987年8月版

《加西亚·马尔克斯研究》，林一安编选，云南人民出版社，1993年3月版

《加西亚·马尔克斯评传》，陈众议著，浙江文艺出版社，1999年12月版

《回归本源：加西亚·马尔克斯传》，达索·萨尔迪瓦尔著，胡真才译，外国文学出版社，2001年1月版

《我不是来演讲的》，李静译，南海出版公司，2012年1月版

《阿尔特米奥•克鲁斯之死》，亦潜译，外国文学出版社，1983 年 3 月版

《阿尔特米奥•克鲁斯之死》，亦潜译，人民文学出版社，2011 年 9 月版

《最明净的地区》，徐少军等译，云南人民出版社，1993 年 3 月版

《奥拉•盲人之歌》，赵英等译，花城出版社，1992 年 9 月版

《狄安娜，孤寂的猎手》，屠孟超译，译林出版社，1999 年 2 月版

《与劳拉•迪亚斯共度的岁月》，裴达仁译，译林出版社，2005 年 5 月版

《我相信》，张伟劼等译，译林出版社，2007 年 8 月版

《我相信》，李易非等译，台湾二鱼文化出版公司，2006 年 10 月版

《墨西哥的五个太阳》，谷佳维等译，译林出版社，2009 年 9 月版

《中奖彩票》，胡真才译，云南人民出版社，1993 年 10 月版

《跳房子》，孙家孟译，云南人民出版社，1996 年 4 月版

《跳房子》（修订版），孙家孟译，重庆出版社，2008 年 1 月版

《科塔萨尔论科塔萨尔》，朱景冬译，云南人民出版社，1994 年 8 月版

《南方高速公路》，林之木译，中央编译出版社，2004 年 1 月版

《万火归一》，范晔译，人民文学出版社，2009 年 6 月版

《动物寓言集》，李静译，人民文学出版社，2011 年 5 月版

《城市与狗》，赵绍天译，外国文学出版社，1981 年 11 月版

《绿房子》，孙家孟译，人民文学出版社，2009 年 11 月版

《青楼》，韦平等译，云南人民出版社，1982 年 2 月版

《酒吧长谈》，孙家孟译，人民文学出版社，2011 年 4 月版

《潘达雷昂上尉与劳军女郎》，孙家孟译，人民文学出版社，1986 年 9 月版

《潘达雷昂上尉与劳军女郎》，孙家孟译，人民文学出版社，2009 年 11 月版

《胡利娅姨妈与作家》，赵德明译，云南人民出版社，1982 年 5 月版

《胡利娅姨妈与作家。作家与胡利娅姨妈》，尹承东译，云南人民出版社，1993 年 3 月版

《世界末日之战》，赵德明等译，江苏人民出版社，1983 年 6 月版

《狂人玛伊塔》，孟宪臣译。云南人民出版社，1988 年 9 月版

《情爱笔记》，赵德明译，百花文艺出版社，1999 年 9 月版

《巴尔加斯•略萨全集》（九卷本），赵德明主编，时代文艺出版社，1996 年 1 月版

《谎言中的真实》，赵德明译，云南人民出版社，1997 年 7 月版

《中国套盒》，赵德明译，百花文艺出版社，2000 年 1 月版

《给青年小说家的信》，赵德明译，上海译文出版社，2004 年 10 月版

《公羊的节日》，赵德明译，上海译文出版社，2009 年 8 月版

《天堂在另一个街角》，赵德明译，上海译文出版社，2009 年 8 月版

《巴尔加斯•略萨传》，赵德明著，新世界出版社，2005 年 8 月版

《坏女孩的恶作剧》，尹承东译，人民文学出版社，2010 年 10 月版

四　第二编参考书目：

《贾平凹作品》（20 卷本），译林出版社，2012 年 10 月版

《古炉》，贾平凹著，人民文学出版社，2011 年 1 月版

《带灯》，贾平凹著，人民文学出版社 2013 年 1 月版

《韩少功系列》（9 卷本），人民文学出版社 2008 年 5 月版

《日夜书》，韩少功著，上海文艺出版社，2013 年 3 月版

《革命后记》，韩少功著，《钟山》杂志，2014 年第 2 期

《莫言文集》（5 卷本），作家出版社，1996 年 5 月版

《莫言文集》（12 卷本），当代世界出版社，2004 年 1 月版

《莫言中篇小说集》（2 卷本），作家出版社，2002 年 2 月版

《莫言小说精短系列》（3 卷本），上海文艺出版社，2000 年 9 月版

《彩绘本莫言精品中篇小说》（6 卷本），民族出版社，2004 年 4 月版

《说吧，莫言》（3 卷本），深圳海天出版社，2007 年 7 月版

《莫言获奖长篇小说系列》（5 卷本），上海文艺出版社，2008 年 11 月版

《莫言文集》（20 卷本），作家出版社，2012 年 10 月版

《白鹿原》，陈忠实著，人民文学出版社，1993 年 6 月版

《陈忠实集》（4 卷本），北京十月文艺出版社，2012 年 12 月版

《尘埃落定》，阿来著，人民文学出版社，1998 年 3 月版

《空山》（3 卷本），阿来著，人民文学出版社，2009 年 1 月版

《格萨尔王》，阿来著，重庆出版社，2009 年 9 月版

《瞻对：两百年康巴传奇》，四川文艺出版社，2014 年 1 月版

《阎连科精品文集》（16 卷本），云南人民出版社，2013 年 4 月版

《扎西达娃小说集》，中华书局，2011 年 3 月版

《骚动的香巴拉》，扎西达娃著，时代文艺出版社，2001 年 10 月版

《杨争光文集》（10 卷本），海天出版社，2013 年 1 月版

《王安忆经典小说作品》（8 卷本），云南人民出版社，2013 年 1 月版

《王安忆中篇小说系列》（8 卷本），上海文艺出版社，2013 年 1 月版

《天香》，王安忆著，人民文学出版社，2011 年 5 月版

《张炜系列》（10 卷本），人民文学出版社，2010 年 1 月版

《你在高原》（39 卷 10 个单元），作家出版社，2010 年 4 月版

《张炜散文随笔年编》（20 卷），湖南文艺出版社，2013 年 2 月版

《余华作品系列》（13 卷本），上海文艺出版社，2004 年 1 月版

《十个词汇里的中国》，余华著，台湾麦田出版社，2010 年 1 月版

《第七天》，余华著，新星出版社，2013 年 6 月版

《刘震云文集》（4 卷本），江苏文艺出版社，1996 年 5 月版

《刘震云系列》（9 卷本），人民文学出版社，2010 年版

《我不是潘金莲》，刘震云著，长江文艺出版社，2012 年 8 月版

《残雪文集》（4 卷本），残雪著，湖南文艺出版社，1998 年 5 月版

《边疆》，残雪著，上海文艺出版社，2008 年 1 月版

《残雪研究》，卓今著，湖南文艺出版社，2012 年 12 月版

《残雪系列》（5 卷本），湖南文艺出版社，2014 年 1 月版

《趋光运动》，残雪著，上海文艺出版社，2008 年 1 月版

《新世纪爱情故事》，残雪著，作家出版社，2013 年 6 月版

《呼吸》，孙甘露著，花城出版社，1993 年 6 月版

《访问梦境》，孙甘露著，长江文艺出版社，1993 年 9 月版

《请女人猜谜》，孙甘露著，时代文艺出版社，2001 年 10 月版

《马原文集》（4 卷本），作家出版社，1997 年 3 月版

《牛鬼蛇神》，马原著，上海文艺出版社，2012 年 5 月版

《纠缠》，马原著，北京十月文艺出版社，2013 年 7 月版

《格非文集》（3卷本），江苏文艺出版社，1996年1月版

《格非作品系列》（9卷本），上海文艺出版社，2013年12月版

《博尔赫斯的面孔》，格非著，译林出版社，2014年1月版

《苏童文集》（8卷本），江苏文艺出版社，1994年12月版

《苏童作品系列》（11卷本），上海文艺出版社，2004年8月版

《苏童短篇小说编年》（5卷本），人民文学出版社，2008年1月版

《黄雀记》，苏童著，作家出版社，2013年8月版

《李洱作品系列》（10卷本），上海文艺出版社，2013年1月版

《水乳大地》，范稳著，人民文学出版社，2004年1月版

《悲悯大地》，范稳著，人民文学出版社，2006年6月版

《大地雅歌》，范稳著，北京十月文艺出版社，2010年6月版

《碧色寨》，范稳著，云南教育出版社，2011年4月版

《麦家自选集》（4卷本），江苏文艺出版社，2014年3月版

《暗算》，麦家著，世界知识出版社，2003年7月版

《解密》，麦家著，新世界出版社，2011年10月版

《风声》，麦家著，南海出版公司，2007年10月版

《风语》，麦家著，金城出版社，2010年10月版

《刀尖》，麦家著，北京联合出版公司，2011年12月版

五、结尾部分参考书目：

《荒野侦探》，罗贝托•波拉尼奥著，杨向荣译，上海人民出版社2009年9月版

《2666》，罗贝托•波拉尼奥著，赵德明译，上海人民出版社 2012 年 1 月版

《地球上最后的夜晚》，罗贝托•波拉尼奥著，赵德明译，上海人民出版社 2013 年 3 月版

《护身符》，罗贝托•波拉尼奥著，赵德明译，上海人民出版社 2013 年 8 月版

《耶路撒冷》，徐则臣著，北京十月文艺出版社 2014 年 3 月版

《河父海母》，李玉文著，《十月》2007 年 2 期

《无尽藏》，庞贝著，作家出版社 2014 年 1 月版

《斯巴达》，康赫著，海峡文艺出版社 2003 年 1 月版

《庄周睡了，庄周醒了》，孟凡勇著，时代文艺出版社 2014 年 3 月版

《乌力波》，蝼冢主编，新世界出版社 2011 年 9 月版

《小说前沿文库》（第一辑 10 卷本），蝼冢主编：

《智慧国》，人与著，新世界出版社 2010 年 11 月版

《村庄疾病史》，张绍民著，新世界出版社 2010 年 11 月版

《碧城书》，梦亦非著，新世界出版社 2010 年 11 月版

《现代派文学词典》，贾勤著，新世界出版社 2010 年 11 月版

《尼禄王》，姚伟著，新世界出版社 2010 年 11 月版

《长歌》，大解著，新世界出版社 2010 年 11 月版

《鬼斧集》，杨典著，新世界出版社 2010 年 11 月版

《武皇的汗血宝马》，向祚铁著，新世界出版社 2010 年 11 月版

《地方性知识》，霍香结著，新世界出版社 2010 年 11 月版

《还阳》，侯磊著，新世界出版社，2010 年 11 月版

《小说前沿文库》（第二辑 7 卷本），蝼冢主编：

《树叶全集》，徐淳刚著，新世界出版社，2011 年 9 月版

《戏剧三种》，谭毅、一行著，新世界出版社，2011 年 9 月版

《马口铁注》，恶鸟著，新世界出版社，2011 年 9 月版

《双橙记》，刘博智著，新世界出版社，2011 年 9 月版

《谋杀：余地小说全集》，余地著，新世界出版社，2011 年 9 月版

《平妖传》，河西著，新世界出版社，2011 年 9 月版

《景梦遥详细自传（1）》，张松著，新世界出版社，2011 年 9 月版